流水似的走马

（增订本）

鲍尔吉·原野 著

湖南文艺出版社

图书在版编目（CIP）数据

流水似的走马 / 鲍尔吉·原野著. -- 增订本. -- 长沙：湖南文艺出版社，2021.5 (2024.1重印)
ISBN 978-7-5726-0113-2

Ⅰ. ①流… Ⅱ. ①鲍… Ⅲ. ①散文集—中国—当代 Ⅳ. ①I267

中国版本图书馆CIP数据核字（2021）第057294号

流水似的走马（增订本）
LIUSHUI SHIDE ZOUMA

作　　者：鲍尔吉·原野
出 版 人：陈新文
策　　划：苏日娜
责任编辑：徐小芳　向朝晖
封面设计：天行健
内文排版：刘晓霞
出版发行：湖南文艺出版社
（长沙市雨花区东二环一段508号 邮编：410014）
印　　刷：湖南省众鑫印务有限公司
开　　本：880 mm×1230 mm　1/32
印　　张：15
字　　数：317千字
版　　次：2021年5月第1版
印　　次：2024年1月第2次印刷
书　　号：ISBN 978-7-5726-0113-2
定　　价：56.80元
（如有印装质量问题，请直接与本社出版科联系调换）

长生天保佑所有诚实和善良的人

目录

第一辑　我有一匹马

003　我有一匹马
010　有绿草横纹的土房
013　意旦扎布与布尔古德
015　大地魔法师
020　绿雾里的马,身穿鲜艳的雨衣
022　用洁净的东西引火
025　沙漠永远姿态柔和
028　白月
032　杀草呢
034　婚礼的乳汁
039　山丁子树摇篮
042　赞伯拉的走马,享有神圣封号的火蓝觉若
049　紫色带香味的大幕
051　马鬃燃烧
057　张毛赫尔进山

第二辑　胡四台

- 065　伊胡塔的候车室
- 067　阳光碎片
- 072　晨景
- 074　被遗忘的墙
- 076　歌唱
- 079　满特嘎
- 083　萨如拉
- 086　照相
- 088　闪电
- 089　继母
- 093　斯琴的狗和格日勒的狗打架
- 098　买卖
- 100　送行的队伍
- 102　火车
- 105　狗的时间观念
- 109　电梯记
- 113　自来水

第三辑　父母亲

- 119　寻找鲍尔吉
- 125　我妈的娘家亲戚
- 151　北呀京的金啊山上

155 酒别

161 我爸

170 我妈

第四辑　星子缀满天空

175 青海的云

178 云沉山麓

180 星子缀满天空

183 后退的月亮

186 根河的夜

190 凹地的青草

192 草垛里藏着一望无际的草原

195 干草

197 野百合

200 胡杨之地

203 走不过边境的树

207 布尔津河，你为什么要流走呢？

210 河边的灯芯草

214 河对岸的星群

217 激流河

221 沙漠里的流水

224 捉迷藏的小河

226 牛群回家

228　小羊羔

231　羊比人更爱家

234　羊的样子

239　牧区的狗

241　享狗福

243　白蝴蝶的波浪

247　马群在傍晚飞翔

250　小马蹚水

251　马如白莲花

253　蜜色黄昏

255　挽套的马铃

259　月光下的白马

第五辑　索布日嘎之夜

265　索布日嘎之夜：我听到了谁的歌声？

273　运草的马车

277　火的弟弟

314　蒙古民歌八首

337　一棵树

339　云的事

341　野芍药的领地

343　蒙古高原礼赞

356　流水似的走马

363　胡四台的道路泥土芳香

370　没有年纪的小河

374　风滚草

378　黑蜜蜂

381　大地吹过锦缎的风

393　珊瑚

397　荞麦面

401　大雁在天空的道路

404　山与树林的合唱

407　最好的树被上天领走了

410　走到哪里都认得出火的模样

414　落叶吹进门口的鞋子

417　风里有什么

420　我认识的猎人日薄西山

454　后记：在热水遇见诗人安谧

第一辑

我有一匹马

我有一匹马

今年大年初一早上,窗外雪片飞舞。在我们赤峰这个地方,好几个冬天没下雪了。大街上,人们拜过年还补充一句:下雪了,彼此咧嘴笑。小雪花不止于降落,它们在风中像小蜜蜂一样左右乱钻,最喜欢钻进人的脖子里暖和一下。

这一天是我妈乌云高娃的生日。新中国成立前她就参加革命了,那时她十四岁,如今八十四岁。我妈戴上纸王冠,吹灭生日蜡烛,双手捂着脸,流下眼泪。

雪越下越大,我爸那顺德力格尔看着窗外,说:"这时候我们到塔湾了。"他的话很奥妙,像电影独白——"这时候"说的是一九四八年二月,即七十一年前。这个时间概念包括辽沈战役。"这时候"他是内蒙古骑兵二师的战士。在沈阳西北角的塔湾,他们连接到进攻命令,士兵们扔掉多余的东西,这是要拼命了。我爸脚伤不能行走,连长罗宝把他扶到马车上,给他一百发步枪子弹。说到这,我爸瞪大眼睛:"一百发子弹,从来没发过这么多子弹,这仗不知道多残酷呢。"他眼看着连队全体上马，举刀，隐没在炮火里。作为孤独的伤员，他准备打光所有子弹，死在这里。

我军胜利了。在战场上，士兵用耳朵判断胜负——枪炮声渐弱，周遭宁静，硝烟在雪地上渐渐变淡。我爸今年九十一岁，头发茂密高耸，鼻管挺直。他透过玻璃窗往东看，东边是我姐塔娜住的小区以及他想象中更远处的沈阳塔湾。

这里是阳光小区，我和父母住在这里，我媳妇在沈阳照顾她母亲。我们仨聊天，我说四五十年前的事，他们在说六七十年前的事。而竟日开着的电视机，在播报当下的新闻，比如港珠澳大桥是世界最长的跨海大桥。这场景像话剧，我们轮流上场，讲述时光的往事。时光在某一瞬间重新组合时，平淡的生活会变得庄重起来，你成了历史的讲述人。

父母老了，越来越想念自己的故乡。我不敢带他们外出旅行，我的任务是访问他们的故乡，带回照片和见闻跟他们分享。去年春天，我拜访我妈的出生地——巴林右旗白音他拉乡宝木图村，这里也是著名诗人巴·布林贝赫的故里。村书记孟克白音带我看过我母亲出生的院落，面积二十亩许，当年是她祖父平乐爷爷的宅院。孟克白音说，有人想租这个地方办企业，村里没同意，建成了养老院，叫平乐养老院。我妈听到后十分高兴。她说平乐爷爷一定赞成。她有五十多年没听过这个院子的消息了。今年一月，我到科左后旗的胡四台村探望病中的堂兄朝克巴特尔。这里是我爸的出生地。回来，我跟我爸说："经过胡四台全体村民的不懈努力，把你老家给建设没了。"我告诉他:"你经常回忆的白茫茫的沙坨子没了,现在除了玉米地就是林地,没空地。狼和狐狸也没了,胡四台村五里外就是高速路。现在,你们村跟朝鲁吐镇连上了。"

"咋回事?"他问。

"房子和房子连在一起,变成一个大镇了。"

他表情变化有如云影从草地上滑过,那是几十年的光阴倏尔而逝。

我去过一些地方并在那里跑过步,算一下,大概有国内的一百八十八个市县区。我喜欢顺着江水流淌的方向在江边跑步,水快则快跑,水慢就慢点跑。按规律办事。汉江流域的汉中、安康、襄阳和武汉的江边都留下过我的足迹。在汉中的江边,两只朱鹮一前一后从我头顶飞过,它们通体橘红兼带粉色,翅膀和尾羽舞动流苏。朱鹮知道我们这些名为人类的人轻易见不到它们,故不高飞,并慢飞。我想如果我是古代人此刻一定纳头便拜,但那会少看好几眼啊。我看朱鹮融入天际,而它在天空俯瞰到什么呢?明代修造的梯田里长满金黄的稻子,稻子们此刻正隐藏在柔纱一般的白雾当中。在安康的江边,往左手看,莽莽苍苍的大山是秦岭;往右手看,莽莽苍苍的群峰是巴山。巴山秦岭终日对视竟千万年,由此雄浑。我在广州的珠江边上夜跑,被搅碎的灯光在江流里神秘眨眼。江边有卖水果的摊子,情侣们倚着栏杆相互对视。

我把这些见闻讲给父母听,我爸说:"嗨,咱们国家大啊。"我妈说:"咱们国家好。国家不好,大有啥用?"在谈吐上,我妈每每显出比我爸水平高一些。我爸想半天,说:"嗨,就是。"他们说的好是安宁,虽不能囊括当今中国全部的强大,但身为百姓,生于斯土,所求者不过斯民安宁。

中国太大了,走也走不完。我坐车穿越大兴安岭,从车窗看到在森林里摘蘑菇的人,脚穿令人羡慕的高腰红雨靴,左胳膊挎衬蓝布里子的柳条筐。我想下车变成他,从此生活在大兴安岭。有一位诗人说他喜欢抱树,我也是,虽然不会写诗。我见到那些粗壮带红色鳞片的松树,见到长着大眼睛的杨树,就想上前拥抱并跟它们贴一贴脸。

我退休后,母校赤峰学院请我去当特聘教授。当年我是赤峰学院前身的前身赤峰师范学校一九七七年入学的中专生。那时候学校只有两百多个学生。现在它成为有二十三个学院、一万多学生的全日制本科院校。学院与我商议为学生们开什么课,我说讲什么都不过是一个切入口,我们需要给孩子们阐述美。美不软弱,更不虚无,我们通过诗文告诉孩子们国土广阔之美、文章渊深之美,还有人生的刚健之美、善良之美和朴素之美,我觉得这可以是一个持久的话题。在中国行走,放眼高天厚土,万壑群山,我们不能对之无视、无感,不能放弃从中汲取善的力量。

六月上旬,查娜花(芍药花)在牧区开放。雪白的、茶碗大的查娜花像天上的星星收拢翅膀留在草原过夜,忘记回家。七十三岁的牧民班波若指着窗外的山坡对我说:"这么好的花开了,我们的孩子却看不到。城里多了一个大学生,牧区就少一个年轻人。这么辽阔的草原,以后留给谁呢?"说着,他用掌根抹脸上的眼泪。我什么都说不出,屋子里静得像能听到泪水流淌的声音。我听到我的眼泪落在采访本上。牧民们多爱自己的家园啊!他们爱小满时分从南方飞回的小黄鸟,爱芒种时分飞回的小蓝鸟,证明他们的家园美好,小鸟都抢着飞回来。他们忌讳往河水和火里扔脏东西,他们转移蒙古包、拔掉系绳索的木桩时,把留在地上的洞填土踩实,以期明年长出青草。

我在翁牛特旗海拉苏镇采访。镇政府食堂的女厨师给我端来一盘馅饼,说这是她哥哥用野芹菜汁泡软羊肉干和的馅,她烙的饼。"你哥哥怎么来的?""骑马,三十多里路呢。"

我到巴林右旗和阿鲁科尔沁旗采访。几位牧民为我一个人举办赛马,七匹骏马在细雨中哒哒跑远变成小黑点,又从小黑点哒哒跑来变成骏马,好几圈。我心想快结束吧,感觉愧对马。有一个镇的干部们带家属在美丽的罕山脚下为我举办蒙古语的诗歌朗诵会。有一个村为我办过篝火晚会。从四面八方骑马骑摩托车来到的牧民们,大人孩子,一个一个从我身边走过,借篝火的光亮看我长什么样。我实在忍不住,躲到远处的老榆树的阴影里痛哭不已。是的,我在接过馅饼、听他们朗诵、看到细雨里的奔马时都流下了眼泪。这时候,所谓深入生活,实为生活深入到你心里。像山坡吹来的风、像瓢泼大雨那样抱住你,冲刷你身心的污垢。你会像蒙古黄榆一样坚韧,脸上有牧民那样纯朴的笑。

几天前,我给我爸放了一段《骑兵进行曲》。

我爸说:"嗨,我们这些骑兵,其实只有一匹马,一杆枪,一把哈尔滨生产的战刀。我们哪,一九四八年冬天围困长春,身上就穿一件单衣服,白土布用黄炸药染的。我们那时候,除了人厉害,别的啥都不厉害。"

我爸总结得多好——"除了人厉害,别的啥都不厉害。"我爸就属于那个时代的人。他念念不忘的,是他的老家胡四台村和他的战马——"夏日拉咩饶"——带一点杂色的白马。一九四九年十月一日,我爸是开国大典受阅部队之一——内蒙古骑兵白马团方阵的受阅士兵,那年他二十一岁。

近来我脑子里一直有一个东西嗡嗡响,它叫《诺恩吉雅》。这是一首蒙古族民歌的名字,也是一位蒙古族女人的名字。这首流传百年的民歌与《嘎达梅林》堪称双璧,俱为瑰宝。赤峰市正在筹划创作交响曲《诺恩吉雅》,由赤峰交响乐团演出,我来准备文学脚本。我查阅一些资料,把这首曲子听了上百遍。越听越觉得这不只是一个姑娘出嫁的故事,是思乡,是依恋父母,是河流与大地。歌者可以在歌声中放入所有美好的怀念。我发现,诺恩吉雅其实也是我,我或我们,同样爱着家乡,爱父母,爱草原上的万物。

下面我要说一说我的马。我有一匹马,这匹鬃发飞扬的蒙古马此刻正在贡格尔草原上吃草或奔跑。去年八月,我的散文集《流水似的走马》获得第七届鲁迅文学奖,赤峰市委宣传部专门召开现场直播的表彰会,对我褒奖。面对直播镜头,我一时慌乱,不知从何说起,只想大哭。我在答谢词中说:"我是西拉木伦河岸边的一株小草,是旭日的光线把小草的影子拉得很长,使它像一棵树。"会上,赤峰市委、市政府授予我"赤峰市百柳文学特别奖"并奖励我一匹克什克腾旗的铁蹄马。后来我看直播的视频,发现我长相开始像马了,窄长脸,眼神机警而有野性。对我来说,马是更好的归宿。作为马,我已没有追风的神勇,我是草原上温驯的老马,低着头,驮着我爸我妈和我的文化使命,慢慢往前走。可庆幸者,这里有让马喜欢的草、风和流水,这里是我可爱的飞速发展的故乡。这里是我的祖国。

有绿草横纹的土房

那时候草长得真好，草根和泥土像摔跤手一样互相缠绕在一起，每一寸土地都长满了草。我堂舅照日歌图（这个月的上旬他去世了，愿他灵魂安息）的房子盖在查干木伦河南岸。他们盖房子不用砖瓦，把大地的土挖出来一垒就变成了房子。那一天，大堂舅照日歌图使劲把铁锹踩进草原的土里，土里是密密麻麻的草根，铁锹须切断草根才能挖到底。二堂舅景嘎把麻绳拴在铁锹下方，用肩膀背绳子往前拉铁锹，像拉犁杖。照日歌图扶铁锹，像扶犁杖。铁锹把泥土割成三十公分深，几十米长的大口子。接着，他们俩在这条线四十公分外的地方再平行切割一个口子。用铁锹把两线之间的泥土横着切割成块，像切糕点那样，但它是盖房子用的泥坯。最后用铁锹从泥坯根部把它起出来。说起来挺麻烦，在现场一看就明白了。

那时候我约有五岁，还记得泥坯上方长着密密麻麻的绿草，像刚理过发的头颅。而泥坯的断面长满了密密的洁白的草根，草根约有二十公分长。这些泥土又黑又黏，寓意肥沃富足与坚韧不拔。割草皮的地方离大堂舅新盖的房子只有七八米远,他们俩把方正的泥坯摆在柳篱笆上,抬过去,开始垒房子。泥坯有草的那一面一律朝上。这个房子盖出来之后,墙壁上有一道道绿色的草的横纹,房子的四面墙壁穿着绿横纹的衣裳,这不很好吗?好多年之后,那些草还在绿,真棒。泥坯垒的房框子垒到两米高之后,留出门窗的位置。房顶横担几棵白桦树是檩子,那些树还带着绿叶儿。檩子上面覆盖几块红柳篱笆就完工了。把稀牛粪抹在篱笆上,牛粪晒干后再抹一层又一层,比水泥还结实。它保暖透气,积雪压不塌,而且不会渗漏雨水。燕子和麻雀也喜欢,在屋顶跳舞歌唱。

大堂舅和二堂舅,两个人用两天的时间盖了一座房子。那块割草皮的地面变成一个方池子。下雨时,里面浮着野鸭子。大堂舅说,房子盖好了,把这块取泥坯的地方改成羊圈。他说,草原上面的土被取走之后,沙子就冒出来了,但是羊喜欢沙子。

景嘎的蒙古语含义是吉祥图案。蒙古人把靴子上的、毡子上的、蒙古包上的吉祥图案叫乌力吉景嘎。景嘎是照日歌图的亲弟弟,从小过继给了别人,而别人后来不知去向。景嘎在村子东头生活,他驾驭生产队唯一的一辆大马车。他把马车从村东头赶到西头,再从西头赶到东头;那杆系着红缨的大鞭子在空中啪啪摔响。他盖房子和大堂舅照日歌图并不一样。景嘎家房后有一个大坑,他到河边割许多柳条,一捆一捆背回来摆在坑边上。他用柳条在坑里编篱笆,编出一个有圆穹顶,而且有门和窗的柳条蒙古包。编好之后,他从坑里爬出来,用绳子把这个柳条房子拽上来,立在他认为最好的方位,上面糊上一层又一层的稀牛粪。这就是一个美妙的蒙古包,住进去有好闻的牛粪的香气,地下铺羊皮,既不透风,又不漏雨,像一个超大的头盔。

这是好多年前的事情了,那时候大自然赋予人类多少美好的礼物,比如泥坯,比如柳条。那时的人像儿童一样劳动,他们在苍天之下显出幼稚。苍天喜欢幼稚并勤劳的人。那时候走出房子就踩在草上,到处是草,人像走在地毯上。绿草延伸到远方变成了深黑色,更远处是灰色的云团。那时候的草原经常下雨,雨水丰沛。牧人们爱穿皮靴是因为地面上总是泥泞,这是雨水多的缘故。

意旦扎布与布尔古德

退休的小学教员意旦扎布的狗在漫长的岁月里被严寒冻坏了耳朵。它的耳朵原来是直立的,虽然没有驴耳朵那么修长,但是听力比驴好多了。在严寒中,这对挺拔的耳朵像棉花一样耷拉下来,垂到耳侧旁。这只狗会为他的主人意旦扎布表演一个节目——它的头像拨浪鼓一样急速摇摆,两只残疾耳朵发出啪啪的皮革的声响。意旦扎布这时候笑得双眼涌出泪花,不得不把眼睛闭上。他还要高高地抬起头,防止鼻涕流下来。意旦扎布说他一笑,鼻涕会流出来。这一定是泪囊和鼻子中间哪一个管子漏了,他说。

意旦扎布的狗,名字叫布尔古德。蒙古语的意思是鹰。意旦扎布说给狗起名字有讲究,给狗起鸟的名字,狗才愉快。比如说,布尔古德,鹰。别日鸠海,麻雀。我问为什么要给狗起鸟的名字呢。意旦扎布说一直都是这样子的。

汉族人起名最有意思,意旦扎布说,有人说自己是国王、王君、刘君。意旦扎布闭上眼睛并仰头。笑完了,他说蒙古人没人拿可汗做自己的名字。汉族人还会给狗起人的名字,比如丁丁，东东。哈哈哈。"他们为什么会这样呢？"意旦扎布问我。我说他们一直都是这样子的。

意旦扎布养布尔古德养了十六年，狗老了，耳朵聋了。狗本来是听觉动物，它们对世界和环境的认知，好大程度依赖于听觉。但布尔古德什么也听不见，意旦扎布跟布尔古德交流的方式是手语。这一套手语由意旦扎布而并非布尔古德设计。

比如说，意旦扎布用手在自己脚上比画穿鞋的动作，意谓准备外出。在户外，意旦扎布用两只手在空气中挠几下，布尔古德明白这是允许它快跑。狗一边跑，一边回头看主人，它知道自己听不见了。意旦扎布双手支在地面，像一只狗一样坐着的时候，意谓布尔古德要停止奔跑，坐下。

他和狗之间还有一些没什么逻辑的手语词汇。比如用手拍屁股，是吃饭。拍脖子是喝水。用手指抓住鼻子是睡觉。在沃森花草原上，退休的小学教员意旦扎布房子上的红色彩钢瓦十分鲜艳，特别是在雨后。他房子的前脸儿镶着白瓷砖，窗户和门的周围镶一圈黄瓷砖。从远处看，像一幅人脸的漫画。在离家不远的草场上，意旦扎布对他的老狗做出各种各样的手势，他们在聊天和玩耍。尽管意旦扎布已经七十多岁了，他说布尔古德相当于九十岁。他要陪伴布尔古德度过最后的时光，让狗感到愉快。当意旦扎布把灰色带檐的礼帽扔向空中时，礼帽在空中旋转着，风却吹不走它。在落地前，布尔古德叼起礼帽，跑过去恭敬地送给意旦扎布。他们玩耍时，圈里的奶牛和桩边上的马都惊奇地注视着他们。

大地魔法师

沃登格,乡长金巴苏荣用手撩开门帘儿,用眼睛往炕上示意。炕上有一位老妇人,她头朝东躺着,头枕一个像枕木一般的方枕头,枕头外厢是一块绣着红色牡丹花的方形黑布。见客至,老妇人想慢慢坐起来,金巴苏荣快步上前,扶她后背,让她慢慢坐起来,再把炕里的棉被叠成一个靠垫放在她背后。然后,金巴苏荣退后两步,右膝微弯,右手垂地,施礼。在沃森花这个地方,晚辈向长辈行礼,还保留着清朝满族人的样式。同辈人见面,所行的则是共和之后的握手礼了。金巴苏荣转过头对我说,沃登格。沃登格在蒙古语里是接生婆的意思,同时又有地母和魔法师的含义。这真是一个好词,那些把孩子从母亲身体里领到人间的人,是世间最早的魔法师,她们同时顶戴着"大地母亲"这样一个尊贵的称号。汉语里也有这样的说法——落地降生。人生下来,接引这个人的是大地。人在母亲的肚子里的时光叫胎中,那时他的生活还没有开始。到了大地上,他才成为一个人。沃登格是拉着婴儿的手,领他走向大地的人。

我们眼前这位沃登格，是猎人班萨的妻子，今年八十多岁，她的名字叫德格齐齐格。金巴苏荣说，这个吉布吐村子，还有山那边的爱林高林村子，三十年前出生的人都是德格齐齐格姨妈接生的。德格齐齐格听到金巴苏荣说"这个吉布吐村子"的时候，慈祥的脸上已发出笑意，仿佛她知道金巴苏荣后面说的话必是"山那边的爱林高林村子，三十年前出生的人"这些话。她的脸上漾出光芒，她一个字一个字地倾听并享受着金巴苏荣的诉说，而眼睛在望着远方，如在回忆那些无以数计的婴儿的脸。金巴苏荣说完之后，德格齐齐格的脸显得年轻了，出现了女人的气息。她咧开嘴笑的时候，门牙里蠕动着粉红色的舌头，这成为她脸上最鲜艳的一部分。她笑着，两只眼睛在看你，黑瞳孔的深处有更多的笑意扩散出来。金巴苏荣的介绍加上德格齐齐格的笑，竟营造出神圣的气氛，屋里亮堂堂的。我想象那么多孩子从她手上被接生出来，脸庞粉红，紧闭着眼睛大声啼哭。这些孩子在岁月里长大，长到炕沿那么高，后来他们骑马牧羊，到山的另一边儿去扎夏营地的帐篷。结婚生孩子，再度来请德格齐齐格接生。在这个村子里，河水改道了，河流变得越来越细。天空上堆积着永不重复图案的云朵，人变老，唯有德格齐齐格在重复着一件神圣的事情——接生，她的魔法永无止息。

金巴苏荣对我说，德格齐齐格不光是沃登格，她还是这个村孩子们的乳娘。那个年代的女人营养匮乏，好多女人生了孩子之后没有乳汁。德格齐齐格的乳汁却是出奇地好，谁家的孩子没奶吃,她就走到那一家给孩子哺乳。她有一个特殊的能力,她走过哪一家的门口听到孩子的哭声时,会辨识出是不是孩子饥饿的哭声。孩子饿了,她会走进这一家,不管认不认识这家的人,把乳汁送给那个孩子。山那边的里格登的老婆生了三胞胎,这是二十多年前的事了。里格登的老婆没有乳汁。(这里要插几句话:有人说草原上的母亲没有乳汁,不是可以喝牛奶吗,喝羊奶也可以呀。在那个年代,牛羊和它们的乳汁都是集体的财产。牧民家里没有牛羊,不会有牛奶。)里格登家的三胞胎因为奶水不够吃,哭喊翻天。德格齐齐格要走很远的路,来到里格登家里为这几个孩子哺乳。三胞胎的哥哥只比弟弟们大一岁,眼巴巴地看着弟弟们吮吸乳汁,馋得咽唾沫。德格齐齐格不忍心,待三个弟弟吃饱之后,抱起他们的哥哥,让哥哥也吃一会儿奶。这时候奶水已经不多了,哥哥把乳头咂得啪啪响。给里格登孩子送乳汁,不是送一天也不是送两天,要天天送。白天送三次,晚上还要送一次。前面说过,牧民家里没有马,德格齐齐格家里也没马。每天,她穿过春天的山包,夏天的山包,秋天的山包和冬天覆盖着白雪的山包,走五里路到里格登家里给孩子送乳汁。走夜路,由班萨陪着。一年后,德格齐齐格崴了脚,里格登把四个孩子送到她的家里,吮吸这个瘸腿的乳娘的奶。这些孩子长到两岁的时候,还住在德格齐齐格的家里。沃登格躺在炕沿边上,露出乳房,孩子们站在炕的前面,轮流吮吸她的乳汁。"德格齐齐格有多少乳汁啊?"金巴苏荣仰面说,"她的乳汁为什么不干涸呢?"喷泉,我在心里说，她有乳汁的喷泉。

金巴苏荣和我一起前往爱林高林村子，他抬眼望天，天空上带着弧线的云团，仿佛是一个又一个的银灰色乳房或胖鸽子，连缀到天边。爱林高林村里正举办着电动车展销，有人跳舞，有人唱歌。好多牧民围成半圆，听那个头上戴着塑料珠头饰的女人拿麦克风唱"套马的汉子你威武雄壮"。一位走路往两边晃的白发老人手牵着孙子在我们前面走。金巴苏荣对我说，他是巴拉珠尔，沃登格把他接生出来，喂他奶，喂到了三岁。我感到很惊讶，因为这位巴拉珠尔很老了，也许是紫外线照射的原因，他看上去有六十多岁了，脸上的大皱纹边上分布着米字的小皱纹。他这么老的人好像跟接生没什么关系。金巴苏荣指着在商店一排闲谈的中年人说，他们都是德格齐齐格接生的人。这些人往我们这边看，他们魁梧，生蛮，眼神里还有一些不知所措，为他们接生的人此刻正在家里躺着，经受风湿病痛的折磨。

我想起德格齐齐格问过我认识治疗风湿病的人吗，我多么想说认识，但没办法撒谎，只好小声告诉她，我不认识。她又问，那谁认识呢。

德格齐齐格横躺在炕上，我们坐在她头侧的长沙发上。想不到的是，对面的墙上并排挂着两个巨大的镜子，我们聊天时，沉默时，都看到镜子里的自己，以及摆在眼前的奶茶、奶豆腐、黄油和白砂糖。同时我们从镜子里看到躺在炕上的德格齐齐格（她变成头朝西了），还有从门口往屋里张望的小孩子们的脑袋。这个镜子好像在让我们接受一场讯问，讯问的内容是让我们回忆当年为我们接生的是谁。我忘了，实际说我从来不知道为我接生的人是谁。

我想象德格齐齐格年轻的时候漂亮吗，她有这么多的奶水，亲手接了这么多的孩子。我从她的相貌里寻找她的年轻时光，但找不到。沃登格很老了，她未必认识镜子中的自己了。但她在年轻的时候，有那么多孩子抢着吮吸她的乳房，她低头看这些孩子的小小的粉嫩的嘴唇和黑亮的眸子，这有多么幸福啊。

金巴苏荣再度谈到德格齐齐格的时候，是在晚饭时分，他说德格齐齐格是一个英雄啊。从她家里出来的时候，我上前摸了摸她的手，这一双手上一点脂肪都没有了，只剩下骨头、皮和老年斑。我把她的手放在我的手心里，握住她的手。她把另一只手放在我的手背上，手跟手说说话吧。

金巴苏荣说，摔跤手，歌手，科长，连长，会计，酒鬼，哑巴，司机，这些人都是沃登格接生出来的人。我心里想，吉布吐村可以为她树立一座塑像啊，立塑像是不是需要政府批准呢。我想象在吉布吐村小学里面有一座石质德格齐齐格的半身胸像，写四行字：大地，魔法师，接生婆，乳泉。

我们离开她家的时候，德格齐齐格挣扎着从炕上坐起来，艰难地把两条腿放在炕沿下，这相当于站立，她在送我们。乡长金巴苏荣走过去，用两只手轻轻抱住德格齐齐格的肩膀，把自己的头放在了她的左胸前，抵着。蒙古人表达感恩，会把自己的头放在对方的胸膛上，放在胸左面能听到心跳的地方。

绿雾里的马，身穿鲜艳的雨衣

美丽可汗山在北边，在我身后。它南面的丘陵要矮得多，仿佛是可汗山的仆人们，一直在跪拜，并没有机会抬起过头来。哲盟人僧格今天要在这里开赛马会，可是来参加比赛的马只来了五匹。僧格说等一等，再等等。这时候天空下起了蒙蒙细雨。"雨"这个词不适合描述我眼前的景色，这些水分比雨滴还要小，仿佛是雾。但是落到人的脸上就化成了水。此刻，无论多好的视力也看不清天空有雨丝。这个雾很大呀，罩满了草原。草的叶子亮晶晶的，像卖菜的人用水喷过的菜一样。美丽可汗山在这样的雾里沉沉睡去，他躺在绿雾里，雾的丝绸被子盖着肩膀和胸口。

五匹马在雾里站着，我觉得可以让我放声大笑的是马都穿着塑料雨衣，这是专门为马制作的雨衣。鲜艳的黄颜色、红颜色和蓝颜色的雨衣，用按扣联结，包住了马的脖颈、腰背和浑圆的屁股。好啊，马好像变成了儿童游乐园里的木马。穿雨衣的马的眼睛依旧是亮晶晶的，但尾巴在摆动。是谁发明了马的雨衣？为什么要给马穿雨衣呢？马看到其他马穿雨衣不惊讶吗？我以为它们会吓得奔跑到远方，但是没有。哲盟人僧格从裤子的口袋里拿出一张二指宽的卷烟纸，他的烟草还没有撒到纸上，烟纸已变得软绵绵了。僧格骂了一声，把卷烟纸揉成一团扔掉了。我觉得这很好玩儿。我从口袋里拿出一张纸，这是我从笔记本上撕下来的纸，上面有我今天早晨抄写的 W.S. 默温《花园时间》里的一首诗：

  蜻蜓翅膀的网络
  由光制成
  只有树叶懂得它们
  其中河水流淌
  蜻蜓从水的颜色里起飞
  它们飞走并带走了光

这张写着诗的道林纸在纳米级的雨雾里慢慢收缩，就像纸会在火焰里收缩一样，但慢得多，也没有黑色。那些雨雾如同橡皮擦那样模糊了 W.S. 默温的诗。"蜻蜓"。"河水"。"树叶"。这些词正在消失。这些字的笔画互相侵犯，后来融为一体。纸最后像海蜇一样，摊在我的手上，上面汪一层水。透过水，能看出我手心的鲜红颜色。尽管这样，天上并没下雨，在下雾，马穿着鲜艳的雨衣在等候别的马，哲盟人僧格无聊地往大雾里吐烟圈。

用洁净的东西引火

我把祭火神的事情说一下,这才是最重要的事情。冻梨呀,两个蒙古人拿着扁扁的大酒壶和小酒壶喝酒呀,都是小事。腊月二十三是祭火神的日子,要把最好的胸叉肉煮出来献给火神。先点火,别忘了用洁净的东西引火,比如说,用洁白的没有污痕的桦树皮引火。桦树皮点燃了,大火苗分成几个黄豆大的小火苗跳着燃烧,"驳驳"响。点火前检查一下,柴火也要干净。火大了引燃晒干的牛粪,牛粪是干净的,不能混入狼粪、狗粪和羊粪,火神不喜欢。牛粪点燃的火和狼粪点燃的火会一样吗?当然不一样。因为人无知,他们以为火都是一样的。火神清清楚楚地知道,这些火不一样,火苗的形态、颜色、温度、灰烬都不一样。就像每一个人都不一样。这个人跟那个人站在一起,他们不是一个人。每一条河跟别的河也不是同一条河。火神从牛粪火里接到了清洁的虔诚的祝愿,这是通过煮好的胸叉肉知道的。羊的胸叉肉在大铁锅里冒泡,咕嘟咕嘟,血水变成干枯的向日葵秆那种颜色的沫子,快熟了。胸叉肉是最好的肉，煮熟之后，主人用红绸子、蓝绸子、黄绸子、绿绸子和白绸子把这些肉裹起来。啊，牧民说，五种颜色的绸子是给神穿的衣服。火神看到了这些绸子就知道牧民们给她献上了礼物。牧民们还说："人不能穿五种颜色的衣服，你怎么能穿五种颜色呢？这是神穿的衣服。你看在那高高的山顶上，敖包堆上的风马旗上有五种颜色的绸缎在飘舞，那也是神的衣衫。"把最好的胸叉肉包上五彩绸子献给火神后，还要给火神送上奶茶和酒。肉不好消化，需要喝茶呢。茶烧开后，把一滴答或两滴答茶点在火里，归还给火。通常说，牧区的人不用水来灭火。他们知道火不喜欢水。在荒原上做饭，他们用土掩埋燃尽的火堆而不能泼水。可是腊月二十三是火神过节的日子，可以把两滴茶放进火里，火神也喝茶呢。在北部亚洲的寒带草原，人们除了敬奉太阳，还敬奉火。没有火就没有蒙古人的生活。

蒙古人不允许人抬腿从火上迈过去，不允许把水倒在火上，不允许往火里吐唾沫，不允许往火里扔脏东西。简单说，火洁净，像黄金一样，人应该跪下来，而不能从她身上迈过去。

火啊，长夜里点起一堆火，即使没人陪你说话，没有书和音乐，你也不寂寞。火始终在你面前舞蹈，姿势不重样。火的金黄的脖颈镶着红晕的边儿，金黄的胳膊也镶着红晕的边儿，变幻无穷。你只是看不清她的面孔。火一边舞蹈一边唱歌，你的皮肤接到了她歌声传达的热量，耳朵却听不清她的歌声，人的听觉还没有进化到高级阶段。火的歌声多么美妙，丝绸一般小提琴的音色，白银一般长笛的音色。在火的歌声里，白雪融化了，露出漆黑湿润的土地，坚冰回到了水里。当年树叶在风中怎样歌唱，火就怎样歌唱。火一边舞蹈一边向远方发出信号。火看到了夜里无数动物的眼睛的反光。火看到星星苍白的表情，看到了山峰从夜色的堡垒里挣扎起身的轮廓。马佲班萨说，火神是一位女神。我问："女神和男神的区别在哪里？"班萨很不高兴，他说："不能用人的眼光看神。神就是神，哪有什么男女。"我问："你不是说火是一位女神吗？"班萨说："是的，火是伟大的女神。"

从那之后，我出门前要检查自己的穿戴，若弄出五种颜色来，那怎么能行呢。

沙漠永远姿态柔和

听了乌苏容桂说的话,我不禁想变回婴儿。

刚才他说城里的婴儿在使用尿布。尿布?哈哈哈哈,尿还要布吗?哈哈哈哈哈,他们都笑起来。这是在乌苏容桂的家里,大家等着看政府给他送什么样的奖状。他做了一辆榆木制的勒勒车,送给旗宾馆放在门口展览。政府说这是非物质文化遗产,要送奖状的。村里的人——妇女居多——堆在他家里等着看政府的奖状。可能还有奖金,可能还录像,可能还做抖音,妇女们说。

不知因为什么事情,乌苏容桂提到了尿布。屋里的人特别是妇女哄堂大笑,说尿还有布吗。乌苏容桂解释,婴儿生出来,不会自己走到厕所撒尿,他躺在床上以窝吃窝拉为己任。城里的婴儿屁股底下垫一块布,像四个手绢缝在一起那么大的布,接婴儿的屎和尿。尿布洗干净之后,又放回婴儿的屁股底下。哈哈哈哈,他们说城里人太会搞笑了。说城里人的布真多,因为城里有很多工厂都在织布。

"那么,"我问他们,"沃森花村里的婴儿,生下来屁股底下不垫尿布吗?""哈哈哈,"乌苏容桂说,"我们没有那么多布放在婴儿屁股底下接屎尿,我们的布都穿在身上。"

"屎尿怎么办呢?沙子。"

"沙子?是的,"乌苏容桂骄傲地抬起头,往窗外的南方看,"我们的海力苏沙漠,有的是沙子。我们把白白的沙子用铁锅炒一遍,放在婴儿的屁股底下。又柔软,又热乎,还干净。婴儿尿了,把那一块沙子铲掉。拉屎了,把那一块沙子铲掉。婴儿的屁股永远是干净的。这是天然的(蒙古语'大自然'和'天然'是同一个词)恩赐的礼物。婴儿们从小就得到了这份恩赐。"

往南走,越过一道丘陵就是海力苏沙漠。海力苏是榆树的意思。在这块白茫茫的沙漠上,间或生长几株孤独的、黝黑的榆树。沙子晶莹洁白,颗粒均匀,好像是用精密的粉碎机把萤石粉碎成的粉末。沙漠永远保持着柔和的形态,它的哪一面都没有碰过的痕迹。风最爱沙漠,风把沙漠的立面吹拂得平平展展,每一道沙梁的顶端都有一个曲折的锋缘。人在沙漠里,耳里装满无边的寂静。用录音的原理说,沙子吸音,这里比人间静一百倍。在这里或许能听到鸟儿翅膀扑打空气的声音,听到这一朵云彩冲撞另一朵云彩的声音。人在沙漠里行走困难,一抬脚,脚下的沙像水一样流下去,然后停下来。在你拔出脚的那一刻感觉沙漠里面的湿润。是的,你拿手当铲子,嗖嗖嗖地在沙漠上掏一个洞,掏到第三下就挖出湿润的有水分的深黄色的沙子。你才知道，每座沙漠里面都藏着许多水。海力苏沙漠和所谓沙化草原不是一回事，它是有机体，它和湖泊、土地、河流、大雁一样，是活的事物。它自古以来就是沙漠，现在还是。它是大自然的子孙。

在草原上，沙漠以其洁白、高耸和柔和的曲线显出骄傲。沙漠置身于碧绿的草原的边缘，看上去丰腴并有贵族气息。它不必辛辛苦苦地长草，也不用长庄稼。它像国王陛下的王子一样俯瞰着山下的草原，看羊群一片片移动过来，移动过去。沙漠另外一个好处是牛羊不来践踏，马也不会来到这里奔腾。沙漠始终很悠闲，它在阳光下翻来覆去地晒它那些亮晶晶的沙子。后来风把沙子的表面吹开，阳光便接着晒里面的沙子。就这样，它们度过了亿万年的时光。榆树是这里孤独的守夜人。

我把衣服脱干净，盖在脑袋上阻挡强烈的日光，准备感受沃森花村婴儿屁股的感受。腰很舒服，但屁股感觉太烫了。而你身上无论沾了多少粒沙子，用手一拂就干净了，沙子真是干净的东西。乌苏容桂说，一个人降生就睡在沙子上，长大了不会得胃肠病，也不得发疯的病。他从小就汲取到大自然赐予的天然的力量。

我想看到白白的沙子沾在婴儿粉红色的屁股上的样子，用手一拂，婴儿的屁股干净了。婴儿攥着拳头，蜷着腿，躺在用铁锅炒干净的沙子上，享受啊。

白月

查干萨日在蒙古语里面的含义是白月亮。多好听——白月亮。艾特玛托夫有一本书，名字叫《白轮船》。查干萨日的含义还包括白色的月份，即汉人所说的正月。查干曰白，在蒙古语里与"吉利"同义。比如碾压五谷的石头碾子，巴林人称之为"白色的老汉"，给你加工粮食嘛，这是最吉利的事。查干木伦河自然是吉利的河。在蒙古语的人名里有许多跟"查干"关联的美妙的词语，比如白色的檀香树——查干珊丹，白度母——查干巴拉，等等。查干系列就是吉利系列。你趴在内蒙古的地图上看，能看到好多跟查干有关的地名、山名或河流的名字。这里说说白月。

在白月，蒙古人迎来了热气腾腾的春节。然而在北亚的寒带草原上，寒冷仿佛让万物冻结于一瞬，山峰好像还摆着结冻那一天的姿势。上冻前，山峦好像还在奔走，在涌动。至少山上的树林里还有野兽奔走，山泉水从石头缝里流下来。结冻后，一切都不动了。结冻的草原十分严肃，脱光了树叶的树木用每一根手指指向蓝天,河流在低于地面的河床里变成查干冰面。云朵在天空白白飘过,它的影子在大地以黑翳跟随。

蒙古人在白月里高兴呢,他们一点儿都不严肃,四处动。在初一的早上,牧民家的孩子耳朵最警觉,他们听到屋外有嘚嘚的马蹄声。蹄声停止,传来马打响鼻的声音。如果到屋外看,马从鼻孔里流出两道白烟,比烟筒冒的烟白多了。这是马奔跑停下之后在严寒中的鼻息。马身上带着汗,不到一分钟,这些汗变成了马脖颈上、肚子和后背上的白霜。白霜很厚,并不比冰箱里面的白霜薄。然后呢?客人在杂沓的脚步声中走到门口,他的祝福声先于脚步到达屋里,这是拜年者在发声的高音区域喊出来的祝福声:"啊,过年过得好吗?"主人答:"啊,很好的。"

客人冻得红彤彤的面庞像一盏灯笼照亮了屋里。他戴着蓬松的大狐狸皮帽子,穿着沉重的羊皮蒙古袍。客人不急着坐下,他从皮袍的怀里拿出两个酒壶,捧在手里,躬身向主人敬酒。他把大酒壶送给主人,自己拿小酒壶。或者是把满瓶的酒送给主人,自己拿半瓶的酒。敬酒,这才是最重要的仪式。他们只喝一点点。这一点酒虽然不多,但它像服药的水一样,足以把祝福冲进肚子里。饮毕,客人把小酒壶揣进怀里,他知道小孩子们的眼睛在他身边早已发出热切的钻石的光芒。他继续从皮袍里拿出好东西——自己家烙的馅儿饼,一个孩子送一张,再给每个孩子一只冻梨。在北亚的寒带草原上,过年的时候从怀里拿出水果,是一件神奇的事情。冻梨黑如煤炭,但黑黑的梨柄竟然没被冻掉。把冻梨放在水里缓，当黑梨外表结了一层薄冰的时候，就证明它苏醒过来了。"咔嚓"咬一口（第一口很大），嘴里嚼梨肉，眼睛盯着雪白的梨肉观察。看啊，梨肉比牙齿还要白，比牙齿更甜。"咔嚓"第二口，看看黑梨上白的面积扩大了多少。"咔嚓"第三口之后，已经没有"咔嚓"第四口了，剩下的事是略微啃一啃梨核。啃不了一会儿，梨核就露出像小鸟眼睛一样黑溜溜的种子。不过没关系，明年过年还有冻梨吃呢。这是四十多年前的事情。现在牧区拜年不讲送冻梨了，送冻梨也不能一人只送一个，改送压岁钱了，这都是跟汉人学的，没意思。冻梨呢？他们为什么不拿钱买冻梨送给小孩子呢？

客人敬完酒后给小孩子送一张馅饼，一个冻梨。一般按着礼数，还要送每个小孩子一块饼干。只一块，而不是两块，因为没有那么多饼干，还要去好几家拜年。这款饼干像扑克牌那么大，边缘却带着拐弯的花纹。小孩子舍不得吃，学着客人的样子，把饼干揣进怀里。

主客落座，奶茶上来啦，黄油上来啦，奶豆腐上来啦，炸果子上来啦。主宾二人坐在椅子上，拿着各自的酒壶喝酒。主人把酒壶里的酒喝了一些之后倒满交还客人，客人继续揣着两壶或两瓶酒，到另一家拜年，如法炮制。他们坐着，小口喝酒，不能大喝，因为过一会儿还有人来拜年。初一聊天，聊的都是吉祥话，换句话说，他们聊的全是神的语言——风调雨顺，人畜平安，就像祭敖包念诵的赞颂词一样。是的，人在查干萨日不能乱说话。过年，我们的理解是神在过年。人先把人的话收起来，讲一讲神的话。太阳神、月神、山神、河神、碾子神、动物神都在过年。人是仆人，跟着神凑凑热闹。小孩子躲到角落，从怀里掏出冻梨和饼干（馅儿饼早吃没了）跟兄弟姐妹们比较谁的冻梨和饼干更大。他们舍不得吃，仅仅在脑子里想象"咔嚓"第一口，"咔嚓"第二口，"咔嚓"第三口之后就没有第四口"咔嚓"了；啃一啃梨核就露出小鸟眼睛一样黑亮的种子。想象一百遍之后才开始真吃。

大雪把屋外的群山掩埋变矮之后，草原上的车辙也看不到了。蓝天的蓝，在雪山头顶竟变得十分锋利。马站在拴马桩边上，那边被阳光照射的身体上的白霜融化了。马把蹄子轻轻拿起来，轻轻放下。它脚下的雪地上留下一个套着一个的圆圆的蹄印。

杀草呢

喜庆日或家里来了客人,他们把羊群从草场赶回来。羊群像一只用一百张羊皮缝制的白帆,从绿色的草地上移动过来。它们回来之后,其中一只羊将永远离开羊群。

羊群像流水一样流到这家人的门口,它们在门口的空场拐弯儿走向羊圈。这时候,主人往羊群里看,突然抓住一只羊的耳朵。为什么是这只羊?没人回答你。他抓住这只羊的耳朵,把它按倒在地,边上几个人帮忙。他们抬着这只肥羊,把它移到一块草地上。这只羊咩咩哀鸣。虽然到了此刻,它哀鸣的声音也并不大。它的眼睛里并没有流出人们想象中的眼泪,依旧无神。羊的眼睑粉红,和它嘴巴上的粉红是一样的。这只羊被几个人按倒在地,主人把早已准备好的刀子放在身后。

这个把刀放在身后的人,手里拿了一根草。他把这根草放到羊的胸口上,说:"我没有杀你,杀草呢。"他不管羊听清没听清这句话,刀子迅速扎进羊的心管。

为什么是这只羊呢?这么多羊从主人的身旁迈着小碎步走

过去了，没有躲闪也没有恐惧，它们的模样一模一样。这只被主人揪住了耳朵的羊，刚才还跟羊群里的羊们在一起。它在草场吃草，见过今天早上的太阳与露水。它不知道今天是哪一天，也不懂什么叫作喜庆和客人。它来不及回忆它作为小羊羔来到这个名为世界、实际上只是一片草场的地方所经历过的一切事情。它跟着羊群每天走在草场上，在河边"一"字形散开，喝河里的水。下雪了，它和它们躲在羊圈里，全身顶着毛茸茸的雪片。

今天中午而不是傍晚，它们提前回家。它已经走过门口，但没到达羊圈。后边的事情羊记不得了，这已经是它的一生。如果它可以回忆的话，这个世界上，人发出的最后的声音是"杀草呢"。羊看不清这些人的脸，他们穿着衣裳，脸庞黧黑，咕咕哝哝说一些话，他们笑着。羊最后看到的是什么人？用人的话说，他们不是一帮屠夫吗？

婚礼的乳汁

到镇里前，蓝色的指路牌子上写着有趣的村名——乌兰杭肖，直译过来是"红色的嘴巴"。当地人说，翻译过来是狐狸，说狐狸呢。这时候天空下起大雨，往四外看，远处的高戈斯台可汗山，还有河边的护岸林都没有下雨，在视野里清清楚楚。但"红色的嘴巴"正在下雨，雨像一个水龙头在冲洗这里，大而急，每一滴雨砸在柏油路面都激起一寸高的水花，并听得见雨落地的啪啪声响。

车开到镇里一家饭馆门前停下，雨马上停了，好像天空有人说"停！"进饭馆，预订房间的桌子小到必须把它搬开，才能让人坐进去的程度。我坐进里面，挨着我坐着的是镇民政助理桑杰。

"上菜。"桑杰说。服务员好像早就等在门口，刷刷把菜放在桌子上。桑杰说："我们等一下镇长永日布，这顿饭是他请你。"

我记得等镇长等了很长时间，大约有四十分钟。我用想象力慢慢咀嚼着桌上摆的羊肋条并把它们咽下去,当然要蘸一蘸蓝盘子装的山韭花酱。在想象当中,我大约吃下两盘羊肋条,应该有三公斤的样子。这时候镇长永日布出现了。

他一副喜气洋洋的样子,好像刚刚唱完歌曲。难道迟到还要喜气洋洋吗?这位镇长穿一身雨天的乡村根本见不到的笔挺的西装。"笔挺"这个词不准确,他的西裤堆满了皱褶,仅仅西装前胸比较挺括。他的肌肉发达,西装好像套在了铠甲外面。我在格林体育馆游泳的时候,每天见到的两个游泳的吉尔吉斯人就是这种样子,个子不高,肩膀和脖颈肌肉发达,像野猪一样。镇长先生拿起酒盅,把无名指探在酒里,向天空弹了三下,用唱歌一般的愉悦音调说:"欢迎远方来的鲍老师,你带来了暴雨和雨后清新的空气。"

他的小眼睛镶在被蒙古高原烈日晒得宛如酱牛肉一般的脸膛上。这双眼睛仿佛在抑制笑意,但笑意分明。这是儿童才有的表情。他说:"我刚刚从婚礼上下来,我妹妹的女儿娜布琪今天结婚。"他轻轻摇着头,脸上非常满意,仿佛婚礼的场面隆重到不可思议。他说:"非常好,非常成功。大家唱歌喝酒,非常高兴。我的外甥女娜布琪也非常高兴。我们在呼和浩特给她定制了三身蒙古袍,白色的、蓝色的、红色的蒙古袍,配长坎肩,都穿出来了。"他满意地摇头,表示不可思议。镇长说:"村里的人都看见娜布琪今天结婚了。"说到这儿,镇长从西服里掏出叠得平平整整像一封信那样的白手绢,按在自己的眼窝上。他自言自语:"娜布琪今天结婚了?"用的却是疑问的口气,像有委屈。

永日布抬起头,脸上的喜庆劲头全没了,像换了一个人。他说:"我的外甥女娜布琪在六岁的时候,我的妹妹得病去世了。过了半年,我的妹夫也去世了。我把娜布琪接到我家里。我的女儿叫莲花,比娜布琪小一岁,她们两个人就像姐妹一样。但是我给娜布琪买的东西都是最好的,每个假期领她到外地去旅游。逢年过节给她买最好的礼物。我最怕的事情是她想她的爸爸妈妈,她可能也想了,但没让我看出来。娜布琪念了最好的小学,最好的初中和高中,考上了内蒙古大学。我妹妹如果活着,她能耐顶了天,也就是让女儿考上内蒙古大学。娜布琪大学毕业在赤峰上了班,单位很好。然后她谈恋爱,今天结婚了。她丈夫家里有三百多头牛,很有钱,在赤峰买了房子和车。我在赤峰给娜布琪也买了房子和车。车跟婆家的一样,丰田佳美,但颜色不一样,他们是白的,我是蓝的。房子和她公公婆婆买的房子在一个小区里,面积也一样。为什么你能买我不能买?我妹妹怎么想?"

可是,永日布扭过头,委屈地咬住嘴唇,眼泪蓄满了眼角,眼看就流下来了。他断断续续地说:"可是,在婚礼上,婆家,端一碗新鲜的牛奶,送给娘家妈喝下去。这碗奶代表着,母亲养育女儿,所有的辛苦。有女儿的母亲,都等着在女儿婚礼上,喝下这碗奶。可是,我妹妹不在了,由我来喝。当时我想大哭,可是,当着这么多人的面,我强忍住没哭。这碗奶,我一口一口喝下去,比黄连还苦。它本该是我妹妹喝的……"

永日布看着房顶，站起身来。我以为他要唱一首歌表达嫁女心情。他举起双臂，竟然号啕大哭。哭着哭着，他用双手抱住自己的脑袋，坐下来，推开盘子，把双臂交叠放在桌子上，枕着手臂哭，后背大力起伏。

哭够了，他抬起头，脱去西服，脱去白衬衣和领带，脱去衬衣里面的蓝色短袖衫，只剩下一件被汗沤出筛子眼的白色的跨栏背心。上面写着"天山高中篮球比赛优秀奖"。这身装扮像一个牧民。他说："我妹妹要是看到今天的婚礼场面就好了，非常成功。喝！"我们端杯喝了一口酒。

永日布这时候又说："但这碗牛奶应该是由我妹妹喝的。"说着他又委屈地哭起来，这回不是大声哭，声音小。我理解他，他认为妹妹与妹夫虽然死去十几年，但今天非常有必要复活一会儿，看一看婚礼的场面。哪怕他妹妹独自活十五分钟也好，或者他妹妹把那碗牛奶喝下去立刻死也没关系。可是，如果妹妹和妹夫一个都没活过来看一下，婚礼办这么好有什么意义呢？镇长痛哭不已。

少顷，镇长深呼吸，擤鼻涕，回到现实中。

他问我："你是干什么的？"

民政助理桑杰惊讶地回答他："这是鲍老师，今天你请鲍老师吃饭呀！"

永日布严厉地说："闭嘴，我没问你。"

他问我："你是干什么的？"

我回答："警察。"

永日布啪地拍了一下桌子，筷子震到地上。他说："有人偷光缆，你为什么不管？有人私自宰猪到市场上卖，你为什么不管？你们是不是一伙的？"

我答："咱们国家的法律规定刑事和治安案件归属当地公安机关管辖，并不是所有警察都能管全国所有的事情，警察没有这个权力。"

啪，永日布又拍一下桌子，这回把手机震到地下。"都是你们干的，你们放任坏人坏事不管。"

桑杰吓坏了，走过去，把镇长摁到座位上。但永日布像弹簧一样弹起来，把桑杰轻松地推到一边。

他对我说："你别走了，你必须把我们镇的坏人抓起来判刑，我们才能放你走。"

我原本想跟他吵一架的，但我坐在桌子的里边，想站也站不起来，身后的墙壁也妨碍我用手拍桌子。突然，永日布双手捧住自己的脸，又呜呜哭起来。他断断续续地说："这碗牛奶，本来是，由我妹妹来喝的。我妹妹没有……喝到……这碗奶，我心里太……难受了……"

山丁子树摇篮

在高戈斯台可汗山的阴面,泉水从岩石上悄悄流下来,在树叶的缝隙里微微闪光。山的身体包裹着花岗岩,那桃色的花岗岩和灰色的花岗岩。花岗岩是被树林遮蔽的山的肉。

什么树在花岗岩上生长?牧民把这种树的木板放在花岗岩上,比较树和岩石的纹理,说一模一样啊,只不过木板有香气,比花岗岩柔韧。还有呢,这种树的树枝是红颜色。但是红树枝如果开红花,就不好看了,人们从远处看不出来树在开花。树知道,故而开白花。春天来了之后,像一个大网罩住了高戈斯台可汗山的阴面和阳面,草和树冒芽,有种子的植物都从地上站出来,泉水开始悄悄地流。春天的时候,泉水一边流一边结冰,新的流水把冰融化。夜晚,新的流水又结了冰。这就像人喝茶老往茶壶里添水一样。往高戈斯台可汗山上走,无论朝哪个方向看,山都挡住了多半个天空。这时候长在花岗岩上的树开花了,它的枝条像山楂一样红。这条红胳膊转圈挂满了白花,好像刺绣绣上去的花。这种树名字叫山丁子树,又叫山荆子树，这是牧民最喜欢的树之一。

牧民们还喜欢雅西乐——鼠李木，喜欢哈日根那——山杏树。如果你经历过五个多月的光秃秃的冬季，你也会喜欢所有冒绿叶的树木。如果在高戈斯台可汗山树里面选一两种喜欢的树，牧民喜欢活泼的像少年人一样的山丁子树。这些树身穿红衣服，手里举着白花在山坡上跑。跑什么呢？它们追赶江木伦河远远逝去的水波。牧民们把山丁子树请回家，如同请回贵客。他们用毛巾擦这棵树，用水清洗，放到锅里煮。煮好了，拿到太阳下面晒。这样的山丁子树不裂纹。

他们做什么呢？他们用山丁子树给婴儿做一个摇篮。在牧区，做摇篮是大事呢。一个人从妈妈的肚子里降生到世上，他要和谁在一起？老祖宗早就替他们想好了，要跟乌日乐在一起，乌日乐就是山丁子树，山丁子树包裹着婴儿的细嫩的肉。山丁子树长在花岗岩上，坚韧无比。它经历过山泉水的浇灌，春天用红胳膊举着白花奔跑。这种树的气质慢慢会渗透到婴儿的身体里，尤其是骨骼里。这正是牧民们所盼望的事情。

牧民们做好山丁子树的摇篮，要到高戈斯台可汗山上选沙子。你看一下就知道，山真是有意思，它到处是岩石，杂树丛生。但是在阳坡一定有一个地方积蓄着圆圆的像湖泊一样的沙漠。沙子不能喂羊，但能铺摇篮，给婴儿当床。摇篮里如果不铺沙子，还铺什么呢？洁白的沙子放在孩子的身体下边，干净又柔软，老天爷制造沙子就是干这件事用的。高戈斯台可汗山上的沙子不多也不少，足够孩子铺摇篮用了。山下居住的牧民，小时候都在这些沙子上睡过觉。铺摇篮的沙子先放在锅里炒，炒得微微发黄，但并不发出粮食的香气。再把沙子铺在摇篮里，为孩子接屎接尿，脏一块儿扔一块儿。牧民说，这个孩子原来睡在这块沙漠的沙子上，如果换了其他沙漠的沙子，孩子会昼夜啼哭。这是说，人和大自然有无数种联系。比如，孩子换了其他地方的沙子会昼夜哭啼。

牧民们在山上取沙子之前，向沙漠之神跪拜："神啊，我来取你的沙子，是为了我儿女的成长。请允许我拿走你的沙子，请在我取的沙子里放进你灵验的祝福。"沙子铺好了，摇篮挂在炕里的东北角上方。东北角是母亲待的地方，吉祥方位，母亲和孩子摇篮在一起。摇篮要用单数的三根皮绳系在房梁下，皮绳上挂着三个鲜艳的吉祥结。摇篮动的时候，孩子眼珠随着吉祥结转动，预防斜视。皮绳还系着公野猪的獠牙，它的獠牙多么锋利，野猪和公马搏斗的时候，獠牙齐刷刷地切断马尾。

山丁子树的摇篮里铺着高戈斯台可汗山洁白的沙子，孩子在摇篮里睡觉。山丁子树、沙子和獠牙一起安排婴儿的梦，高戈斯台可汗山的雄伟、苍茫会陆陆续续在他梦里出现。

赞伯拉的走马，
享有神圣封号的火蓝觉若

十年前的样子，夏日巴塔村的马倌赞伯拉到哈日努登村的朋友杭爱家里喝酒。他喝醉了，骑马回家，从马上掉下来，睡在了江木伦河边的灌木丛里。

赞伯拉的马的名字叫火蓝觉若，是一匹走马。这匹马守护着赞伯拉。到了夜晚，动物们从高戈斯台可汗山下来，到江木伦河边饮水。这些动物想不到会有一个马倌躺在河边，四肢放松，等着它们来吃。但并不是所有的动物都喜欢吃人。人认为是动物就吃人，有一点高抬自己。所有的动物都有自己的食谱。有一些动物吃另一些动物的肉，而不会吃所有动物的肉，它们觉得不好吃。这是上天决定的，上天并没有给所有动物太多的胃口。人觉得动物吃人，把自己想象得过于香甜。有一位猎人说，人身上的气味难闻，没几种动物会吃人，除非它饿昏了。老虎蔑视人，它只喜欢吃野猪的脖颈肉。人没多少肌肉，脂肪太多，动物并不爱吃。当然有的动物，比如獾子和狐狸，愿意吃动物的内脏，这是指动物尸体腐烂之后的内脏。人的内脏有肚皮和衣服包裹,赞伯拉的内脏也有肚皮和衣服包裹,他发出的巨大的呼噜声,让动物们发抖。即使是这样,他的马火蓝觉若仍然守卫着他。马在赞伯拉身边走来走去,如果有动物走过来,火蓝觉若抬起蹄子,用后蹄使劲刨土。动物们散开,走到很远的河边去饮水。火蓝觉若看守了他的主人一夜,在明月的清辉下,在河面吹来的微风和蛙鸣声里,赞伯拉香甜地睡了一个晚上。到了早晨,他还没有醒过来的意思,然而动物们撤回到山上。太阳跃上山巅,金红色的光芒扎进赞伯拉的脸庞和脖子里,却没把他弄醒。他的马此时绝尘而去。马跑到哪里去了?火蓝觉若跑到三公里外的夏日巴塔村,这里有赞伯拉的家。马跑进赞伯拉家的院子,高声嘶鸣。赞伯拉的老婆纳仁花走出来,看到这匹马正朝天尥蹶子。她不认同,马从来是斯文的,哪有一匹马会在主人家门口朝天尥蹶子。纳仁花忍不住批评了这匹马,上前牵马的笼头。但火蓝觉若原地打转,不让牵。纳仁花生气了,指着马说:"你这是要做什么?你怎么变成这个样子?"在牧区,主人不可以骂马,批评一下可以,语气不能太重。猛地,纳仁花恍然大悟,火蓝觉若的马背上有鞍子,但没有赞伯拉。纳仁花原来以为这匹马是从马群里跑来的。既然备了鞍子,人没回来,一定出事了,马回家来报信。

纳仁花说:"好了好了,咱们去找赞伯拉。"纳仁花骑上马,马飞也似的把她带到了江木伦河畔的灌木丛边上。刚好,小鸟正出早操,它们像蜻蜓一样布满了河面。河水的波浪排成横列，一浪一浪地向前推进，像朝鲜军队的阅兵式那样。赞伯拉躺在灌木丛边上仰面睡觉，张开黑洞洞的嘴。纳仁花下马，从身上拿出一个塑料瓶，里面装着白色液体，是用马奶做的酸奶，叫车戈。她像往抽水马桶的黑洞倒水那样把车戈倒进了赞伯拉的嘴里。车戈非常酸，据说有健脾宣肺的功能。赞伯拉因此被呛醒，咳嗽，起身，惊讶，在地上坐了一会儿，他们夫妻二人骑着火蓝觉若回到了家。

这个故事的前半段是赞伯拉讲的，后半段由纳仁花补充，那时候我坐在他家夏营地的蒙古包里喝茶。早上的光线，从蒙古包下面通风处一寸一寸向里延伸，照亮地毯。一只草绿色的螳螂跳到红漆餐桌的奶豆腐上，气势汹汹地站着，仿佛庆幸它没跳进滚烫的茶碗。我承认我暗中希望它跳进茶碗里。

"我的马火蓝觉若聪明，"赞伯拉说，"年轻的时候，我们在可汗山下面的草地抓兔子。你看兔子跑得多快，却会突然拐弯，向东向西，但是马照样撵上兔子。在马差一步追上兔子时，我从马上扑下去，一把抓住兔子。在落地那一瞬，我两只手抓住兔子，后面双脚一蹬，重新跃到马背上，马一直在跑。人怎么能够扑到地上又跳起来回到马背上呢？这不是魔术。落地那一瞬，手攥着马缰绳，拽缰绳借力，跳到马背上。"

我问："是你自己这样做，还是村里其他的人也能这样做？"赞伯拉说："啊嚯，好多人都能呢，但是从飞跑的马上扑到地下抓起兔子，也是俄尔登木其（天赋才能）呢。"

我脑子里过了一下这样的画面，我觉得这比奥运会的一些项目还体现力量与技巧的强大。人从马上扑地抓住兔子,人也可以扑地抓住人,抓住其他东西。人的骑术达到这个境界,相当吓人。我忽然想到,蒙古人作为游牧民族从亚洲一直打到欧洲,看来并不是一件虚妄的事情。当时他们没有更强的生产力,只有马。但他们在马上的这番身手,足以让对手尿裤子了。赞伯拉说:"你不要理解错了,这件事情的重点不是兔子,也不是我,是马呀。马啊马,它多么聪明,它知道你要活捉兔子,它用那么好的速度和默契配合你,让你抓住兔子。除了马,没有哪种动物能帮人做这件事。""虽然,"赞伯拉说,"抓不抓兔子都没关系,我们抓到兔子,后来把它放掉了,有的兔子吓得不会跑。但是马多么聪明。"

"我的马名字叫火蓝觉若。你从山顶上看过草原没有?草原从山上延伸下来,那一种柔和的曲线特别漂亮,像马从头顶缓缓下降到后背的曲线,马鬃是整齐的灌木林。我的马小腿骨棒细而又细,是马里边最细的小腿。小腿越细,这个马跑得就越快。但它的两个蹄子特别大,像白贝壳做的大碗,摆在马头下边,非常威风。它的双腿笔直笔直地站着,像一个哨兵。它的鼻梁呢,也是笔直笔直,只有诚实和有福气的人的鼻梁才是这样子。它的耳朵永远是尖尖的,而不像驴那样让耳朵趴下来,没意思。火蓝觉若站着的时候,它的大眼睛看自己眼前五六步的地方,它看什么呢?或者它在想什么?我们不知道它看什么想什么。它的眼睛晶莹,黑黑的瞳仁没有杂质。跑起来之后,马就变成另外一种动物,像蛟龙在海浪之间穿行,像飞一样。"赞伯拉说,"我在电视上看到一个外国人手扶着帆板在波浪之间穿行,我觉得那就是我。我骑着火蓝觉若在齐腰深的草里奔跑的时候也是那个样子。起伏着,跳跃着,好像在飞行。"

说着,赞伯拉右手撑着地毯,缓缓站起来。他眼睛看着前方,蒙古包的毡片仿佛挡不住他的视线。他手心向上,平端两只手,慢慢端起来,端到胸口停住。他手里仿佛真的有东西,但并没有,像一个祭神的仪式。

这时候,一种声音,一种低频的声音从他口腔里缓缓发出来,你可以感觉到他腹肌与腹膜的震动。这个声音像电流从他的脊柱上升到颈椎,到达头顶,经过上腭持续发出来:"哦——哦——哦——呼麦。"这是赞伯拉的声音,是一个民歌的前奏。接着,他大声唱起来,真假声交错。唱到高音,他眼睛必定闭上,高音结束再睁开。声音的激流像一条蛇,在他身体里上下窜动,噬咬他的五脏六腑。他的表情与其说是欢快,不如说是痛苦。歌词说:

> 登上山啦,登上了登不上的山,
> 风梳你的鬃毛,擦干汗。
> 你把最后的力气放在滚落的砾石上,
> 一步一步登上了黑莫日山顶。
> 山顶有太阳等你,
> 夜晚,月亮最先找到你,
> 你一眼能看清二十里路的风景。

赞伯拉睁眼睛，闭眼睛，吸气，吐气，换了六七种表情之后，唱完这首歌。他放下手，坐在地毯上。他说："我的马火蓝觉若得过三次乡以上的赛马冠军，被乡里封为达尔罕齐（达尔罕齐是封号，大意为神圣者、不可触动者）。"赞伯拉的走马火蓝觉若被封为达尔罕齐之后，不能被出售，不参加赛马比赛。虽然它不参加比赛，但也会在赛马大会上获得并列第一名的荣誉。它在草场上自由地吃草徜徉，尾巴在晚风里愉快地扫动，随便到哪里去都没有人阻拦。简单地说，这都是主人情愿，乡里没人管这件事。所谓乡里封的达尔罕齐的称号，也没有法律意义，只是一种美好的称谓，表明人情愿为马养老。

大约在三年之前，火蓝觉若作为一个神圣的达尔罕齐，觉得自己到了归天的时候，它已经活了二十六年。它一步一步登上了离赞伯拉家很远的黑莫日山。那座山并不大，但很陡峭。火蓝觉若一步一步地登上了这座山，按赞伯拉的说法，这座山只有山羊才能登得上去。马老得已经没力量了，行走困难。天知道火蓝觉若怎么登上了这么陡峭的山，走的是哪一条路！

有一天，赞伯拉在草原上没有发现马的身影，心里预感火蓝觉若到了归天的时候。他找来找去，在黑莫日山的山顶，看到了火蓝觉若的骸骨。它的前腿骨、后腿骨和肋骨都清清楚楚地摆在山顶上。皮毛和肉早就被其他动物吞噬或已风干，雨水把这些骨骼浇得干干净净，一堆雪白。它的蹄子上保留着赞伯拉给它挂的纯银的脚环。

赞伯拉自豪，他没想到火蓝觉若竟然知道自己是被封为达尔罕齐的，所以它选择死在黑莫日山顶，每天最早见到朝阳。这有多么荣耀啊，让赞伯拉刚才唱歌的时候，表情神圣。

紫色带香味的大幕

"白塔下面有一座地宫,地宫里藏着很多用紫布包裹的经书,我亲眼看过这些经书。"

这段话是看守过金代古塔的楚格宾巴对我说的,时在三十多年前,那时候我到牧区采访一位种苜蓿草的牧民,在乡政府门前遇到了楚格宾巴。他坐在矮墙头上,怀抱着一根牧羊鞭。鞭杆是一根细木棍,上面拴了一条细布条。楚格宾巴指着白塔说:"你知道那些包裹经书的布有多长吗?"他站起身,迈开大步往北走,大约走出去三十多米,转回身告诉我:"有两个这么长。"我起身走,按着一步一米的距离往他那边走,走到他身旁,告诉他二十七米。他说那些包经卷的布有两个二十七米,当年他把这些布在地上卷成卷儿,拉了满满一马车。"很高的,"楚格宾巴用手在自己前额上比画,"布拉到了乡里,他们拿这些布为礼堂做了一个幕布。"

我们一起去了乡里的礼堂。礼堂的大门挂锁,楚格宾巴带我从后面的窗户钻进去。礼堂里面空空荡荡,几十把椅子靠墙边擩着，擩在上面的椅子四脚朝天。我闻到空气里有一股没闻过的香味儿。

台上大幕合拢，这有些奇怪。只有演出的时候大幕才合拢并打开，对吧？在这个没有观众的礼堂里，大幕竟然是合拢的。楚格宾巴指着幕布说："就是这些布，他们缝成了一个幕布。"

深紫色的幕布封闭舞台，像一面赭石的山岩。我们往前走，香味越发重。楚格宾巴说："这个布有檀香味。"这时候幕布中央突然拉开一道缝，露出一只脑袋，头发黄而稀。他的手紧紧地拽着幕布，裹住自己的脖子，仿佛害怕别人看到他的身体。

这个头颅用蒙古语问："仁琴道尔吉去了哪里？"楚格宾巴不耐烦地用手背挥了挥，意思是走吧走吧。头颅又问："下雨了吗？"楚格宾巴又挥了挥手。头颅小心隐没在紫色有香味的幕布后再也没有出来。我想问楚格宾巴："这是你导演的吧？很搞笑。"但发现不是这么回事，改问他："这个人是谁？"楚格宾巴说他是从哲盟那边来的人。

"仁琴道尔吉是谁？"

楚格宾巴说："仁琴道尔吉早死了。"

我惊讶的是，楚格宾巴对从大幕缝里突然出现的这个从哲盟那边来的人一点儿都不惊讶。原来我打算到台上看看幕布后面是什么样子，但我止步了。我觉得幕布后面是一处无法想象的场景，你无法想象哲盟人或许还有他的同伙把里边搞成了什么样子。奇异的香味会让人失去理性，印度香对海子当年失去生命负有责任。

马鬃燃烧

摔跤手身穿银泡钉的摔跤衣，颈圈上系着几十条彩色的布条。他们上场时举起双臂，笨拙地跳着舞。他们叫这为鹰舞，为了让颈圈上的布条抖动起来，仿佛是一只鹰。

禽类最华丽的羽毛长在颈部。摔跤手认为，一个人颈部飞起来鹰一样的羽毛（用彩色布条代替），就算是一只鹰了，爪子锐不可当。在我看来，颈部华丽者除了鹰和摔跤手，还有马。马群冲过来，好像在你面前砌了一座奔流的城墙。这座夹杂枣红色、灰色、白色和黑色的城墙顶端飘扬着群马的颈部鬃发，这是马的五色战旗，它们在风中猎猎招展。马群踏过，你看不清每匹马是什么样的马，但马的鬃发和拉成直线的尾巴给你留下强烈印象。阳光下，马的皮毛闪亮，马蹄如千足之虫的脚爪翻飞。马鬃是马从天际拉过来的绳索，牵着云团迁移。

从山顶看马群跑过大地，看它们鬃发飞扬，仿佛大地燃烧着黑色亚麻色的火焰，一丛丛火焰下面有马蹄踏出的沉闷鼓点。在河边看低头饮水的马群，马们伸着修长的脖子探向清澈并缓缓流动的河水。河水映照马的鼻梁，而风用马的鬃发盖住了它们的眼睛。这些没有修剪过的鬃发代表马的野性。它们不是驾驭马车的牲畜，而是大自然的子孙，崇尚自由，与人平等。

最健壮的马鬃发最长，这是马群中的公马，人称儿马。牧民说，不要碰公马的鬃发。不能修剪，甚至不能摸，尤其不允许女人摸。我问一个马倌，如果公马的鬃发被剪掉会怎么样。马倌沮丧地说，完了，公马的勇气和力量就没有了。马倌告诉我，公马的鬃发不能碰到剪子，不能遇到一切铁。

我知道，即使是一般的马，也不能够随便给它修剪鬃发。给马剪鬃发要挑选一个好日子。阳光普照，微风和煦，这才好。谁会在暴风雨之夜给马修剪鬃发，他傻吗？马不能在它生日的那天被剪掉鬃发，牧民们认为这对马的健康有害。牧民们记得自己马群里每一匹马的生辰，用脑子记而不是用笔记在纸上。

可是现在草原上的马很少了。你到草原旅游，你看过马群吗？你看不到。我对马的描述来自记忆，而且是很久以前的记忆。你如果去问牧人，草原上为什么见不到马。他们会说，现在放羊放牛不用马了，用摩托车。

有人说——这是一位法国作家说的，好像是拉·封丹——"马是人类驯化的动物中最成功的范例。"经过驯化的马，可以把它的智慧、勇气和力量与人类的愿望相融合。除了马，没有哪种动物能达到这个境界。所谓动物，在环境的要求下，会有智慧和力量，但这是它单独使用的，和人类没什么关系。马了不起，它知道人在想什么，它用忍耐力达成人的愿望，人类再也找不到这样的动物了。虽然人所养的宠物也会奉迎人，比如说犬类。那只是逢迎，而不是融合。马戏团驯养员鞭子下的猴子也会逢迎，但那也不叫融合，是谄媚。马最优秀的品质之一是不向人类谄媚。人也好，动物也好，一谄媚就坏了自己的品质。与达尔文所说的进化正相反，变成退化。

马在早晨的草原上奔驰，它喜欢看到草叶上晶莹的露珠在马蹄的震动下纷纷滑落。马喜欢看日出的红光从山顶上流淌下来，灌注草原，把青草的纤毛染上一层红光，马觉得这才是上天最好的礼物。马看到河水无声地流过去，而鹅卵石仍然在原来的位置。它踏过河水，踏过的地方水花四溅。

然而草原上几乎见不到马了。有一些牧民养马是喜欢马，不用来放牧，也不当作交通工具。在内蒙古的牧区，多数村子修上了通村的水泥公路。你知道，马蹄子只适合于在土里翻盏，马没办法在水泥路上行走，容易摔倒，马走在水泥路上胆战心惊。如果下了雨或结了冰，马、牛甚至羊都不敢在水泥路上行走。大地则是另一回事，所有在大地降生的生灵都能在大地行走，无论地上有没有雨雪冰。

有人说马喜欢跑，No，参加世界田径黄金联赛的运动员才喜欢跑。马喜欢自由，包括跑与静立。马跑的时候，大地像扇子一样在它眼前敞开，有丘陵、河流，以及像羊尾巴一样在天边晾晒的灰云朵。可是，自从牧区实行草场联产承包之后，牧民们把自家的草场封上了铁丝网。我的意思是说，草原的辽阔只是一种假象，事实上，它早被网格般的铁丝网所分割，马往哪里跑呢？这是马群减少的主要原因。另一个原因是禁牧令。巴林右旗禁牧已经十年了，在他们那里，一年四季都不允许牲畜在草场上放牧，草原是空荡荡的，只有草和土，还有天上的云彩。

没有牲畜的介入，草原上的牧草迅速退化。牛群、羊群、马群在游牧中会把草籽和多样性的生物因素携带到四面八方。它们的践踏和粪便促进了草原的健康成长，这是大自然原本的含义。当草原没有牲畜游荡的时候，牲畜所需要的那些牧草也都消失了。而马在铁丝网的重重包围之下，要往哪里奔跑呢？你看过草原上奔跑而来的马群吗？如果有，那也是有人花钱从马倌那里租来的马群，一驰而过而已。那是表演，而不是马的生存。政府举办文旅结合的摄影大赛时，汹涌的马群从天边跑来。几百匹马甚至上千匹马，像洪水一样飞掠而过。马群两旁布满密密麻麻的照相机镜头，而马的头顶，还有带摄影镜头的无人机的游弋，政府称之为盛会，确实是盛会，人们借此看到世上还有这么多马。

我问牧民："禁牧令妨碍牧业发展，政府知道吗？"

"知道，"牧民说，"政府什么都知道。"

我问："那为什么不取消呢？"

牧民说："这个禁牧令是上一届的上一届的上一届的自治区主席下的令，那下一届的下一届的下一届的主席就不愿意取消这个令,好像不礼貌。"

马想念马,马愿意在马群中生活。可是马群在哪里呢?草原上的公路很发达,有汽车、摩托车和电动车,马做什么用处呢?

在牧区,最好的草场被封在一处名为自然保护区的地段。土地进入自然保护区之后,跟牲畜永远隔绝。无论是人和牲畜都不允许进入自然保护区活动,只有蚂蚁除外。我曾经听说一户牧民的羊群钻过铁丝网进入保护区,在里面拉了几百个粪蛋儿,当然也吃了保护区的草,这个牧民被公安抓了起来,说他破坏自然保护区的生态,属于犯罪。那么自然保护区里面是什么情形呢?里面的树木成片死亡。没有牛羊马群的存在,树木不与其他生物发生联系,被监禁在一个名为自然保护区的地方反而死得快,因为那里失去了生态的多样性。就牧区而言,国家无须划一块地去保护。牧民们不捕杀动物,也不挖中草药,这都是外地人干的事。为了防止外地人到自然保护区破坏生态,竟然会把这么一大片土地围封起来永不解禁,真奢侈。那么自然保护区里面有没有人呢?当然有。那些在改革进程中半死不活的国营林场或农场的人在里面谋生。这些人没有农民身份,因而没有耕地草场,也没有职工身份,因而没有工资和养老金。他们在自然保护区里面生存,自然保护区保护的对象,有草、动物和这些人。

蒙古人不允许用鞭子打马的头,不允许骂马。蒙古语里面关于马的词汇,几乎全都是赞颂。马的位置低于神祇但高于人。马是地球上数量逐渐减少的物种。你去查《新华字典》，在"马"的偏旁边上累积着许多汉字。这些带"马"字旁的汉字跟马有关，跟神奇、勇敢、迅速有关。但这些字的使用量越来越少。无论在县城，还是一个镇子，都很少能见到马。那些卖香瓜的人赶的马车所套的牲畜也不是马而是驴。多年以后，说到马的时候，人们说的只是那些姓马的人。

张毛赫尔进山

沙布尔台，蒙古语的含义是泥泞之地，雅致的译法可以写为湿润之地。水在草原宝贵，在内蒙古，你会看到许多地名跟水有关，比如水泉之地、河流之地等。沙布尔台村的地貌看不到特殊禀赋，但是天空富有。我来的几天中，天空堆满铅灰色的浓云。冶炼时铅与锌分析不充分，就会呈现这种偏蓝的灰色。

油画家们喜欢这种调子，很深沉。这种铅锌云与深绿的草原以及黑莫日山北坡的白桦树对比和谐，有十九世纪俄国画风。这里的人说，离这里不远的锡林郭勒盟的一个铅锌矿被中央环境督导组的下令关掉了。这个矿的人有没有可能把铅锌矿石气化到空中，转移到其他地方呢？这不一定不可能，资本无所不能。这些气化云堆在沙布尔台村的天空等待配送。

村里的人对我说："你既然是一个溜溜达达，想听到新闻的人，为什么不去认识一下张毛赫尔呢？"我问："张毛赫尔在哪里？他有怎么样的故事？"村民说："他的故事就是坐着。你到了黑莫日山下的苏金河南岸就能看到他。如果上午看不到，下午也能看到。如果今天没看到，明天一定会看到。他就是张毛赫尔。"

我问："除了坐着，张毛赫尔还有哪些故事呢？"村民说："他坐了二十多年，这是很大的事了，你想让他怎么样？"

我前往苏金河畔去访问张毛赫尔，不是在上午或下午，也不是今天和明天，而是现在。张毛赫尔，这个名字就不俗气。

到河边，我远远看到了张毛赫尔。他穿黑衣服，盘腿坐在榆树的绿荫下，双手放在膝盖上。苏金河倒映的铅锌云上漂着呆呆的水鸟，北岸河床长有一米多高的红柳。红柳向河面倾斜四十五度，感觉它们再弯弯腰就喝到了河水。河滩地散落一片灰白石头。

对一个静坐的人，不知道可否用语言问讯，我向他点点头。他笑了，这一笑，好像石榴崩裂，他的牙齿和眼睛像是挤出的籽，都在笑，而他颧骨的褐肉如同石榴厚厚的皮。他示意我在他边上坐下，我谢谢他允许我坐下。

我问他："您在这里看山吗？"他说："对呢，看黑莫日山，看了好多年，觉得它还是很好看。你也看看吧。"

我擦擦眼睛，看黑莫日山。这座山不算高，但威严，像一位臂膀宽阔的君王俯瞰河流与草原。山上长满草，黄榆树长在沟壑里。山背后是可以当靠椅的灰色云团，别的我就看不出来了。

我问张毛赫尔："您看山看了这么多年，您——"我想问他看到了什么,有点儿莽撞,没敢问。

他说:"山啊,刚看的时候还不认识,看着看着就熟悉了,看到了好多的东西。"

"您看到了哪些东西?可以告诉我吗?"他看一看我,再看看我穿的上衣、裤子和鞋,摇摇头。我明白了,他的意思是我不配知道这些内容。

他说:"我想看到山神,但是咱们父母给咱们这个眼睛,是很土的东西,基本上没什么用处。没有鹰的眼睛好,连麻雀的眼睛都赶不上。你能看到什么?看不到。我看啊,看啊。那一天,我差不多都看到了山神,他从山上下来,但是我太困睡着了。"

我点点头,同意他的说法。人这个眼睛,近视啊,远视啊,青光眼,白内障,尽是毛病,他怎么能看到神呢?连河里的鱼都看不清楚。

张毛赫尔说,这个山原来叫古日古山,阿旗的王爷四五岁的时候想祭祀这座山的山神,他奶奶请喇嘛来定日子。喇嘛说,这一个月山神都不会来,他要在下个月初一那天来。到了下个月的初一那天,王爷奶奶的驴被狼吃掉了。奶奶说,介(蒙古语:是,是的),山神可能是来了。那一天,王爷的奶奶领着王爷祭山神。王爷说他要看看山神,奶奶说他不能看。王爷非要看,奶奶说:"你不能从正面看,要从他的肋骨下面看。"她背着王爷到了山的西南角,要他往上看,之前让他闭上眼睛。到了地方,奶奶说:"你看吧。"王爷一睁眼,山神上马的靴子从山上咕噜咕噜掉下来一只。这只靴子现在旗里的博物馆放着呢,你上二楼,靠左边第四个玻璃柜子里就有这只靴子。奶奶说:"你看到山神了吗?"王爷说看到了。结果天空开始下雹子,每一颗雹子砸中一棵草,可准呢。所以,山神不让人看,一定有道理。

"那您为什么还要看呢?"我问。

他没回答,说:"王爷的奶奶用银链子把这座山封上了,不让人们上去,把名字改为高戈斯台山。"

张毛赫尔声音提高,有点尖,说:"我们愿意山神在我们的山里住下来,这里树啊,草啊,泉水,小鸟和花,什么都不少,为什么不来住呢?我们在山上给神垒了一个敖包,敖包下面放进去五种粮食,有谷子、高粱、玉米、燕麦和黍米,还放了金丝和银丝。敖包建成后,喇嘛说,如果正月十五从东北方向来了一位骑花斑马的人,他的灵魂会留下来当山神。

到了那天那个时辰,花斑马没来。喇嘛问,现场有没有叫吉利名字的人。别人问,什么名字才算吉利名字。喇嘛说,有没有叫温德尔呼的人。温德尔呼翻译过来是'泉水往上冒',但现场并没有这样一个人。"

我问:"最后谁当了山神?"张毛赫尔看我一眼,再看看天空,没说话。

我又问:"您看山看了这么多年,是不是灵魂已经进入山里变成了山神呢?"张毛赫尔说:"因为两件事情,我成不了山神。第一我没有贵族血统。有贵族血统的人,也可能讨饭,可能挨打受骂，但是他可以成为神的代表，因为血统纯洁。第二个原因是我干过一些坏事。比如砍树，把河水弄脏了，还干过其他坏事，这是不可饶恕的罪行。"

"那么您看山最后想得到什么呢？"我问。

张毛赫尔说："我觉得看着看着，我的身体越来越小了。我原来个子比现在高，也比现在胖。现在我身体好像一点一点地进到山的石头里了。我想让我这个不值钱的身体全部钻进石头里，这多好。"

我问："这是为了什么？"张毛赫尔说："你看，人活着不算什么事情，怎么活都行。但是死了就麻烦了，这个尸体怎么办？他已经死了，你让他办，他办不了。让别人办，别人也不好办。西藏人把尸体放到石头上让鹰吃掉，原来蒙古人用牛车把尸体拉到草原深处，牛车把尸体颠簸掉地下，掉到哪里就放哪里了，这都很麻烦。人活着的时候很灵活，眼睛咕噜咕噜转，会说话。但他死了之后，这个身体就变成了很容易腐烂的东西，变成了一个坏东西。最好的方法是让这个身体不知不觉地蒸发掉。我的体重现在已经减了三十多斤，还剩八十多斤。看山的时候，我用意念把我的骨骼和肉往山里运过去塞，变成石头，变成树更好。但是用什么方法把肉运过去，我不想告诉你。"

"我肯定学不会。"我说。

"学这个比学马头琴难，"张毛赫尔说，"我正跟死神比赛，要是死了还剩一个尸体，就失败了。"最后，他指着自己脚下说:"这个地方有一个小黑石子,那就是我。"

我问:"您其他部分呢?"他说其他部分都进入山里了。

我问:"您今年有多大岁数?"他说:"我差一岁八十岁了,我年龄偏大,我要做的事情还有很多,还有八十多斤的事情等我来做,我也很累。"

这时候我看他的脸,石榴不见了,像晒干的沉思的牛粪饼。我对他说:"您一定会达成您的愿望,到时候我会来这棵树下看小黑石子。"

听了我的话,他说:"如果一个人的血肉永远留在山里,多幸福啊。他身边有山鸡漂亮的尾羽,春天落在石头上的雪带香味,小兔跑来跑去,山丁子树开白花花。"他脸又浮出石榴笑。

在黑绿色的草原上,这样一张脸像一幅画。他的门牙脱落了,或已进入岩石里。他光秃秃的头顶上原来的头发,估计也进入了黑莫日山。很快,张毛赫尔活泼的心脏、肝脏,他身上的分子、原子都会愉快地飞入黑莫日山的石头里,谁都阻挡不了。

第二辑

胡四台

伊胡塔的候车室

　　科尔沁夏季的太阳照在没有边际的沙漠上的时候,那种刺眼的金黄让人不大敢四处张望。金黄的视野内有一座车站,日式拱脊建筑,顶上涂黄粉,屋檐的木板刷绿漆。当火车从远方呼啸而来时,它像穿节日服装的男孩子一样,捧着鲜花迎接。鲜花是月台上的两株丁香树,暗散使人头脑迟钝的浓香。

　　车站有两间房。候车室,另一间应该是站长室,但窗台挡蚊的纱布里探出一只狗的脑袋,如雕像似的一动不动,等着风来吹发亮的黑鼻子头。

　　候车室的两张长椅,对着放,挨得很近,身后是墙壁。我坐下以后,面对的是一位老人。两个陌生人,就这么鼻尖对着鼻尖坐着,没办法。

　　老汉两撇灰胡子向上翘起,能看出他常常用手捻,有尖——是一种晚年的游戏。老汉眼睛望着屋顶,目光迟滞,隔一会儿,飞瞥我一眼,接着连眨几下。显然他不习惯我像傻子一样盯他胡子看,距离太近。

这种式样的胡子，即使到了戴高乐时代也落伍了，如今在一个乡村的蒙古老汉的唇边出现，我不小心笑了出来。这使老汉猝不及防，也笑了，眼光灵活而明亮。他仿佛早就想笑，没敢。他是一个谦恭的乡下人，牙齿没几颗了，一笑，他的嘴像藏在柴草里的缺碴的旧碗，而红软的舌头蠕动在牙洞间。

交谈。老汉是图力古尔人，去甘旗卡的外甥家做客，膝上的布袋里装一些杏，还有一包红茶和茶缸子。他说第一次去甘旗卡。甘旗卡是一个镇。他用粗黑裂口的指头，轻轻捻着浅粉色的车票。

话语结束，候车室又静下来，老汉向门外望闪闪发亮的铁轨。他用力抬眉毛，扛起前额一堆皱。这位老人与科尔沁草原的其他人一样，过着简朴的生活，心智单纯。假如你一笑，他会立刻报之一笑，胡子尖升达颧骨。他们的笑容，一生浮在脸上，没间断过。像孩子一样，他们笑起来很容易，绷着脸却困难。这样的脸如果不笑，看上去反而不得劲，仿佛带着忧愁。

阳光碎片

胡四台的白天和夜晚像两个地方。这么说，早晨、中午、下午都不一样。八月的太阳像卸车一样把热量倾泻在科尔沁沙地，周遭白花花的，人被晒得睁不开眼睛。最热的时候，空气里如有声音"嗡——"，这是阳光照在沙漠上的音波，传自太阳。在白天，胡四台的房子和沙漠颜色相似，燥白；树和庄稼发灰。一切静悄悄的。到了傍晚，村庄开始一点点蠕动。我是说，炊烟和小孩游动时，狗和毛驴在动，房子也走动起来，像从冰块里活过来的鱼。玉米恢复黑肥之绿，饮马的石槽淡青。我哥朝克的房上有瓦，明黄色。鸭子不知从哪里钻出来，竟有一群，蛋囊炱炱乎坠地。人们出现在家门口，全有笑容，世俗生活又回来了。

这是说傍晚。而早晨，胡四台又如另一个地方。空气的潮湿，可称为晶莹。沙漠金黄，我哥的屋瓦润红，这是雇拖拉机从甘旗卡买来的。马向我们致眨眼礼，睫毛俊美。杨树的树干白里透青，挺拔如俊男，真是"宫娥不识中书令，借问谁家美少年"。屋脚丛草沾露,朱雀、绣眼、冠纹柳莺,还有山鹏在羊圈横木和马棚顶上俯仰乱唱。保刚开始洗头。

吾侄保刚对我放在窗台上的一瓶洗发水产生兴趣。在我沐头之前,他不知这个鲜艳的塑料罐里装着什么东西。我倾之浴发,泡沫如棉花,屡搓屡出。保刚赞叹:"这才是最好的东西。"然后,开始仿试,用洋井的凉水一日洗十遍。作为叔叔,我赞许贤侄清洁,但受不了他的歌声。保刚洗头必唱歌,唱歌必唱流行调:"明明白白我的心。"

在胡四台,草木山川甚或人的相貌都为蒙古民歌而设,苍凉恒远,像天空飘来的绸子。保刚这个小兔崽子用轻薄歌辱杀了风景。有一天,保刚丢了五元钱,遭嫂子叱骂。我于心中发言:骂得好!骂得好啊!并用指骨叩桌,使吾嫂的詈骂加入板眼。

进夜,我住的东屋成为议事堂。我与朝克坐炕之两厢,中置饭桌杯盏,地上站立女人和孩子。朝克谈经济,如玉米之销售收入;谈教育与文学,如酒后教他孙子吟诵《格萨尔王》诗篇;谈未来,即保刚的婚事。谈完,"嗞儿——"(酒过唇),问:"难道你不说一些什么吗?难道沈阳没有发生什么事情吗?"女人和孩子都用表情拥护朝克的提议。

沈阳每天都在发生非常多的事情,但我说不清楚。沈阳制造的歼 8-2 飞机难道不是事情吗?春天广场时装秀,大街上有一万七千辆出租车飞快行驶,跟他说不清楚。我说:"沈阳——蒙古语称之为'穆格顿'——有七百多万人口,我不知道别人在做什么事情。"

"穆格顿有七百多万人口?"他们吸气,向上翻眼,嘴里"咝咝"地惊叹。借此,我吃点菜并喝酒。

"那么,"阿拉它姐姐吃惊地望着我,"你早上一开门,就见到好多人站着?"

"好多人站着?那成专家门诊了。"我告诉姐姐,"在沈阳,出门见到许多人,无论早上、中午或夜间。"

"咝儿——"他们吸气。

"没问他们在干什么?"朝克问。

"不能问。"

"为什么?"

我回答:"修自行车的就在修自行车,不用问。"

"在马路上走的人呢?"

我说:"也不能问。问你到哪里去?那不行。工作,人们在工作。"

朝克小声对他老婆说:"他把走路叫工作。"

我嫂子更小声说:"喝醉了。"

我假装醉了,眯着眼睛,省得回答这些难题。我所喜欢的,是这么多张面孔和我血缘相通,一同沉浸在奶茶的气味和蒙古语的言说中。

有一天,朝克告诉我:"明天有人来看你,巴丹吉林村的满达老人,套车来。"

"是咱们亲戚?"

"不是亲戚,他说想看一看沈阳人。"

我闻此言,何止意外。我不是经典的沈阳人,本生边地,侥机遇之幸于其间谋食,怎么宜人套车观瞻?

满达老人一早就到了。他的毛驴车上铺着红花绿叶图案的棉被,还有旧军用水壶。进屋上炕,敬茶,朝克卷烟双手递给老人。老汉喝一口茶,烟雾从鼻孔漾出,海狮胡子花白。

"沈阳的庄稼怎么样啊?"老汉开口问。

"沈阳郊县的庄稼很好。"

"唔。"老汉喝茶,问,"沈阳的天气怎样啊?"

"越来越热了。"

"可以种西瓜。"他说。过一会儿,他又问:"沈阳还有卖丝线的吗?"

半天,我想起马秋芬写的《老沈阳》提到中街吉顺丝房的事,说:"已经不卖了。"

老汉拉过我的手,捏了捏,放下,说:"沈阳有很多蒙古人吗?"

"有七万人。"我回答,"大学里也有蒙古孩子,聚会的时候唱蒙古歌。"

"是吗?"老汉似乎感动了。

"是的。"

老汉看我,仿佛从我的面孔中看到遥远的沈阳,而后微笑着扳腿下地,划拉鞋,说:"我走了,到那什罕村的孙女家。"

上驴车时他转回身说:"沈阳好啊!我十八岁去过,过去七十年了。沈阳多好。"白嘴的毛驴，耳朵立而平，像告别。

我目送老汉的驴车远去。他的言说像诗，像讲给自己听的话，很柔软，让人生出一种难过。谁能知道，科尔沁沙漠深处，有一位八十八岁的蒙古老汉心里在想沈阳——多年前，有他少年履迹或许还有爱情的沈阳，像爱尔兰民歌《多年以前》唱的："多年以前，多年以前……"

晨景

在门前拴一匹马,是何等气派。而这在牧区才会成为可能。

白马伫立门前,阳光洒在身上,好像在揣摩一天的农事。黎明,家里人把门打开,传出许多喧哗,炊烟、吆喝、柴草在锅下的毕剥,如此正规地揭开一天的序幕。

在胡四台九月的早晨,我堂兄拎来一桶清亮的井水——饮马。他用刷子耐心地刷着白马的脖颈和臀部。马的筋肉在皮下舒服地弹跳。我嫂子打开鸭栏,鸭子像网中的银鱼一样飞泻入塘。猫蹲在窗台,默不作声地看着这一切。

这时,孩子们在门前次第出现。他们邋遢,懒散,揉着眼睛,刚刚醒来就互相指责。摇着尾巴的狗,急匆匆地进屋并跑出来。

一个乡间的家展示的活力让人羡慕。就是说,当人的身影在动物中间交错闪映时,才觉出家的丰足。所谓人丁兴旺并非是一张挨一张的人的面孔,还有动物——也是家的成员,还有树木和天气。

　　堂兄拎着钉着铜钉的鞍鞴走过来时,白马竖起耳朵,它的眼睛俊美,睫毛遮映着亮晶晶的眸子。风吹过,钻天杨哗然而语,露出绿叶背面的浅灰。而窗下骤起尖叫,这是我嫂子抓住一个孩子为他洗脸。这尖叫仿佛受到了屠杀。

　　孩子被洗净手脸,反变得怯生生的,茫然注视着母鸡啄食。瘫痪的大伯颤抖的低音从后屋传出——

　　"酒啊,我要酒⋯⋯"

　　在这样的早晨,喧哗很快转移到餐桌上。在炒米、茶、玉米饼子、酸奶和粥之上,笼罩一片稀里呼噜震天的吃饭声,争吵又在孩子中间发生。饭后,男人到草场去,女人收拾碗筷并打孩子,阳光已经斜着照在墙上装满合影小照片的镜框上面。

　　我看到这些,看到堂兄骑在马上走远,看到嫂子扬玉米粒的手在空中松开,鸭群优美地攒集岸边的时候,感到创造一个家多么艰辛,又多么诗意,满足感从四外包围过来,难怪我大伯即使在早上也以低沉的喉音呼叫:

　　"酒啊,我要酒⋯⋯"

　　在乡间,家的概念被融化在草木牛羊之间,丰饶无尽。

被遗忘的墙

朝克巴特尔家的窗前有一片菜园。对"园"这个词来说,他们的菜太少。园里不规则地种着胡萝卜和葱、辣椒,西红柿不红并且不生长,直到秋天都像玉石球。菜园有一尺半高的土墙,挡猪。最有噱头的,这是一道没门的墙。人入菜园采用跨越式,朝克巴特尔一步跨过去,格日勒拎着裙子过墙,小孩子用肚皮蹭过土墙。墙变矮了,顶上光滑。

我问朝克巴特尔:"咋不安个门?"

他挠挠头皮,说:"忘了。"

我说:"现在刨开,安一个门。"

他回答:"那就把墙破坏了。"

在城里人看来,这是懒惰因而可笑的生活态度,离雅致很远。对朝克巴特尔来说,特别是他喝了半斤白酒,坐在台阶上,青筋暴露的大手放在膝盖上的时候,值得探究的是远方。天空翻滚着海带色的浓云,雨腥的空气飘过来。朝克巴特尔考虑庄稼、马和羊群在雨后的情形,而不是菜园土墙及其门的问题。

在草原骑马飞驰,大地像飞箭一样向后闪过。道路在马的双耳之间延伸。从山上眺望村庄,一座座屋舍孤孤零零,像缩着肩膀的孩子。对牧人来说,房子只是过夜的居所,它不算财产。财产是牛羊和马群,还有天空和大地。土墙是什么?什么都不是。虽然如此,朝克巴特尔看到小小的豆角长出来后,指着它笑了,像说"多小呀",就像人们笑蹒跚学步的孩子和毛茸茸的鸡雏。朝克揪一把小白菜往屋里走,反复观看手里的菜,眼里却是看草的表情,有点惊异。当然,小白菜卷曲的叶子比草好看多了。

菜园的土墙底下,斜着长出闲草。猪用墙蹭痒;花猫由于捕捉路过的蝴蝶,从墙头掉了下来。

歌唱

每天晚饭后，二堂姐阿拉它要来为我爸请安，领着孙子阿拉木斯和孙女海棠花。阿拉木斯的分头带着水渍的木梳印。她家到这里没有一袋烟的工夫。至近，阿拉它把双手放在膝盖上，屈膝，用文言的蒙古语请安。礼毕，几个女人上前跟她打闹，因为今天阿拉它穿得醒目。二堂姐快五十岁了，在科尔沁草原的沙暴毒日下，仍然白皙妩媚。我爸当兵时，接她到呼和浩特住过一年，用自行车带她吃冰棍、看电影。那时，阿拉它姐姐三岁，在我大伯的一堆孩子中，我爸最疼她。

"You yi mai。"阿拉它手扯衣襟反诘女人们的哄笑。这句蒙古语的意思是"啥呀这算什么"，口气在委屈里带些得意。她穿一件绣胸花的绿衫，有在箱子底压出的"井"字折痕，那种绿浅得像小虫翅膀的颜色。

朝克巴特尔望着二姐像傻子一样笑，昨天他把她老公满特嘎灌醉了。"鼻涕流这么长。"早上，朝克巴特尔学的时候，手在腰上比画。满特嘎每天放羊要走一百来里路，这从他的帆布裤子和破黄胶鞋上能看出来,而他黑檀木雕像似的脸上焕发出柔和的光彩。

阿拉它很气恼,但我爸在场,就假装看不见朝克幸灾乐祸的笑脸。

"叔叔!我给你唱个歌吧。"阿拉它说。

"好,好。"我爸欣然领受。过去,每当我爸回到故乡,阿拉它就站在地下,目不转睛地看着他,仿佛追忆叔叔当军官时期站岗小兵还礼的丰仪。她一会儿卷一支烟点燃,用双手捧上,一会儿斟一盅酒举过头顶。她等着叔叔满意地说出那句话:"Mi ni A la ta!"这是称呼孩子的昵语,意为"我的阿拉它!"然而我爸已经戒去烟酒,他像国宾领受鲜花那样,把烟酒接过来分送左右。这时,阿拉它的眼里便有些黯然。我爸垂垂老矣,多数时候,他把忧虑的目光投向我大伯——他的瘫痪且更老的于醉乡陶然的哥哥。阿拉它请我们全家吃过了全羊宴、新鲜的奶酪拌炒米。她还有许多的感情找不到载体。

"Ao dao, Dao le ne。"阿拉它说。意谓"这就要唱了"。

"榆树啊柏树,假如真的烂了根啊……"

这是东蒙民歌《达那巴拉》。阿拉它唱歌的时候,像突然变成了另外一个人,腰身挺直,表情如认真的儿童。她大睁着眼睛在寻找旋律上置放的许多东西。最奇怪的是,她双手并拢,在胸前端着,好像指缝里漏出的哪管是一点点东西,都不能使她继续歌唱。我爸面露得意之色,上身微晃。我大伯颏乎墙角,嘴里嘟囔着。小孩子用手捕捉纱窗上跃跃的小虫。

当歌声唱起的时候,蒙古人会齐齐换上另一种表情,堂皇而尊贵,在心里跟着唱,脸上的表情必与歌的意境十分洽和。

"剪子翅的鹦哥鸟啊,要到哪里去唱歌……"阿拉它唱。然后是《云良》《达古拉》《金珠尔玛》。后来,众人肃穆,如同想起了那些说不清的事情。对他们来说,这些歌自小就和屋后长着芦苇的湖水、马儿从纷披鬃毛露出的眼睛、饮茶的木碗、骨节凸出的手联系在一起,因此唱歌时应该换上干净的衣裳。歌声和我高髻的曾祖母努恩吉雅、我爷爷彭热苏瓦、我大娘牡丹的面孔联系在一起。他们的坟就埋在路南玉米地前面的沙丘上。

歌止,阿拉它双手松开了,不安地看大家。她的笑容仍像三岁时那样羞涩惊慌,像躲在大人胳膊后面的笑,忘记了身后的阿拉木斯和海棠花。而我爸的鼻侧,一点点地闪着泪光。

满特嘎

满特嘎是我堂姐阿拉它的丈夫,第一次来赤峰是接阿拉它和儿子双山。我大伯的女儿们,在孩子生到了我妈感到气愤的程度时,就被招到赤峰做绝育手术并调养一个阶段。

阿拉它那次不知什么缘故没有手术,于是愉快地在这里度假,她尽一切能力把我们家的东西擦的擦、洗的洗,总之,一切都是亮堂堂的。

我爸常夸阿拉它漂亮:"这孩子就是当电影演员都行。"并把他从军时内蒙古军区歌舞团的女演员挨个跟阿拉它比——珊丹、杨吉德玛、莲花、贵丽斯花……结论是,她们都不行。阿拉它每次听到这里,都要"扑哧"笑出来,意谓叔叔的想法太离奇了。一个乡下人,怎么会比演员漂亮呢?况且是内蒙古军区的演员。

阿拉它的长相的确很好看。一笑,便有喜气洋洋的样子,演员也不一定如此。只有从心底笑,才好看,像花朵在早晨遇到阳光时一样。

阿拉它在我家头几天还很快乐，到处笑。后来渐渐沉默，她抱着双山倚在门框小声唱歌。那些歌在我听来一律是忧伤的。她一边唱，一边用手轻轻拍着双山的背。双山才几个月，脑袋大到仿佛脖子都撑不住，晃着。而我父母下班之后，阿拉它麻溜儿干活，不唱了，也不怎么笑。

我妈说："给满特嘎写信了，接你。"

阿拉它脸忽地红了，抱儿子转过身。

那时我虽然还小，但能从阿拉它的眼睛里看出她在思念另一个人。一个女人，如果目光变得遥远，并常常失神，大约就是这样吧。

一天早上，我在睡梦中被浓重的膻味熏醒，睁眼看到一个陌生的人，他就是满特嘎。这个人的脸像树皮一样粗糙，颜色深红，眼睛细长，前额的抬头纹仿佛是被沉重之物压出来的。这张脸和阿拉它白净的如满月般的笑脸并列在一起，实在太有趣了。按城里人的眼光看，也不般配。

满特嘎向我笑一下，仿佛很吃力，旋即闭上了嘴。我为阿拉它感到惋惜，并对她的神色飞扬有些不满。

膻味是满特嘎扛来的羊肉上带来的，还有炒米、奶酪。在那个年代，这相当于一家人过春节所享用的美味。

满特嘎来了之后，阿拉它一往情深地望着他笑。如果撕一角报纸放到满特嘎脸上，它会立刻被阿拉它的目光点燃。隔一会儿，她就把双山递到他怀里，然后看他俯视儿子的样子，再笑。而满特嘎是腼腆的，被阿拉它注视久了，就用手摸摸自己的脸,顺势连胡子带嘴捋一把。他看儿子的表情是怜悯的,看我父母的目光非常恭顺,而看阿拉它时,在细长眼睛的深处,跳荡着男人的柔情。无疑,阿拉它了解并幸福地享用着这种眼神。

父母让我带满特嘎上街转转。走到当院,他用手指轻轻捏一下我们的沙果树,说:"唔。"这树无疑太细了,但满特嘎的意思仿佛原谅了它的纤弱。在大街上,满特嘎背着手,目光投向远方。蒙古人上街爱背着手,这并非摆架子,而是表达自己的谦恭与微不足道。而眼神——他们由于在草原上生活久了——总是投向很远的地方,看马群以及云彩。

到了百货公司,满特嘎见什么东西总要摸摸它的质地,用手指捻一捻。布匹、碗、大粒的青盐,除了那些隔着柜台摸不到的东西,摸完仍背着手。出来时,他买了一瓶白酒,把余下的钱用双手捻成一个卷儿,像炮仗一样,塞进内衣兜里。

晚饭前,满特嘎轻巧地咬下酒瓶的铁盖,像咬一块胶皮。斟上酒,双膝跪地,站起再躬身,把酒举过头顶,献给我爸。我爸接过酒一饮而尽的时候,满特嘎出神注视,仿佛很感动,嘴唇动了动,但没说出话来。事实上,满特嘎几乎不言语,话都挤在脸上,在粗糙的眉眼间似更生动。

我现在算起来,满特嘎和阿拉它当时只有二十七八岁吧。我今年去看他们的时候,堂姐老了,满特嘎还是那个样子,但头发已经雪白。他头发卷曲,像戴一顶羊羔皮的帽子一样,五分硬币似的小卷儿闪闪泛着银光,使绛紫的脸膛笼罩安详之气。阿拉它说,大儿子结婚了,意谓他们已经为之盖房娶亲了,只剩下双山。双山已经高中毕业,文静地听我们谈话。

在科尔沁草原上,积十几年劳动所得,才勉强为一个儿子完婚,而另一个儿子的婚事就意味着阿拉它和满特嘎必须要努力到生命的终点,而他们把此事视为一种光荣的职责。由于自己年轻时曾经快乐过,虽然短暂,就应该让孩子们快乐,即使劳役多多。而孩子们对此也是平静的。眼下,满特嘎为村里人放一百多只羊。因为草场不好,每天赶羊往返百里,这样,羊才能肥。他天没亮就揣着干粮去放羊,天黑之后返回。眼下,他在灯下静静地听阿拉它对双山婚事的规划,全身一动不动,像一棵树,眼睛偶尔一眨,流露出慈爱的目光。我感到,在满特嘎心里,一切思想都没有了,不妨做一棵树。他的思想都被我堂姐移植走了。他们的思想加在一起,也不过是:活着,并且让孩子们更好地活着。

阿拉它在述说的时候,不时看满特嘎一眼,目光里仍有少女般的情意。她一定感到,她嫁给这棵树,是十分幸福的。而原来挤在满特嘎脸上的话语也消失了,他享受着没有思想的快乐,像一头老牛,卧在晚风的草地上,望着远处的牛群一动不动。

萨如拉

我无论做什么,身旁总有萨如拉目光的追随。一旦定睛与她对视,她反而不好意思了,撩起破裙子遮脸,只露出眼睛热烈地望你。她的嘴,一定在破裙子里大笑着。

萨如拉是我堂妹格日勒的孩子,只五六岁。

虽然萨如拉学着大人的腔调厉声喝狗,以砖头勇敢地砍别家觅食的猪,敏捷地翻墙摘豆角,但你看她时,她还是要羞涩。

她还不知道为自己家里的一贫如洗而难堪。她腿杆上久不洗濯而形成的黑渍、那件颜色褪到无以名之程度的裙子,都没有使她感到不妥。

当我用眼光抓她时,萨如拉先"哦"地尖叫一下,惊慌而幸福,然后两脚蹬地,弯腰架臂,准备跑。

有一次,我对着架上的豆角秧假装自语:"萨如拉老是跑,肉都是竖丝,蘸酱油肯定好吃。"

我的声音不大，但已被蹲在外屋洗小手绢的萨如拉听到了，她警惕地直腰观察左右，然后偷着把酱油瓶藏起来了。

她也许真的认为我将把她按到锅里，填满水，煮了吃肉。

在胡四台村，我由于是城里人而被亲友们认为是有钱人，他们谦卑地谈吐，唯恐说错什么话，这使我难过，感到对不起他们。

孩子却不是这样，他们照样得意扬扬。你给他糖吗？给吧。孩子们在品咂糖果的甜蜜时，其专注程度如一位教士读《圣经》，心里只有快活，而不是别人的恩典。孩子们聪明，知道世间之乐乃与生俱来，何须谦卑？

萨如拉爱洗小手绢，这一点已引起众人的议论。她一有空就用肥皂洗那个带小鸭子图案的手绢，扯在手上飞跑一圈，已干了，然后塞到鼻子下面，嗅阳光与肥皂的气味。

她一洗手绢，就要唱歌。其嗓子之嘹亮为整个家族所首肯。在我们的八度之上，她仍能唱两个八度，从容婉转，像鸟儿在云层里翻飞。

弥漫着白雾的鄂托克西边，
牵连着我心中的愿望，
真想和他见上一面啊……

这是一天午睡时，萨如拉在窗下所唱。我静静地听。间或还有清水撩拨的声音，她又洗手绢了。

我坐起来往外看，见到她母亲格日勒对着我笑，大手大脚的，衣服后背让汗打透了。我们来到之后，亲友们轮流杀羊请客。我这个堂妹也随着大拨人马，找个不引人注意的地方，拣一块骨头啃着吃。她没有羊，请不起我们，惭愧着，仿佛对不起我媳妇送她的鲜艳裙子。

但是，当她发现我注意并赞赏小萨如拉的所作所为时，就非常高兴，如同送给我的是独一无二的礼物。

萨如拉的确是独一无二的。如果条件允许，我很想把她送到北京的朋友赵世民身边，让他给她请一位像沈湘那样的老师教歌唱，也许会培养出下一位玛丽亚·卡拉斯或迪丽拜尔。

照相

我大伯布和德力格尔瘫痪于科尔沁草原的沙漠深处,村名胡四台。他匍匐着种点菜和玉米,也能喂喂猪。

我爸率领一帮子孙后代去看望大伯,临分手时要照相。让他和我爸并排坐好,他总坐不好。一听说照相,他竟然连"坐"这么简单的事也不会了。

按快门时,他大骇举臂,几乎后仰落地。闪光灯的一道白光把吾大伯吓着了。他生气了,质问:"什么?这是什么?"

答曰:"这就是光。屋子暗,照相得有光。"

他还是很生气,说:"我知道这是照相。照片呢?把照片给我。"

我爸说:"你大伯没照过相,吓成这样。"

后来我想,不对,他照过相,二十世纪五十年代,他去呼和浩特治肺结核,跟我爸有过合影。在照相馆画有北海白塔的虚假背景前,他们哥俩儿似笑非笑地照了一张相。

不过,那时候的照相机是个大盒子,师傅把脑袋塞进红面黑衬的布袋里鼓捣，然后伸出一根手指："看这儿，头再歪点儿，别动。"攥指捏鼓一个橡皮玩意，就照了，没闪光灯。

我知道大伯害怕闪光灯。

我爸走时，大伯全家三十多口人往村口送。大伯扶着窗框，流着泪喊："明年你们来啊！我数着手指头等你们。"

明年再去，大伯就不惧于闪光灯了。

我梦想给所有没照过相的人照一张相，尽管他们会被闪光灯吓一跳。

闪电

近晚,西村天地交合处放闪电,一下接一下,无雷声。我问朝克巴特尔:"那边下雨吗?"

他说:"没有,从那边看这边也是这个样。"

"这边也有闪电?"

"是的。"

延伸到西村的草地,深绿中沉淀着铅灰,而天幕的浓云堆积地表,把杨树的枝叶衬得明亮,像铁板上的一把芹菜。闪电几乎一秒钟放逸一次,纵向,钻入草地隐没,如金蛇入水。

朝克巴特尔看我目不转睛,觉得不值。他解释:"这是草……和地,夏天……"

"……"是他有力的手势,像往箱里装东西。就解释这么多,再解释没有了。为了不使朝克巴特尔失望,我不再看西村的闪电,但心里还想这是闪电吗。

继母

到胡四台的第四天,我爸说:"得看看你奶奶,咋也得去。"他的口气虽然像商量,但很坚决。

塔娜因为感冒,头朝里躺在炕上,拿着一瓶风油精,听了这话,仿佛要笑出来。

她要笑的理由我了解。我奶奶是我爸的继母。曾祖母住在赤峰的时候,多次讲述一个故事,大意是:这位继母过门之后,把鸦片拌入黄油红糖的秫米粥里,飨给我爸。那时他三岁,最喜美味。就在这节骨眼上,曾祖母看出事情蹊跷,夺过碗,叱令我父亲的继母吃下去。我的曾祖母能在风平浪静中发现饭里有事,只是她一生所历奇迹中的一种。在我儿时,听曾祖母用蒙古语讲过全套的《瓦岗寨》和《三国演义》。曾祖母不识字,她年轻时听汉族人说书,只一遍就能把几百万字的故事记下来,且转译成蒙古语。书中人物相貌秉性、兵器屋舍乃至草木虫鱼,无不栩栩如生。当她平端一尺多长的烟锅向前一戳,烟雾从唇齿浮漾之际,吐露故事可谓天花乱坠。而曾祖母则庄严如故,无论厮杀场面怎样血肉横飞,仍临危不乱,表示贵族身份的圆发髻高高挽在头顶——所谓"百会"之处。面对这碗秫米粥,我爸的继母没敢接,"扑通"跪下了。我爷爷也跟着跪下了。曾祖母把这碗粥顺窗户泼向当院,一条狗欢快飞舔,仆地,替我爸死去。

我妈常在不同的情境下引用这个故事,使其产生奇妙的寓意:譬如我爸翻译书稿挣了钱的时候,酒醉以及拍案把筷子震挺高的时候,也包括他在小园里种了许多向日葵,窗前蜜蜂飞舞的时候。我感到我爸一次又一次从他继母的毒害中逃逸,他对我妈提起此事并无快意,倒不是怕死,仿佛别有感触。

我爸三岁已成阔人,以眼睛特大,偷瓜,飞掠马背和擅骂人驰名于朝鲁吐一带。他常站在墙头上滔滔不绝地用无法称之为文雅的骂人话把富人小姐弄得不敢出屋,出屋亦心跳耳热。乡亲们知道,当我爸爸的大眼睛乌溜溜转起来后,就有人(包括庙里的喇嘛)和瓜要倒霉了,与我大伯的温良恰成对照。曾祖母将我爸昨日之种种称为聪明,并让大伯放羊,我爸念书。

爷爷他们跪了一宿,第二天被撵走。我爷爷彭申苏瓦早先是个当兵的。曾祖母独自抚养小哥俩。后来我爸也投军,远飙天涯,与其继母基本没有来往。而此时我爸这样说的时候,于我是意味着到供销社买礼品,于堂兄朝克巴特尔是套马车。

路上,朝克巴特尔翻来覆去地说自己种的玉米长势好,甚至停下马车指点。在南沙梁子下面,朝克巴特尔的玉米地高出别人一头,黑绿叶子肥大。马车辁辘在沙窝里磨蹭着,不时把大胆探头的浅粉色的牵牛花轧过去。在车厢的花棉被上，陈虹和鲍尔金娜挺身坐着，腰身随车韵律一致地扭动，以手遮阳，像给玉米仪仗队敬礼。我外甥阿斯汗惊讶地盯着辕马的臀部，后者高傲掀尾，粪蛋滚滚而下。在我小时候，曾用包点心的红纸包一提溜马粪，放在辽河工程局墙外的大道上，等贪财的人来捡。等有人发现，见左右无人，弯腰捡那纸包时，我们从墙后探身爆笑，羞得那人疾走。

我奶奶住在依咪姑姑的东屋，破旧而凉爽，窗台玻璃爬满豆角的桃形的叶子。她躺在炕上睡觉。实际说不上睡，而是一个老人临终前的静寂，像在归途上等车。我们到来，依咪姑姑叫醒了她。她转过头，眼神是陌生的，宛如刚从另一个世界而来，即使对烟酒礼品也无眷恋之意。她身体非常柔软，九十多岁，已经坐不起来了。看得出，她年轻时姿色不同一般，即使现在目光仍锐利，皮肤白而细。炕梢放一叠新衣服，内衣和外衣，显见是一俟奶奶咽气，就随时给她穿的。

"介……"依咪姑姑的额头掐两行暗紫的血印，如扑克牌的方块，她笑着抚摸母亲的头发，意谓就是这样。

我爸大睁眼睛看老太太，半晌没说话。

依咪姑姑大声喊："那顺德力格尔！那顺德力格尔依日介！契尼乎必希！"

"那顺德力格尔"是家父的名字。依咪姑姑反复地喊，企图唤起我奶奶对那个大眼睛男孩儿的回忆。后面的话意思是：他来了，他不是你的儿子吗？

"什么？什么？"老人用目光茫然、徒劳地寻找什么。她什么也认不出来了。

"嫫嫫！"我爸低声叫，音有些抖，"嫫嫫……"

在蒙古语中，"嫫嫫"即妈妈，作为动词，又指吃奶的动作。这是非常亲的，连着血肉的词。

"嫫嫫。"我爸的口气越发轻了，像微风吹过花朵。他仿佛回到了童年，至少那种语调如此。

没有办法了。我爸把钱放在她枕下，老太太接着静寐。临走时，他用可怜的目光看炕上这个身材已经很短小的老妇人，说："'文革'的时候，她替你爷爷挨了好多的打，铁丝都勒进肉里了。"

原来在我爸心里，继母经受的痛苦原本是应该由我爷爷经受的。她的苦楚，不只是勇敢而且是奉献了。

我们低头在架上的丝瓜间穿行，一行新栽的小葱透出像马兰那种银灰色的深绿。

朝克巴特尔拿鞭子站在车旁，他用一种特殊的笑容看着我爸，就像早上塔娜发笑一样。

夏季的峥嵘云阵里，余晖放射而出。我爸由于刺眼而皱着眉，向马车走去。阿斯汗在他身后问："姥爷，你妈不认识你了，要是亲妈，她就认出来了。对不对，姥爷？"

阿斯汗边跑边追问着。我爸在朝克巴特尔的搀扶下费劲地爬上马车。我没看到他的表情。

斯琴的狗和格日勒的狗打架

在我大伯的孩子里面,格日勒并不是最穷的。她已经盖了房子,而且有房顶(吾侄保明的屋顶则不全,让暴雨浇塌半边后,一直没修复)。格日勒的家里,除了几床被子和地上的黄狗带点鲜艳的色彩外,其余一律是土色——墙、炕和窗台。

我爸环视一周,说:"挺好,年轻人都是这么过来的。下回带点蒙文报给你们糊墙。"

格日勒脸色红扑扑的,张着大嘴傻笑,同时用右手使劲扭着左手的指头,仿佛那指头犯了什么错误。她根本不在乎糊不糊墙,只对我们的到来表示欢迎。

格日勒的财富都在外面,即房前屋后的已长出几片叶子的黄豆,她在北山后还有几亩玉米。

"哎哟,格日勒还能种黄豆呢?"我姐塔娜惊讶地看着这些豆苗。格日勒住在塔娜家里的时候,是最懒不过的。

格日勒笑着,扭手。她是我大伯最小的女儿,在赤峰住过几年。她个高,身架像外国模特一样,长得也像,大嘴尤似索菲亚·罗兰。无论你怎么说她,她都不改笑,皮实,但说大劲儿了,她鼻尖也浮一层细密的汗珠,不断擦去不断浮出。对格日勒的各种毛病,我爸一般抢过话头先说几句,他的意思是不想让别人再说她。

"种树。"我媳妇说,"格日勒你种树,种树最好了。"别人家的院套大多有树,气脉旺盛的样子。格日勒的房子像古堡一样孤零零的,被几寸高的小黄豆苗簇拥着。

格日勒笑着听。她心里一定说:我也不是傻子,种树干啥?种树当年也收不上什么。

我们这次到胡四台,带来一些旧衣服,分的时候如我妈所说"平均一下,免得他们闹意见"。"他们"是我的堂姐妹们。但我媳妇还是上街选了一些新衣裙,送给格日勒,还悄悄告诉她:"你别一下子穿出来。"

要是"一下子穿出来",我堂嫂灯笼就会生气,我们住在她家。这几天,灯笼已讲了格日勒不过日子的种种缺失。她不懂,感情是在人的优缺点之外的一种顽固的东西。就在我们刚下车的时候,那个傻傻地站在门口的格日勒,飞也似的跑过来,搂住我媳妇,脸埋在她肩上哭出声来,虽然她并不知道陈虹偏心眼给她多带了东西。

我们来到之后,西屋就像公社一样热闹。兄弟姐妹们带着孩子和狗川流不息,甚至连大堂姐斯琴的猪也姗姗而来,但被灯笼撵跑了。我们的确也没给猪准备什么礼物,譬如项链或口香糖。孩子们身体黝黑,肚皮紧绷绷的,似乎随时准备飞奔他们在静默中接着我媳妇一一送出的包裹，里面是旧衣服、鞋或其他，然后回家。不一会儿，他们穿上这些衣服出现在西屋，这实在有趣。譬如格日勒的丈夫——眼窝深陷的宝莲穿着我跑步时的一件T恤；他身旁的哈萨的丈夫——笑容可掬的乌力吉穿着我的另一件T恤。他们并肩而立。那些孩子穿着我女儿鲍尔金娜各时期的衣服，表情各异。鲍尔金娜惊呆地闭上了眼睛。

而最为光彩照人的是格日勒，什么衣服穿在她身上都十分惹眼，可惜她没生在巴黎。效果在于，不一会儿她又换了另一身衣服出现在人们面前，洁白的牙齿粒粒可数。

我爸叹一口气，说："格日勒没心。"灯笼开始在窗下骂狗，声音冷冷的。我的另一些姐妹仿佛想用目光敲折格日勒的腿，省得她一趟一趟回家换衣服。她们从鼻孔里出气，鄙夷老格（这是塔娜的叫法）的浅薄。老格家离灯笼家不远，家里门窗洞开着，她、宝莲和六岁的女儿萨如拉以及名叫巴达荣贵的黄狗，在深绿的草地上朝这边走来。宝莲是个孤儿，带灰色的黄眼珠极为深湛。他常常是惊慌失措的，正如他的黄头发东倒西歪一样。他仿佛自知配不上格日勒，在家族聚会时谦卑地站在后面，但这并不妨碍常常被我堂兄朝克巴特尔揪出来数落一通。在牧区，一个成年男人如果没畜群和自己的房子，似乎对任何人都要带着歉意。格日勒和宝莲的房子去年才落成，是我堂兄无偿为他们建造的。

在格日勒穿着城里的衣裙飘然而至遭遇各式目光时，她大姐斯琴的笑容是始终不变的。斯琴五十多岁了,当了奶奶。我父亲在内蒙古军区的时候,接她赴呼和浩特读到高中。每天早饭前,她盘着光洁的头发,领着所有的孙男弟女,蹒跚着从她家房后的墙豁儿迈过,朝灯笼家走来。我每天都去公社买一些果蔬,分给孩子们。当斯琴的六七个孩子领到自己的一份时,她就满意地笑了。过去,她总是隔一会儿就把烟袋锅点燃,双手捧献给炕头的我爸。如今我爸戒烟了,她只好自己吸,也减少了场面上的隆重。我们无论说什么,斯琴都用"哦——"来应答,这是用吸气来完成的表示谦卑的语气,如满洲人的"扎——"。有时,我们说的话跟她不搭界,斯琴也"哦——"着,笑容是不变的,眼睛在看里外屋各家孩子的项链和手镯——这是我媳妇在小商品市场买的小工艺品——谁的更值钱。对格日勒的大红大紫,斯琴就这么笑着,宽厚而大度。

有一天,我们吃完晚饭在窗下纳凉。格日勒的女儿萨如拉用裙子的一角遮住脸,唱了一首《云良》,声可裂帛,缭绕入云。墙边的木桌上,一头开膛的肥猪仰面卧着,这是吾侄保刚订婚用的。宝莲单腿跪在猪旁,用碗碴子刮它身上的毛。猪身白得耀眼。这时格日勒把萨如拉的塑料项链给其狗巴达荣贵戴上了。巴达荣贵黄毛高脚,轻佻而胆怯,也有格日勒式的天真,一看即知涉世不深。它有些怕斯琴家的狗,又跃跃欲试。斯琴家的狗是稳重的,不屑巴达荣贵的高脚。就在后者进退飘忽时,斯琴的狗一口咬住巴达荣贵的红项链,然后向一边拖。巴达荣贵立刻麻爪,张着嘴却叫不出来,几乎要被勒死。格日勒跑过去，对准斯琴的狗扇了一记耳光。

"咄！"斯琴大吼，我看到她一脸怒容。只有骂牲畜才用"咄"。她显然对格日勒打她的狗不满意了。见我们在看她，她脸上已堆满了笑容，恭顺地垂下头："哦！"

格日勒从小就没妈。我爸曾经说："等你大伯死了，更没人拿格日勒当玩意儿了。"大伯今年春天已与家人永诀。他们来信说，朝克巴特尔与斯琴两家互殴，他们住院并报官了。我媳妇给格日勒的华丽衣裙怕已被胡四台毒辣的日头和绊脚的荆棘晒褪色并撕为条缕了。不知她今年种黄豆没有。宝莲畏缩着。萨如拉在一边洗小手绢一边尖声歌唱。大伯死了，格日勒站在孤零零的泥屋前面，扭着手指，她那天真的笑容该向谁展露呢？

买卖

哲盟人把商店叫"买卖",而胡四台的买卖在公社。这里早叫苏木了,他们还叫公社,顽固。"公社"这个词,他们说的也是汉语,叫"公社——日"。

今天我要去公社——日的买卖,看看里面的样子。为免日晒,我在早晨上路。买卖离这儿十五里远。路上遇到骑马、赶毛驴车和骑摩托的人,女人头上包着防日光的厚头巾。他们盯着我看,我的穿戴、表情和走路的姿势表明是一个外乡人。他们的疑惑是:这人干什么来了?

红砖房的地方就是公社,人们停下闲聊,转头看我。一个人穿着武警带红牙子的旧裤子;一个人穿着铁路的旧制服上衣,袖口有两道绿杠;一个人的汗衫印着"北京舞蹈学院"——救灾物资。两个小孩拽一头肥猪的尾巴,猪嚎叫。

买卖很大啊,像一个候车室。墙边有四五个玻璃柜子,里面摆着花花绿绿的烟、酒和药品。棕色的柳编筐挂在墙上,地中央的铁锹和犁涂一层黄机油,空气中弥漫奇怪的气味。

我给朝克巴特尔的老婆买了眉笔和口红。回家送给她,她大笑,说:"他想把我变成妖精。"

朝克巴特尔跟着笑。我嫂子瘦小,黝黑,由于劳累、精明和卵巢切除,比埃塞俄比亚的灾民还具风霜感。

那几天,我嫂子逢人就说这件事,左右手放着眉笔、口红,然后笑。朝克怂恿她画一画。

嫂子撂下脸子,问他:"你真想看到我变成妖精吗?"

送行的队伍

今年仲夏,我父母领着我姐姐塔娜及其子阿如汗和阿斯汗、我女儿鲍尔金娜,探亲结束离开了科尔沁左翼后旗朝鲁吐公社胡四台大队——我的家乡。

出门,我的堂姐堂兄以及姐夫嫂子和不计其数的孩子全都穿上新衣服,送行。蒙古牧人和西方的绅士一样,穿最好的衣服为客人送行,决不敷衍。这里面暗含一种隐喻,如节日的隐喻。离开亲人原本就像节日一样值得隆重。

我两个堂姐把辫子梳得光溜溜的,结实地盘在头顶,戴在帽子里,这是结婚的蒙古女人的发式。她们身上的新衣服每粒扣子都系好,衣上挂着在箱子底叠压的皱褶。我的侄子们相貌英武,鼻梁直挺,眼神悲悯。他们呼啦啦走在我父亲的身后。

我大伯是瘫子,他手把着窗框流泪。

雨后的草地现出沉绿,仿佛压抑着某种忧伤。铅云从天边列起,深者如蓝,浅者似灰。漫布在草地上的几百个水泡子盈不过数米,闪着亮光。有孤独的马低头吃草,以尾悠闲地撵扫虻虫。

我大伯家门口的路上，就这样走过来一列送行的队伍。孩子们的衣服五颜六色，招人耳目。这的确如办一件盛事。

邻居们站在门口，远远地望着。他们每个人都知道这是做什么，谁来了以及谁走了。在《圣经》中常常出现"荣耀"这个词，在那里，"荣耀"是归于主的。在俗世中，被一大群穿新衣服的人簇拥送行，应该说是一种荣耀。

他们悲伤着，并压抑着悲伤。当我父亲的目光转向每个人的脸上时，每张脸都带着谦卑的笑意。

在送行的队伍中，不只有孩子，还有黄狗、小羊羔和永远垂着头的老马。它们也许不知道这是在干什么，但不妨这么走着。

走啊走啊，他们走了两里多地，来到乘拖拉机去旗里的站点。拖拉机来了，我的四五十岁的已经有了孙子的堂姐们扑上去，紧紧搂着我父亲大放悲声。这一点，蒙古人与汉人的确不同。我的堂兄和侄子们远远僵立着，像木头一样，眼里含着泪水。他们拒绝哭出声来，不断擤着鼻涕，往裤子上蹭。

我父亲似乎觉得不应该流泪，他扬着脸，弹着眉毛，不断眨眼睛，让眼泪顺原路流回去。

拖拉机开了，也就告别了如此众多的送行的人、羊羔及狗。车开出很远，他们还在站着，仿佛等待什么人的指令。在雨后苍茫深绿的草原上，他们的穿戴鲜艳夺目。

火车

阿拉木斯是我二堂姐阿拉它的孙子,今年五六岁,颧骨上有个半圆的牙印,狗咬的。阿拉木斯爱笑,一笑,狗印跟着圆。他每天都梳着整齐的分头来我们这儿,水淋淋的,我堂姐给梳的。他前额有一绺毛不服梳,弯弯地探下来,使这个沙漠深处的小男人有了些时髦的意思。

我们去探望大伯,住在堂兄朝克巴特尔家。每天太阳升起的时候,亲戚们陆陆续续来到这里说话。朝克巴特尔家里像过去的生产部队一样热闹,旱烟味、狗和小孩在大人腿间钻出钻入。窗外木桩上拴着马,在以尾扫虻。再远处是镶银一般的湖泊。

阿拉木斯随我二堂姐而来,同来的还有他的妹妹海棠花。海棠花胖而安静。她始终坐在二堂姐膝上,似乎连眼都不眨。她唯一的动作是趁人不注意时,用小胖手把丝袜从大腿娴熟地卷到脚踝,见有人观察,又悄悄卷回原处。这里方圆百里也没有穿丝袜的,她是唯一的淑女。阿拉木斯则不同,指天画地大气磅礴。倘若哪个房间传来碟子、碗的破碎声以及人们吃惊的尖叫声,必与阿拉木斯有关。他高声申辩,并准备夺路而逃。不一会儿,阿拉木斯又笑吟吟地回到人们中间,带着脸上的狗牙印和那绺不肯后梳的颤颤的额发。

有天傍晚,大伙儿多吃了几杯酒,在东山墙的阴凉处歇息,看几十里外的天空打闪。近处,一队骆驼沿沙丘的峰缘走下来。这时,头顶出现一架双翅小飞机,防雹或做什么事情。大伙很激动,在偏远的牧区,能看见飞机被认为是幸运的事情。

朝克巴特尔说:"阿拉木斯,好好念书吧,长大开飞机去。"

大伙啧啧,表示这种选择太正确了。

想不到,阿拉木斯竟沉下脸,坚定地说:"不!"

朝克巴特尔问为什么。阿拉木斯不回答,低头大步在沙地上走,无论谁问都一律摇头。

阿拉木斯何以如此轻蔑飞机呢?后来,我父亲问,他才说要开火车。

阿拉木斯说:"火车大!"他呼地伸开双臂,并左右看自己双臂够不够大。"火车,这院子也装不下。还有,火车声音大,呜——"阿拉木斯的脸已涨红。他被火车的体积和震耳欲聋的声音所折服。这就是力量的象征。

显然,他认为天上的飞机太小了。二堂姐说飞机倘若落在这院子里,也很大。阿拉木斯不信,说:"侬嘻!"(在蒙古语里"侬嘻"是表示鄙夷的感叹词)。侬嘻。

朝克巴特尔很不满了,说:"火车,甘旗卡就有;飞机,通辽才有。"

通辽是一个市，甘旗卡是县城。"依嘻！"阿拉木斯摇摇头。所谓大丈夫威武不能屈。

"飞机上随便喝汽水，"朝克巴特尔又说，"火车上喝米汤。"

"依嘻！"阿拉木斯连头都不屑摇了。

这是出现飞机那天傍晚的事，我们对阿拉木斯的火车情结很钦佩。他对飞机的偏见也令人发笑。

我们走的时候，家族的人雇了一辆中型吉普送我们到甘旗卡，阿拉木斯也去了。在月台上，大伙等火车到来。我买了一些香瓜、杏和汽水，招待亲属。唯有阿拉木斯不吃，他焦急地向远方瞭望，或大步踱行。

车来了，我们忙于道别，搬东西。坐上位子之后，看到阿拉木斯远远地站着，用异样的眼光看我们，像看世界上最幸福的人。他表情出神，那绺头发无规则地在风中飘动。

我心里一酸，想带他走，坐一坐火车，但这事实上是不可能的。

开车的时候，我看见阿拉木斯的泪水在顺脸颊流淌，那必是为火车而流。火车已开出很远，我感到阿拉木斯还在向这边看，二堂姐用手拽他也拽不动，脚下像有了钉子。而海棠花正悄悄地用手卷丝袜。

狗的时间观念

常听到狗的故事。如某人远走某地,把狗送人寄养,过了不久——《史记》将此写为"居无何"或"居无几何"——狗在某个早晨出现在前主人面前,像一个周游世界的乞丐一样眼泪汪汪,如谓:这就是你干的好事。主人原以为吾犬不可见兮,见此,唯有痛哭。居无何,狗死掉了,累的。

我在朝克家见过格日勒那只狗,名巴达荣贵。朝克痛斥格日勒的丈夫不治生产,与淮阴的漂丝妇女骂韩信的口气差不多:"大丈夫不能自食。"狗在炕沿下面聆听摇尾,而后抬头看格日勒的丈夫宝莲。

格日勒家里最干净的东西是锅,不怎么做饭。我爸莅临格府,先掀锅盖,见而痛心:"看看!看看这锅!"格日勒、其夫、其狗都低下了头。我爸接着找粮食。如果有粮食而锅太干净,证明其侄女懒。然而没找到粮食,吾父叹气,背手离去。巴达荣贵欢快地追随我爸,围前围后,极尽跳跃。它发现,在那些日子里,我爸到了哪里,哪里的锅就开始忙,香味绵延飘散。

过了不久，即居无几何，吾妹格日勒被牵涉到一桩愚蠢的讼事之中。他们借了别人两千元的高利贷，房子、马、几只羊和锅，特别是地，转移到债权人手中，反欠人家三千元钱。他们到苏木（镇）上请干部主持公道。说："我们借了这个人两千元钱，还不上，抵了财产，为什么反欠他三千元呢？"干部把大茶缸子往玻璃砖的桌子上一蹾，说："懂不懂法？"

格日勒一怔，其夫躲到她身后，巴达荣贵"嗖"地跑了出去。

我听我妈介绍到此，不禁赞叹。只一句"懂不懂法？"就把什么房子、地、谁欠谁钱都挡回去了，既不打又不骂，还跟政策沾边儿，显示了语言的威力。愚夫愚妇怎么敢回复懂或不懂法？退一万步，姑且说"懂"，干部再问："懂什么法？"还得败下阵来。谁能尽知世上都有什么法。在东村那个地方，司法助理、法庭庭长、派出所所长都由一人担任，即蹾茶缸子的干部。身兼数职是为着节省开支、减轻牧民负担。他还兼有其他官员的妹夫、外甥和舅爷这些社会职务。

巴达荣贵被"懂不懂法"吓跑了，宝莲在哆嗦。格日勒由于脑瓜不开窍，还嘴："反正我不欠他三千元钱。"她意思是房子、地都没了，钱应该抹掉。

助理·庭长·所长·com 又问："懂不懂利息？"

格日勒败下阵来，她真不懂什么叫"利息"。朝克解释，钱和别的东西不一样，它要下崽，崽就是利息。格日勒认为朝克的解释很下流，无端地把钱与生殖联在一起。

她反问:"你们家的钱在箱子里下崽吗?胞衣埋在了房后吗?"

朝克称:"钱在自己家里下不了崽,借给了别人,一定会下崽。银行就是钱下崽的好地方。"

"Bie Lie!"格日勒说。这句话不好翻译,约有"妖障"的意思,骂人话。

在法和利息的威慑下,格日勒一家决定逃走。他们走了,谁也不知道去了哪里。朝克知道格日勒要跑,但没问具体地点,当然也没有送行,免得自己喝醉之后说出去。

过了半年,消息隐约传过来,说格日勒在锡盟。

下面说狗,即巴达荣贵所为。格日勒走后,巴达荣贵一度在村里游逛,也去朝克、阿拉它(格日勒的二姐)和利宝(阿拉它的长子)家里串门。居无何,这狗没了。不知什么时候,有人提起这个话题:"巴达荣贵呢?"

"吃肉了。"朝克认为这事太简单,有好事者将此丧家之犬宰了下酒,无他。一只无人庇佑之狗,又不治生产,问它做甚?

事实上,巴达荣贵奔赴锡林郭勒大草原,去找格日勒了。但事情如此平凡,就不值得写下来。巴达荣贵到了锡盟之后,并没有去格日勒所在的东乌珠穆旗,而去了距东乌珠穆旗三百里外的西乌珠穆旗的某人家里。有狗自远方来,这家人收之,和羊群同出同入。

隔了两年,即七百三十个日夜之后,格日勒和宝莲离婚。

这消息是听我妈说的，我问："后来呢？"

"后来，格日勒又找了一个人，建筑队的。"

"是蒙古人吗？"我问。

"是。"我妈回答。过了一会儿，她突然说："唉，可别说了。你猜猜，格日勒在新婆家见到谁了？"

"谁？"

"嗨嗨，可别说了。狗，东村的巴达荣贵，跑他们家去了。"

"格日勒的狗跑到后结婚那个男的家去了？"

"对！"我妈拍腿，"格日勒还没离婚呢，狗先上他们家了。"

"这么巧？"

"什么巧？"我妈说，"这条狗见过那个男的，格日勒早就跟他有来往。"

我不禁惘然："狗早就知道格日勒会离婚？"

"谁知道。"我妈感叹，她对离婚的事历来感叹，"格日勒算乱套了。"

格日勒的生活，早就"乱套了"，经济、政治无不如此。然而其狗巴达荣贵仿佛已经预知这一切，暗中等待甚至及早介入。如果狗真的这么聪明的话，人更不敢养它们了。

电梯记

我堂兄朝克巴特尔生长在牧区,我四五岁的时候去过他家——哲里木盟胡四台村,这也是我父亲的故乡。之后十年,朝克巴特尔像学者回访那样到我家赤峰市参观学习。我爸交给我一项任务:领他上街。

我领他走进一座楼房,入电梯。电梯门从两面合上,吓他一跳。我伸出三个指头,然后按"3"。"3"红了,梯微颤,门开,我带他出去。我说这是三楼,朝克不信,他刚还在楼下仰视巍峨的楼顶。我领他从步行梯下到一楼,说明我们刚才坐电梯的经历,他还不信。我再次拉他进电梯,到三楼并从窗口往下看,马路上的人渺小地行走。朝克大惊失色,于是对电梯极为崇拜,认为这个狭窄的金属房子是神的房子,说什么也不敢坐它下楼。我对他进行启蒙:"电梯即电房子,把人垂直拉到各楼,由电控制。"朝克生气地反驳我:"电在电灯里面,不可能控制一个房子。"

今年春节,朝克巴特尔扛一只冻得硬邦邦的羊来到我们家。他头发全白了,对我说,他已经领悟到电或电池让人在收音机里唱歌、在电视机里跳舞的力量,但不足以让房子腾升,那是另外的神秘力量。电,不过是冒火星的小巧的在胶皮线里乱窜的小玩意儿。

我和朝克巴特尔均为独生子。许多年前,当大伯告诉朝克我是他弟弟时,他在我身上也发现一些乐趣。

那年即我四五岁到胡四台,被一只羊羔吓哭了,以为是狗。朝克和堂姐们哈哈大笑,讲解羊和狗的区别。我不信,以为他们骗我。见过狗,我以为是狼,越发大哭。朝克越发大笑,用脚踢"狼"。

在胡四台村,朝克巴特尔飞身跃上无鞍烈马,奔驰至远,让我视为天人。朝克一家和当时的全国农民一样穷,他的衬衫下摆和袖子都褴褛掉了,仅遮肩背。这件衣裳在我看来很神奇,在马背上飞扬如帜。他穿这件衣服在苇草里发现野鸭蛋,找到酸甜可口的蓝莓。朝克和我走在沙丘下面,他停下倾听,快跑几步,用手接住一只从上面滚下来的刺猬。在茫茫的沙漠,朝克聪明健壮。他看我的笑容半是嘲笑半是爱。一个城里人在乡下的土地上不怎么会走路,不怎么会吃饭喝水,这给他们带来欢乐,就像朝克在城里给我们带来欢乐一样——他用颤抖的手慢慢摸电梯门,"嗖"地缩回来。

我第一次到胡四台,在堂兄家吃到野鸡肉——肉丝雪白。我一人吃掉两块胸脯,余下的肉被我姐塔娜吃光。朝克和众多的堂姐站着看,带笑容。大伯招待我们的佳肴还有一小碟葡萄干、一小碟红糖。许多年后才知,野鸡和那么少的葡萄干、红糖是他们从供销社赊来的——秋天用五十公斤玉米偿还。事实上,大伯两年之后才还上这笔债务,因为当年的玉米扣除口粮后不足五十公斤。平日,他们果腹之物是轧半碎炒过的玉米。如果玉米碾成面,就不够吃了。他们从未吃过野鸡肉和葡萄干,连玉米面都未曾饱餐。在山上捉到的山禽或挖到的草药,送到供销社抵债,偿还赊欠的红茶、盐和煤油。因此,回想当年他们那么沉静地观看我吃野鸡肉仍带有笑容的场景,实在让人感叹。

那个年代,他们家没钱。他们有幸一睹钞票是每月乡邮员驰马而至喊大伯名字并将其右手食指按向鲜红印泥再拔出来按在一张纸上,而后交给他们十五元钱。这是我爸从一九五〇年挣工资以来每月寄来的钱。这些钱隆重地积攒着,后来流入医院收款处。伴随穷人一生之物,除去饥饿,另一样就是疾病。

血缘是这样一种东西,超越城乡差距和所谓知识,在独有的河流里交汇,彼此听得见血流的声音。大伯去世后,我爸悲痛不已,痛哭,独语,几个月缓不过来,我们并不劝他安静。人生连一场痛哭都不曾享用,灵魂何以自如呼吸?自我曾祖母去世后,他从没流过泪。他七十多岁了,从自己房间踉跄而出,看着我们,说:"你大爷死了。"而后泪水蒙住他的眼睛,像胶在结膜上哆嗦,化为眼泪大滴落下。他本来想说许多话,但说出这一句就说不下去了,喉颈吞咽,因说不出话而全身颤抖,只站着,盯着我们,样子很吓人。我们报以沉默。少顷,他失望地走了,回自己房间。过一会儿,我爸还会走出来,告诉我们:"你大爷死了……"充沛的泪水滚滚而下。

父亲的正直,我早有感受。而他在失兄之痛中的纯真情感让我惊讶。那几个月,他回忆了大伯的一生,并用泪水送走这些回忆。

朝克巴特尔今年和我见面,我用笨拙的蒙古语和他对话并给他买一些东西,我爸很欣慰。在他的房间里,我爸拿出去年在现代文学馆开会的照片,拿出记有他事迹的内蒙古骑兵典藏纪念册,还有登他传略的《蒙古人物志》向朝克巴特尔述说。我堂兄听得很吃力,我爸讲得很从容。我感觉,我爸其实是说给一个老牧民——大伯听……

自来水

堂兄朝克到我家来，对我的书房、音响和跑步机都没发表什么意见，微笑着。他眯起眼睛，对着音箱的网罩向里面看，什么也没看到。里面是纸盆和木头，他摇摇头。朝克对我家最为赞许，由此对我产生敬意的事物你猜是什么？我真舍不得说出来，是——自来水。

他在我家吃喝几天，突然问："你家的水从哪里弄到的？"我说："自来水。"他疑惑："井在哪儿？"

我哈哈笑了："这是楼房，哪有井？"领他到厨房，打开水龙头，"哗——"朝克后退了一步，自语："跟公社的一样。"我说："跟哪儿的都一样。"他摇摇头："不，跟公社的一样。"我说："对，跟公社的一样。"

没事时，朝克背手观赏水龙头，掏出手绢擦镀铬闪亮的水龙头，轻轻地一点点拧开。水由细淌到奔放。朝克沾点水，用手指捻捻，放鼻下闻闻，伸舌头舔舔。朝克太崇拜这个水龙头了，低头从它的眼儿往里看。可惜龙头是个弯，他看不到水的真相，更看不到自来水公司工作的情形。

朝克笑眯眯地对我说："你真是有福气的人，有这个好东西。"他指水龙头："你一打开就有水，对吧？"我说："对。"朝克拍我肩头："你真是有福气的人。"是的，有这种福气的人在沈阳还有七百多万人呢。但我没说，怕他不相信。朝克宁愿相信自来水是我写作有成绩，国家对我独有的赏赐。

那么——又过了几天，他问我："水是从哪儿来的呢？"这问题过了好几天才问，太沉着了。我简单地说："水库、自来水公司、管网、加压站。"他摇摇头，说："你这个水龙头接在墙上。"他拍拍墙："墙里面有水吗？"白说了。我说："墙里边有一根铁管，一直接到北京，水是从北京颐和园流过来的。"他脸上皱纹次第打开，笑了，说："你说的是对的。"

对比朝克，我真有点身在福中不知福了，整天想这个想那个，没想到家里有一个自来水，想要多少水就有多少水，这是多么大的恩典，跟公社的一样。我应该再写一首诗贴在水龙头边上，向它致谢。

想来想去，"自来水"这个称谓起得好。自来水，多有诗意。除了天上降雨，水何尝自来？水，这么宝贵的东西，这么容易漏洒，捧都捧不起来的东西竟藏在我家貌不惊人的水龙头里，我也开始崇拜自己并向发明"自来水"这个词的那个人遥致敬意。这个名字比火车（应为电车）、汽车（应为油车）的名字起得都要好，跟可口可乐的译名一样好。我把自来水翻译为蒙古语的"自己跑来的水"，朝克深为赞同。他家干旱，一般来说，打十眼井也没一眼出水。出水的井打井费五千元，不出水的交两千元工钱。

第三辑

父母亲

寻找鲍尔吉

鲍尔吉是我的蒙古姓氏,在《元朝秘史》的汉译本中被写作"孛儿只斤"。这个姓我平常不用,因为在汉族人居多数的城市,使用这么复杂的姓要用大量的时间去解释,累。

发表作品时,我偶尔标上姓,使之成为"鲍尔吉·原野",有人说这叫"蒙汉合璧"。在作品上注姓,表示不去掠其"原野"之美,其他深意是没有的。

但这也遇到过麻烦。

我的一首名叫《乡音》的诗被国内某家用英文印行的刊物选用,给了一点稿费。事先我不知这是稿费,这是一份中国银行的通知,告我凭此去一家较远的分理处取钱。

我知道中国银行是一家与外币有涉的金融机构,可去兑换美元什么的。我并未兴奋,没干过和美元有关的事,怎能和它相亲呢?

到了地方,拿凭证一看是稿费六元。支这些稿费约需十来道手续,如要买一个铜牌再去换什么等等,每道手续都依次排队。在这些排队的人中,大多是企业和个体户提备用金的,六元钱肯定是最少的数目。

当那位小姐把铜牌清脆地掷来时,我见她掩口一笑。我猜想,咸亨酒店里的人笑孔乙己,大约就是这样的笑法。

临了,到了取款的时候。

"那个人是谁?"我急忙回头瞅,不知付款小姐在说什么。

她提高了声音:"鲍尔吉是谁?"

"鲍尔吉是我呀。"我和蔼地回答。小姐和我隔着钢管焊的为了防止抢钱的栅栏,而且大理石的台面也有一米宽。

"那原野又是谁?"她用圆珠笔杆敲着台面,案例出现了。

"我就是原野。"事情麻烦了。

"你,到底叫什么?"她镇定质问。

排队的人,目光已经转向我。我不是电影演员,很难在这么多人的逼视下保持气定神闲。

我虚弱地解释,原野是我的名字,而鲍尔吉……但没提《元朝秘史》与孛儿只斤。

她笑了,向同事问:"你听说有姓鲍尔吉的吗?"她那同事轻蔑地摇摇头。她又问栅栏外排队的人:"你们听说有姓鲍尔吉的吗?"她那用化妆品抹得很好看的脸上,已经露出戳穿骗局后的喜悦。

我有些被激怒了,但念她无知,忍住。子曰不知者不愠。我告诉她:"我是蒙古人,就姓这个姓。"

她的同事告诫我:"就算你姓复姓,顶多姓到欧阳和诸葛这种程度,鲍尔吉?哼。"

这一位并不无知,并且戴一条蓝珠石项链。她知道复姓,但竟提到"姓到"这样的限制。如果我是泰戈尔,那么"拉宾德拉纳特"这个姓定会使她们目眦尽裂了。

我不想当着那么多人和她们争辩或进行更可笑的学术性讨论,为了六元钱不值得。我仍耐心解释。

"在欧阳之外,不是还有罗纳德·里根吗?米哈依尔·戈尔巴乔夫?"

众人笑了,我知道他们在嘲笑我卖弄学问。有人说:"他肯定念过大学。"而银行小姐向我投来明确的侮慢的眼神。

原来中国人不配姓复杂的姓氏,这与阿Q想恢复自己的赵姓而不可得一样。

"你说怎么办呢?"我尽量悠闲地问那小姐。

"你要证明鲍尔吉是你。"她手拿着我的工作证和身份证,"但这已经不可能了,这上面写的都是原野。所以,你要把鲍尔吉找来,和他一同领款。"

为了六元钱去寻找鲍尔吉。我想起一句歌词:"为了一块牛排出卖巴黎。"

鲍尔吉,你在哪里?我怅然离开取款台,在心底呼唤。

对任何人来说,为了六元钱罹此磨难,就应该罢手了,但我如看电影一样,想知道此事是怎样一个结局。

我站在门口观察。

我发现一个面相善良的人,上前叙说我的处境,简言之,请他充任鲍尔吉。

"这怎么行?"他瞪着眼睛,原来善良的人瞪起眼睛也不善良。我忽悟,这种作弊的事不能选择好人。

我又找到了一个衣冠不整如无赖样的人,约二十多岁。谈过之后,他狡猾地问:"这事好办,你给多少钱?"

多少钱?这事不能超过六元钱。我告诉他:"三元钱。"

"三元?"他简直想咬我一口,"你那笔款多少钱?"

"六元。"我给他看提款单。

他笑着看我的脸,那目光在我眼睛、鼻子之间滑行,用目光蹂躏别人就是这个样子。他提一提后裤腰,问:"你是知识分子吗?"在"知识分子"这个词里,他的语调充满了恶毒的揶揄。

"我是你爹。"我告诉他。

他要动手,这从他肩上可以看出来。《武当拳法》曰:"挥拳者其肩先动。"我上前掐住他的两腮,酸痛是难免的了。我把他的嘴捏成喇叭花一般,里边洞黑、黄牙森然。如果换了别人,必朝里边吐一口唾沫,但我没这样,不文明。

我一推,他踉跄而去。

他是那种在社会底层游荡的人。我后悔了,怎么能找这样的人担任鲍尔吉呢?凡吾鲍尔吉氏,乃贵族血统,铁木真即是此氏中人,当然又是此氏的先祖。

最次也要找一个电大毕业的,这是我对新鲍尔吉的要求。

不好找,我只得打电话给在附近的一位,请他相助。他叫刘红草，在某机关当科长。

我道出原委，他摇头："六元钱，嗨。我给你十元，走吧！"

我表示此事如何如何，他迟疑地俯就了。

中国银行分理处，人已稀少。我们来到付款台。"他就是鲍尔吉。"我骄矜地向小姐介绍，像推荐一件珍宝。

"是，就是。"刘红草点头。

"工作证。"小姐扔一句。

刘红草假装找工作证："哎呀，忘带了。"

"回去取。"小姐连头都不抬了。

"嗨，六元钱。"我恳求她，"开开面吧。"

小姐有点通融的意思："拿名章也行。"

"快拿名章。"我指示刘红草。他又假装上下找。

"小姐，你看没带名章。"

小姐坚拒。

我问："那一会儿拿来名章，他还用来吗？"

"随便。"

出门，我和刘红草握别，感谢大力支持。我独自找一个刻章的老头。

"鲍尔吉是啥玩意儿？"刻章的老头茫然发问。

"什么啥玩意儿？"我恶狠狠地说，"这是姓！"

"姓？"老头更茫然，"我刻了一辈子名章……"

又来了，我只好安抚："刻吧刻吧……"

刻好了,牛角名章,十元。

"十元?我最多出六元。"

"八元。"

"六元。"

"七元,少一分不行。"

"七元钱就赔了。"

"赔了?"老头从老花镜上方看我,"什么赔了?"

我的事情无人可以解释。我拿着名章取出了按惯例应该在邮局取来的稿费。

我看到结局了。主要的,当我手携着"鲍尔吉"的名章时,便不惮惧来自各方的质询了,可以雄视四方。

我妈的娘家亲戚

我先说几句

我妈是乌云高娃,即我爸说的"高娃同志"。当他一旦将我妈称为"同志"时,已不无愠意。当他放喉大喊"高娃奶奶"之际,已将整齐的牙齿粒粒咬紧,环眼怒张了。我妈也有把我爸称为"爷爷"的时候,彼时我妈的委屈烦恼已经无以复加。因此,他们给对方戴上高得吓人的帽子,都并非出于礼让。

说起我妈的名字,人家总要问"高娃"是什么意思,因为在演艺界与传媒中,"××高娃"频见倩影。高娃,乃蒙古文言,即〔尊贵的〕夫人之意。蒙古语与法、英这些有贵族传统的民族语言一样,名词中含着敬称。高娃不仅是夫人,而且是尊贵的夫人。乌云高娃是谁的〔尊贵的〕夫人呢?是吾父前骑兵中尉那顺德力格尔先生的〔尊贵的〕夫人。乌云又有美丽之意。而那顺德力格尔,可以直译为:这个岁数(寿数与生命)

呵,〔像花朵般〕盛放不已。雅译为"长庚",俚译"百岁"可也。这是关于二位老人的姓名学训诂。

我妈的娘家即老张家,属于康熙皇帝的女儿荣宪公主下嫁巴林王时,随行的七十二行工匠之一,据传是瓦匠。自清朝起,老张家世代居巴林右旗,大本营有两个——大板镇与古里古台镇。

现在又出现一个问题,即我妈的族别。我妈坚定地认为自己是蒙古族,但并不否认祖先是随荣宪公主从关里来的。当我爸和我妈出现歧见时,他便将我妈称为"张家口的汉人"。

"为什么是张家口呢?"我迷惘询问。

"这还用问吗?"我爸比我更惊讶。我不做声了,但腹诽,还有张家界呢。我爸对我妈极不满的时候,又称她为"银金满金",或"哈日勃虎口乃别仁"。前者是对满洲族人的一种说法,后者即"黑屁股巴林人"。过去(我说的是过去),满洲皇帝每年春天到蒙古草原例行"减丁"公事,把超过车辖辘高的蒙古男性儿童杀掉。因此,我爸对满洲皇帝即所谓"大清"的"康熙帝"之类人物很是有些不满意。他对孙中山先生推翻清朝,包括冯玉祥将军把皇族赶出故宫,特别是韩复榘率先驱兵冲入紫禁城的革命行动无不快慰。关于"哈日勃虎口乃别仁",我也搞不清是怎么回事,但巴林人民千万别生气,这纯属家父个人偏见。大约因为当年(也是当年),我父亲的科尔沁乡党嘎达梅林起义造反,被张作霖穿黑制服的士兵追杀,全体殉难于巴林边境时,巴林王没有援之以手。我告诉我爸:"很简单,巴林王打不过张作霖，此事不足以使你切齿。"

我爸的牙齿比我之贱齿高级许多。吾齿疏淡不足观，弱不禁风的样子。我爸的牙齿坚实致密，愤怒时，咬紧牙关，并磨来磨去，咯咯有声。配上他目眦尽裂的豹眼，笔直略具鹰钩的悬胆鼻，以及盘膝握拳的样子，庶几壮士矣。而我说："早先蒙古骑兵在大沽口阻击洋人，一片开阔地，骑兵风驰前进。洋人枪响，蒙古人纷纷仆地。第二排骑兵复冲锋，再仆地；复冲锋复仆地。洋人害怕了，蒙古人仿佛不知道中弹而死是怎样一回事，但洋人终于不敢弯曲手指钩扳机了。这些人，"我顿一下，严肃地告诉我爸："仅是昭哲二盟骑兵，即我妈他们巴林人与你们科尔沁人。"我爸的眸子在上眼睑缓游，嘴角下拉，仿佛看到了当年情景。

我爸颓然靠在床头的被垛上，支起一个膝盖，双手绵软无力，闭目，先吸气，叹曰："嗨……"

我的近现代史知识很薄，但足以为我爸解惑，虽然做不到"传道"。我爸所求的"道"是什么，我也不清楚，但不是钱或官。但我妈有"道"，且坚定不移。他们俩都是新中国成立前被裹挟入革命洪流的共产党人，但政见针锋相对，并因生活小事而诱发争执。简单说，我妈崇拜那些柔顺忠诚的先贤，如雷锋与焦裕禄。她深知没有共产党，乌云高娃"同志"早被冻饿而死，于是勤勉为党工作，荣膺模范称号之非常若干。她离休那天，仍将机关厕所的脏纸扔掉，走廊扫一遍，因为她这辈子就这样过来的。她情愿为党当牛做马，仍觉不能报答党的恩情于万一。常有老乡赶着驴车，拿杏、煎饼、鸡蛋或切糕，在吾家楼群间逡巡，打听："高娃家住哪儿？"

我爸心仪刚烈为民如彭德怀者。

他们本是在草原上蓬头垢面的蒙古愚童，革命使他们意气风发并饱经磨难。他们本不该生活在一起，他们的"生活"都"在别处"，但革命使他们邂逅于一条船上，这条船注定不可以停泊，不可以上下，直至忘川了。前几年，我父母因为琐事吵架，我爸心中忽生创意，怒言："高娃，我和你离婚！"

我妈当时手执吾外甥阿斯汉的奶瓶子，正生着气。闻此言，大笑。一边笑一边拭泪，拭右眼复左眼又复右眼。我妈大笑不能止，靠在墙上，脊背沿墙下滑，最后蹲在了地上。

我爸左手紧持公文包，里面全是重要的急需翻译的蒙古文学稿件，怒问："你在干什么？"

他愈生气，我妈愈笑。我妈越笑越令我爸迷惑而愈发气愤。

我妈边笑边擦眼泪，边摆手示意我爸不要说了。她把奶瓶子放在地上，捂着肚子，喘着气，试图平静下来并站起来。

这时，我爸已在屋里走了几个来回，切齿曰："不行，我必须离婚。"

我妈笑声顿起，愈发响亮。

我爸错愕着，愤怒着，逼视我妈良久。无奈，掷公文包于床上，和楼下那帮退下来的县团级以上的（我爸比较介意这些）老头儿闲聊去了。

中午，我爸回来吃饭。两人沉默少顷，我妈又笑起来。我爸放下碗，怜悯地自语："你这个人是不是疯了？"

我妈顿时沉下脸："我疯了，我看咱俩是有一个人疯了！"然后我妈说出我爸提出离婚之太可笑处种种："儿女都长大成家立业了，这个爹和这个妈在他们那儿都不可分离了，连孙子那辈都不认可了。你离婚无非上孩子家住去，或你住这儿我来给你做饭，你能离了吗？非上街道领离婚证明吗？你领来了吗？"

我爸困难地思索着，他方知他与我妈只是一棵树上相邻的两根枝杈，这棵树已深入土地，儿孙之类盘根错节，想分也分不开了。问题是：我爸这根杈忽然不想挨着我妈这根杈了。我妈这根杈也并非情愿挨着我爸之杈，她知物理如此，便不作他思。我妈说："等咱俩死一个人，婚，不离也离了。"我爸闻此语，竟很震惊，从此不提此事了。

我爸之离婚要求，并无第三者或财产的想法，只是对我妈的一种较新颖的谴责说法，如照会或抗议之类。在我妈看来，这过于荒谬因而也太幽默了。

我爸的笑话还有其他。譬如他熟睡时，电话铃叫起来，他睁眼，慢慢坐起来，瞅着两米外的桌上的电话说："喂！"电话还在响，我爸仍说："喂。"此景为我妈进屋所见，又笑弯了腰。另有一次，我爸穿风衣，戴呢礼帽，夹公文包出去了。出书房踅入卫生间。出来后，摘礼帽，脱风衣，复躺在床上。我媳妇见此大笑，问："爸，你上厕所还夹公文包干吗？"我爸大窘，顾左右而言他。我想，他每日想一些翻译的事，以至公事私事不分了。还有一次，他在家宴上大谈自己在辽沈战役的事迹，我们早已熟知，便埋头吃饭。忽然，小女鲍尔金娜惊喊："爷爷！"我们抬头看时，他老人家以半截烟头蘸大酱若干，正往嘴里送。辽沈战役伟哉，令我爸不分大葱与烟头了。

近年，我爸与同道办一家"昭乌达译书社"，承赤峰市委市政府帮助，翻译出版蒙古族民间和古典作品多种。他们并不图钱，但已豁出了老命。问世著作如《蒙古族历代诗词选》《蒙古族情歌选》《蒙古族民间故事选》等。

我妈不是翻译家，也没参加过辽沈战役。她离休后，看我姐的二儿子，做家务。近年说想做点买卖，即给别人的"买卖"站个柜台什么的。这工作并不好找，因为当今站柜台的多是美艳小女子。她想念我们时，便翻影集。晚上一边看电视一边埋头打瞌睡。俟电视节目结束，她完全精神了，到厨房去干活。

说到我妈的娘家亲戚，地理位置需要交代。老张家发祥于巴林右旗，家族中有出息者（即参加革命的人）就离开故里去了外乡，最远的在呼和浩特，即自治区首府，或者在赤峰，即昭乌达盟首府。在卧蚕状的内蒙古地域中，我妈的远在呼和浩特的娘家亲戚返乡必在赤峰我家的中间站逗留几天，因而他们的行状被我所熟知。

在沈阳明朗干净的秋空之下，想到我妈的娘家亲戚，是一件有意味的事情，以下分述。

大姑姥爷

我第一次见到大姑姥爷时，他八成已六十岁了，柔软的下嘴唇松弛垂下，牙齿寥寥可数，"咝咝"地吸着气。蒙古人和藏人一样，在言语间吸着气，表达谦恭。

大姑姥爷的下唇很像阿拉法特的下唇，微笑而耷拉，但前者毫无心计，更不知戈兰高地及其他。当我看完一位美国人写的《阿拉法特传》之后，在心里对这种比较很后悔，这对大姑姥爷近乎一种冒犯。我大姑姥爷是一个对世事混沌无知的老婴儿。与之交，如《大学章句》称："如见其肺腑然。"他对猫说话，对马、牛、驴甚至向日葵和车轱辘说话，采用不同的腔调。

譬如，当猫偷了一块肉在角落里以双爪捂着，嘴里发出威胁性的"呜呜"声时，大姑姥爷在炕头欠了欠屁股，用尖细的腔调对猫说："哇啦嘛！咱们的猫先生何等英勇……"

他故意用文言的蒙古语来赞美猫。而"哇啦嘛"是什么意思呢？奥妙的语气词，很难翻译。譬如，你看到庄则栋跃起，用正手扣杀第二十五大板时，可以惊呼"哇啦嘛！"表示不可思议、敬佩与赞美。同样，另一位球员以大幅度的优美姿势抽球，球漏了，球员却跌倒，你亦可淡淡地说"哇啦嘛！"讥讽有了，怜悯亦有之。此语大约与李白《蜀道难》首句"噫吁嚱"仿佛。

当大姑姥爷和菜畦子里的草花——指甲桃或芍药——说话时,嘴唇如小孩一样噘着,仿佛非如此不可与花沟通。他咕嘟着嘴,对花朵喃喃自语。倘花在风中微动,大姑姥爷感动地仰起头,闭着眼睛说:"嘉!嘉嘉!"意思是"行了,行了,好了好了",像看到小孩练步或小叭狗为他表演钻圈。

显然,这都是大姑姥爷微醺之后的形态。他喝多少酒都是半醉,从一盅到一斤,陶然着,醉不透也醒不来。当家里的人都走了之后,大姑姥爷蹅足下地,从三节柜下拎酒瓶仰脖喝一口,喉结上下蹿动两到三下。抿嘴,上炕,盘腿坐下,环视四周,下唇耷拉,渐渐笑了,说:"嘉!"这个"嘉",意思为"就是这样"。他用皱纹密密包裹着的小眼睛笑着,对一切无不赞美。嘴唇翕动,但不成句,然后还是"嘉!"如此而已。

大姑姥爷叫什么名讳我不清楚了,但姓郑。老郑家与我妈的娘家老张家有着千丝万缕之联系。如果说史笔不溢美亦不隐恶,那么我应该在这里说大姑姥爷这辈子没多大本事,恐怕也可以称之为"窝囊"。当然他自己并无窝囊的感觉,只是别人觉得他窝囊。

晚上,当全家人攒集炕上,在煤油灯光的飘忽里探讨治家大计时,大姑姥爷柔软地蜷在炕头,兴奋好奇地听别人发言,"咝咝"地吸着气,表达敬佩。但他从不用脑子思想这些主意的利害,只认为一切无不完满。因此,可以想见他在家里没有地位,况且他酒后喜欢像外国绅士一样亲吻女性晚辈的手背,譬如我母亲乌云高娃,他的小女儿斯日古愣、二女儿乌云陶格斯，我姐姐塔娜的手背。他毫无邪念地将干燥而"肌无力"的嘴唇轻印在他视若珍宝的"伊"们的手背上，然后喃喃。

这就是我大姑姥爷。然而他并非弱智人士，他赶车、牧马和盖房子的精细手艺证明他不是傻子，而只是太诗人化了。

说他善良也不准确，因为他不知道怎样不善良。我见过他和老牛贴脸，即把自己褐紫的面颊贴在老牛的脸颊上，嘴里倾吐什么。他还用双手捧着江西腊的花瓣，用嘴亲吻；手指空中的蜜蜂，用尖细的嗓音亲昵地骂它们。

在大姑姥爷的脑里（准确说是心里），没有是非、善恶、美丑或利害，他一恭顺，周遭俱高大起来。他不是辨不清利害，也不是不屑辨利害，而是利与害或美与丑对他是一回事。譬如一只蚊子把大姑姥爷从醉寐中叮醒，他睁眼看到蚊子修长的高脚、精巧的翅膀网纹及努力吸血的动作，他几乎要同时斥骂、嘲笑和钦佩这只蚊先生了，痒与血的损失是另一回事。

在蒙古男人中，大姑姥爷是比较不"蒙古"的男子，他骨骼瘦缩又无霸悍气。在家里，大姑姥是至高无上的君主，永远腰身挺拔地发号施令，这在现在叫决策。大姑姥名红兰，白发苍苍，面色威严。你感到她身边应肃立几位脸上涂有牛血与白垩土，手攥长矛的南太平洋猎手。在过去的牧区，养家糊口何等不易！大姑姥爷不干什么活计，一年只去坝后拉两次青盐，其余时间俱赋闲与诗意。牧马的苦活由大舅昭日格图完成，放牛放羊的劳动由乌云陶格斯承担，大姑姥和舅母挤奶、熬茶与料理家务。这一切不过勉强糊口而已，全家人都在挣扎，但大姑姥爷在挣扎中却觉不出挣扎。他不只是诗人,又是哲学家,因为他对生灵太感兴趣了。一只燕子从他眼前飞过,会让他注视并思索许久,最后放松下唇,露出东倒西歪的几颗牙齿谦卑地笑了。拿喝酒来说,他把酒瓶放在紫檀木炕桌上,拉开架势端详它,用最粗野的话骂它,然后揣进怀里,复取出,"咣"地放在桌上。这还不哲学吗?

一九六九年,"文革"的原因,我家处于最困难的时期。家父被关押,生死未卜;家母亦停职反省于"毛泽东思想大学校"。家母刚强,越是这时,越要把家里收拾整洁,而且请客人来住。大姑姥爷在那年冬天,从巴林草原蹒跚来到我家。他矮小畏缩,白天背剪双手观看风沙蔽日的赤峰街景;晚上坐在铺着新床单和塑料布的炕上饮酒。我知道,他酒后很想哭,因为担忧我父亲的命运,那时打死人的消息不断传来。但他不敢,因为我母亲的刚强有如大姑姥的刚强,不允许他落泪。他愁苦极了,拉着我母亲的手,用另一只手抚摸她的手背,然后次第抚摸我姐和我探出被窝的头。我妈像雕像一样无动于衷,大姑姥爷小心地叹息。

在我家,他把那双绣着云子的蒙古靴子脱在离炕很远的红箱子前,摆正,然后踮脚趋步上炕,转身抬脚,左右手分拂脚底板,再拍手,盘腿坐下。这一行径,每次使我妈转身发笑。大姑姥爷以最大和最烦冗的礼仪表达对主人的尊重,因为把鞋放在炕下不礼貌(他认为),而拂脚与拍掌已臻清洁境地了。

"干净啊!"他常夸赞我们家,"连吐痰的地方都没有。"

大姑姥爷喜欢读书。这种喜欢近乎崇拜，即对书本和字母的崇拜。在大姑姥爷家里，一次我看见他从炕上飞跃下地，从柜里拿出一个红绸子包裹放在桌上。他在铜盆里洗罢手，手心手背在前襟擦好，以指尖拈绸布打开，取出一本精装书，玛拉沁夫《茫茫的草原》的蒙文本。他随便翻开了一页，借窗户亮光念起来，音节之间停顿很长。

"何……勃勒，蛮聂，其……格日，恩……乌……德日，包勒……（不然，我们的军队，今天就……）"

他至多念上五分钟，就心满意足地合上书本，眼里光芒四射，把书包好，放回柜里。他这时粗野地骂我一句"额何敖孙聂乎（约为'狗日的小子'）"，然后大笑。

前年春节回家，和我妈闲聊。我读《赤峰日报》，她戴老花镜缝什么东西。我妈说："你大姑姥爷死了。"我"唔"了一声，因为这不算新闻，二十年前他就六十岁了。半晌，我妈没言语，抬头看，她泪淌了一脸，因为抑制哭声而颤抖着头颈。我愕然了，但终于说不出什么。

大姑姥爷太微末了。当阳光射入时，我们打扫房间，会在光线的斜柱里发现许多尘埃像闪亮的颗粒下坠。很快，一颗（也许算不上"颗"）尘埃落定了。这就是我大姑姥爷的一生，无所增减，对谁或什么都无所惊动。他如此散漫认真地活了一生。大姑姥爷对利害糊涂，但精明者虽深通利害，又焉知此时利乃彼时害，今日是却明日非呢？大姑姥爷对美和生命多么认真，倘若上帝突然下谕，在活着的时候笑声最多的人可升天堂,大姑姥爷就有福了。

在城市,在人对人都不肯微笑的都市,上哪里去找与蜜蜂谈话、与花瓣亲吻以及抱着老黄牛脑袋贴脸的大姑姥爷呢?

大姑姥爷,我真的很想念你了。

宁丁舅舅

宁丁的眉毛生得平直,像用格尺比着画的。眼睛细长,亦平直。他的嘴削薄,抿成一趟线,而鼻管垂直而下。倘用毛笔蘸浓墨在他鼻侧唇上点一顿点,这张脸就念"国",因为宁丁的额角、两腮及下颌均方正。

然而宁丁在起名字时,并未参考"国"字。蒙古人将国家叫作"沃勒斯",一种游动的感觉。

宁丁是我舅舅,我母亲二姑姑的长子。对吾母的大姑二姑,我们分称"大板姑姥姥"和"呼市姑姥姥"。大板,非日本城市或新疆的冰川,是吾母祖籍巴林右旗的一个镇。呼市即呼和浩特,为毛延寿所误的王昭君埋在那里,最主要的,它是内蒙古自治区的首府。

宁丁长我三或四岁。我在由儿童转入少年的时期,宁丁是我偶像。我崇拜他的尚武精神、口若悬河的表达才能与化险为夷的杜撰力。少年人,谁都喜欢言说怪力乱神,言者与闻者都不困于事实或规律,因为这是闲聊,激励神往憧憬。然而,在高潮迭起之后,能妥帖收尾就让人膺服了。

我们家西屋——盟公署家属院的房子俱两间，一东一西——冬天不生火亦不住人。炕上置放结白霜的黏豆包和羊腿；墙上糊有《昭乌达报》蒙文版的报纸，竖排如龙蛇的蒙古文字母间，偶尔有一两张新闻照片。西屋还有耗子，在秫秸与纸扎的天棚里窸窣，坑洞里有我私藏的日本刺刀一，火药枪与弹弓各一。冷风从窗户嗖嗖往来，万物皆备于我，开始吧。

宁丁与我都很冷静，虽然这是一场（描述的）酷烈战争的前夕。当时他约十二岁，从呼市来我家过春节。宁丁眯起眼睛——只有眯起眼睛才能透过硝烟看清阵地——双拳在胸前剧烈抖动，鼓起的腮帮子频出"突突！突突！突突！"的机枪扫射声。这是那种重机枪，带钢板（即夏伯阳指挥的那种）；后来我知道此为"马克沁重机枪"。"突突！"宁丁对着我家西屋的东北角扫射，他最擅再现战争场面，尤其是正规战争。他浑身因扫射而战栗——重机枪很难驾驭——表情惨烈至极但决无惧色。不消说，这一阵儿二千发子弹殆尽，但子弹有的是。我深受感染，以两手在他身边传递，表示托送裤腰带式的子弹链，电影里的重机枪均如此。他挑剑眉瞪我，大吼："别管我，你指挥三营坚守……突突……二一七突突突突高地。"我说："是！"并坐在炕沿上向他敬了一个礼。原来他的重机枪不需续子弹，但三营在哪里？而我，如孔子说的"白刃可蹈也"，不管有没有三营，我必须守住二一七高地，便端起三八大盖"啾！啾！"地散射。不料宁丁杀得性起，边射重机枪边腾出右手，自腰间掣手榴弹一枚，咬去导火索远掷。"咣！"宁丁在其

"咣"中并不减少"突突"的频率。我抬眼看墙东北角的敌军,虽千万人,俱尸横遍野矣。后来,他索性弃掉重机枪,双手齐掷手榴弹,拧盖,咬导火索,前掷及"咣!咣咣!"极为麻利,而且掷出数量必与"咣"声相符。最后,他双手像抱一捆葱的样子,粗粗一系即集束手榴弹,用尽气力咬导火索并推出去,嘴里发出前所未有的"咣",声震屋瓦。

"怎么啦?"我妈突然拉开西屋门,手拿铲子,外屋传来菜在锅里的刺啦之声。太煞风景了,我赌气不语。多么好的战争在高潮处竟被如此俗妈所掣肘。宁丁临危不乱,做出叵测的样子,对我妈说:"你的,八路的干活?"我妈左右观察,见并无异常,说:"别瞎闹。"关门走了。

战争,若想再继续已经不能了。宁丁坐在炕沿沉默着,突然鄙夷地瞅我。他始终鄙夷我,但丝毫不影响我追随他的兴趣。"你——"他傲慢地问,"知道加农炮吗?"我卑微地摇摇头。一九六六年或一九六八年,宁丁已知道加农炮、榴弹炮、山炮、T-34坦克,这不是大师吗?而我,只知道三八大盖、日本战刀和迫击炮。

我突然想起我爸说狗牌橹子很高级:"我爸说狗牌橹子……"

"屁!"宁丁断然驳回,而且说我爸说的是屁。我痛苦地忍受着他的无礼。一九五五年我军授衔时,宁丁他爸是少校,我爸只是骑兵中尉。"最厉害是加农炮!"他说,用右臂代炮管剧烈伸缩。"咚!咚咚!"声音弱一些了,怕他姐即我妈干涉。宁丁的眼睛进一步眯起来，估计是炮崩的尘土所致。

"你整吧！"他或许累了，让我搞一场战争。说起来惭愧，我真没有经验，只会鬼子进村这一简单功课。鬼子战斗帽下飘着破抹布一样的玩意，平端三八大盖前进。嘴脸要凶恶些，突出鼻下有一撮小胡子的意思。

我下地，做前进状，口哼"鬼子进村"旋律。

顺便说，上面这段旋律是二十世纪七十年代的中国小孩人人熟知的旋律。我们盟公署家属院的骁勇子弟用石块攻打辽河工程局家属院、气象局及外贸家属院的"逆贼"时，都高歌此曲，所向披靡。

我整了几个来回，宁丁又鄙夷了，说："不堪一击。"他十二岁就会说"不堪一击"，我听着像外国话一样。

这是那年冬天的事。宁丁要走了，我有些悲伤，没人鄙夷我，我也没人追随了，伟大的战争场景离我而去。在他身上，我得知自己不过是个日本军曹或伍长，所操日式步兵战法而已。而宁丁（汉名赵喜龙）是伟大的朱可夫与华西列夫斯基，能指挥多兵种协同战役。虽然，宁丁有一次喝多了果酒，祸害我爸的脑袋和耳朵，说我爸是"那大头"。我和我姐塔娜几乎下泪，但不敢言声。吾父是他姐夫，他有权破坏吾父尊严。吾父哈哈笑着。我爸这个人一遇窘境，便哈哈而笑，声音响亮干涩。宁丁走时，答应在北京给我买一个牵线的木偶。我最喜欢木偶，因为我儿时不与任何人往来，倘有木偶，就有了伙伴与救星。在车站时，我怯怯说："舅舅，木偶……"

他不耐烦了,说:"别婆婆妈妈的。"

我等了两年,木偶终于没有寄来。

三年后,我独身去呼市看望宁丁、姑姥姥与姑姥爷。我那时约十二岁,一是心仪宁丁风范,二在于吾母深受留洋的外祖父的影响——一定让孩子见世面,就去了。

宁丁的家住在新城西街,有窗轩开阔的四间青砖房子,邻居为作家玛拉沁夫。宁丁之父——我姑姥爷是蒙古史专家义都合西格先生,对北元史尤有研究,曾租住颐和园的房子写出专著《英雄陶格套传》。我献给敬爱的姑姥爷一瓶"威士忌",他甚满意。

我在宁丁家里小住时,发现他变了,谦恭温和,虽不藐视我,但隔膜深矣。原因在于他弃武投文,跟内蒙古歌舞团首席提琴家胡赛乐(音译)学拉小提琴,并学英语。我很失望,小提琴与英语,离我们共同的理想甚远。他说英语就是"盎格力士",问我学不学。我不学,因为这是异域的陌生的语言。而小提琴,他从早到晚都在拉《牧歌》,乏味。但后来我想,宁丁在"文革"中学小提琴与洋文,实在是英才所为,尽管这与我所认定的作为杰出将领的地位逊了许多。在宁丁家里,我在姑姥爷的书房里读了许多有趣的书,如《一个预审员的笔记》《青藏平叛纪实》等。我还偷喝书房里的酒,实际姑姥姥已经发现了,但没言声。后来,我偷斟过量,满面红光地高谈阔论,他们微笑着。我十二岁,是干一些坏事可以原谅的年龄。临走,宁丁与我到乌兰恰特剧场观样板戏《奇袭白虎团》,他说内蒙古京剧团的李小春先生演的杨子荣,实在比童祥苓要好。在当时,这都是反动话,因此要偷着说。

回赤峰,我给他写过信,他回信说:"不要写'赵喜龙收',因为没有人知道赵喜龙是谁。"后来,信少了。小时候,我会写的字很少,一个"舅"字很令我头痛,不易分清它与"鼠"或"鼻"的区别。

又过了许多年,我自赤峰调入沈阳后,去呼市拜访宁丁。他已是内蒙古广播电台汉语新闻部的主任,性情宽厚大度,很像姑姥姥。我在他家里喝了一瓶酱釉的茅台酒。宁丁沉默地微笑着,脸颊酒窝现矣,但他涓滴不饮,看我喝酒,并听我夸夸其谈。人真是怪了,宁丁沉静厚重,我却饶舌了。他岳父是内蒙古政府的高级官员,此酒即他岳父的家藏,比白瓷瓶茅台醇许多。我喝了一瓶酒竟不醉,下楼矫健骑车,甫出几步仆地。抬头看,竟不认识此处为何处了。我问楼前老妪:"大娘,这是哪儿呀?"她反问:"你要到哪儿?"

我无计环视,发现大门在身后。我竟摔了一个一百八十度的转弯,眼角擦破了。回招待所,对镜观看伤口,自语:"喝这么多年酒,还未在脸上留疤呢。有一个甚好。"

宁丁夫人貌美贤良,名苏日娜,女儿现在该上初中了。宁丁的弟弟,亦是吾舅德力黑,是电影放映设备方面的技师,对我友善,赠笔砚及从国外带来的礼品。我与他们多年未见了,宁丁亦赠磁化杯与蛇皮领带给我,比木偶贵得多。近年我敷衍短文糊口,竟被亲戚看成是一种出息,惭愧。德力黑的妹妹名小妹，亦结婚生子。

日前，家母来信说姑姥爷（宁丁的父亲）患中风，因医疗费不易解决，到伊克昭盟住院。他曾任那里的文联主席。

这都是我不愿听到的消息。除了疾病之外，多么想听到老人们的好消息啊。

其木格姑姥与其其格姨

其木格，是我妈的二姑。但我妈并不叫她二姑，而叫"其木格姑姑"，对我们则称"你呼市姑姥姥"，区别于"大板的姑姥姥"，即"大姑姥姥"。

其木格姑姥姥（下称姑姥姥）与我母亲乌云高娃、其其格姨三人年龄相仿，一起投身革命。当时还没建国，因此投身的是新民主主义革命。她们辈分虽不同，但当时盖着一床被子睡觉，嘁嘁喳喳，情同姐妹。如今她们都老了，依吾观察，可作如下结论：她们一生颠沛流离，关系密切，分别对党和自己的家庭做出了有益和重要的贡献。

姑姥姥轩昂，是宁丁的母亲。我曾说宁丁之相横平竖直国字脸，是因为姑姥姥即此貌，但妩媚若干。她举止如白鹅，我说的是丰子恺笔下的白鹅，端庄。有板眼，喜独行，富将军气概。

按说人老了，应该寄居某家，大儿、二儿或女儿家。姑姥姥似乎并不定居谁家，无论宁丁、德力黑或小妹家，她或许住几天，只几天。大部分时间在街上缓行，也不锻炼，只是旁若无人地缓步走，手里拎个兜子。兜子里倘有烧饼（呼市称为"焙子"）或廉价汗衫，也是她出于兴趣所购。

她说话慢条斯理，对国事不插嘴，对家事尤其涉嫌是非的家事尤不插手。她也许认为，健步悠游于呼和浩特宽阔的大街，比卷入纷争更佳。

那年我去呼市，住在德力黑舅舅在电影公司的一间闲房里。每天一早，姑姥姥已来到，为我煮牛奶，端一盆新鲜的"焙子"。我由于习惯不吃早饭，便只喝奶而未吃"焙子"。

姑姥姥掰开一个"焙子"，送到我鼻下，说："你闻，香吗？"我说："香。"姑姥姥沉静一笑："那你吃吧。"

那些天，我每天早上都吃到两个新鲜"焙子"。

我十二岁那年去呼市时，临走由姑姥姥送到车站。我第一次被人送到车站，姑姥姥站在车窗前的雪地里，等着车开。我第一次尝到与亲人分手的悲楚，车一动，手伸出去却被玻璃阻挡。雪落在姑姥姥脸上融化了，她脸色光润新鲜，眯着眼向我摆手，口中说出的话被车轮声压住了。

今年夏天，我妈因为家族间的某种隔膜或误解在心里绕了个疙瘩，每日郁郁望着窗外。家政废弛，我们焦急，怕她弄出病来。这时，姑姥姥和其其格姨从遥远的呼市抵赤峰，开导家母。姑姥姥说话都是高屋建瓴的口气："高娃，你该如何如何……"大意不外是应该超脱自救。我妈并非不通道理的人，但寻常道理，只有从她尊重亲密的长者嘴里说出，才能冰释矛盾。我很感激她与其其格姨的友情访问。

那几日，姑姥姥见父亲肺气肿，上街买了一件T恤衫和一包戒烟糖。T恤衫前胸后背画着滑稽的卡通漫画和"我要戒烟"的大字。

姑姥姥对我爸说："那顺，你穿上这个，就把烟戒了。"我爸于是穿T恤衫出没于稠密街衢，熟人纷纷注视，他一星期未吸烟。

姑姥姥刚走，我爸立即脱下此衫，颇不满。我妈说："那你为啥穿？"

吾爹忧虑倾诉："姑姑让我穿，我哪能不穿？"

家父已逾六十六岁，其憨直可见一斑。他脱了戒烟衫后，当然又大吸其烟了。

其其格姨是我妈的伯父的独生女。此姨年轻时漂亮得没有办法，是盟文工团的。我妈起初也是文工团的，后来不知什么原因不是了，我认为由于不及我姨漂亮。那时候（即我小时候我姨年轻时候）她穿一件浅灰色的大翻领西服，高高挺着胸脯，傲慢而美丽。在赤峰这样一个小城市，我姨是明星。她还拍过电影，是什么电影我就不知道了。

后来，其其格姨到赤峰七小当音乐教师，这是使我心花怒放的一件事。我一年级，其其格姨进来上课，全体学生"哗啦"起立。我分视左右，他们为我姨起立，不亦快哉。坐下。我姨教我们唱歌："我们走——在大路上——唱！""我们走——在大路上——"这时，我唱的声最大，我要使劲唱！每个乐句，我都抢唱半拍，别人唱完了，我的延长音还在教室回荡不已，因为这是我姨教的。你们有姨吗？我坐在第一排，目睹其其格姨穿高跟鞋起伏踩踏风琴，双手飞掠键盘。她有时以眼神递我——倘若我声音过大或拖音太长——眼神中带着忍俊不禁的笑意和责备，这时我的歌喉愈响亮，因为我姨不仅是我姨，而且看我。那时我最爱上音乐课。铃响之后，我屏住呼吸等待其其格姨走进教室，她美丽矜持地扫视大家，目光最后必落在我身上。幸福啊！我虽然只有一年级，但那一瞬间，心像鲜花像爆竹一样迸然开放啦！况且我姨脸上总含着若有若无的笑意："美丽的哈瓦那，唱！"多好。下课时，我对同学们说："我姨要是不教你们，你们根本不会唱这个歌！"彼等无不诺诺。这是我姨，知道不？

后来，我姨到了锡林郭勒盟。我在学校也只好陷于平庸。

其其格姨聪明，好胜，但命并不好。离婚后，她在锡盟与一位多子女的军队干部结婚。我这位姨夫名叫布和，厚道善良。为了拉扯他那么多的孩子，我姨大约吃了许多的苦。

她的前夫在赤峰，我们全家下放"五七"干校的时候，曾与他在一个连队。我一般避免和他交谈，倒没什么仇，只觉得亲戚不复亲戚，谈话便无趣。他左肩胛突兀隆起，属于单侧驼背，据说是拉小提琴造成的。一次，他慈蔼地对我笑，说："原野，你小时候很聪明。"

我不大高兴，因为这种亲近试图恢复某种不宜恢复的距离。他已再婚，妻子是京剧花旦，也在我们连，每天吃饭都在一起,他又说:"你四岁的时候问我,杨树叶为什么是圆圆的?柳树叶为什么是长长的?"

当时我十二三岁,是半大小伙子,很难堪于别人提儿时的事情。

他还说:"你小时候特好玩儿,大脑袋,罗圈腿。"我只好硬着头皮听下去,我知道这并非诬我,我儿时的确像他说的那样。但他的怀旧令人不安。此公当时初得儿子,名大鹏,干校的人起名"座山雕"。前几年我见到了大鹏,英武相,用沈阳话叫"有样儿"。可惜大鹏的父亲,即我姨的前夫几年前患脑溢血去世了。

我姨和姨夫在锡盟离休后,迁至呼市的部队干休所。前几年,我由宁丁舅舅陪着,去看望其其格姨。到了她家楼下,我锁车往里走,宁丁说:"你姨在这儿呢。"

我转身看,一个枯瘦的蒙古老太太,笑对着我。我真不敢信,其其格姨当年神采飞扬的样子哪里去了?她的骄傲、矜持和美丽全都被岁月湮没了。我真奇怪(我的奇怪不止一次了),那些蒙古妇女无论当演员或官员,无论进北京或呼和浩特,到晚年无一不像牧区的从未走出过艾里(村子)一步的蒙古老太太。我感慨于岁月真是风刀霜剑,把一个美丽女人的汁水全都戕尽了。我其其格姨,眼窝的皱纹和脸上的皱纹密集太多,我想就是用鞭子抽用刀砍也不会使一个优雅丰腴的女人如此沧桑。而我又高出她一头多,竟不知所措了。二十年,也许是二十五年未见其其格姨。在她家楼前,我不禁失声痛哭。

我一边流泪一边走进她家的小楼。她家甚好，楼中有楼，归一家住。我坐在沙发上，只觉得需要大哭，一洗襟怀，把什么东西哭出来。我姨静默着，略有不安。宁丁舅舅尊重地看着我哭。哭过，说了几句话，要走。我姨上楼取姨夫毛料裤子送我，我收下了。出门骑车，回头看其其格姨瘦小身影，泪复下矣。

又有好多年没见她了，这个岁月。

黑姥爷、一中姥爷以及倒抽气的亲戚

在我妈穿梭往来的娘家亲戚中，有一位高额凹眼，是我妈的表弟或表叔。那年他由呼和浩特去呼伦贝尔探亲，在我家住过几天，是远极了的亲戚。

他很平凡，我姐和我经研究认为他没什么趣味。但后来，即他启程那天晚上，让我们开了眼界。他的笑很特别，向里吸气，隔一会儿引吭"咯"的一声，想必肚里的气过多了。这种笑，应该说有悖于常理。一般人都是提气，胸脑共鸣，声带振动：哈哈哈，或哈哈哈哈。而他属于"倒笑"，抬头，张嘴，颤抖着向里吸气。起初，我姐和我略觉恐怖，因为他吸气时没有声音即笑声。这种光颤抖而无声的笑法，在十五瓦昏暗灯光的夜里，不能产生美感。而间隔性的母鸡打鸣似的长声"咯——"，又使人感到意外。

还有，他这种笑不容易停下来，一般要笑很长时间。我分

析,其吸气与换气之"咯"要在肺里形成供氧平衡,但平衡不了,就必须笑下去,使"咯"的间隔减短,渐渐平息。

那天晚上,他因为什么而笑,我们已经忘了,总之,他的谈话对象吾爹吾妈并没有刻意讲幽默故事,让他步入这么艰难困苦的笑境,像马车辁辘陷入烂泥里一样。

我和我姐互换眼神,极愉快,然后放声大笑。这下毁了,他刚停下来的笑又开始了。他挺胸,手捂肚子,耷拉着眼角开始笑。吾爹吾妈也随之解颐。我们放肆地尖叫起来,太好了!他"咯"的间隔变长,脸色憋得酱紫,用手势痛苦哀告,请我们停止这种为笑而笑的笑。我父母立刻噤口,并用目光凶狠地命令我们闭嘴。屋里静下来了,他缓缓地吸气,自己笑,"咯"的声音弱了,停下来。

我爸对我们俩说:"出去。"

出门时,听我妈对他说:"你这样笑有危险。"他用拳堵着嘴,默默点头。

我爸说:"睡吧!"他又点点头,并不抬头。

在被窝里,我和塔娜(即我姐)议论他,蒙着头哈哈大笑,认为他可爱绝伦。

早晨一醒,我们就打听那个亲戚呢。我妈说我爸送他去车站了。我感到这令人惆怅。

"他为什么倒抽气乐?"我姐问。

我妈严肃正告:"人家就那样,以后不许你们这么没礼貌。"说完,她竟笑起来,我俩齐声迸发大笑,我妈笑出了眼泪。

此后的几天,我和塔娜一直在议论他并模仿他的笑法。不幸,塔娜竟染上了这种笑中恶习,改不掉,直到现在,虽然程度上比这位亲戚轻一些。

"笑话别人的缺点,早晚吃亏。"我妈说。

"黑姥爷"是我妈的娘家表叔,名胡古巴日斯,意谓"青虎"。"黑姥爷"这个名是我们起的,后来我妈我爸也这么叫。

他脸黑,嘴唇厚,慈祥而沉静。他是一个懦弱善良的好人,在海拉尔的新华印刷厂当了几十年厂长。他缄默着,一辈子没拿过赃钱,没抱怨过生活,没说过别人的坏话。外表很像长期在东南亚丛林作战的共产党领袖。

他是我母亲亲近和尊敬的亲人之一。前年他和老伴(我称黑姥姥)来赤峰做客。临走,天凉了。我妈把我发的一套军用棉衣裤送给他,他竟很感激。我倒不好意思了。黑姥爷不穷,也不缺衣物。受人涓滴而感激,是我妈他们老张家人的共有特点。

一中姥爷,即在赤峰一中当过教师的胡和先生,他也是我妈的表叔。他家是我家在赤峰街里唯一经常走动的亲戚。这种亲戚关系也许不十分近,但感情很深。一中姥爷个矮敏捷,小眼睛但满面笑容,是一位教育家。一中姥姥是心灵手巧的资深护士长,她对编织、烹饪及布置家庭无所不精。过去,我们在一中姥爷家常吃到好吃而且好看的饭菜。

一中姥爷姥姥比我父母均小几岁,但每逢年节,我妈必张罗拿礼品去探望他们。大年初一,当我妈踩着凳子,从壁柜里取出点心匣子和罐头时,我们知道要给一中姥爷拜年了。她让我们先去送礼请安,自己单独去。蒙古人对长辈的尊敬是绝对不容搪塞了事的。我妈在给一中姥爷拜年时,仍要行屈膝礼。一中姥爷坐在沙发上,笑呵呵说:"行了,坐下吧。"我妈才落座问候。

我妈这一生的不幸太多了,不幸之一是缺少长辈的抚爱。我外祖父很早去日本读书,我妈的生母没等新中国诞生就咽气了。她是在革命大家庭里长大的。如今她已老了,但渴望奉敬长辈的心情却愈加强烈。我现在才知道,童年缺少的父爱,竟是一直到老都试图弥补的一份心情,她执意恭顺侍候自己的每一位长辈。今年十一月,她要和我年迈的父亲去拜候远在兴安盟的外祖父去。

北呀京的金啊山上

北京的日子,对北京人来说只是一天,对外省人来说,则可能是一处景物。外省人在北京兴奋而疲惫的时间流程中,北海、八达岭、颐和园,分别是第一、第二和第三天的内涵和表征。当他们坐在旅馆简陋的床上,对费用与时间的核算产生困惑时,有人在沉默中喊一句"故宫"时,便有人赞和"对,对了"。故宫,就是——比如说——第七天的活动内容以及第七天本身。

时间,在北京穿着厚实的衣裳。

除了以地域替代时间之外,外省人进京又放弃了时序,即几月几日,一切都从第一天、第二天开始,像《圣经》上描述上帝造人那样。

当然,我这里说的是那些没见过什么世面的外省人,譬如我,还有我的家人。

六月,我路过北京。到北京的第二天,我在王府井大街做梦似的见到了父亲和姐姐。当时,我从合肥回沈阳,家父由赤峰赴呼和浩特,我姐在北京治病。

当时,我们并没有掐自己的大腿什么的验证事情的真实性。我们微笑着,互相打量,在王府井大街上压抑着兴奋。

我爸说:"我的眼睛就是好。"他挥臂向前一指,非常自负地说:"一百米之外,我就发现了我儿子。"

我有些不好意思,也就我爸这么说,我根本不是值得别人在百米之外就被发现的人物。陪我买东西的一位朋友在一旁惊讶着,看看我又看看我爸。我爸在王府井大街把胳膊伸出去,像打枪一样。后来,朋友对我说:"你爸挺慈祥。"我知道,她所说的"慈祥",是说我爸脸上像佛爷似的朴素宁静的笑容,这是蒙古人的笑容。因为他进了北京,在北京见到了儿子。

在我们一家人互相流露亲情的目光时,朋友告辞了。我和父亲找一个果皮箱,站着抽烟。抽烟是说话的开始。

我爸指着自己身上说:"衣服是陈虹在沈阳买的,裤子是你妈新买的,这个凉鞋……"他瞅我姐。

我姐塔娜赶紧接过话头:"我在四门市给爸新买的。"

陈虹是我夫人,四门市是我家乡的一个百货大楼的通称。我说:"挺好的。"

我爸满意地点点头,他愉快地观望四周,口鼻飘散烟雾。在门面装修考究的王府井大街上,人流熙攘,大约多半是外省人,他们衣服穿得较厚,手拎大兜子。

"吃饭!"我爸把烟捏灭,果决下令。

我姐反对:"刚九点半,吃什么饭?"

"那就照相。"我爸说。

外省人进京哪有不照相的呢?当然要照相,而且是在天安门广场。四十年来,到过北京的外省人的照相簿中,大约都可以找到在天安门前的合影。天安门将北京凝缩一体,这个在国徽和硬币上出现的天安门,是我们到过北京的美好证据。

后来,我在火车上想,爸爸见了我为什么先夸耀他的新衣裳呢?退回几年,这会使我难为情。他并不缺衣裳,也不是第一次来北京。他是高知,当然是小城里的高知,但进北京必要置一身新衣裳。这可能很令北京人笑话,过去我也笑话过穿着新衣裳坐着胶皮轱辘马车进城的乡下人。忽然想到,穿新衣不是怕城里人瞧不起,就我爸而言,他是用新衣裳来赞美北京。高攀地说,如维也纳人穿礼服参加音乐会一样。

照过相,我爸说:"这回该吃饭了吧?"我和姐姐只好跟他老人家去吃饭,由我付钱。这时不能提这样的问题,如你饿了吗,等等。我知道这确乎是一种纪念,纪念我们共同到了北京。饮食到底是一种文化,如果不吃饭,怎么办呢?已经照相了,难道和天安门前的石狮子久久拥抱吗?我们(至少是我爸)必须表达这种感情,在这么高兴的时候,吃着饭喝着酒说着话,美好的东西就被固定了,这叫"下馆子"。

在西单一家饭馆里,面对一桌饭菜,我爸兴奋地回忆着往事。我因为疲劳而吃不下饭。我姐刚吃过饭,也没有动筷。

"这就绝了。"我爸眼里放射神采,奇迹又发生了,"一九四九年,我头一次来北京,也是在西单吃的饭。"开国大典时,他所在的内蒙古骑兵部队来参加阅兵式，两个人花三千元旧币（三角）合吃一碗面条，在西单。

历史在北平拐弯和我爸见面了。照相了，吃饭了，他心满意足，回招待所了。

眼下的北京，无论有多少日新月异的变化，都与我爸对北京的感情没有关系。至于北京的掌故，譬如梁实秋咏叹过的内务部街的槐树、梅老板在天桥剧场的演出，我爸也不懂。他根本不会说出"北平"这个词，但他坚定地热爱北京。

他热爱北京的什么呢？不光他，我家更小的孩子也有这种感情。我外甥阿斯汗两岁时被姥姥抱着在赤峰的街头逛，看到市委刚刚粉刷的楼房和一座建得很好的门垛子，他突然伸出手，用蒙古语说："Ee baole Bejing mi?"（这就是北京吗？）

阿斯汗更不了解北京，但他把眼中的巍峨清洁华丽之物归于北京了。他长大之后也会穿着新衣裳去看真正的北京。

北京在我爸眼里是什么呢？是长安街和东单西单，是宽阔的广场和天安门。这是北京里的北京，是一眼就能发现的永远看不透的高贵所在。如果用一个词来表达，那必用"金山"这个词。在蒙古人眼里，金山不是财富，而是圣洁。如果用歌声来表达，是那首一叹三惋的藏人的歌曲：

"北呀京的金啊山上……"

这是可以被描述也可以被实践的梦想。

酒别

我爸开始出外喝酒的那些日子，恰是携我游历的辰光。在故乡的小城里，他享有翻译家的美名，浓密的黑发向后背梳，豪爽侠气，俨然美丈夫。他把一些后来被称为"大毒草"的流行小册子译成蒙古文出版，如《松树的风格》。有了钱，就找人喝酒。喝酒时，他牵领我归去来兮。

我爸的酒侣都是军方战友，昭乌达军分区的那森泰、松拉扎布等人。他们均为骑兵二师的革命刀客。

对我来说，有趣的记忆是酒后相送一幕。当时，我爸用洋铁皮水桶盛了满满一桶生啤酒，远足十里之外的东大营（骑兵团驻地）找我妈的一位表弟喝酒。我爸体格好，大骨架子，拎着一桶啤酒抖擞前行，并不吃力。路途是一条从没通过火车的铁道线。两旁柔细的沙丘上覆落枝叶招展的绿杨。甫出几里，我爸又生创意，撅一根茶杯粗的树棍承担酒桶，我担他提。待我肩膀肿痛时，则换左肩右肩。夏日烈阳，我们爷俩汗浸衣衫。歇着，我爸箕踞喝一气啤酒。我说："爸你多喝点，省得沉。"我爸严肃:"那哪行!"

现在知道,啤酒在不密封的容器里晃荡十里,泡沫逸尽,味也薄了,但这只是"现在知道",正如现在没有担着一桶啤酒步行十里邀人痛饮的父子了。

到了东大营,我那位上尉表舅欢喜不安。他个矮面善,手捧我爸的白府绸褂子与草编礼帽,尊重地挂在高处,转身吆喝外屋的老婆:"炒菜!"菜只有炒鸡蛋与肉罐头。我们家的洋铁皮水桶安置地中央,他们敞怀畅饮。动箸"咕咚"之前也有几句寒暄。"姐姐好吗?"舅舅问。"孩子们好吗?"我爸问。回答皆是:"好,好。"碰杯之后,他们执军绿色的搪瓷缸子探入水桶舀酒。说着笑着,酒至半桶,彼此露出敬佩之色。最后酒喝干了,鸡蛋也炒过了三次。我表舅把两个茶缸并放桌上,踉跄举起并不重的水桶,使余汁分流两杯之中,甚至左一滴右一滴。这时,他发现酒里早匿一只昏迷不醒的瓢虫,便拈出大笑。我表舅把指上的瓢虫弹飞之后,穿上军服,金色的肩牌缀三颗银星。他扣上大宽皮带,由肩至腰另有一条窄皮带(至今我仍不知其称谓)斜挎,比小人书里的好看。

"走!"他说,当时天色已经黑了,"我送你们。水桶撂这儿,下礼拜我拎啤酒上你家喝去!"

"别别!"我爸推掌,像分开两扇门一样,"桶我们拎回去,你哪能拎一桶酒去? 忒沉! 十多里地呀!"这时候,他说实话了。进屋时我爸轻蔑地称这桶酒"飘轻儿"。

"那你不拎来了吗?"表舅质问。

"问题是你到我们家喝酒,门口馆子有的是酒,你拎它干啥?"

"那你拎它干啥?"

"那我也不能空手来呀?"我爸委屈地说。

"你不带孩子来了吗?"表舅指着我。

我爸仰起脸困苦地思索着水桶的问题。他豹眼环张,大分头傲慢右梳。我们家族的人眼睛都大而圆,这并非威胁谁,就像我爸笔直削挺的鼻子也没想吓唬谁一样。他只是骂人的时候才把眼睛眯一眯,所谓"小视"。

"嗯。"我爸首肯了,他可能想起了蒙古人素无将客人带来礼物的兜子空虚带走的礼数,一般装点儿奶豆腐、红糖什么的请客人携回,但我爸带来的是一只铁皮桶,不同凡响之至。"你去的时候装半桶啤酒就行。"我爸说。

"一桶!"

"半桶!"

等等。这里不叙了,因为都是醉话。当时我刚刚挣脱第二次睡意,在摆弄表舅的辽沈战役纪念奖章。表舅母金香温良微笑,听他们叱咤争论。最后,水桶在此作客一周。

步出东大营,月牙儿已如吕布那杆画戟一般下弦,左右踱步的哨兵肋下枪刺在夏夜倏忽一闪。他们俩一高一矮横行,仍复行铁道线。两根静卧的铁轨在月光下如银链伸向丛林的交会处,如蒙古妇人高髻上长长的银簪。黑黝黝的树丛像两队看不清面孔的送行的队伍。它们的背后宛如东山魁夷笔下的珐琅的清明之夜。

我爸和表舅先在枕木上走,间距局促,让人步伐小气,身态如穿厚底靴的满族女子,显见醉汉不宜。而后改走铁轨旁的小路,不时手拨遮脸的树枝。

他们摇晃着,不觉间唱起歌来,当然是蒙古民歌。蒙古人总是如此,歌酒相随。表舅喜欢唱轻松细巧的情歌,如《万姐》——

> 要说这海青色的绸巾,
> 是海山哥哥在锦州给我买的。
> 要说这金丝边的坎肩,
> 是金山哥哥在盖州给我买的。
> ……

他扭颈唱着,用手拽展军装的大襟,其拖腔成为"买的——唉",极尽珍惜。

我爸唱悲抑宽广的科尔沁民歌,唱时,他会无由地兀立荒草间不动,眼盯着天上的星星——

> 榆树呀柏树,要是真的烂了根呀,
> 剪子翅的莺歌鸟儿要到哪里去唱歌?
> 心上的人儿达那巴拉今天动身去当兵,
> 啊哈咳——留下金香一个人,

瞅着谁的面庞过日子呀?

那时我父亲轮廓清晰的脸上一定分散着泪水。想家,想抚养他长大的奶奶和早逝的闻名百里的民歌手爷爷。蒙古歌的确是没有眼泪的哭声,是表面平静但暗涌奔突的河流。对蒙古人来说,从不担心无歌可唱,别说十里,就是走上五十里,歌声也断不了线。他们从小生活在美好而无尽的歌海里。

这样,很快到了我家——盟公署家属院。稍事闲话,我爸起身送表舅回东大营,我仍追随其后,重新走上这条亮闪闪的铁道线。他们彼此搂着肩膀,谈论女人或骂某长官,也唱歌。又到了东大营,哨兵换过,仍对表舅敬礼如仪。表舅母睡下了,掩襟起身上茶(蒙古女人从不会拂逆丈夫哪怕是乖张之举)。啜两口茶,我爸又戴上礼帽,说:"走啦。"表舅扣上大檐帽说:"我送。"他们在门口诚恳坚定地讨论送与不送的问题,兼有推搡较力。结果还是送。半路上,他们坐下抽烟,我爸抽"迎春"牌的,蓝地儿上一嘟噜灿烂的碎花;表舅抽"大生产",都有锡纸包装。互相敬让,烟头明灭。到了我家,他们复进酒菜。表舅辞行,我爸抬臂——"东大营"。这时我妈已由微嗔转入忍俊不禁,劝表舅住下。他正正皮带:"那不行!明天还带兵出操呢,必须走!"我妈对我爸说:"那你别送了,咋送不也得分手吗?"

我爸怒目:"这是什么话?人家送我,我怎么能不送人家呢?"这就是他们互相送别的理由,依此理由他们将永远送下去。这里边有酒劲，但无虚伪。

后来，我在炕头睡着了。次日天亮，眼见表舅蜷睡炕上，大皮带仍系着。其后的事情是我爸将表舅送到东大营，表舅又送我爸回来，东方即白，途未穷但力尽矣，只好在梦中奔波了。至于谁来领兵出操，就搞不清了。

表舅在"文革"前调往集宁市。而我写下这件事的理由之一，也在于使他们忆起青春时光中的一段快乐的趣事。

而铁皮水桶，在第二个星期日被表舅盛满啤酒，满头大汗地送至我家，我们则不必羞怯地端着洗脸盆子从井台往家端水了。

我爸

一

今年春节,我爸于一和暖之日背手在街上溜达,穿戴讲究。

蒙古人在城里溜达,打老远就能看出是蒙古人,虽然我爸进城六十年了。他们喜欢背手,眯眼,目接天际——这是在草原养成的习惯。

这时,他见街上躺一个老汉,身压自行车。我爸上前扶他,他不干,说:"我等那个人扶我。"

"哪个?"我爸问。

"撞我的人。"

我爸前后左右看半天,没人,说:"哪有人?起来吧。"

这老汉躺着问我爸:"你多大岁数?"

"八十。"

他"唰啦"爬起来,自己拍身上的土:"我才六十,哪能让你扶？"骑车走了。

我爸回家感叹："现在的人，学雷锋还得报岁数。嗨！"

二

我爸赴台湾出席文学研讨会。见排湾族作家孙大川，两人结为友好。一回家，他拿出照片："这是我和孙大川的合影。"

我们瞧，一人（孙大川）目光炯然，环抱一老头儿，老头儿只露后背。

"哈哈，"我媳妇大笑，"爸，这算什么合影，你在哪儿呢？"

"这儿。"我爸指照片中人的后背。

"哈哈，爸，合影得露脸儿，光看后脑勺知道是谁？"我媳妇指"后背"说，"说他是谁都行。"

我爸拿照片端详半天，默然而退。过一会儿，他指"后背"问我们："这是谁？"

"哈哈，你不说是你吗？"

我爸眨眼回想："孙大川那天跟好多人合过影，怎么证明这是我呢？"

我妈以证据学角度判断出"后背"的衣服是我爸之"七匹狼"牌衬衫，并翻出这件衬衫佐证，不然我爸打算把照片扔了。

三

我有一件单位发的警用棉衣，在制服里穿的，送给我爸。

他穿上防雨绸面的警用棉衣，在街上溜达。到市公安局附近，见该局×局长。×平日爱跟我爸开玩笑。

他问我爸："你在哪儿弄的棉袄？"

我爸答："这是国家给警察他爹发的。"

身为警察的×局长满头白发，干吧嗒嘴，半天没想出合适的词对应。

四

我爸说："我现在有点儿自卑。"

我听了非常吃惊，他从来不自卑。特别是《蒙古写意》这本书把他的传记和嘎达梅林、民国初年在奉天开东蒙书局的克兴额这些人物写到一块儿后，他精神状态极好，比矍铄还多出一些昂扬。

"不会吧？"

我爸以手捋头发——他满头黑亮的浓发，无一根银丝——说："老年人，特别做文化工作，头发还是白一点儿、掉一点儿受人尊敬。"

五

我爸认为我妈（干部速成学校毕业）文化不行。

我妈上百货大楼买东西，回来很生气，说："现在的社会风气不好，连牙膏都出两面派了。"

我爸听完不言声，用脚划拉鞋，穿风衣戴礼帽，下楼。过一会儿，他上楼说："你妈这个文化，嗨嗨……"边说边摇头，近于痛心。他手托一管牙膏，指着："你好好看看！"

牙膏上大字："两面针。"

我爸摘礼帽，脱风衣，上床躺下，说："文化是基础，干什么都离不开文化呀！"

其实我妈至少认识这个"针"字，她马虎。一回，我和朋友在家喝酒，刚要开瓶，我妈说："别喝这个，我有好酒。"

她搬凳子从壁橱上层掏出一个礼品包装，说："西马酒。"

我爸指出："西凤酒！"

繁体的"凤"字，里边的"鸟"有许多脚，像繁体的"马"。

"'马'字披上大氅也不能念'马'呀！工农干部。"我爸说我妈。

后来，我爸为我妈发明一个新的称谓——高老师，我妈叫高娃。他认为，像他这样的老专家管"工农干部"叫老师，无异于讽刺乎？我妈跟听不出来一样，在"高老师"的呼唤声中为我爸端茶倒水，拿点心，找花镜。现在每早到他床头送上六粒螺旋藻片。

六

我爸担任主编的《历代蒙古族文学丛书》四套十二卷在人民大会堂召开首发式，媒体前去报道。有位记者说了一句话，让我爸久久不能平静。

他是国际广播电台记者，说："那老师，我们回去发消息，用四十多种语言向全世界广播。"

我爸自京返家，重点向我妈报告这件事："四十多种语言……"

当晚九点，国际电台即将开播消息。在阳台上，我爸仰望浩瀚的星空（之前他把此事通知了许多人）。他揣摩"四十多种"语言正同时发出不同的声音，说这套书把从成吉思汗时代到当代的蒙古族文学作品首次译成汉文出版，多地域，多体裁，多年代，在中国少数民族当中属首例。消息在全世界传播，无以数计的人正侧耳倾听。虽然电波不为人眼所能捕捉，但确实在夜空中飞翔，让我爸久久仰望。

我爸被我妈叫回屋里之后，问我："世界上究竟有多少种语言？"

我答："几千种。"

"怎么会有这么多种语言？不会吧？"

"光非洲各部族就有上千种。"

我爸说:"嗨!四十种……我睡觉了。"

七

我给父母买来复合维生素药片,每人五盒。

一年后,我爸的药放在原处,连药盒都没开。我问我妈怎么回事儿。

"你爸不吃,说你要害他。"

害他?原来他读说明书,看到了药片的成分组成,说:"我没大粗脖子,吃什么碘?钒,钒是什么?旧社会红矾白矾都是毒死人的东西。磷、钾,这不是化肥吗?还有叶酸泛酸,吃了难道不烧心?你看,维生素 A,每片含四千国际单位。四千?太多了。"

我听罢极为光火,倾力讲解微量元素和矿物质对人体的好处,以及国际单位。我爸改变态度,立刻开瓶吃了一片。我又好笑又生气,问:"如果有毒,我妈吃一年多,你怎么不怕她被毒死?"

他说:"你妈迷信你说的话,就算毒药,吃进去也没事儿。"

八

我爸对蒙古民歌的热爱无以复加。他盘腿坐床上自己小声唱,跟电视的蒙古语文艺节目一起唱。不过瘾,邀请别人唱。

一次,某女士到家拜访我。我爸从她相貌上猜是蒙古人,用蒙古语问:"会唱蒙古歌吗?"

该女士本来羞涩,更羞涩了,小声答:"会。"

"一块儿唱吧。"我爸兴高采烈,像打扑克找到了搭档。

女士大衣裹身,手套还没摘,站着开始唱。我爸坐床上唱,上身微晃,音色因支气管粘连而略带嘶哑。他和她合唱,虽然不知来客何人。

他们唱完《达古拉》,唱《诺恩吉雅》《达那巴拉》《金珠尔玛》,唱《万丽花》和《维胡隋玲》,多了。一曲唱完,我爸马上接另一曲,唱了一个小时。

一般人没有进别人家就唱歌的,但蒙古人不能拂逆长辈意愿,她只好唱。渐渐地,她的拘谨羞涩唱没了,面上红润沁汗,眼神明亮。我爸唱够了,说:"你们说话吧。"

女士说:"我回去了,单位要开会。"

九

我爸说自己的家乡好,脸上无限向往,说家乡胡四台村的白云呀、野鸭呀、湖水等等。他总回去，此说是劝我们一起去。

我们和他到了胡四台，满眼白花花的沙漠，哪有湖泊、野鸭和野鸭蛋？白云当然有很多。

我爸说，原来有的。

他说，尽管现在没了，家乡还是很美。他常用"没比的""太美了""哎呀呀"形容家乡。

我们没发现美并追问美在哪里，这使他恼怒，骂我们是"无情无义的王八羔子"。

十

我们小时候，我爸去天津治肺病。治完病回赤峰，他自火车站乘一辆俄式马车回家。四匹健壮的三河马拉着绿棚高轮的马车"嘚嘚"穿过我们住的盟公署家属院，孩子们追着马车跑。我爸穿白府绸短袖褂子、戴巴拿马遮阳帽高坐后厢，左瞻右顾。车停家门口，他双手拎花花绿绿的点心匣子下车。木头栅栏外围满观看的邻居，我妈因此扭捏。

我觉得对我爸来说，上天津只算微渺的铺垫，而在家属院的巡礼才是高潮。

十一

我们小时候，常见我爸在写字台前写字，翻译《松树的风格》等作品。以时间计算，他凝思多于写字。我爸眼睛大，圆睁如豹眼，鼻梁挺直略带点儿鹰钩，端视对面的墙壁不眨眼。

这时，我姐喜欢给他梳小辫子，在他大背头上扎六七根小辫儿，散开再扎。我爸浑然不觉，凝思凝视，少顷写几个字。

一次，我爸托颊午眠，我姐塔娜在他头发上梳一个朝天锥，系红头绳，如双簧"一碟子盐白菜"那种。塔娜后来不知干什么，把这事儿忘了。

我爸醒来，穿湖青色毛料西服（他好穿）上班去了，没戴礼帽。

过一会儿，他气冲冲回家，咬牙、攥拳，吼："你们到底想干什么？"再跺脚。原来，他扎朝天锥走在街上，路遇外人窃笑、大笑，却不觉与己有什么关系。之后，一熟人向我爸指出朝天锥发式之所在。我爸愤然捋去头绳却没去上班。他回家训我们一顿后，沿此路重新走一遍上班。

十二

我爸当兵参加过辽沈战役，受一次枪伤。一颗国民党子弹贴着他脚底板穿过，感觉像被火钩子烫了一下。当时他在战马上，子弹轨迹与他抬脚的角度刚刚好。"多偶然。"他说。

我妈

我妈今年七十二岁,除了皱纹、白发之外,看不到衰老。她早晨跑步,穿专业田径训练鞋。我外甥阿斯汗恶搞,把钟点回拨两小时,她三点钟起床跑,回到家四点半。我爸问:"你昨天晚上干啥去啦?"以为她夜不归宿。

跑完步,她上香礼佛,熬奶茶,擦地,把煮过的羊肉再煮一下。我爸醒来,她给他沏红茶,冲燕麦炒面,回答我爸玄妙的提问:

"谢大脚到底是不是赵本山的小姨子?"

"海拉尔叔叔得的是什么病?"

"立春没有?"

阿斯汗醒来,提出更多的问题,关于洗澡、书包、鞋带儿等等。我妈应对这一切,用官员的话叫"从容应对"。自兹时起,到夜深关闭电视机,她为每一个人服务,从中总结规律,逐步完美。而她本人神采奕奕,像战场上的女兵一样谛听召唤。

但人老了,动作有些慢,手指也笨,她以勤补拙。我女儿鲍尔金娜有一条海盗式带亮钉的腰带，断折扔掉。按说扔应扔在垃圾桶里，她扔在窗台上。第二天，被奶奶用鹿皮缝好。

"哟！"女儿打量针脚，说，"奶奶，你应该考北京服装学院。"此院是鲍尔金娜就读之地。

就这样，我妈做完计划内的杂役，再寻觅计划外的事务完成之。当我媳妇把带观世音菩萨坠的金项链如勋章般给她戴上，作本命年礼物时，我妈欢喜不安。受人一粥一饭她且不安，况金银乎？

我妈像蚂蚁一样辛苦七十多年而没养成蚁王的习性，还在忙。别人坐着看电视的时候，她站着；别人吃饭，她还站着。唤她坐是坐不下来的，人站着总能帮上别人一点忙。好像没人管自己的母亲叫蚂蚁的，一般都讴歌为大山呀、江河啊什么的。我妈如蚁，没时间抬头看天，只在忙。

正月初六，我们从内蒙古返回沈阳，走之前自语到车站买瓶水。这时我妈不见踪影，同时我姐夫的鞋也不见了。

"姥姥把你鞋穿走了。"阿斯汗对他爸说。

"不可能。你爸一米八，姥姥能穿他鞋吗？"我媳妇对阿斯汗说。

我姐夫打开门，听："你姥姥上来了。"

我妈穿一双大皮鞋上楼，手捧矿泉水。她怕我们买，连忙下楼了。为儿女的小事儿，我妈迅捷连鞋都来不及换。如果我妈是一只鸟，一定从窗户飞出飞入无数次，把所有好东西拿回来给自己的儿女，不管飞多远。

春节前，牧区的哥哥朝克巴特尔、姐姐阿拉它塔娜和妹妹哈萨塔娜每人肩上扛着羊，给我妈过本命年。他们请婶子上坐，献上礼物（不是羊，是缎子被面、红糖、毛衣和钞票），跪拜。阿拉它塔娜双手抚胸，唱一曲古老的民歌，其他人额头伏地。

> 如果大雁还在的话，
> 小雁才感到幸福；
> 如果父母还在的话，
> 儿女才感到幸福。
> ⋯⋯⋯⋯

这首歌很长，回环往复。跪地行礼的人都五十多岁了，满面风霜。我妈扭过脸，泪水难禁。他们是我大伯的儿女，每个人自小都得到过婶子的抚育。我妈像一只在林中结网的蜘蛛，把四面八方的亲戚串联到一起，共同吸吮网上的露水。

我妈对我说："其实我最喜欢的事儿是看小说，就是没时间。"

时间，成了一个七十岁老太太的稀缺之物，以至于不怎么吃饭，不怎么睡觉，她把自己的心分成很多份给了别人，私享的一念是读书。我给她寄过一些杂志，她望而欣慕，夜深之后慢读，指沾唾沫掀书页。她说这声音好听。

家是碗，母亲是碗里的清水。人们只看到碗，看不见里边的清水。

第四辑

星子缀满天空

青海的云

青海的草原像一块被雨水淋湿的毡子,太阳升起后,开满鲜花。白色的道路和毡房兜在上面,像刚刚打开的一幅地图。小鸟儿翻飞,挑选地面上哪一朵花开得更好。河流四肢袒露,是大地脱去衣衫露出的银白色肌肤。

大地洗浴时,身体在阳光下闪光,它波浪的肋骨里藏着鱼的秘密。沙蓬和旱柳走到岸边看石子底下的金屑。

我开车去扎陵湖,路边草滩站着两个小女孩,手里拿野花。她们笑得腼腆又热烈,原来是鲜艳的衣裤被太阳晒褪色了,而腮边如胭脂那么红。这里没有人烟,两个孩子像从地里冒出来的。这里的土地生长异乎寻常的生物,包括胭脂红的孩子。她们如同欢迎我,虽然不知我之到来。看到这样的孩子,为之情怯,仿佛配不上她们的清澈。

所谓"远方的客人请你留下来",这句歌词在青海极为写真。大城市的人不会对外来者生出这样的邀约。纯朴的牧民,特别是孩子们笑对远方的来客,敬意写在脸上。茫茫草地上,不需要问谁是远来的人,一望即知。

说起来,想都想不明白,他们为什么会尊敬与爱一个陌生的闯入者呢?

这与他们的价值观相关。牧人们在草场支蒙古包,地上钉楔子系绳。搬走的时候,拔出楔子,垫土踩实,不然它不长草。不长草的泥土如同有一处伤口,用蒙古人的话说——可怜,于是要照顾土地。他们捡石头架锅煮饭,临走,把石头扔向四面八方,免得后来的牧民继续用它们架锅。它们被火烧过,累了,要休息。这就是蒙古人的价值观,珍惜万物,尊重人,更尊重远方的来客。

在湖边,我下车走向拿花的女孩。她们犹豫一下,互相对视一下,扭捏一下,突然唱起歌来,是两个声部,蒙古长调。

如此古老的牧歌,不像两个孩子唱的,或者说不像唱出来的。歌声如鸟,孩子被迫张嘴让它们飞出来。鸟儿盘旋,低飞,冲入云端。在这样的旋律里,环望草原和湖水,才知一切皆有因果,如歌声唱的一般无二。歌声止,跟孩子摆摆手上路,这时说"你们唱得真好"显得可耻。

脚上的土地绿草连天,没一处伤口。在内蒙古,外来人垦荒、开矿以及各种名目的开发,使草原大面积沙化。沙化的泥土不知去向,被剥掉绿衫的草原如同一个丰腴的人露出了白骨。失去草原的蒙古人,不知怎样生存。八百年来,他们没来得及思考放牧之外其他的生活方式。

青海的云,是游牧的云。云在傍晚回家,余晖收走最后的金黄，云堆在天边，像跪着睡觉的骆驼，一朵挨着一朵，把草原遮盖严密。不睡的骆驼昂首望远，是哨兵。到了清晨，水鸟在湖面喧哗，云伸腰身，集结排队。云的骆驼换上白衣，要出发了，去天庭的牧场。

云沉山麓

苍翠的毯子上有两道折痕,泛白,曲曲折折,这是形容草原上的车辙。这是在很高的地方——白音乌拉山顶,或干脆是飞机上——见到的情形。蒙古原来的辎重车在草地上轧不出辙印,木轮、辐条是榆木的,环敷一圈铁钉,钉帽上有锤痕。它们叫"勒勒车",牛轭,到湖边拉盐,出夏营地的时候装茶壶、皮褥子和蒙古包的零件。胶皮轱辘车是合作化之后先进生产力的代表,充气轮胎,轱辘上有花纹。雨后,胶皮大车把草地轧成坑,不再长草。

我去公社邮政所投一封信,在车辙边上走,边走边找绿茸茸的小地瓜,手指肚长,两头尖,一咬冒白浆。还有"努粒儿",汉语不知叫什么,美味的浆果。其他的,随便找到什么都成。一只野蜂的肚子撂在蚂蚁洞前,头和翅膀被分拆,肚子基本干了,黑黄的道道已不新鲜。四脚蛇在窜逃,奔跑一阵,趴在地上听听。我已看见它趴在地上倾听,它想从地表的震动判断我离它多远。我跺脚,并将泥土踢到它的四面八方,把这个弱视者的声呐系统搞乱。

最热的夏天，云彩都不在人的头顶，这是奇怪的事情。如果把眼里的草原比作鱼缸的话，云像鱼一样沉到下面。它们降落在远远的地平线上，堆积山麓。降那么低，还能飘起来吗？不知道。但如果你躺在草地上，闭上眼，欲睡未睡之际，也许刚好有一朵云探手探脚掠过。不要睁眼，让它以为你睡着了，然后有很多云从这一条天路走过。

风吹过来。我不明白草原上的风是怎么吹的。比如说，我感到它们从四面吹来。风会从四个方向吹来吗？这好像不符合风学的道理。风吹在脸膛和后背上，扯起衣裳。我也许应该随之旋转，像钻头那样钻入泥土。

车辙像水里的筷子那样折弯。走过一弯，见到一只白鸭。鸭子？是的，一只鸭子孤独地走在通向远方的路上。鸭子从来都是成群结队，一只鸭子，为什么往东走而不是向西？奥妙。

我放慢脚步，和鸭子并排走，看它，鸭子不紧不慢。你如果到公社，前面的路还很长噢，鸭子不管。你也要到邮政所吗？我对它晃一晃信。走出很远之后，我回头看鸭子，它还在蹒跚，路不好走。绿草里的野花在它身旁摇曳，白鸭显得很有风度。

星子缀满天空

星星对我展示一种人格化的亲近姿态，是在达里湖畔的一个夜晚。

达里湖形似一牛肩胛骨，位于克什克腾草原的西北边缘。我们到达之时已届仲秋，湖边遍生红草，像一堆堆暗燃的炭火，驱逐已经逼入肌肤的寒意。达里湖在蓝得刺眼的天空下悠然映出远山的倒影。在人迹罕至的蒙古高原，此湖安闲丰腴，像赋闲的天神。远眺湖面，鸥鸟起伏，浪挽涟漪，无意中领会到达里湖的女性化气息，难怪当地有传说，把湖神秘地称为"达丽娘娘"。

看达里湖，你要调动好精神，一口气把它看够，然后头也不回地离开。心若一软，贪图眼福回头再看一眼，就难免又看上半天。所谓"流连忘返"就是这个意思。你看到了什么呢？无非湖光山色，它如亘古不移又似瞬息万变。造化和人工的区别就在这里：人之手下无论多么巧妙的制品，刺绣也罢，园林也罢，总是极尽复杂，然而观者一目了然。自然展示的是单纯，好像啥也没有，浑然而已，给人以欣赏不尽和欲进一步了解却又无奈的境界。譬如看达里湖的蓝，令人惊羡，宛如在蓝中还有什么更美的东西，想起了一本台湾畅销书：《最蓝的蓝》。

入夜，我们几个不怕冷的人决意在湖畔的蒙古包下榻。蒙古包的样式设施均好，但这宜于夏夜里睡，离地半尺无遮拦，冷风自由去来。十多个人盖着被子和大衣挤在一起，在烛光下讲些稀奇古怪的故事。近子时，我出外解溲，却被眼前的景象惊呆得说不出话来。

满天的星星肃然排列，迎面注视着你。他们好像在蒙古包等候了多时。在这里看星星，星星们在你眼前亮起，一直亮到了脑后。你仿佛把头伸进了一座古钟里面，内里嵌满活生生的星星。我顿悟《敕勒歌》中为什么有"天似穹庐"的句子。在这里看到，天原本就是一个硕大的圆形屋顶，很低很矮，始终伏在人的脚底下，好像一抬脚，哪里都可以去得到。这儿的屋舍牛栏也是谦逊的，决无都市大厦的傲慢。

站在夜风中的达里湖畔，脚下是地，遥遥与地相接的远方就是天了，因为那儿星斗闪烁。在草原看星星，无需仰头，可如观壁画一般平视。李白诗云"云傍马头生"，不是虚言。在这里，星星会像铃铛一样系在马鬃旁。先人称"天圆地方"，不错不错。以往看星星，觉得它们清冷遥远。在沈阳，几乎无星星可看。这里的星群太生动了，每颗星都像伸着头在观察我。这里的星星多得很，它们拥挤嬉笑，它们矜持沉思。看到它们,我想起了"摇摇欲坠"这个不太中听的词。星星和达里湖只有一步之遥了。也许它们已经看清了人间的事情,便不欲进一步深入了,台湾诗人郑愁予将星星亲昵地称为"星子",我看到的真是一群有灵性的星子。星子们,你们是别在哪一位酒醉的天神衣襟上的徽章呢?他踉踉跄跄地把你们携到了达里。这位天神一定是英雄,不然怎么会拥有你们这些精灵?银河在头顶疏然一束,怕会是天神从肩上滑下的薄薄的羊毛围巾吧。

后退的月亮

在乌兰扎德噶,我中止了早上跑步的习惯。所谓草原并不平坦,草下面的地势深浅摸不准,容易崴脚。跑步招狗叫。狗只见过牧区的马跑,没见过人跑,它急躁地告诫你停下来。第三是我回答不出牧民兄弟的提问:"你跑什么?什么东西丢了?"我不好意思说这是锻炼身体。他会问:"身体还用锻炼吗?干活就行了嘛。"我告诉公社的厨师:"我跑步是跟美国总统布什学的,他六十多岁还在跑步,很坚强。"厨师回答我:"你说的这个总统我听说过,他吃饼干噎昏过去了,霍日嗨(可怜哪),他的精神不正常。"

为了保持精神正常,我改为晚上走步。沿西拉木伦河岸往东边走,月亮刚好从宝格达山顶上升起来,把路照得清清白白。

山上的月亮,称之为白嫩也是可以的。它别无所依地停在海底一般深蓝的夜空,好像拿不准要不要继续向上升。不升是对的,月亮现时的角度恰好俯瞰西拉木伦河在夜色里的清明。

河如静止,与月对望。河上漂过一片叶子,把水中的月亮从中间划开。月亮摇荡几下复原,比刚才更白。

河水在远处分为两岔,铺开犄角似的银白光带。河水浅处,微凸搓衣板似的网,拦截水里的碎银子。鱼从河面跳出来,"啪哧"一声,传得很远。同伴吉雅泰告诉我,鱼打架。我听了疑惑,鱼还打架?黑天还在打?同伴说,鱼最不是东西,特别是草鱼,爱捣乱。我说,那就把草鱼全都抓起来吧。吉雅泰笑了,他是分管政法的副苏木达(副乡长),说派出所里没有网。

夜鸟从灌木中惊醒。它们有夜盲症,没飞多远又落下,嘎嘎叫,明显在抱怨。月光照亮了沙地的蜥蜴,它出溜出溜爬,扭着尾巴。我特想踩住它的尾巴。小时候,我跟父母住"五七"干校,祸害过它的尾巴。这种不文明行为源于一个传说,说蜥蜴掉了尾巴自己能安上。

好看的是草叶上的露水。草在后半夜才结露水,透明的露珠在月光下变得莹白。远看,草披挂周身珠宝,摇摇欲坠。这哪是草?每一株都是君王,琳琅锦绣。

我跟吉雅泰走了很远的路,却见月亮一步步向后退。人往前走,月亮向后撤。你停下,它也站住脚。我们绕过宝格达山,月亮退到了沙金山顶上。月亮怕人啊,吉雅泰说。

走牧区的夜路,没有什么可怕的事情发生。坏人都在城里面,这里只有已经睡觉的纯朴的牧民。大自然也睡了,留下月亮看守天庭。沼泽里传出鸟叫,如青蛙的叫声。吉雅泰说这不是鸟，是虫子，在树上像蝉一样刮翅膀。

月色越发白净，牧民的房子看上去比白天矮了，毛茸茸的。如此明澈的夜空，看得见细长条的云彩。云彩想把星星藏起来，但星星在云后偷偷露出了眼睛。

"我的精神还正常吧？"我问吉雅泰。他说："正常，但你不应该穿皮鞋出来，露水把皮子都渥软了。"还是不正常，我心里说。

根河的夜

蒙古史诗《江格尔》里写道：江格尔是唐苏克·蚌巴可汗的孙子，乌琼·阿拉德尔可汗的儿子。江格尔在银白色的额尔敦山的南麓建了一座金宫殿，这个宫殿好高，"离白云只有三指宽的距离"。《江格尔》还说，在江格尔身边围绕着十二员虎将和八千个宝通（野猪）。这么多野猪围着江格尔做什么呢？说下去我们才知道，宝通是江格尔对手下勇士的命名。谁作战勇敢，江格尔就命名他为勇敢的宝通，并允许他住在金宫殿里。

在根河行走，我每每想起这句话——"离白云只有三指宽的距离"，这是从肚脐眼到下面关元穴的距离，跟一位身高一米六〇的亚洲女人的鼻长差不多。根河的云朵从养狐狸的砖房的屋脊后面升起，离屋顶的烟囱只有三指宽。云朵掉进根河的流水里，离山杨树的倒影只有三指宽。根河境内森林密布，白云好像从世界各地赶过来到这里定居，享受阴凉、鸟啼和干净的河水。从云彩的形状看，有的云正在山脚下卸行李，有的云在天空寻找降落的草地。云在根河的天空显得十分拥挤，而且没有空中管制。有些云互相冲撞却毫发无损并合并为同一朵云，像把一桶水泼进了河里一样。

到夜晚，事情发生了变化。我到根河时值七月，之前这里连下了好几天雨，大地上多出来好几千个水泡子，草原开满了小黄花和白色的野芍药花。在根河市住下来大约在晚上九点多，天空并没有人们所说的黑透。粗略说，大地已经笼罩在黑夜里，而天空依然澄明，与黝黑的土地分割清楚。如果你愿意把这一种天色称为深蓝也不算错，但找不到蓝色，只是不黑而已。夜里，天空的云朵明显少了，这证明我所说的云彩来自世界各地的判断很对，它们经过长途跋涉，需要歇着，找地方扎自带的帐篷睡觉去了。夜空剩下的孤零零的云彩只是一些梦游者或掉队的。我看到，这些云竟然是黑色，它们有黑檀木那样沉着的黑色却不是乌云。所谓乌云是雨云，云层很低，连成片，移动迅捷。而这几朵黑云高悬天心，悠然不动。我明白了，这是根河独有的夜景。这里的天空不黑，白云缺少光的映射变成了黑云。

在这样的草原上夜行，见到远处弯曲的河流白亮如练，我几乎不敢相信自己的眼睛，以为那是白雪堆积在河道。上个月，也就是六月，我在新疆的喀纳斯漫游，看到野花盛开的草原的某一处山坳堆积白雪。这些雪好像与夏季无关，该化的雪在五月份已经化了。但在根河，闪着耀眼白光的河流只是河流，白光只是天光。此景让我非常留恋，黑黝黝的树林里和草地上,弯弯的河流闪着白光,白光的尽头即天际分散着寥落的星星,仿佛是河流的尽头。

夜深了,我沿着公路往城里走。四外虫鸣,那一种晶莹的唧唧声,如同露珠在喊叫。露珠大概在和离自己"三指宽的距离"的另一颗露珠谈恋爱,它们的身子缩进圆圆的脸里,偎在草叶的掌根微笑。虫鸣如同黑暗的草地里藏着一万块瑞士手表,滴答滴答,咯嗒咯嗒,手表的齿轮在赛跑,看谁在天亮时跑到树尖上。城里也有一条河,当地人说这是从激流河引出的支渠。但我看它还是一条河,宽约七八十米,水不深,在鹅卵石的河床里哗哗流淌,水声传出几百米外。

再往前走,闻乐声。循声来到一个广场,见到篝火晚会。看了一会儿,得知这是鄂温克人敬火神的聚会。几根松木支成帐篷形,人们把浇柴油的劈柴塞进松木下的空隙里,火焰熊熊。质朴的鄂温克男女老少手拉手围着火堆起舞。他们先是一个大圈儿,后来变成里外两个圈儿。里圈人步伐急骤,外圈人的动作迟缓一些。好像所有的民族在开蒙初期都有围拢火堆舞蹈祭祀的习俗。火焰驱赶寒冷、黑暗与野兽,熟化食物。如果没有电和电脑电视机,北方的各族人民现在可能都在围拢火堆跳舞呢。人的脸膛被火光照亮,手拉着与被拉着的认识与不认识人的手向一个方向移动。音响传出的鼓声如同你的脚步声,这比上网有趣多了。鼻子闻到燃烧的松木味道,我抽空看一眼天上那朵黑云,但是天已黑透,像沥青的大锅把小黑云煮化了,整个天空被一个盖子扣严了。我们都跻身一个黑暗的罐子里,等明天的天空把盖子打开。

根河真是很小,我往回走的时候,又闻到了树林的气息。这是樟子松、落叶松、白桦林和山杨树混合在一起的味道,其中掺着土壤腐殖质与河流的气味。灯光明亮的街道上竟然传来了林区的气味,真是幸运。根河小镇是大兴安岭怀抱的小小的孩子,是藏在翁郁的大森林里的几条街道而已。

凹地的青草

春凌水漫过的丘陵地,冒出浅青草。春凌实为春天的洪水,带着冰碴,也带肥黑的土。土把这片丘陵地的沙子踩在脚底下,土好像自己身上带着草籽,在无人察觉间悄悄冒出芽。凹处的草芽尤其多,长得高。草像埋伏的士兵,等待初夏冲出去和草原的大部队会合。

我在河坝上走,看远处走过来一位羊倌。羊倌肩上背半袋粮食,肋下抱一个旧电视机,几只羊跟在他身后。我弄不清他到底在干什么,是领着羊上公社开会,还是拿旧电视机换羊。

三只大羊紧跟着羊倌,脸快贴到他裤子上了。羊好像身在城里的大街上,怕走丢了。从大坝上远望,漫一层河泥的丘陵连接天际,青草像被风吹去浮土露出的绿玉。

唯一的小羊羔跟在大羊后面边走边嗅才钻出地皮的青草,似乎检查它们到底是不是一块玉。我觉得羊羔是牧区最可爱的动物。如果让我评选人间的天使,梅花鹿算一位,蜜蜂算一位,羊羔也算一位。羊羔比狗更天真,像花朵一样安静。它的皮毛卷曲，像童年莫扎特弹钢琴时所戴的假发。

羊羔嗅一嗅青草，跑开，去嗅另一片草。

草和草有不同的气味吗？人不明白的事情其实很多。青草在羊羔的嗅觉里会不会有白糖的气息、蜜橘的气息、母羊羊水的气息？不一样。羊羔不饿，它像儿童一样寻找美，找比青草更美的花。露珠喜欢花，蜜蜂喜欢花，云用飞快的影子抚摸草原上的花。纽扣大的花在羊羔的视野里有碗那么大，花的碗质地比纸柔润，比瓷芳香。花蕊是细肢的美人高举小伞。

早春的花还没有开，草原五月才有花。花一开就收不住了，像老天爷装花的口袋漏了，撒得遍地都是。一朵花在夜里偷着又生了十朵花。五月到六月，草原每天都多出几万朵花。鲜花你追我赶，超过流水。五月是羊羔最欢愉的时光。

小羊羔干净得跟牧区的环境不协调。羊羔站在牧人屋里泥土的地面，仿佛在等人给它铺一块织着波斯图案的地毯。以羊羔的洁白，给它缝一顶轿子也不为过。

大羊走远了，凹地的羊羔还在低头看，好像读到了一本童话书，写蚂蚁和蚯蚓的故事。大羊跟在羊倌后面跑，像怕羊倌把电视机送给别人。羊倌走过来。他裤脚用鞋带系着，戴一顶滑稽的绒线帽子。我问："哪个村的？"他回答："呼伦胡硕村。"我问："扛着电视放羊啊？"他答："从亲戚家搬个旧的，安到羊圈里，让羊看看电视剧。"

牧区常有像他这样幽默的人。

草垛里藏着一望无际的草原

草垛如同干草的房子,但里面不住人,也不住动物。这座草的房子没有厅室,没有门,也没有窗户。我在拜兴塔拉乡住的时候,把一扇没人要的旧门摆在牧民额博家的草垛上,远看草垛像一个蒙古包。额博哈哈大笑,说:"你是一个热爱家的人啊。"

那些日子,我没事绕着草垛散步。额博的老婆玉簪花说,狐狸才这样围着草垛转,假如有一只老母鸡在草垛里抱窝的话。

我不在意玉簪花的玩笑,她脸上布满雀斑,像一个芝麻烧饼。

额博有三个草垛,它们是牧畜过冬的牧草。现在开春了,三个草垛只剩下一个,额博家的牛羊在六月份青草长出来之前靠它维生。草垛如一只金黄的大刺猬,蓬松着蹲在瓦房前。房前停一辆蓝色的摩托车,洋井上挂着马笼头。我观赏这个草垛,并不因为它是牛羊的口粮,也没想跟牛羊抢这堆口粮。我在惊异——见到草垛我每每惊异，这么多草从地里割下，一绺一绺躺在一起。草从来没想过它们会像粉条似的躺在这里吧？

我从草垛上看到一望无际的草原。草原上的草不躺着，它们站立在宽厚的泥土上，头顶飘过白云。早上，曦光从山顶射过来，草尖的露水闪烁光芒，好像手执刀剑。六月末，大地花朵盛开，像从山坡上跑下来，挥动红的、黄的和蓝的头巾。城里人习惯用花盆栽花，花在家具之间孤零零地开。草原上，大片的花像没融化的彩色的雪。花朵恣意盛开，才叫怒放。开花，只是草在一年中几天里所做的事而已。

野花夹杂在草里，和草一同嬉戏。花朵如一群小女孩，甩掉鞋子跑到了草叶身后捉迷藏。明明没有风，却看见草叶的袖子摆动。草浪起伏的节律，让人想到歌王哈扎布唱蒙古长调的气息。歌者把腹中所有的气吐尽，吸气时喉间颤动，气息沿上腭抵达颅顶，进入高音区并轻松地进入假声。这种演唱方法如草浪在风里俯仰，深缓广大，无止息。在哈扎布的演唱中找不到一个接头，找不到停顿或换气口，像透明的风，一直在呼吸却听不到风的呼吸声。

风在草里染上了绿色，它去河水里洗濯，绿色沉淀在河底的水草上。水草的大辫子比柳枝还要长，在水里得意地梳自己的辫子，散在斑杂的石子间。水草根部藏着鬼鬼祟祟的小鱼，这些泥土色带黑斑的小鱼只有人的指甲那么长，不知会不会长大。草原的深处，暗伏很多几米深的小河，有小鱼小虾。

草对于草原，不是衣服，更不是装饰。草是草原上最广大的种族，祖祖辈辈长于此地。白云堆在天上，如一个集市。如果地上没有草，剩下的只有死寂。草把沟壑填满，风里飘过一群群鸟的黑影。小河如同伸出的胳膊，上面站立白云的倒影。草的香味钻进人的衣服里，草的汁液浸泡马蹄。

  草们如今成了额博的干草垛，它们一根挨一根躺在一起，回忆星光和露水。摸一下，草叶唰唰响，夏天的草发不出这样的声音。我在心里计算，这些草在草原能占多大的面积？十亩，还是五亩？算不出。只好说，它们是很大一片草。草绿时分，蝴蝶在上面飞，像给草冠插一朵花，过一会儿又插到别的草冠上。草棵下面爬过褐黄的大蚂蚁，举着半只昆虫干枯的翅膀。不远处小河在流淌，几乎没有声音，水面光影婆娑。花朵高傲地仰起头，颈子摇动。月亮升起后，草叶沾满露水，如同下河走了一圈儿。

  如今它们变成草垛，变成一个伪装的房子，身边放一个油漆剥落的旧门。我像狐狸一样围着草垛转，嗅干草的香味。干草的甜味久远，仿佛可以慢慢酿成酒。

干草

干草堆积在仓房,像瓷器沉静地放在花梨木的格子上。干草在这里呼吸,低语,气味微甜而遥远。

干草通过回忆把泥土、河流与夏夜的故事讲述了一遍,既干净,又质朴,而它自己惯常发出这么一种甜味。像小米一样浅黄的干草,露出金子把闪亮褪去的黄色,如高级丝绸的质地。它发出的芳香,比青草隐逸。

我喜欢躺在仓房的干草上,架着二郎腿,想各种奇怪的事情。干草在身体下面发出响动,比纸好听。我想,我躺在多少青草上面啊!那些青草在夏天飒飒起舞,开过上百朵的花儿。

可是在夏季,闻不到青草准确的味道——河水、羊粪甚至蛙鸣都混入空气之中,青草的气味成了细小的呼喊。而这里,仓房里传出草的合唱,淡黄色富有光泽的和声,还有弦乐。一丝丝不绝如缕的甜味,自然是小提琴的独语。

从仓房木板的缝隙向外看。现在是初冬,雪在低洼处晾晒衣裳,庄稼被收走了,谷茬画出长长的垄线;天变得浅蓝,像被晒了一个夏天,有些脱色;狗在没有庄稼的地里慌慌张张地跑,追逐落在树上的乌鸦;白雾只有脚踝那么高,像大地披了一件衣裳。

仓房很暖,虽然以后就会冷了。放上一张床,加上煤油灯、猎枪和一本辞典,就能安度悠闲的日子。仓门半开,看日影一点点拉长,门口的猫望着远处犹疑不决。慢慢地,干草的气味钻进衣服和人的身体里,让人清爽健壮,咳嗽响亮。肺里的废气都被干草撵跑,脸色因此红润。

我想象,舅舅仓房的干草里藏着一本日记,记着民初的事情,有多少大烟被土匪抢走,村里的某某实为某某的私生子。而后从草堆里找出一把毛瑟枪,克虏伯所造,已经锈了;还有湖绉手帕裹着的一绺女人的头发,以及地图、鼻烟壶和掏耳勺;把仓房的门用力一关,上面掉下一函王爷清朝呈蒙藏院的密札。

然而,这多不可能。干草是昭日格图舅舅和我芟割的,还有朝鲁。我们在西洼地芟草的时候,马车一侧的辀辘陷进田鼠洞里,翻了,使朝鲁的脑袋缝了六针。在放干草之前,仓房堆着铁犁、马鞍和朝鲁结婚用的组合家具。去年,我在巴林右旗的查干木伦村住了一个秋天。

野百合

站在图里古山顶往下看,除了那块像钓鱼翁似的孤石,全是绿草。油绿的草叶昨晚被雨水冲刷过,草叶向下倒伏,像一个滑梯。下了山,一片白桦林挡住了去路,好像讨要买路钱。

桦树单株、两三株长在一起,树干清洁纤秀,站在一起有如羞怯。大自然多么神奇,松树幼小也透出苍老,榆树让人想到风雨,而白桦树如纤纤少女。在这样的树边应该拉手风琴,或把手绢掏出来系在树上。我还想跟树一起跑——白桦像是会跑的树。

穿过白桦树——我用手掌在树身一一滑过——来到少郎河边。河水轻松流过,仿佛是克孜勒城边的安吉拉河。安吉拉河从贝加尔湖流出,流向堆满灰色云朵的北西伯利亚。我在河的南岸做过一个小敖包,是用捡来的白石头堆起的。在蒙古大地,人们会捡石头添加它,增加福气。

河水里传出来泥土味,这是头两天下雨带来的气味。河水显得比白云游得还快,超过了天上的云影。大块的水如切不开的青玉,透出青黑的肌理。河水转弯处,倒映着图里古山的侧影,像是石崖饮水。

河边开满野百合花。这片滩地从山坡缓冲下来,现在开满了花。野百合、老鸹眼、矢车菊都开在这里,好像地毯刚从河里洗完摊在这儿晾晒。花里面最妖娆的是野百合花,开放最盛时,它们的花瓣卷曲到后面,像杂技演员练习弯腰叼手绢。野百合有红花、黄花和白花。我觉得白色的野百合花还没开完,等待变成红色或黄色,花蕊已先期变红。一些白花的花蕊透出黄晕,有的透出绿晕,探出金色花蕊的红百合花最耀眼。

野百合花半开之际像伸长脖子的唱机喇叭,百代唱片的标识即如此。那么,这儿奏响音乐才对。花蕊里传出转速很慢的老唱片的声音——《夏日里最后一朵玫瑰》,这是苏格兰古老的民歌,也是情歌。从野百合花的喇叭里传出来的都应该是情歌,还有《都塔尔和玛丽亚》和《燕子》。《燕子》是一首多好的哈萨克民歌啊,哈萨克斯坦为什么不把它当作国歌呢?它旋律的结构如巴赫的音乐那么精致,像水晶魔方,有三成的忧伤,但被辽阔冲淡了。

野百合啊,野百合。这是我在心里对野百合说的话,第二句和第一句重合,因此算一句。看到这么活泼的、跳跃的、鲜艳的花,不说点啥不好,说也不知说啥。见到一位真正漂亮的姑娘时,你能说啥呢?说不出来啥,只能说漂亮啊漂亮,跟没说一样。据说,人见到美或置身于爱情中,大脑额叶的判断功能被屏蔽,要等到六个月后才恢复。我蹲下,用手捧着花朵,像捧着泉水。松开手,野百合花得意扬扬地晃头。我轻轻地走出这片野百合花的领地——一个人站在花里面显得太高,衣服跟花比显得不自然,而人的五官显得奇怪,不如花朵之没五官,人的手脚也不妖娆。我慢慢退出去,让脚别踩到这些天使。

一群鸟飞了过来,飞到我刚才站立的地方。也许它们刚才就在那里,被我吓跑了。它们落在野百合开花的地方,蝴蝶拍着不中用的翅膀跟着飞过去。那里是野花、小鸟和蝴蝶谈恋爱的地方,生灵在此会合。花朵和鸟羽的鲜艳都是因为爱,"天地之大德曰生"。

胡杨之地

我在四子王旗的速亥看到的不仅是胡杨林,干脆说看到了一个又一个悲泣的灵魂。

胡杨是树,但它跟树最不一样的地方是姿态如人。它似互相搀扶涉江而来的妇孺,像仰天太息的壮士,像为自己包扎伤口的士兵。我只想说它们"像",或者说"是"有灵魂、有苦痛的人。我来到速亥的时候,正迎夕阳,落日把一腔英雄的块垒吐在这片寸草不生的荒沙上。胡杨树虬曲纠结,坐地视天,身子骨披一层滚烫的金红,让我想起那座雕塑《拉奥孔》——一个壮硕的男子,与身上缠绕的蟒蛇搏斗,其痛莫名。

人见到松柏、垂柳,手抚其枝,并不会问"为什么"。松柏青青,垂柳依依,没什么可问"为什么"的,一切如常。可见了胡杨,真想问它为什么会这样。我想到了一个词——灵魂。胡杨树一定因为有灵魂,或者说有记忆而痛苦过,并有此态。

速亥,蒙古语为"红柳",如今是白茫茫的沙地,谁也想不出它六十年前的样子。这里的人告诉我,从二十世纪五十年代到七十年代,速亥人的主要工作是打黄羊。上级给牧民们发冲锋枪,用冲锋枪扫射黄羊;给县和公社干部每人定指标,打不到规定数目的黄羊要扣工资。速亥当年是怎样的植被?风吹草摆,不见牛羊,植被太茂密了。当年打过黄羊的老人说,速亥这地方黄羊多,它们集群飞跑,不少于几百只。不光有黄羊,还有蒙古野驴,有藏羚羊。老人说:"你们不要认为只有西藏、青海才有藏羚羊,乌兰察布草原当年有很多藏羚羊。"蒙古语管藏羚羊叫"奥仁嘎"。这个地方鸟啊,花啊多的是。当年这里是湿地。

这个老牧人指着白茫茫的沙砾说"当年这里是湿地",真的像痴人说梦。如今除了天上的云朵和地上的胡杨属于有形状的东西,其他皆为空荡荡的虚无。

"打死的黄羊呢?"我问老人。

"上级都拉走了,"老人说,"我们自己养牛养羊,从来不打黄羊。打黄羊变成了政治任务,肉和皮子都出口换汇了。我们整整打了二十年黄羊,现在什么野生动物都没有了。那些年,每天都有枪声。枪声停了,黄羊、鹤、野鸭子、兔子、狐狸,什么都没了。"

我抬眼四望,速亥这地方在一个盆地里,是二连盆地的一部分,依靠的山叫大红山。可是,打光了黄羊,植物也不能都灭绝啊?

老人说:"从二十世纪八十年代开始,我们这儿又遭一劫——挖发菜。你想象不到有多少人到我们这里挖发菜,可以叫成千上万。从宁夏来的人，整列火车全都是挖发菜的人。我觉得全国的人都到这里挖发菜来了，黑压压的到处都是人。有人挖，有人收，有人运。运到东南亚一带。发菜这东西怪，这片地上午挖没了，落点雨，下午又长出来了。挖的人越来越多，最后变成这个样子。"

老人说"这个样子"的时候，特别不情愿，声音迅速被脚下的沙子吸收。如果土地和天空也会死亡的话，就会是"这个样子"。这里的天空虽然高远，却毫无生气，与绿洲之上湿润的天空绝不一样。没有飞鸟，没有层层叠叠的雨云，这是一片失去了肌肤的天空。土地上只有沙子，连蜥蜴爬过的痕迹都看不到，见不到土，地已经死去很多年。今天的速亥，不要以为它籍籍无名，它名声大得很，早就传到了北京和天津等地，出现在专家们的文案里。速亥，现在成了京津风沙最主要的源头。这片地，每年不知向北京输送了多少沙尘！可谁还记得当年它堪比肯尼亚野生动物园的情景，谁还相信此前这里竟然是一块湿地呢？

假如黄羊有灵魂，灰羽鹤有灵魂，野兔、芦苇有灵魂的话，如今它们一起附体在胡杨树上。胡杨死去后为什么不倒？倒了为什么不烂？它实在是有话要说，是无数野生动物与植物的灵魂请它们保持苦痛控诉的姿态留在人间。有胡杨的地方，都是动植物们的受难地。差可欣慰的是，速亥至今还保持着一"怪"，下点雨，马上就长出绿茸茸的草。人们盼着这里多长草，快长草，一直长出黄羊来。

走不过边境的树

我在俄蒙边界见过一棵树，姿态奇特。那一片戈壁寸草不生，像矿石一样大小均匀的白石块分布在干燥的红土上，土像晒过的烟草叶子一样红。这里只有一种植物，就是这棵树。

它的树皮灰白，主干在一米多高处向后倾斜，像人的腰向后弯。仅有的两根树枝向前伸出，远看，如一个人捧献哈达。不知什么人在两根树枝之间系了一条丝制的白哈达。风已扯烂了哈达，碎片在风中飞。

蒙古国的东方省在树的背后，它献哈达的方向朝着俄联邦的布里亚特共和国和更西一点的贝加尔湖。

早上，这棵树的影子很长，两根树枝在地下的影子分得很开，像伸开双臂的巨人的怀抱。树在头顶长了一小簇叶子，如一顶帽子，那是这里唯一的绿色和叶子。在影子里，这些圆圆的树叶是巨人的头发。

我把一条蓝绸哈达系在前伸的两根树枝上。哈，好得很。影子里的巨人平端着很宽、很长的哈达，献给了西方。早上，旭日像一个红探照灯在东方的地平线举起半轮,土地变得更红,石头半红半白,牛群在如同燃烧的河边饮水。我想起一位和胰岛素有关的科学家的名字——牛满江。

我觉得这棵树通灵,它身体后仰如唱长调。长调的尾音很长,人须把肚子里的气吐尽,身子要尽量后仰,哈扎布就是这样。这棵树的树枝是弯曲的,所谓虬枝,好像伸了很多次(或很多年)才伸出去。我想象树冠下面的树皮是它的脸,皱纹早就刻上去了,还应该有一双眯起的眼睛(仰面歌唱不可能睁大眼睛),是蒙古人细而小的眼睛。眼睛下面是一个鹰钩鼻子和唱歌的嘴,胡子在高颧骨下面翘起来,像灰鸟的翅膀。

布里亚特——贝加尔湖西岸,是许多蒙古人最初的故乡。一位住在乌兰乌德山上的大萨满师说,他的祖先曾生活在贝加尔湖岸边,敌不过入侵的沙皇军队才退到了如今蒙古国的东方省。

贝加尔湖像海一样辽阔但比海安静。我早上沿着湖边的公路跑步,见到踉跄的醉汉。公路两边无村庄,不知醉汉从何处走来。他们耷拉着脑袋,像寻找自己走过的脚印。贝加尔湖的丰满把天比小了,天在湖的衬托下显出窄,云朵也少。贝加尔湖最深的地方有六十米,里面不知藏有多少神奇的生物。我看湖似无所见,找小的东西看,那就是鸟。我坐在岸边一尺厚的松木椅子上看鸟,两三只白鸟飞来,长而尖的翅膀如握着闪银光的刀鱼,盘旋远去再回来——其实飞回来的是另一拨鸟。我觉得鸟最容易让人想起故乡,而它离自己的故乡最远,它的翅膀让它终生流浪。蚂蚁一生所走的路都没离开故乡。我想象这些白的鸟、黑的鸟是我的祖先,他们不知从何处迁徙到了贝加尔湖。这是多么好的地方啊!他们一定这样想,可以祖祖辈辈住下来,之后又迁走了,就像鸟。鸟找不到一个好地方吗?为什么老飞?它要去的地方叫——宿命。

我想象这些鸟在空中发现了我,它们以为发现的是我的祖先,我至少在相貌上像他们。水鸟用两把银白的长刀划破腥味的空气,橘红的爪子贴在肚子上。它们盘旋,看我有没有翅膀和红爪子。我身上勉强可以称之为翅膀的东西只有耳朵。鸟越飞越低,降落到离我头顶不高处,翅膀再挑起来,鸣叫声如——嘎,似乎要带我走。嘎是什么暗号?我对鸟也说——嘎,让它慢慢体味吧。

我如果能够跟鸟一起飞就好了,我先飞回中国看我爸我妈,告诉他们贝加尔湖的见闻,然后说——嘎。他们大为惊讶,上上下下看着我。我再说一声"嘎",我爸会缓缓地说,贝加尔是蒙古语"自然"的意思,那是我们很久很久以前的故乡。嘎,我说。

鸟的翅膀会扇动游人全部的思乡之情,俄蒙边界那棵树分明想回家,它的家也在贝加尔湖的边上。这棵树可能是人变的,也可能是鸟变的,总之它想回故乡。最为触目的是这棵树离边境线只有十来步,但它过不去了,只好伸出双手,只好仰面高唱。

在南西伯利亚,说树会变成人、人会变成鸟丝毫引不起别人的惊讶。布里亚特的导游晓布告诉我,他家一只黄母鸡被大风刮进了山里,三天三夜之后回到了家,羽毛变成了紫色,但比薰衣草的颜色浅。这只鸡下的鸡蛋里面包着一只鸽子蛋。他说,在巴扬(纽扣手风琴)的纽扣上洒一点燕麦蜜、一点羊尿、一点贝加尔湖的水,它的音色就像老人一样嘶哑,半夜里会自动演奏图瓦民歌。他说,黄眼睛的人拔掉两颗牙之后会跟自己的小姨子结婚。

假如把燕麦蜜、鸡蛋里的鸽子蛋、羊尿和黄眼睛人的牙都堆在这棵手捧哈达的树的脚下,能不能让它行走?我把这些蛋、尿和蜜喝下去,身上背起巴扬,能不能见到我的祖先?大萨满师说他们来过了,来看我。我仿佛见到了他们——十六世纪的军官和医生,他们和我的脸形一样,气味一样,板牙一样。他们聪明,但会突然办一件愚蠢的事,我就这样,好在意归心窍,平静如初了。

我舍不得这棵树,在黄昏里,它的形影让人不忍离去。你献给贝加尔湖的哈达不要再捧着,让风把它吹进湖里吧,而飞过此地的鸟也会把此景告诉贝加尔湖。

布尔津河,你为什么要流走呢?

布尔津河像一张长方形的餐桌,碧绿色的台面等待摆上水果和面包的篮子。河水在岸边有一点小小的波纹,好像桌布的皱纹。

我坐在山坡上看这张餐桌,它陷在青草里,因此看不见桌子腿。这么长的餐桌,应该安装几百条腿或更多结实的橡木和花楸木腿。小鸟从餐桌上直着飞过去,检查餐桌摆没摆酒杯和筷子。其实不用摆筷子,折一段岸边的红柳就是筷子。现在是五月末,红柳开满密密的小红花,它们的花瓣比蚊子的翅膀还要小。这么小的花瓣好像没打算凋落,像不愿出嫁的女儿赖在家里。红柳的花瓣真的可以在枝上待很久,没有古人所说的飘零景象。

来会餐的鸟儿一拨儿一拨儿飞过了许多拨儿,它们什么也没吃到,失望地飞走了。有的鸟干脆一头扎进桌子里面,冒出头时,尖尖的喙已叼着一条银鱼。这就是河流的秘密,吃的东西藏在桌子底下。

青草和红柳合伙把布尔津河藏在自己怀里，从外表看，它不过是一张没摆食物的餐桌。为了防止人或动物偷走这条河，红柳背后还站着白桦树。白桦树的作用是遮挡窥视者的视线。青草、红柳和白桦树每次看到藏在这里的布尔津河干净又丰满，心里就高兴，它们竟可以藏起一条河。但它们没想到，布尔津河一直偷偷往西流。表面看，河水一点没减少，仍像青玉台面的长餐桌，但水流早从河床里面跑了。假如有一天青草知道了布尔津河竟然一直在偷偷流，它一定不明白河水要流到什么地方去，还有比喀纳斯更好的地方吗？

青草喜欢这里，它不愿意迁徙的理由是河谷的风湿润，青草在风中就可以洗脸。青草身上的条纹每天都洗得比花格衬衣还好看。这里花多，金莲花开起来像蒺藜一样密集。这一拨花开尽，有另一拨儿花开。到六月，野芍药开花，拳头大的鲜艳的野芍药花开遍大地，青草天天生活在花园里。可是，布尔津河你为什么要流走呢？

现在野芍药打骨朵了，像裂开的绿葡萄露出山楂的果肉。我用手捏了捏，花蕾的肉很结实，一颗手指肚大的花蕾能开出碗大的花。我想把山坡的野芍药的花骨朵全都捏一遍，好像是我手里捧过百万玫瑰（"为了你，我舍得百万玫瑰"——这是我昨天听华俄后裔张瓦西里唱的俄罗斯民歌），但我怎么捏得过来呢？把花捏得不开放怎么办？草地、悬崖上都有野芍药花。开在白桦树脚下的野芍药花一定最动人，它像一个人从泥土里为白桦树献花。

白桦树，你怎么看都像女的，就像松树怎么看都像男的。白桦的小碎叶子如一簇簇黄花，仔细看，这些黄花原来是带明黄色调的小绿叶子。能想象，它在阿勒泰的蓝天下有多么美，而它的树身如少女或修士身上的白纱。当晨雾包裹大地又散开后，你觉得白桦树收留了白雾。我甚至愚蠢地摸了摸树干，看了看自己的手指肚，又用舌头舔了舔——没沾雾，白桦树就这么白。既然这样，布尔津河你为什么还要流走呢？

有一天，我爬上了对面的山。草和石头上都是露水，非常滑，但我没摔倒。我的鞋是很好的登山靴，它根本没瞧得起这些草和石头上的露水。登上山顶，看到了我住的地方的真实样子。木头房子离河边不远，像狗窝似的。黑黑的云杉树如披斗篷的剑客，从山上三三两两走下来。更黑的那块草地并不是一片云杉长在了一起，那是云朵落在草地上的影子。

布尔津河在视野里窄了，像一条白毛巾铺在山脚下，也有毛巾上摆着圆圆的小奶球，有一些奶球连在了一起。它们是云朵，这是蒙古山神的早餐。云，原来还可以吃的，这事第一次听说。山神那么大的食量，不吃云就要吃牛羊了，一早晨吃一群羊，还是吃云吧。雾从河上散开，一朵一朵的云摆在河上，山从雾里露出半个身子，准备伸手抓云吃。昨晚下过雨，木制的牛栏和房子像柠檬一样黄。不一会儿，天空有鹰飞过，合拢翅膀落在草地上，想要抓自己的影子。野芍药下个月就开花了，山神早上在吃云朵，偷偷流走的布尔津河把这些事情告诉给了远方的湖泊。

河边的灯芯草

美国作家爱伦·坡说:"他听得见夜在黄昏时刻把黑暗倾泻在大地的声音。"我忘了是在哪本书上读到过他这句话,此刻突然想起来。但我听到的是另一种声音——风把草叶上的露珠倾泻在大地上的声响,那些露珠原本在柔软的叶子上站立着,可以滚向任何一个方向但哪儿也没去,等待在阳光中蒸发。我来到贝尔茨河边之后,风拿着镰刀收走了这些滚圆的露珠,好像怕我拿口袋把露珠装走。

根河这个地方有许多河,而我好奇的首先是大兴安岭山麓有许多地方以河命名。根河市北面连接黑龙江省的漠河县与塔河县。根河市内有金河镇、牛耳河镇。全市两万平方公里面积内,河长二十公里以上的河流有三十七条,河长四百多公里的根河经过这里汇入额尔古纳河。这里有金河、牛耳河、敖鲁古雅河与激流河。贝尔茨河是激流河原来的名字,鄂温克语。这些河不是上级划拨下来的,现在上级手里没河了。河北省基本没河,只剩下北。有河的地方必有丰富的植被,根河市森林覆盖率为百分之八十，居内蒙古自治区之首。大自然赋予他们这么多河流，是由于森林丰饶的原因。反过来也说得通，大自然赋予他们丰饶的河流，孕育了这么多森林。

贝尔茨河即激流河从森林的尽头流过来，黑松林与宽阔的河床之间有柳树的屏障，河水平静广阔，看不到激流。河水流近之后，水面现出一团团旋涡。这些旋涡好像锦缎长袍上的团花，如篆书"寿"字的图案；也像剪纸作品牛身上旋转的花纹，表示牛身上有毛。旋转是大自然的一个谜，人与动物身上的毛发都沿旋转方向排列，否则长不出来。花的信子与花瓣都按旋转方向伸展与生长，太阳月亮都在旋转。阴阳鱼的太极图案抓住了这一特征——旋转。太极图还揭示了生长的另一个特征：阴中有阳，阳又寓阴。阴极阳生，反之亦然。河上的旋涡在表达水的力量。人把手伸进河水里，即知水流不是一股力量，而是千万股力量。河只在表面平静着，而它前进的每一步都是千百种力量冲突的结果。人说河水东流，但并不是每一股水都想往东流。水有自由的意志而无统一的念头，它们本意是向四外流，包括上岸逛一逛，但多种力量统合，把它们变成了河流。还由于地势与月亮的吸引，它们才变成向东奔走的河流。河流未尝想流，它也可能想变成一个湖或钻进地下休眠，是各种力量推着它走，使它流动，继而灌溉农作物，把鱼群捎到远方产卵，让淤泥成为下游的沃土。

旋涡好像是河流开的花，像西瓜那么大，它绽放一秒钟即消失，身边冒出新的旋涡的花朵。河有河的想法，河羡慕河边那些花。在根河的森林和草地上，大朵的白芍药花旁若无人地盛开。外来的旅游者潜意识里在这样想，这么好的花怎么没人采呢？想着并摘下一朵花。摘花人往前望，大白芍药花开到了目力所及的大片土地上，多不胜数，于是他失望地扔掉这朵不幸的花，只往眼睛里装填景色和花。河流羡慕这些花，河流急急忙忙地奔走，没时间在河水里培育一朵花，就用涡流假作花的圆形，好像是对向日葵的黑白素描画稿。做一朵不像，河流把它丢弃，再做一朵新花。就这样，河水边流边制作花朵，直到流入额尔古纳河乃至太平洋。河流的一生竟如此短暂。如果一条小溪从山里流入北冰洋算八十岁的话，八十岁很快就到了。这一生它只流过几片草原，绕过几座山峰，做过一些记不清数量的涡流的向日葵花。

贝尔茨河岸边不光有野芍药花，在我看来，好看的要数灯芯草的花。灯芯草，又叫蔺草、龙须草。草茎像棕刷一样直立在黄泥和白色的石块间。我并没想用这些草刷我的衣服和鞋，我喜欢它的花，像一群红色白色的叶子攀爬草顶的山峰。有一种灯芯草开紫心白花，如一堆蝴蝶在草尖上开会。它们的花瓣好像是蜜蜂狭长的翅膀，五六片聚在一起开花。灯芯草长在河边，它比别的草更熟悉河流。人所看到的河流只是河流平常的样子，灯芯草看过贝尔茨河霜降时分的落日，碧草结了一层白霜，尽头是翻滚着落日的贝尔茨河。谁见过夏夜的河？星斗的数量刚好与虫鸣相对应。谁见过初雪的河流？雪片如蝴蝶飞进黑黑的河水里取暖。灯芯草在河畔度过春夏秋冬，最熟悉贝尔茨河的表情。

以《诗歌手册》传阅全美的诗人玛丽·奥利弗在《华兹华斯的山》中写道:"曙光抚过冻草的每一片叶子,叶子一片片燃烧起来,一齐烧出这片美景。那些寂静的挺立的草变成了魔杖,包裹在光的临时的衣服里。在这个清晨,我再也没看见任何别的东西,或者别的动的东西。狐狸的脚印就在我的脚印的前面,在霜地里开出一朵朵花。四下却见不到狐狸的身影。"借奥利弗的句式说,在这个清晨,我再也没见到任何别的东西,只有灯芯草,它在破晓的晨光里竖立金灯,花瓣如被灌木刮住在枝头飘舞的镀金的羊毛,贝尔茨河转着金色旋涡流向大桥的另一边。

河对岸的星群

阿荣旗境内河流多,眼前这条是阿伦河。夜色下,岸边茂密的树林像披着黑色斗篷的巨人睡着了,阿伦河水猫腰从他们鼻子底下流过。夜色如毯子盖在河岸的草地上,盖住了不知多少野花。

早上,我来到河边的时候,草地被野花占领了。天刚亮,野花已精神抖擞站在那里,披一身露水,好像一宿没合眼,等一个盛典。太阳每天升起来都是盛典,新鲜光亮,野花知道,人不知道。花朵以细细的身子支着大脑袋,它们的面庞比人类肉质的脸更纯洁。花的面孔不讲五官讲瓣,三瓣、四瓣、五瓣的花脸都比肉好看,像能旋转。花的表情只有一种:笑。花朵除了在雨里哭泣之外,其余的时光都在笑,笑弯了腰。真不明白花到底在笑什么。晨光射入草地,被雾阻挡,景象朦胧。花朵从斜坡的草地上跑向河边,仿佛去梳洗。蓝的花、白的花、黄的花高出青草,凝视河面微颤的波光。河水在早上蜿蜒流远,天边的山峦不是青山,而是玫瑰山。树尖在白雾里冒一点头,如波涛里的礁石。大地苏醒了,四处沾满湿漉漉的露水。

眼下是夜里十点钟,阿伦河发出白天听不到的响声,似咕噜噜滚东西,又像嘻嘻哈哈偷笑。山峦和树丛被夜藏进包裹里,活动的物体只有河流。河如不流,水面嵌满星星。星星趴在水面的时候特别怕被打扰,一片被风吹落的树叶或鱼儿翻身都会拆碎星星。水流淌,星星在水里被捣成了星星酱,波浪上隐约只剩一层白光。

这时,对岸燃起篝火,火光照亮了一棵老树。它必定是榆树,鄂温克人和满族人都崇拜榆树,老榆通灵。不一会儿,鄂温克人围拢老榆树跳舞,歌声隐隐约约地传过来。头几天,我们在那吉镇参加广场篝火晚会,转圈跳舞的有好几百人。鄂温克人单纯,无论老幼,都如纯洁的儿童,他们尊崇大自然,信仰舍沃克神、铁神和奥卓尔神。他们在篝火上扔一些马鹿和犴的油脂,冒出的香味会让舍沃克神高兴。萨满法师敲鼓,舍沃克神也高兴。猎人们趁舍沃克神高兴,把灰松鼠皮——最好是尾巴带白尖的灰松鼠皮——在火上抖几抖,神会赏赐给他们更多的松鼠。

歌声越来越大,夹杂鼓声。篝火边上跳舞的鄂温克人的蒙古袍被火光映照得十分鲜艳。我沿着河往那边走。走了几百步,被柳树挡住路。鄂温克人脸庞清晰,被火照成红铜色,舍沃克神看到会更高兴。河流在我眼前静止不流,也许停下脚步看歌舞,也许水深无澜。大颗的星星浮在河面,仿佛来自对岸。星星优雅地泡在水里,我替它们说:"凉快,太凉快了!"

星群当中应该有大熊星座。鄂温克人敬畏熊,他们管公熊叫爷爷,管母熊叫奶奶。现在,大熊星座的爷爷奶奶们在河里洗澡,鄂温克人在篝火边上跳舞。河水一动不动。灰松鼠在树林里偷窥,把白尖尾巴藏在树叶里。

激流河

六月下旬,草原是一块从黑土里露出的碧玉。这块玉被雨水冲洗得干干净净,方圆几百里。

我在碧玉上行走,如同蚂蚁慢慢爬过草原。碧玉上鲜花开放。六月的呼伦贝尔,开放最多的是两种花:一是大朵的野芍药花,像千万只白蝴蝶落在修长的绿草上;另外一种我叫不上名字,是小黄花。黄花虽小,却浩荡地开到天边。从额尔古纳进入根河的路边,小花改变了草原的颜色,比油菜花淡一些,花海连到了云际。

碧玉上生长着落叶松和白桦树。这里四处可见到松树。车开出千八百里,车窗两边还有松树。呼伦贝尔草原高贵的气质在松树身上体现无遗。松树的芳香浸润着呼伦贝尔的土地与河流,它的气息与在别处不一样。一千里玉米、一千里麦子、一千里柳林和一千里松树划分出不一样的土地和心地。而白桦点染着呼伦贝尔的女性气息,让人看到她的秀美。莽莽苍苍的大兴安岭有白桦的点缀,像魁梧的巴尔虎男人腰上彩色的烟荷包飘带，小处衬托大美。

草原碧玉最美的衣衫是河流，它抱着草原，似蒙古袍的腰带。海拉尔河、根河、额尔古纳河是千回百转的绸带，白天是蓝色，夜晚是白色。它流到哪儿，把鸟儿带到哪儿，白净的脸上带着笑容，环绕千里。

激流河是根河的支流。世上并没有所谓根河。呼伦贝尔有一条葛根高勒河，蒙古语，意思是佛爷河。河的名字变成"根河"，是简称也是牵强附会。这一次我们游历根河市，处处可以见到激流河的身影，它如同一个侦探，查验我们的行踪。这是多么美妙的侦探，带着野花和蝴蝶，以清楚的眼波张望。

从桥上看，激流河水是黑色的，流在琥珀色的河床里。来到水前，河水透明，所谓黑色是两岸森林的倒影。鹅卵石和沙子的颜色晶黄，为河流铺上一层兽皮褥子。

河流不愿意被人从桥上观望，那是上帝和飞鸟看河的视角。人偶尔上桥望河，只是一瞥。人更多在大地上、树林里、草原和公路边上望到河流的身影。今天早上，草原没有一丝雾，光线如水一样透明。白桦树四五株一墩，它们长得很高很细，只在树梢伸展一些叶子。白桦树在我眼里全是树干，白得耀眼，身上仿佛涂满了石灰。激流河在树的后面露出波光。河水从树干的间隙反射阳光，是一片微颤的动荡的光影，在白桦树身后穿行。这时候，激流河一点不宽广，像一个藏在树后的姑娘。

契诃夫考察萨哈林岛，在给朋友的信中写道："寒冷的河流穿过西伯利亚的冻土带,在绿荫中流淌的仍然是冰水。水即使如此寒冷,苔藓、白桦和松林在河流的滋润下生长得十分茂盛。"(《安东·契诃夫书信选》)激流河水寒彻入骨,在火热的夏季中午依然如此,西瓜放在河水里,过一会儿比雪糕还要凉。根河是中国最冷的地方之一,一年当中只在六、七、八三个月份不供暖,其余时间都要烧暖气。根河地下是永久冻土层,河水从山里的石缝里渗出,经苔原的草丛过滤,千万细流汇成激流河。我捧起河水喝,水未入喉,指骨已被寒流扎得生疼。喝完水,肚子好像有十八亩地的清凉。我心想,肚子知道这是激流河水吗?从石缝渗出,苔原过滤的水。我再喝了几口,边拍肚子边说"激流河",让胃肠加深记忆。一个人的肚子,如果有幸喝过清洁的河流的水,是个福气,就不会闹肚子了。我的胃肠吸收过额尔古纳河、西拉木伦河、老哈河、贡嘎雪山下的雪水河、喀纳斯的禾木河、布尔津河的水流,还有西伯利亚的安吉拉河、贝加尔湖的水,它们环绕和浸润过蒙古高原和蒙古人的足迹。水在三分钟内经小肠排空进入血液,我抬手看了看手背的静脉血管,激流河水正在血管里行走,它是呼伦贝尔山河的一部分。血管里的一滴水带着比芯片更丰富的记忆,与身体里的基因重合。

  根河地处大兴安岭林区,森林覆盖率达百分之八十以上。根河的空气都被绿叶过滤了无数遍,耳边总有鸟儿啁啾。在树林里,闻鸟啼见不到鸟的踪影,它们藏身树叶里。草原上没有树,耳边也有鸟啼,但见不到它们的踪影,它们藏在哪一片低矮的草丛里？

　　激流河的两岸没有一寸荒芜的土地，这里还没有进驻开发商，大自然保留着原初的样子，鸟儿为这个歌唱不已。我仔细查看河水流过的两岸，有柳树，有野芍药。河流领着树和花奔跑，云朵在天空追赶。这就像一个人领着兄弟姐妹奔跑，身边都是亲人，而不是开矿和开造纸厂的这些坏人。

沙漠里的流水

勃隆克沙漠如山丘一般有峰有谷，有沙坡和悬崖，全是沙。站在沙的悬崖上，人可以往下跳，甚至头朝下鱼跃冲下，身体毫发无伤。沙子比人的身体还软，用它的软接住你，缓冲力量，人跳了悬崖之后还是人。人摔在比身体坚硬的物体上，身体进而物体不进，人落沙子上是沙进，人还是完人。仔细看，沙粒实为坚硬的半透明的晶石，不规则的晶石之间的空气与间隙，缓解了力。

行走在沙漠的峰峦，像走在鲤鱼的脊背上。沙漠顶峰有一道曲折鲜明的分界线，如同阴阳面。风把沙曲折地堆在顶端，沙子显出金黄的着光面和阴影。站在沙峰上看，左右峰峦线条柔和，没有树，一只鸟飞过，在沙漠上拖下鸡蛋大的阴影。在沙漠待着，耳朵有点闷，如飞机落地前那种闷，耳朵不适应太静。在有泉、鸟的山里，人感寂静，耳底实有泉流和鸟鸣的低回，只是人注意不到。沙漠真是空寂，什么声音都没有，耳朵反而嗡嗡响。静，原本以喧闹为根基。不喧闹耳朵自己闹，它变成自鸣钟。

沙峰的谷底有一条溪流,边上一溜金红色的柳条,流水在柳条的生长路线上断断续续露出身影。

沙漠里有流水?这好像是大自然撒的一个谎。走到水边,用手捧起水——清亮,凉,才知道水的真实。沙漠里怎么会存水呢?所有的水不都会在沙漠上迅速漏下去吗?这里怎么会有流水呢?河床用坚硬的淤泥和石头兜住了流水,沙子能吗?我用手掏溪流的底部,仍然是沙子,但坚硬。我觉得不能再掏了,再掏就漏了。

水在沙漠比金子还贵重。柳条用枝条隐蔽水的身影,如果不遮挡,会有人上这儿偷水吗?这些水以微微颤动代替流淌,一尺多宽,有的地方只剩两指宽。水的底部铺着大沙粒,还有躺直的草。

我顺着河走,踩坍的沙子堵住一些水流,如破坏者。再走,这道水钻进地下没了。怎么会没了呢?我以掌做挖掘机,掏出一堆湿润的沙子,却不见水流。或者说,水流着,一头栽进了地心。它到地心去干什么?好像不符合流水的常态。水惯于地表流淌,并不会突然失踪。

在谷底走,约走五十米,水抬头冒出地面。地面又长出零零星星的柳条。宋代有歌谣——凡有井水处皆咏柳词,"柳"乃柳永柳三变。此话在这里可改为:凡有柳条处皆涌流水,水乃沙漠流水地下水。

我觉得它们不是一般的水。对,它们肯定不是平凡的水。

庸常之水在这里早漏下去了,怎么可能往前流呢?我捧水尝尝,还是水味,没尝出河味;再尝,有一点柳树的苦味。喝过此水,必也延年矣。可是,刚才断流入地的水,为何会挑头冒上来呢?似乎不合重力定律的约束。关于大自然,人不明白的事太多了。

我跟着流水走,又见到惊喜。在一巴掌宽的溪流中,游着两条小鱼,火柴那么长。小鱼像沙子那样黄,半透明,露着骨骼,但没刺。鱼甩一下尾巴动一下,眼睛是两个黑点。除了飞过的那只鸟,小鱼是沙漠里唯一的生物。当然我也是生物,眼睛比鱼眼大,不会飞。我把小鱼团到手心,像个坏人那样想:它长到餐桌上的红烧鱼那么大要多长时间?把鱼放回水里,另一条急忙趋近它,像询问它受伤没有。

沙漠有水流过,像大自然的谎言。大自然偶现诡异,但不撒谎。它让沙漠里有水、有鱼和柳树,这是一个生态系统。再往前走,我见到了壁虎似的蜥蜴。再往前,水面宽了,游着不一样的鱼。水边出现几朵野花,有一只野蜂飞过,一只蜥蜴跳进水里……

捉迷藏的小河

走着,忽然看到一条小河。它什么时候藏在这里了?河水不是狗和小牛犊,我想象不出它还会躲藏。找,看河从哪儿来。

河水拽着草的裙子。它随身带的物品,是黄与黑的卵石,还有虾。虾像水里的跳蚤,一蹦才察觉它的存在。野花来河边梳头,鬈发的百合红得没办法,黄瓣的小碎花几乎没有颜色。

我顺小河走,水面映衬一汪天光,如胡适的白话诗:"蔚蓝的天上,这里那里浮着两三片白云。"白云原本少,又被河边的草丛遮住身影。走着走着,河水没了,密草屏立如墙,仿佛说:前面没河。看,确乎没有。如此说,这是一处雨水留存的微湖。我心有未甘,蹲下看河水中的绿草,水流分明从它们腰间经过;看水底的石子,也有日影浮动。小河在流淌,虽然无声。工作时,它采用静音环保的发动机。我走回河的另一端,它又无踪。两端长十多米,河水像凸出地面的一段树根,其余潜在地下。

"出来吧,我已经看见你了。"——小时候,我们藏猫猫玩儿常这么喊,诈唬藏在暗处的伙伴,但谁也没出来。小河也没出来,它像一截项链,挂在这片草地的颈子上,露出亮晶晶的钻石。

牛群回家

看草原的辽阔，不是看地平线，也不是看飞鹰融化在蓝天里，连个黑点都没剩下。看到远方的牛群，才觉出辽阔是无法用脚丈量的远。一群牛在天际如甲虫般蠕动，觉得牛比草原更远。

傍晚，这群牛摇着尾巴回到家，步伐慢得不成样子。难以置信，它们就是天边那群牛。

到牧区，城里人的空间与时间观念都被改变。牧区的一切都缓慢，像太阳上升那么缓慢，然而什么都没耽误。

回家的牛一脸憨态。所有情况下，牛的表情都显出茫然。好牛的皮毛比锦缎更有光泽。吃饱的牛，两肋撑得比骆驼肚子还圆。一回，我跟公社干部从堤坝边的小路走过，对面来了一头牛，两肋更宽。牛倌喊："让路了，让路……"公社干部闪到树后，我学他也闪树后。宽肋牛气定神闲走过，没理我们行的注目礼。我问公社干部为啥给牛让路，他说这头牛怀孕了。

蒙古人对人畜草木给予同等关怀。到夏营地的牧民，秋天撤蒙古包的时候，把拔出楔子的土坑重新填埋踩实。按蒙古人的民间传说，土地扎了一个洞，洞里会钻出魔鬼。现实中，这种传说保护了草原。牧场的土层是草根编织的网状保护层，扎一个洞，在理论上说会导致沙漠化。如今，草原上大规模开矿，其后果说也别说了。

放牛比放马更艰辛。牛倌常年无人说话，在烈日和暴雨中奔走，像化石的人。跟牧牛人说话，他惜话如金，好像暗示你采用眼神交流。无论问什么，他点头或摇头，表情却生动。我想问牛倌，他从早上到晚上，在漫长的一天里想什么呢。我没问，这样的问话说不出口。牛倌洪扎布对我笑，好像知道我想问的话。他坐地上，揪一片草叶在嘴里嚼，默默看着远方。胶鞋里露出比煤还黑的脚肉，鞭子搭在胳膊上。洪扎布衣服的双肩和裤子的膝盖的布磨薄了，露出经纬线，城里人扔掉的衣服也磨不破肩头。他说回家挑水浇树，跪地下弄树苗，磨破了衣服。他用胳膊抱住膝盖，感到羞惭，胳膊肘还有两个洞。

夏季的晚风吹过，草地像打了一个激灵，又像一只无形的手抚过草叶，如抚猫的毛。西天热烈的云阵伸臂迎接夕阳，洪扎布的脸镀上一层金。我想：我的脸也有金色，终于跟金子挂上钩了。草色转为金碧，空气更透明。嬉戏的鸟儿一头栽进草里，挑头又飞起来。牛群回家了。

我和牛倌洪扎布放了一天的牛，相互笑了无数次，没说几句话。洪扎布像草原上的树、石头和河流一样，安于沉默，像听古典音乐应保持的沉默一样。牛犊子步小，在母牛后面跑。它不情愿回家，时不时回头看这片金碧的牧场。

小羊羔

在胡四台草原那边,今年也发了水。水退了,仍在地面盈留寸余。远望过去,草原如藏着一千面小镜子,躲躲闪闪地发亮,绿草尖就从镜子里伸出头来。马呢,三五成群地散布其间。马真是艺术家,白马、红马或铁青马仿佛知道自己的颜色,穿插组合;又通点缀的道理,衬着绿草蓝天,构图饱满而和谐。

这里也有湖泊,即"淖尔"。黑天鹅曲颈而游,突然加速,伸长脖子起飞,翅膀扑拉扑拉,很费力,水迹涟涟的脚蹼将离湖面。我想:飞啥?这么麻烦,慢慢游不是挺好吗?

湖里鱼多,牧民的孩子挽着裤脚,用破筐头一捞就上来几条。他们没有网和鱼竿。我姐笑话他们,说这方法多笨。我暗喜,感谢老天爷仍然让蒙古人这么笨,用筐和脸盆捞鱼。我非鱼,亦知鱼之乐。

这些是我女儿鲍尔金娜从老家回来告诉我的。

在我大伯家,有一只刚出生七天的小羊羔。它走路尚不利索,偏喜欢跳高。走着走着,"嘣"地来个空中动作,前腿跪着,歪头,然后摔倒了。小羊羔身上洁白干净,嘴巴粉红,眼神天真温驯。有趣的事在于,它每天追随鲍尔金娜身后。她坐在矮墙上,它则站在旁边。她往远处看,它也往远处看。鲍尔金娜爱怜它,又觉得它很可笑。

小羊羔每天下午四点钟停止玩耍,站在矮墙上"咩咩"地叫。它的母亲随羊群从很远的草地上就要牧归了。天越晚,小羊羔叫得越急切。

这时,火烧云在西天逶迤奔走,草地上的镜子金光陆离。地平线终于出现白茫茫的蠕动的羊群,它们一只挨一只低着头努力往家里走。那个高高的骑在马上的剪影,是吾堂兄朝克巴特尔。

羊群快到家的时候,母羊从九十九只羊的群中蹿出,小羊羔几乎同时向母羊跑去。

我女儿孤独地站在当院,观看母羊和小羊羔拼命往一起跑的情景。

母子见面的情景,那种高兴的样子,使人感动。可惜它们不会拥抱,不然会紧紧抱在一起。拥抱真是天赋人权。紧紧抱在一起,是结为一体的渴望。动物中,猩猩勉强会一点拥抱术,但那种虚假,实在不堪。

小羊羔长出像葡萄似的两只小角。那天,它在组合柜的落地镜里看到自己,以为敌人,后退几步,冲上去抵镜子。大镜子哗啦碎了,小羊羔吓得没影儿了。这组合柜是吾侄保命(保命乃人名）为秋天结婚准备的。保命对此似不在意，他家很穷，拼命劳作仅糊口而已。但镜子乃小羊羔无知抵碎的，他们都不言语。

　　我嫂子灯笼（灯笼也是人名，朝克巴特尔的老婆）对小羊羔和鲍尔金娜的默契，夸张其事地表示惊讶。在牧区，这种惊讶往往暗含着对某种佛教的因缘的揣度。譬如说，小羊羔和鲍尔金娜前生曾是姐妹或战友。

羊比人更爱家

羊群从山坡下来，一只挨一只往家走。看到匆忙的羊群，我觉着羊比人更爱家。

羊的家有什么？它们家连墙都没有，只有木栏，所有者为一地羊粪。黑枣似的羊粪是它们的地毯。一个牧民说，把烟叶吊在羊圈上方，熏出来的烟叶味道非常好。人真是无所不用其极，又臊又硬的羊粪都可化为美味。

羊群低头往家跑，像逃离身后苍茫的暮色。没有雨的夏季，傍晚每每升浮火烧云，草地由金变黑，水泡子反射夺目的亮光。火烧云把天际烧得干干净净，如橙色的大湖，山峰只留下剪影，最后被夜色融化。

羊会想家吗？它们在山后的牧场待了一天就想家了。羊群想念牧人孤零零的土房，洋井边上伸出一排饮羊的铁皮槽子。掌灯之后，牧人的房子像一个灯笼，灯笼里有一家人的脑瓜晃来晃去如驴皮影。燕子迟迟不愿归巢，在空气中滑翔着展览自己的白肚皮。

羊圈在房子边上，羊一只接一只入栏，占一个最小的地方。羊的脊背起伏，如羊毛的波浪。波浪裹着羊的小窄脸和尖耳朵。

看到羊群，我才感觉回到牧区。人们称之为草原的地方，我们叫牧区，它是蒙古人生活的地方。这里的马、牛、羊和骆驼是人的生活资料。至于草是碧绿还是翠绿都不打紧，早晚都会被牛羊吃掉。吃不掉的草在秋天枯干，化为大地的肥料。

我相信羊群时时都在想家，想房子、洋井、门前的马和梁上的燕子。牧区的燕子在牧民屋里做巢，每一次归巢都是炫技表演。如果是我，以这么快的速度飞进屋，非在墙上撞晕不可。燕子爱闻奶茶味，爱闻新鲜的奶豆腐味。燕子在杨木檩子的巢里伸出小脑瓜看女主人切菜、做饭，看狗坐地上仰望它的主人。燕子看一会儿嗖地飞出去，再看天空上车轮似的云朵滚到了什么地方。

羊和燕子一样爱这个家，它们飞不到梁上，只好跑步进圈。羊一生都在小步奔跑，它的"咩——"是叹息自己跑得太慢。羊站立时如沉思，孤零零的头从一堆羊毛里钻出来。它漂亮的弯角如耳环挂在头的两侧。羊在想什么？它眼睑微合，像下一分钟就会睡去，做羊的梦。早上，羊踩着露水去远处的草场吃草。早上的云朵还藏在山后，山后似乎有大鼓风机给云吹气，云膨胀得越来越大，一些云被吹成灰色。它们的体积足够大了，开始泅渡天空。中午时分，云彩一朵一朵地悬在牧人的屋顶上，大小薄厚都合适。羊上了山坡就吃草，一直吃到天黑。羊觉得不抓紧吃，眼前的草可能会逃走。远看，羊群如挂在山坡上晾晒的白毯子。过一会儿看，毯子又换了地方。晚上，毯子往家里移动。草原的灌木刮住一些羊毛绺，在夕阳里飞。

羊群才是牧人真实的家，牧人的财富全出在羊身上。牧羊人身穿破大衣（草原的早上很冷），天天和羊在一起。我姐夫满特嘎给村里四户人家放二百多只羊，每天走五十多公里。他不止一次跟我说，希望世上有一双铁鞋——他穿碎许多双鞋，他心疼这些鞋。当城里人为减肥而苦恼时，我低头看这些胖子们的鞋。鞋这么好，肥怎么能减呢？

假如牧羊人的儿子、孙子、曾孙子以后都是牧羊人，许多代之后，他们将失去语言功能。他们的嘴与喉咙只在吃饭喝水，不再说话。满特嘎好多年不说话了，跟羊群在一起，看河流和风中的草地，无人对话。他回到家对我姐阿拉它笑一笑，他不打算说话了。满特嘎笨拙地对我说，他发现说话没有用。"真的，"他说，"一点用处都没有。"六十多岁的满特嘎的表情集合了大自然的宁静。他和身边的羊群一直在走动，或山冈，或凹地，羊的咩声此起彼伏。满特嘎微笑着，像能听懂羊的话。

羊的样子

"泉水捧着鹿的嘴唇……"这句诗令人动心。在胡四台,雨后或黄昏的时候,我看到了几十或上百个清莹莹的水泡子小心捧着羊的嘴。

羊从远方归来,它们像孩子一样,累了,进家先找水喝。沙黄色干涸的马车道划开草场,贴满牛粪的篱笆边上,狗不停地摇尾巴,这就是胡四台村。鬈毛的绵羊站在水泡子前,低头饮水,天上的云彩以为它们在照镜子,我看到羊的嘴唇在水里轻轻搅动。即使饮水,羊仍小心。它粉色的嘴巴一生都在寻觅干净的鲜草。

然而见到羊,无端地,心里会生添怜意。当羊孤零零地站立一厢时,像带着哀伤,它仿佛知道自己的宿命。在动物里,羊是温驯的物种之一,似乎想以自己的谨小慎微赎罪,期望某一天执刀的人走过来时会手软。同样是即将赴死的生灵,猪的思绪完全被忙碌、肮脏与浑浑噩噩的日子缠住了,这一切它享受不尽,因而无暇计较未来。牛勇猛,也有几分天真。它知道早晚会死掉,但不见得被屠杀。当太阳升起,绿树和远山的轮廓渐渐清晰的时候,空气中的草香让牛晕眩,牛完全不相信自己会被杀掉这件事。吃草吧,连同清凉的露珠。动物学家统计:牛的寿命为二十五年,羊十五年,猪二十年,鸡二十年,鹰一百年。这种统计如同在理论上人寿命可达一百五十年一样,永无兑现。本来牛羊可以活到寿限,它们并非像人那样有七情六欲破坏了健康。在人看来,牛羊仅仅作为人的蛋白质资源而存在着。屠夫也从不计算它们是否到了寿限——像人离退休那样有准确的档案依据。时至某日,它们整齐受戮,最后"上桌"。如果牲畜也经常进城,看到橱窗或商店里的汉堡、香肠和牛排之后,会整夜地睡不好觉,甚至自杀,像上千只的鲸鱼自杀一样。另一些思路较宽的动物可以这样安慰自己:那些悬于铁钩上带肋的红肉、在馅饼里和葱蒜杂掺一处的碎肉,皆为人肉。因为人是这样的多,又如此不通情理,他们自相食之。这样想着,睡了,后来有鼾。

"众生"是释迦牟尼常常使用的一个词。在一段时间内,我以为指的是人或动物。一次,如此念头被某位大德劈头问住:"你怎么知道'众生'仅为鸟兽虫鱼与人类?你在哪里看到佛这样的说法?"我不解,"众生"到底是什么呢?佛经里有一段话:"众生皆有佛性,只是尔等顽固不化。"所谓"不化"即不觉悟,因而难脱苦海。后来获知,"众生"还包括草木稼蔬,包括你无法用肉眼看见的小生灵。譬如弘一法师上座时把垫子抖一抖,免得坐在看不见的小虫身上。可知,墙角的草每一株都挺拔翠绿；青蛙鼓腹而鸣；小腻虫背剪淡绿的双翅，满心欢喜地向树枝高处攀登——这是因为"众生皆有佛性"。即知，"佛性"是一种共生的权利，而"不化"乃是不懂得与众生平等。若以平等的眼光互观，庶几近于佛门的慈悲。

乡村的道上，羊整齐站在一边，给汽车马车让路。吃草时，它偶尔抬起头"咩"的一声，其音悲戚。如果仔细观察羊瘦削的脸、无神的眼睛，大约要得出这样的结论：这些牲灵"命不好"。时常是微笑着的丰子恺先生曾愤怒指斥将众羊引入屠宰厂的头羊是"羊奸"，虽然在利刃下，"羊奸"也未免刑。黄永玉说："羊，一生谨慎，是怕弄破别人的大衣。"当此物成为"别人的大衣"时，羊早已经过血刃封喉的大限了，但在有生之年，仍然小心翼翼，包括走在血水满地的屠宰厂的车间里。既然早晚会变成"别人的大衣"，羊们何不痛快一番，如花果山的众猴，上蹿下跳，惊天动地，甚至穿着"别人的大衣"跳进泥坑里滚上一滚。然而不能，羊就是羊，除非给它"克隆"一些猛兽的基因。夏加尔是我深爱的俄裔画家。在他笔下，山羊是新娘，山羊穿着儿童的裤子出席音乐会。在《我和村庄》中，农夫荷锄而归，童话式的屋舍隐于夜色，鲜花和教堂以及挤奶的乡村姑娘被点缀在父亲和山羊的相互凝视中。山羊眼睛黑而亮，微张的嘴唇似乎在小声唱歌。夏加尔常常画到羊，它像马友友一样拉大提琴，或者在脊背铺上鲜花的褥子，把梦中的姑娘驮到河边。旅居法国圣保罗德旺斯的马克·夏加尔在一幅画中，画了挤奶的女人和乡村之后，仍然难释乡愁，又画了一只温柔的手抚摸画面，这手竟长了七个指头，摸不够。在火光冲天、到处是死亡和哭泣的《战争》中，一只巨大的白羊象征和平。在《孤独》里，与一个痛苦的人相对着的，是一位天使和微笑的山羊。夏加尔画出了羊的纯洁，像鸟、蜜蜂一样，羊是生活在我们这个俗世的天使之一，尽管它常常是悲哀的。在汉字源流里，羊与"美"相关，又与"吉"有关，如汉瓦当之"大吉羊"。从夏加尔二十七岁离开彼得堡之后七十年的时光里，在这位天真的从未放弃理想的犹太老人的心中，羊成了俄罗斯故乡的象征。在大人物中，正如有人相貌似鹰，如叶利钦；像豹，如萨达姆；也有人像山羊，如安南，如受到中国人民包括儿童尊敬的越南老伯胡志明。宁静如羊的人，同样以钢铁的意志，带领人们走向胜利与和平。

　　城里很少见到羊。我见过的一次是在太原街北面的一家餐馆前，几只羊被人从卡车上卸下来，其中一只，碎步走到健壮的厨工面前，前腿一弯跪了下来。羊给人下跪，这是我亲眼见到的一幕。另两只羊也随之跪下。厨工飞脚踢在羊肋上，骂了一句。羊哀哀叫唤，声音拖得很长，极其凄怆。有人捉住羊后腿，拖进屋里，门楣上的彩匾写着"天天活羊"。

　　后来，我看到"天天活羊"或"现杀活狗"这样的招牌，就想起给人下跪的羊，它低着头，哀告。到街里办什么事的时候，我尽量不走那条道，即使有人用"你难道没吃过羊肉吗？"这样的训词来讥刺我。此时，我欣慰于胡四台满山遍野的羊，它们自由嚼着青草和小花，泉水捧起它们粉红的嘴唇。诗写得多好，诗中还说"青草抱住了山冈"，"在背风处，我靠回忆朋友的脸来取暖"。还有一首诗写道："我一回头，身后的草全开花了，一大片。好像谁说了一个笑话，把一滩草惹笑了。"这些诗，仿佛是为羊而作的。

牧区的狗

狗在城里活得麻木慵懒，灵劲儿没了；而仓库、工厂养的狗凶，以为人人都是贼；牧区的狗幸福，流行的话叫"发展空间大"，朋友多，也温驯。

狗恋家。牧区的狗可能比其他狗更爱惜家。草原上的房舍是汪洋草海中的一条船，羞涩、低矮地站在河边上静静地冒着炊烟。草原上人少，也珍贵，他们会唱歌会做饭会默默地微笑。狗像所有狗一样，爱着它们的主人，和他们一起住在房子里，而不必像狼，即使下雪也只好在岩石底下避风。牧区的狗有许多朋友，让城里狗羡慕得不得了。有猫，这些到处"喵喵"叫嚷寂寞的闲适者。马像古希腊的巨人，清早就披挂鞍鞯，"咻咻"驰向远方。对狗来说，鸡是可笑的族群，公鸡尤可笑。它们迈着两条腿，不会飞的翅膀在跑的时候才用一用。狗喜欢鸡的勤勉，不断啄呀啄的，永远吃不饱。公鸡虽然傲慢，但软檐帽似的冠子使它们像一个导演。

狗最主要的朋友是孩子，狗觉得牧区的孩子不能叫作人，太顽劣了。比如，他们企图骑在狗背上飞奔，殊不知这会造成狗的腰脱。他们还把手伸进狗嘴里，拽出舌头观看。他们无法无天，早就应该去上学。

享狗福

牧区的狗享福,不牧羊,不守家护院,福气最大之处是在草原上飞奔作耍。

牧区没有深墙大院,夏天连屋门也不关,冬天关门为挡风,没听说谁偷东西。偷东西?为什么偷别人东西呢?所以没人偷。再早,狗协助主人牧羊。羊儿们现在舍饲圈养,狗愈清闲,叫啊,跳啊,天天过年。如果主人开一处餐饮店——买一个蒙古包,架上桌子板凳,杀羊、灌血肠、蒸荞面窝窝、摆黄油奶豆腐搞市场经济,狗更乐。

狗喜欢人多,喜欢大人小孩,特别是穿好看衣服的女人来串门(狗未见收钱过程,以为白吃白喝)。狗喜欢奥迪、三菱、吉普停在家门口,壮观,捎带嗅嗅汽油味,还喜欢汽车放的音乐——《美丽的草原我的家》《雕花的马鞍》,也喜欢内蒙古广播合唱团的混声合唱和呼格吉勒图的呼麦演唱。骨头有的是(游客为什么不吃骨头?这些好心人舍不得吃!),吃的事儿根本不用考虑。

我在蒙古包前看到一对狗。大狗身上灰毛,脑袋是黑的,像戴面罩、端卡拉尼什科夫冲锋枪的阿拉伯暗杀匠。它瞅瞅这个人,瞅瞅那个人,跑几步,站住。小狗是它崽子,鹿色。小家伙从各种角度冲向大狗,足球术语叫"恶意撞人"。大狗踉跄,迟钝地看看它,目光温柔。两只狗有时一起追摩托车,车离它们好几百米远呢,它们的眼睛没有纵深焦距。

蒙古包响起歌声,主人手捧哈达和银杯劝酒,狗罩着耳朵听。

> 大家找一找金戒指,
> 不知金戒指在谁兜里。
> 大家请把手伸出来,
> 看金戒指在谁手里。
> 大家相互连起手臂,
> 跳舞吧,唱歌吧,
> 别把想说的话憋在心里。

这是一首布里亚特蒙古的宴会歌。两个青年女子缭绕演唱,狗谛听,想金戒指到底在谁手里。

我路过这里等车,见狗嬉游,生羡慕心。在这儿当一只狗算了,虽然沙尘大点,卫生差点。在牧区当一只狗,无论什么毛色,都是前世修来的福气。

白蝴蝶的波浪

二〇一三年六月二十四日上午,我们在呼伦贝尔草原的根河市坐车游历。下午两点半,所乘面包车由金河林场前往阿龙山鄂温克人驯鹿点,路上遭遇蝴蝶袭击。车行一路,雪片翩跹。

这一段路的路面不宽,只容两车交错而过。路旁长满白桦树和山杨树,树下青草及膝,在草上跺一跺脚就有水渗出来。车从开阔的草原地带开过来,经过激流河的一座大桥,走入这段夹林公路。这时,车窗两边腾起白蝴蝶的波浪,像爆炸一样。我们注视面包车的前窗,从司机的背影朝前方看过去,玻璃前方是白花花的蝴蝶。显然蝴蝶被惊扰了,它们原来伏在路面和路边的草里,被车轮惊醒,腾飞到半空,撞在车身上。我们认为这可能是一瞬间发生的事,只是个偶然,以为再也看不到此景并准备回忆。但事实向我们证明,这不是几百个蝴蝶的瞬间爆炸。一路上——此路长达八十多公里,有无数蝴蝶被车轮惊醒,飞撞,如同满天的雪片。"雪片"一词是说蝴蝶全是白蝴蝶，无一只黄蝶或红蝶。它们的数量如此之多，在车轮碾过的道路上，布满蝴蝶的遗骸。刚下过雨的道路的黑泥里，掺进了一多半白色。我知道这样说不浪漫，有人会联想起梁山伯与祝英台，但我说出这个奇遇，证明我的惊讶还没有消失。

世上有浪花一般层层叠叠的梁山伯与祝英台吗？如果有，天下痴情男女何其多也。当年，佛陀问弟子："世上的海水多，还是世人流下的眼泪多？"佛弟子答道："人于无数轮回中同父母、子女、手足、亲眷分离时流下的眼泪比海水更多。"佛陀曰："此谓无常。情何其浅，爱何其短。"那么，公路上有万千蝴蝶结对翻飞就不奇怪了。可是，它们在公路上做什么呢？

不消说，车上的乘客都在为此惊讶，拍照，停车观摩，然后车行驶，仍有那么多蝴蝶围着车旋转，撞在玻璃上，落入地面。车呼啸往前开，冲入无尽的蝴蝶阵，我感到司机是一个古怪的人，或者说他是没安装情感软件的机器人。他似无所见，虽然他眼前全是遮蔽了道路的蝴蝶。蝴蝶扇着翅子惊恐乱飞，这些对司机一点影响都没有。我觉得车上会有很多人恨这司机，仿佛他老婆立刻跟他离婚才对，为着他的不浪漫。然而时间长了，我们也开始麻木，仿佛此车已化为木舟，在牛奶的海洋航行，蝴蝶只是乳汁溅起的浪花。再过一会儿，我甚至感到车的前窗和两侧的窗子变成了电脑显示屏，浮现蝴蝶飞飞的屏保画面。人正是这样麻木的，他们早忘了梁山伯与祝英台。车上惊呼的人越来越少，"哎哟""啊呀"这些惊叹语被沉默所代替。当大家都看见奇景的真实之后就无奇了，谁再继续喊"哎哟"就像无病呻吟。可是，面包车如此长久地惊起与碾压蝴蝶阵营也引发了人的不安，这时候，保持沉默而不喊"天哪！"似乎也不对。这一车麻木的屁股底下的橡胶车轮正轧过蝴蝶的薄翅往前开，你们安之若素是正当的吗？经过这一路，所有的屁股都沾满了罪恶。这么说没错吧？可对于旅行者来说，他们又能怎样呢？

　　车窗外的白色不光有蝴蝶，还有林梢的云彩，几乎每一片树林都戴着白云的冠冕。蓝天总是在游人的头顶蔚蓝，云朵在树林上方和山峰间迂回飘游。林子里的白桦树三五株结伴生长。"结伴"这个词说白桦像人一样悠游，它们像等待什么。每当我来到白桦树边，总想起这句话——它们在等待。它们靠着彼此的肩膀，有的树从其他树干身后探过身来，它们带有人的气味。白桦好像在往远方瞭望，像累了，像要过河。对我来说，来到它身边，除了伸手摸一摸树干，还应该拿什么东西送给它们才对。把一只银锁挂在它的枝上，拿一块蓝绸子包在树上都好，可是我没有。在所有的植物面前——无论青草与鲜花——我每一次都感觉自己是一个贫穷者，我的身体和身上的东西都比不上这些带露水的生灵。白桦树比其他植物更有灵性，它们好像是树林里的鹿群，温驯灵慧。

　　配得上白桦的是漫天飞舞的蝴蝶。蝴蝶不怪，白蝴蝶也不怪，但见到蝴蝶像流水一样袭来就有点怪了。这一种怪会激发人作诗的欲望。我看到蝴蝶在八十公里的路上翻飞，觉得世上有一种人名为诗人实在是得体，他们作诗更是理所当然。我作不出诗，我暗暗猜想诗人见到这一景象会作怎样的诗呢。想不出来，却想起雷蒙德·卡佛诗集《我们所有人》中的一句诗："所有的诗歌都是情诗。"对蝴蝶来说也是这样。它们的蛹在泥土里蛰伏了好多年，此刻化蝶交配，几小时内死去。此景被人看到，惊呼继而沉默。人们目睹了大自然的情诗。

马群在傍晚飞翔

群马聚到一起飞奔的时候变成了鹰,变成气势汹涌的洪水,幻化为杂色的流云。

马群跑过去,没有什么东西能阻拦它们,四蹄践踏卷起的旋风让大地发抖,震动从远处传过来,如同敲击大地的心脏。大地因为马蹄的敲击找回了古代的记忆,被深雪和鲜血覆盖的大地得到了马群的问候,如同春雷的问候,而后青草茂盛。

原来,我以为马就是马,而马群跑过,我才知它们是大群的鹰从天际贴着地皮飞来。鹰可以没翅膀而代之以铁铸的四蹄降临草原。马群跑过来,是旋风扫地,是低回在泥土上的鹰群。

马群带来了太多飞舞的东西。马鬃纷飞,仿佛从火炭般的马身上烧起了火苗。马在奔跑中骨骼隆突,肌肉在汗流光亮的皮毛后面蠕动。马群上空尘土飞扬,仿佛龙卷风在移动。奔跑的马进入极速时,它们的蹄子好像前伸的枪或铁戟,这就是它们的翅膀。它们贴着地面飞翔,比鸟还快。置身于马群里的单匹马欲罢不能，被裹挟着飞行，长戟的阵列撕裂晨雾。

马群纷飞，它们在那么快的速度中相互穿插、避让，从不冲撞，更没有马在马群中跌倒。鸟群在天空也没有鸟被撞到地上。动物的智慧——动物身体里神经学意义的智慧比人高明，它们有力量，灵巧，还美。动物能不用灯光、道具、服装、化妆和音乐照样创造震慑人心的美。

马群飞过，对人来说不过是几十秒的时间，人几乎什么也看不清楚，它们已经跑远或者说飞走了。

马群去了哪里？以马的力量、马的速度、马的耐力来说，它们好像一直跑到南方的海边才会停下来。我见过埋头吃草的马群，但没见过奔跑的马群是怎样停下来的。是谁让它们停下来？是什么让它们停下来？

马群在草原徜徉吃草，十分安静。马安静的时候，能看清它一下一下眨眼。吃草的马安静，马群在奔跑时如同一片云。云也奔跑，云峥嵘，云甚至发出雷鸣，但云也是安静的，这和马相同。云更多时候穿着阿拉伯式的丝制长衫在天边漫步，悠然禅意，与吃草的马群相同。

草原辽阔，晴空如澄明的玻璃盅扣在长满鲜花的青草盘子上，它叫作大地，又叫草原。羊群、牛群和马群虽然成群，在草原上也只是星散的点缀。马低头吃草，好像闻到了自己蹄子上的草香，风吹开马颈上的鬃毛。马的安静不妨碍它飞奔，马的雄心在天边。

在草原，每天都见到几次马群的飞翔，它们从山冈飞到河边。恍惚间，它们好像从白云边上飞过来，要飞越西拉木伦河。它们可能被《嘎达梅林》的歌词感动了——"南方飞来的小鸿雁啊，不落长江不呀不起飞……"马群要变成鸿雁，排成方阵在天空飞翔，它们渴望从高空俯瞰大地。马想知道大地是什么，为什么生长青草和鲜花？为什么流过河水？为什么跑不到尽头？

马站在山坡上吃草，马群飞翔。它们背上的积雪融化了，马的眼睛张大在雪幕里。马群在傍晚飞翔，掠走了夕阳。它们最后总是停在河岸，鸟群也如此。它们并未饮水，而在瞭望天地间的苍茫。

小马蹚水

　　草原上多数河流都浅,卵石、草和水蛇在水里很清楚。河水慢慢地流,近乎不流。摘一片树叶扔上去,才看出水的移动。河也许在午睡、做梦或回忆往事。

　　马群跑过来,水花像银子泼向空中。一匹小马驹在岸边犹豫,不敢下水。它不知水是什么,害怕。小马往河东边跑,转回来往西边跑,望着对岸的马群焦急。它的母亲并不像我想的那样,在对岸伫望,没有。马群中看不出哪一匹是它的母亲。

　　小马慢慢下水,腿抖,侧身横行,有几次差点滑倒。接着,它跑起来,抵岸,追远去的马群。

　　不期然,想起彭子冈说过的话:"我们有困难,但我们有理想。"困难和理想在人的左手和右手上,只是理想无形,使人们以为它不存在。

马如白莲花

起雾的时候,红嘎鲁湖像被棉花包裹起来了。草地边缘出现鹅卵石时,前面就是湖水。湖水藏在雾里,好像还没到露脸的时候。雾气消散,从湖心开始,那里露出凫水的白鸟,涟漪层层荡过来,在雾里清路。雾散尽,我见到湖边有一匹白马。

白马从雾里出现,近乎神话,它悠闲地用鼻子嗅湖边的石子,蹄子踏进水里。我觉得,刚才散去的白雾聚成了这匹马,它是雾变的神灵。马最让人赞许的是安静,它似乎没有惊讶的事情。低头的一刻,它颈上的长鬃几乎要垂到地面。

它是牧民散放的马,会自己走回家。我走近马,它抬起头看我。马的眼神仿佛让我先说话,我不知说什么,说"马,你好",显得不着边际;说"多好的马呀",虚伪。马见我不说话,继续低头嗅水浸过的石子。马默默,我也只好默默。人对真正想说话的对象,比如山,比如树,比如马,都说不上话来。等我走到高坡的时候,马已经徜徉在白桦树林的边上。它用嘴在草尖上划过,像吹口琴,我估计是吸吮草尖上的露水。

马的身影消失在白桦树林,一个眼睁睁的童话蒸发了。那些带黑斑的白桦树如同马的亲戚,是马群,一起走了。

牧民香加台的盎嘎(盎嘎,蒙古语的意思是孩子)十二三岁,他给马编小辫。香加台有一匹白马、一匹带亚麻色鬃毛的枣红马。盎嘎给枣红马编六条小辫,垂在颈上如同欧洲古代的英雄。盎嘎把枣红马头顶的鬃发编成一个粗榔头,像一锭金顶在头上。我管这匹马叫"秦始皇",盎嘎说"始"字不好听,像大粪,他管这匹马叫"火盆"。

"火盆"走起路来筋肉在皮里蹿动,面颊爬满粗隆的血管。一天傍晚,才下过雨,草尖反射夕阳的光,盎嘎骑这匹枣红马奔向西边草场,白马并排跑。

两匹马奔向落日,让我看了感动。落日的边缘如融化一般蠕动,把地平线的云彩烧没了,只剩下玫瑰色的澄空。马匹和盎嘎成了落日前面的剪影,他们好像要跑进夕阳之中。最终,马站下来,风吹起它的鬃发,像孩子挥动衣衫。

盎嘎牵着两匹马回来时,天空出现稀稀落落的星斗,夜色还没有完全包拢草原,天空一派纯净的深蓝。马儿走近了,白马走在黑乎乎的榛柴垛边上站住脚,如同一朵白莲花。马竟然会像白莲花?我奇怪于这样的景象。大自然的秘密时时刻刻在暴露,露出旋即收回。我走近他们——"火盆"、白马和盎嘎。他们变得平凡,各是各,只有盎嘎手上多了一朵白野菊花。

蜜色黄昏

从东村回来的路上,我突然看到夕阳中的胡四台村像油画一般典雅。

那些破烂的房屋全都穿上了镀金的衣服,静悄悄地站在白杨树边,温柔或许还可以说成羞怯。村边的湖泊热烈地盛满西天的堂皇,连鸭子也不敢下去嬉戏了。这条在绿草中露出难看的白色的公路,也变成暖色,像爬满橙色的小甲虫。色拉西平时遭人讥笑的土屋也显出了艺术情调,屋檐探出的橡木如镀上一层铜色,屋顶的青草左右摇晃,像为羊圈里仅有的两只羊表演土风舞。此时正宜有一支四重奏乐队,比如"塔卡斯",坐在村口演奏一支雅致深婉的曲子,鲍罗丁或斯美塔那的。

在余晖下面,白杨树不再是那个朴素的穿着补丁衣服的牧羊人,而变成深情脉脉的少妇,丰盛的枝叶如眼波烁烁,树身如滚烫的面庞。在黄昏中,村里的屋舍草木都成了准备外出约会的盛装的情人。湖泊要和蓝紫色的晚霞约会,杨树和被鬓发遮住眼睛的白马约会,色拉西家里那头白肚皮的小毛驴要和谁约会呢？它总站在栅栏里向公路那边遥望，每当开过一台拖拉机，它的耳朵就像劈叉一样变成平的。

岗根·哈日阿像雕像一样站在门口，这是我堂兄为了比赛而买的一匹洋马。它的高脚丰臀和微翘的尾巴，使它的动作像舞蹈一样轻佻。岗根·哈日阿从不套车干活儿，尽最大的力量高昂着头，削尖的血管密布的耳朵精巧警觉。它的眼睛如纯黑的水晶，雅净而无尘。我觉得，马比其他动物都更像雕塑，好像保持着从汉朝时的姿势，身上的每一块肌肉都凸现分明，使人忍不住想摸一摸它宽厚的脖颈。在晚风里，马转过头来的身态，最让人心动，未剪的鬃发在风中纷披，它的聪慧的眼里似有无限心事。

如果马会开口说话，吐露的必是诗一般的柔情，关于河流、草地和郭日郭山那面的马们的爱情。我曾经看过两匹马在夕阳的草场上漫游，吃草，然后交颈伫立，蜜汁一样的暮色流淌在它们饱满的肢体上。

挽套的马铃

两匹马的马车从风雪里跑过来。风把雪从地面刮到天上。远处没有路,四外都没路,只有雪团。风雪里出现一挂马车让人奇怪,两匹马从雪团里一点点露出来,好像演员刚刚上场,不需要路。

一匹雪青马从脖颈撒下黑鬃。它是小马,它站定后,眨着长长的白睫毛——睫毛上结满霜,我越发觉得它是一匹小马。儿童从风雪里跑回家就是这样的表情,只不过儿童的脸蛋更红。小雪青马鼻子里"咻咻"地喷白气,从鼻孔分成两溜,消散在风里,它的鼻孔也结了毛茸茸的白霜。我想小马可能在笑呢,可是怎样才能从马的脸上发现它的笑容呢?它的眼角并没向上拉起来,也没露出牙齿。眯眼和露牙只是人类发笑的模式,动物(也许包括植物,但不包括花朵)都在心里笑呢。笑的时候,马低下头去,但地上并没有草。马在笑,为一件马认为可笑的事情发笑。马会因为什么事发笑?风雪刮过,树没了,更可笑的是山也没了。马想起这件事就想笑,它见到低矮的山杨树在风里张牙舞爪，然后消失，而山杨树背后的远山溜得更快。近处和远处只剩下纸屑一样的雪片在风中旋转，雪片似乎不愿意落地，发疯似的旋转。刚刚落地，又被卷起。

小雪青马的背上挂着水珠，毛成绺。尽管你愿意把这些水珠看成马的汗珠，但它是融化的雪。雪花如一条白毯子盖在马背上，这些毯子全都化成水与马的汗混合在一起。雪花落在马的前额上化为水，落在它的脖颈上化为水，流在挽套的铜铃上，铃声清脆。

雪青马的伙伴是一匹栗子色的马，它的蹄子雪白，好像站在雪里。马的脖颈有白花斑，好像绣上的几只白蝴蝶，但看不到翅膀。栗色马也有浓密的白睫毛，因此也是小马。它尖尖的耳朵竖得笔直，似乎在等待听到远方传来的金丝鸟的啼鸣，耳里的绒毛也结了白霜。这两匹马并排站着，它们发达的弓形的颈部浑如浮雕，它们不眨眼，白睫毛可以挡住连下一天一夜的大雪。我们却睁不开眼睛，风打在脸上如同针扎。

我和宾图毕力格去布里亚特人的毡房，我登上马车，坐在拱形的黑毡子制的车篷里。这是宾图毕力格的马车，他在车篷的门帘上缝了一小片胶制水晶片，像玻璃一样。我看见两匹小马颠颠并排跑，我看不见前面有路，小马好像也不看路，不东张西望。小马跑着，布里亚特人的毡房在它们的内心地图上早有标记。也许，这两匹马在奔跑中需要商量一下布里亚特人所住的位置，用喷嚏商量。雪青马打一个喷嚏并摇晃一次挽套的铜铃，意思是一直走就到了，栗色马打两个喷嚏表示要在大柳树旁边向右拐弯,是不是这样?最知道布里亚特人毡房位置的是宾图毕力格,他被风吹得转过脸,像用鼻子闻车篷的黑毡子的膻味,他痛苦地闭着眼睛。我感到自己不道德,却也不能为了道德坐在马车外面和他一起闻黑毡子味。

车篷里有两件羊皮大衣,我铺一件盖一件。我躺在羊皮里,伸直腿,想象我是一具死尸,宾图毕力格正把这具尸体拉到冰湖里掩埋——把冰凿个洞,把我像栽葱一样放进去,饥饿的鱼儿围着我跳舞。这么想,我心情好多了,不觉得他挨冻有多么痛苦,至少他不至于被喂鱼。

我们走了很长时间,时间在风雪里过得比较慢。车篷底上积累了一层白雪,这就是时间。两只小马挽套的铜铃一直在响。每道马的挽套上系着十几只铜铃,哗哗响着。两个挽套的铜铃哗哗响,像铃鼓那样响,仿佛车篷外面有两个印度女人在跳舞。在她们身旁,蛇站立着吐出信子迅速收回,一尺多高的火苗模仿蛇与印度女人的样子跳舞,向上舒展并朝左右伸缩肩膀。这样想,我似乎嗅到了天竺葵的气味,里面有令人头晕的矿物质。这样一来,更容易忘记宾图毕力格在风雪里赶车。

宾图毕力格既然不看路,为什么还要坐外面呢?我建议他坐进来,马车即便不去布里亚特人的毡房也没关系。宾图毕力格哈哈大笑,说没有马车夫的马车在风雪里行走很不好看。我说没人看啊。他说马虽然不回头看,但马会瞧不起他。

两小时后,我们到达布里亚特人的毡房。主人头上戴着尖尖的灰帽子,他们的女人穿的绿缎子蒙古袍上有绲边大翻领。

他们的脸上带着谦恭的笑容,邀请我们进入毡房。两匹小马愉快地摇头,铜铃哗哗响。布里亚特男主人把两件羽绒服盖在马背上,卸下鞍具,牵着两匹马在风雪里遛一遛,让它们落汗。

月光下的白马

我住在牧民香加台的家里。那天晚上到公社听四胡演奏的比赛,回来快后夜两点了。刚要推门,听马厩传来沙沙声。子夜的月亮转到了天空的右边,正好照在马厩里,白马低着头嚼夜草。

月亮比前半夜更亮。亮这话也不对,像更白。两寸高的小草都拖着一根清晰的影子,屋檐下压酸菜的青石变为奶白色,砖房的水泥缝像罩在房子外的渔网。

马抬起头,见我没有丝毫惊讶,大眼睛依然安静,鼻梁有一条菱形的青斑,它的脸庞和脖颈的血管粗隆。

马站着睡觉,我从小就对此感到奇怪,到现在也没人告诉我这是为什么。我此刻惊讶的是,月光下的马像从另一个世界来的动物。人类民间故事里有狼和羊的故事,有熊和老虎的故事,狐狸的故事最多,这一点狐狸自己都不知道。民间故事却很少说到马,《西游记》也没让唐僧的白龙马参与到太多不着调的事情当中。"默默"这个词最适合于马。

香加台的白马抬起头,看着马厩外边的花池子,披一脸的月色。三色堇的花瓣开累了,仰到后背;一株弯腰的向日葵,花蕊被人捋去了一半,露出带瓜子的半个脸。马看着它们,没什么表情,像在回忆自己的一生。

马的眼睛没有猫的警觉、狗的好奇,也没有猪的糊涂。对半夜有人参观马厩,马好像比人更宽容。从眼神看,马离人间的事情很远,离故事也远。而猫狗的惊慌哀怨、忠勇依赖证明它们就在人中间。

马缓慢地嚼草,好像早晚会嚼出一个金戒指来。我想:把"功课"这个词送给马蛮贴切。马嚼草与蚕食桑叶一样,仿佛从中可以构思出一部歌剧来。故事的旋律怎样与人物旋律相吻合、乐队与人声怎样对位,这些事需要彻夜不眠地思考,需要嚼干草。我从小在我爸"不要狼吞虎咽"的规劝中长大,几年前终于得了胃病。我觉得我爸的规劝像在空中飞了几十年的石子,最后落了地。我之狼吞虎咽、之不咀嚼、之消化液不足,让胃承担了负累。如今我看马慢嚼,看小猫每顿只吃几口饭,看公鸡一粒一粒地啄食,觉得它们都比我高明,虽然它们的爸什么也没说。

香加台每天早上骑这匹白马出去飞奔,像办公事,实际什么事也没办。他说马想跑一跑,马不跑就要得病了。香加台的马从毯子似的山坡跑下来,尾巴拉成直线,它的两个前蹄子像在跨越栅栏。马飞奔,像我们做操那么简便。

马跑完,香加台牵着它遛一段路,落落汗。蒙古人从马背上跨下来,双脚着地就显出了笨。他们走得不轻捷,不巧妙。没有马,他们走路沉重得不像样子。

　　月光下的白马嗅我的手,我摸了摸它的鼻梁,它密密的睫毛挡不住黑眼睛里的光亮。我忽然想起在锡林郭勒草原,一匹飞驰的白马背上有个小孩,敞开的红衣襟掠到后腰。马在一尺多高的绿草里飞奔,小孩像泥巴粘在马背上。那匹马好像又回到了眼前,在月光下如此安静。

第五辑

索布日嘎之夜

索布日嘎之夜：我听到了谁的歌声？

我的心是一块顽石，在泥泞雾霾中泡过好多年。这样的心常常听不到草叶在微风里细碎的摩擦音。我来牧区，进入蒙古语的言说里面，感觉蒙古语把我的脑子拆了，露出天光，蒙古语的单词、句子和比喻好像是树条、泥巴和梁柁，像盖房子一样重新给我搭建了一个脑子。这个脑子里有泥土气息和草香，适合感受马、盐、泉水和歌声，不适合算计，虚伪的功能完全被屏蔽了。我的心仿佛在蒙古语里融化了，剥落掉核桃一样坚硬的外壳，露出粉红色血管密布的心，一跳一跳，回到童年。

我们坐在蒙古包里喝奶茶，外面响起雷声。牧民说："天说话了。"其他人附和："天说话呢。"是的，蒙古语管打雷叫天说话，也可译为"天作声"。"天"这个词，牧民常常尊称为"腾格里阿爸"——天爸爸。他们说出这个词自然亲切，像说自己家里的长辈。在牧民心里，一生都接受着天之父的目光，他的目光严厉而又仁慈，无处不在。

在巴林右旗索布日嘎镇，牧民说，他如果需要一块木料，上山选树。砍树的人心里忐忑不安,斧子藏在后腰衣服里。牧民们不砍草原上孤独的树,那是树里的独生子。他到树林里找一棵与他需要的木料相似的树。比如勒勒车的木辐条坏了,就找一棵弯度与辐条接近的树。准备砍树的人下跪,奉酒,摆上奶食糕点,说:"山神啊,我是谁谁谁,我的什么东西坏了,需要这棵树,请把这棵树恩赐给我吧,并宽恕我砍树的罪孽。"然后拔出斧子砍树,砍完拖树一溜烟跑下山了。对了,砍树前,他还要掰下几根树杈示警,说:"我要砍树了,住在树上的神灵起驾吧!"

我跟别人讲到这件事,对方笑了,说蒙古牧民挺幼稚,不懂科学。我想人类从远古走到今天,并非依靠科学,科学也不应该是巧取豪夺之学。人幼稚是说此人尚处在童蒙阶段,如果民族仍然幼稚,它该多么天真纯洁,归它走的路还有很远。这该是多大的幸运呢!

蒙古民族对其信赖尊崇的事物赋予拟人化的代称,比如把加工五谷的碾子叫"察干欧布根"——白色的、吉祥的老翁,管拉盐车队的首领叫"噶林阿哈"——火的兄长,管接生婆叫"沃登格"——大地的母亲。在蒙古语里面,一切都是生灵,彼此是具有亲属关系的父亲、母亲、兄弟姐妹,尽管这些生灵的外形是空气、云彩、土壤、水或结为晶体的盐。人只是这个大家庭中间叫作"人"的小兄弟而已。不同的语言里暗含着不同的价值观,顺着每一条语言的路都会走向不同的终点,清洁的生活产生清洁的语言。

在索布日嘎，我看见一位男人拥抱一位女人，身旁一人予以赞叹："乃波乃仁恩特贝日乎。"直译为"细细地拥抱"，也可译为"温柔地拥抱"，实际说的是"细致珍惜地抱住她"。我感叹于世界仍有这么体贴人心的语言，如果心与心拥抱，能不细致吗？我感觉人们现在使用语言太粗率了，无所敬畏，也无所怜惜，我们失去了好多用心描摹生活的机会和能力。

蒙古牧民称走马为"蛟若"，最好的走马是"蛟若聂蛟若"——走马中的走马。他们形容好走马走起来"像流水一样"，这一种步态寓意着马和马倌的智慧。水跟火是蒙古牧民心中的圣物，他们至今恪守着成吉思汗规定的戒律：不许往河水里扔脏东西，不许在河水里洗衣服与撒尿。河是母亲，河水就是母亲的身体。牧民们告诉我，每一座火里都住着一位火神。他们虔诚的神情表示这是不可怀疑的，"火神是一位女性神灵"。火婀娜地伸展腰身，让黑暗退隐。黑暗在远处注视女火神怎样为牧人煮好每一餐饭食。火的纹理没有杂质，如缎子一般细腻。它飘扬的样子正如母亲小声哼唱一首长调。直到现在，牧民们仍用干净的木柴和纸张引火，不许往火里吐唾沫，不许泼水。火最好的燃料是干牛粪。牧民说，小时候，父亲把他捡回的牛粪里的羊粪、狗粪和狼粪拣出来，烧这些粪是对火神的不敬。水啊火啊，山川大地，人们用清洁的没有伪饰的语言吸纳你的回音，存在心里。大自然当中所有原初的事物都有浑朴的本质，即使我们闭上眼睛，用手摸一摸它们，也感觉得出这些事物亘古以来未变的质感。闭上眼睛摸摸并捻一捻河水，水的柔软活泼与清澈是一回事。摸一摸石头就摸到了时间的皱纹和古代。摸摸马，你想象马正用长睫毛的黑水晶一般的眼睛看你，它光滑的脊背有汗，说明刚刚跑完。有一句蒙古民歌的歌词尤其让我感动——"马驹在羊水里就记住了自己的故乡"。牧民们喜欢传诵一个故事，说一匹马被卖到了长江以南的地方，它不知怎样翻山渡河回到了内蒙古故乡。牧民们说到这里，交换眼神，唏嘘赞叹，并用眼神征求我的看法。我心里想这不可能，马固然会泅水也能登山，但它路过的地方的人是不会放过它的。我还是跟着牧民一起赞叹，一起惊讶。既然我们会相信网络上天天都有的谣传，为什么不相信马也有返乡的美德？为什么不信火里和水里住着清洁的神灵呢？我宁愿把自己脑子里贮存的所谓知识清除掉，它们也许早过时了，让更多的民间传说和神话进入心灵。索布日嘎的猎人说猞猁聪明，它平时不留下任何痕迹。下雪天，所有野兽在大地上留下脚印，猞猁等大动物出来觅食之后，爪子踩在大动物的脚窝里行走。我眼前浮现出八十多岁的猎人苏达纳木手脚并用模仿猞猁跨越大步的情形，这多好啊！多幼稚！我喜欢这些还没有摆脱童年的幼稚的人！

今年七月二十二日，农历六月十九。我被邀请参加索布日嘎镇吉布吐村祭拜村庄敖包的仪式。祭敖包何其神圣，村虽小，但越小越纯粹，我被邀请参加祭祀，深感荣幸。晚上，我甚至在镇政府的宿舍里来回踱步，享受这份荣幸。巴林右旗要在天亮之前祭敖包。古人称，约略看清自己的掌纹曰天亮，而天亮前依然伸手不见五指。我们凌晨三点钟起床，三点半出发。开车的司机甚神奇，他在漆黑的夜里瞪大双眼看前方，左右转动方向盘，仿佛他是一只夜视的猫，在夜色稠密的草原上看清一条路。车停了，可能停在山脚下，抬头却辨不清山峰与夜空的分割处。我被扶上一台摩托的后座，抱住驾驶员的腰。摩托突突行进，我听到黑暗中有许多摩托轰鸣前进。摩托驮着我们爬上跃下高低起伏的丘陵，我听到水声，摩托冲过浅浅的河流之后停下来。这时影影绰绰看见许多人，却看不清面孔和衣服。我们登上一座不太高的小山。山虽然不高，但登上去周围却清晰了。一座敖包矗立眼前，上面系着飘动的哈达。全村的男人环立敖包前，他们穿着整齐的蒙古袍，戴帽子，脸膛肃穆坚毅。他们的面色好像比夜色还要黑，只有眼睛和鼻梁反光。驮我的摩托车手竟然穿着陆军作战服，他刚从部队复员。村里的敖包长宣读祭文，祈求敖包神灵庇佑村子人畜平安，风调雨顺。吾等全体俯身跪拜，起身献上自己所带祭品。我献上了酒、袋装牛奶、糕点和奶豆腐。拜过我取一点奶豆腐带给父母吃，用我爸的话说："山神吃剩下的东西，人吃了最好。"

　　站在山上转身看，仿佛就在转身的一瞬间，天亮了许多。天和地像轻云和浓云分开了，沉黑的大地伸向远方。我身边的村民笑眯眯地互致问候，这时能看清他们的年龄和老年人的皱纹了。他们变得轻松而欣慰，相信自兹日起，直到来年，吉布吐村风调雨顺，国家康泰平安，那是必须的。下了山，略多的光线让我看到吉布吐村牧民身穿的蒙古袍有多华丽。这些光让我看清他们海蓝色蒙古袍上的银白团花和橙色的腰带,灰色蒙古袍大襟的橘红绲边。他们比演员更漂亮,他们的英武气质和服饰在大自然中更显出恰当。而我想到一个村的男人们穿着华丽的衣着在夜色里穿行,该有多么诚恳,携带着他们自己才知道的美,让敖包神多么欢喜。大地啊,你有多少我所看不到的美,坚定地、默默地发生,它们发生在事物的肌理内部,而不是表演。

我们又坐摩托又过河,碾过晨曦铺就的地毯之前我们还按巴林人的习惯祭拜了清澈可爱的沃森花泉水。大地亮了,曦光下的大地多么可爱。光线以它刹那千里的怀抱告诉人们草原的辽阔,比长调唱的、骏马跑的还辽阔。如瓷器般青白色的天空刚刚醒来,而大地比天空更宁静,灌木和草毛茸茸地等待苏醒。远处的山峦如同画家的初稿,还差六遍敷色。而我们在飞驰,身旁还有人骑马,他们显得比骑摩托的人高大,手挽缰绳也比手把摩托好看。骑手在马背上跃跃然,瞻顾四方。东方正好有太阳倾泻的红光,如洪水决堤(这些光每天早上决堤一次)。这时看出平坦的草原并不平啊,每一处隆起的泥土都被红光刷了漆,像千万座雕塑面东沉思。前方是吉布吐村,光线早于我们赶到那里。"吉布"是箭头的意思,也是古代的名字。村里的彩钢瓦像在屋顶铺了一片片红毡。这个村好漂亮,户户有同样的黄栅栏和带"乌力吉江嘎"(吉祥图案)的大门,街路硬化,新栽的小树排列成行。太阳把鲜艳的红光照在吉布吐村里一点都没糟蹋,这里像一处童话外景地。而我自从祭祀敖包后成了村民中的一员,混迹在摩托车和马队里,与晨风冲撞。我们相互微笑,如同赞美这个时刻,领取大地天空赐予吉布吐村民和我本人的这个美好的早晨。

　　也是在索布日嘎,几天前,镇里的蒙古族职员组织了一场野餐会,地点在这个镇临近西乌珠穆沁旗的景区"荣升十八景"。他们在一棵枝叶繁盛的黑桦树下面等我,地上铺着防雨车衣,摆着食品。他们大多三四十岁,带着家属孩子。他们并不说什么,却用眼光亲切地注视我,仿佛眼光是一块布,轻轻擦去我脸上的尘埃。蒙古族人口少,同胞为自己民族能出一个作家而高兴,这是这么多双目光交织的眼睛送给我的信息。我很惭愧,我还没达到让这些纯真的目光褒奖的程度,但又没法解释,只好看周围景物。那一边山峦俊秀,这一边草场宽广。蒙古黄榆沿河边生长,如同河流的卫士,保护着它的清澈。黑桦树下面歌声响起来了——《诺恩吉雅》。所有的人都在唱,他们的眼睛看着树,看着山,看着虚空,仿佛那里写着歌词——"海青河水长又长……"一遍唱完,再唱一遍。他们用嗓音不断往歌的火堆里添柴,不让它熄灭。这情形特别像海浪一遍遍冲刷堤岸,洗刷着我的心。他们怎么知道我需要洗礼?"吾欲仁,斯仁至矣。"歌罢,一个小女孩用蒙古语朗诵了一首诗,诗中说:"这座山哪怕只有牛粪那么大,也值得跪拜,因为这是我们的土地。"她以稚嫩的嗓音念出这么诚恳的诗句,态度却坚定,竟使我老泪纵横。我怕在别人面前流泪,可在这样的旷野里,我能躲到哪里流泪呢?谁让你遇到这样的歌声和这样的诗呢？

　　高林艾里是一个村的名字，意谓"河的村"——这真是一个好名字，我参加了一场牧民为我举办的篝火晚会。什么人值得让村里的乡亲为他办篝火晚会？我闻所未闻。听说这是为我办的，我真是惭愧之极。那是在山坡上，村民几乎从山的各个方向走向篝火，他们好奇地看我。一些孩子大胆地与我交谈，他们读过内教版蒙汉文课本收录的我的作品。我觉得更值得一说的是这里的夜色——珐琅色深蓝的夜空下，山坡上卧满牧归的羊，如石羊。篝火烧起来，有一人高，众多火星往更高处蹦跳。村民们用胸膛迎着火歌唱，高音冲向旷野回不来了，低音被火吸走。我走到山坡看篝火和火边的人群。远处有山的暗影，被搅碎的月色在白白的河水里流淌。我忽然问自己，这是哪里？我是谁？我真忘了自己是谁，忽然感到写作跟做一个淳朴的人相比真是微不足道，到牧区来找写作资源更是卑俗之极。人不写作也能活着，而活着值得做的事是清洗自己，我不想当我了，想变成牧民，放牧、接羔、打草，在篝火边和黑桦树下唱歌，变成脸色黝黑，鼻梁和眼睛反光的人。长生天保佑所有诚实和善良的人。

运草的马车

他笑呢,笑容被下面的人用大叉子上举的干草捆挡住了,密密麻麻的干草捆垛在马车上,都是在车上笑的那个人码的垛。金黄的干草垛在马车上,车辖辘已被下垂的草叶遮盖。而辕马居然还站着,它好像应该被压趴蛋才符合逻辑。辕马和三匹梢子马站在干草高耸的马车前,好像站在一座草垛前。好像牵着四匹马来到一个草垛边上,一挥鞭子,草垛就被拉走了,并不需要车与车辖辘。

这是草原,牧民把割下晾干的干草拉回家。地上暴露整齐的已干枯的草的茬口,它们比谷茬更细小。秋天的秋云层层叠叠铺在天空,像叠好的被垛坍塌了。秋天的地平线比夏日下陷了两个指头,村里的房子也小了,因为秋天的大地过于广阔。如果草原的草色染黄又带绿色,大地会显出荒凉。如果天上堆着铅锭色的乌云,草色黄得特别好看,闪出耀眼的金色的光芒。乌云低垂,枯草却放射金色光泽,这也是奇怪的事。有时候,乌云下的光线十分强烈,这在牧区算不上奇怪的事。

干草装车不是轻松活计。一捆长长的干草，二十多斤，用叉子叉起来举过头顶，嗖地让车上的人接住，力量还要用巧劲儿。我看见送草和收草的人都在笑，好像这件事太好笑了。我看了又看，这件事哪里好笑呢？后来我笑了，我思考他们为什么发笑这件事就好笑。固然可以用"劳动者是快乐的"这句狗屁话状之，但快乐和幽默是两回事。可能是，车上的人每次都觉得车下送草的人送不上来，草越垛越高，但叉草者每次都把草举了上去，仿佛劲儿还有余裕。车下的人仿佛等待车上垛草的人不周密使草垛坍下来。但车上的草垛并没坍，于是他们笑，大笑。他俩其一人的老婆扎着红三角头巾从地里把草捆抱过来，无表情地看他们，像看两只猴子上树下树。

　　别人干活，你不帮忙却远远地看，有点儿不那个，但技术活你想帮也帮不上忙。我继续在草原瞎溜达，秋天已经降落到草原，它把金黄的翅膀铺在草地上，让牛踩着草经过。秋天这只大鸟的羽毛是远远的树，一根根立在地上，在风里抖擞。好多草变成了红色。红色又怎么样呢？不能炒食也不可泡水喝，白红了。如果有一片草场地势渐高，取代了地平线，你就会看到金黄的草铺上了天的半空，金黄把蓝天切割得越来越窄。这些草仿佛已不再是草，成了一步登天的礼物。而我，闻到躺在地上的干草捆的气味，嘴里翻涌出甜味，如同我是一只羊。我看到牛羊慢慢地咀嚼干草，嘴边冒出沫子，我会跟着咽唾沫。甜肯定是甜，尝尝青草就能尝到它的甜味，干草还有香气。装干草的仓房里藏着隐蔽的香气，淡淡的，有一点点甜，主调是纯净的植物香气。人体发不出这样的香，人哪有草干净？我偷着嚼过干草，牙不行，嚼不烂因而尝不到只有牛羊才配享受的美味。

转回来，那辆装干草的大车已不在原地，它晃晃荡荡走在公路上。扎三角红头巾的女人和叉草的男人坐在草顶，赶车的人埋在草里，四匹马打开自动挡随便行驶。女人和男人坐在草上摇晃的节律一致，主要是脖子带动脑袋晃，屁股很稳地坐在草里。他们脖子的动作不约而同，而脸上均严肃，这才是最好笑的情景。他们自己看不到，被我看到了。他们坐在那么高的草上，不怕掉下来吗？可能这是他俩严肃的原因。黑色的柏油路走过一辆装满干草的大马车，摇摇晃晃。如果是希施金，是柯罗或画白嘴鸦的列维坦也许会画下这幅场景。那个女人的三角头巾真是好看，像藏在麦秸里的旗帜。男人的绿色的短袖衫也好看，色彩沉着。他戴了一只系带的软檐遮阳帽，像澳大利亚士兵。他们的脸庞紫红，太阳放射的紫外线被他们吸收了不少于亿分之一。只有在熟食店的强光下才见得到这红亮的色泽，如肘子，如他们的脸。

"红啊，红的檀香木啊。想啊，想念堆成了满满的湖水。洪连长哥哥。"

车上的人没张嘴，这是赶车的人唱的蒙古歌。这首哲里木民歌是情歌，说一个女的想念一个人。她也搞不清这个人叫什么名字，一会儿说洪连长，一会儿说哥哥。歌的后面，她把为洪连长哥哥缝制的红坎肩放进火里红红地烧掉了。这女的真生气了。我喜欢这首歌，说爱有爱，说恨有恨，都是真的。歌的节律适合于晃荡，我在网上看一位哲盟歌手苏亚拉坐在一把椅子上唱这首歌，边唱边晃身子。干草的大车占满了柏油公路，它晃着走远了，车上的金色和草原的金色融为一体。

火的弟弟

我们坐在马倌班波若的房子里喝酒。这座房子的客厅大，朝南的玻璃窗有六扇，主人可以有广角的视野看到窗外的草原。草原南方尽头悄无声息的山峦，像一堆马鞍子堆在天的尽头。主人班波若说他就这么看过去，看到自己老死那天，这里面包含着多大的福气啊。是的，是的，来访者纷纷附和，语气诚恳，班波若用感谢的眼神环视大家，比摄像机"摇"的速度慢得多，仿佛这个事就这么定下来了，以后也改变不了。今年七十岁的班波若到以后咽气那天，最后一眼看的是他家窗前的沃森花草原。那也许是在六月，大朵的、雪白的芍药花开在如同堆了一堆马鞍子的山的山坡上。过了小满，黄翅的鸟飞回来了，带回来绿翅的鸟。草地上的白雾在早晨四点多钟覆盖膝盖那么厚，然后一层层变薄，野兔在雾里奔跑，谁也不知它去了哪里。当然，班波若告别人世的时候也许是冬天，大雪把马鞍子似的山峦压没了，大地因为堆满积雪而显出笨拙，而有炊烟透露牧人的生机。我们不能提前为班波若离世制订季节与时辰，他的白头发还不到全部头发的三分之一，今年春季他还参加过村里那达慕大会的摔跤比赛，被会场的广播喇叭授予"像山峰一样纹丝不动的摔跤手"。当时会场上的男女老少全都听出了这个称号里的讥讽含义——"没有动作的、不主动进攻的摔跤手"，众人哈哈大笑。

　　班波若坐在沙发上。他背后挂着牛车车厢那么大的镜子，陪我采访的乡干部贺西格、楚鲁、谢日哈达等人都反射在镜子里，他们手端吃饭的花瓷碗喝奶茶。奶茶烫，人喝进嘴里前发出很响的声音"咻——"，用吸气为茶降温。这个人端起碗，"咻——"，放下。那个人端起碗，"咻——"。班波若撩起裤子，用两只紫红大手的手心在膝盖上旋转，仿佛他的双腿可以在地下钻探出石油。他愉快地看着窗外的草原。没经历过游牧生活的人理解不了牧人何以长时间地注视空寂无物的草原，那里只有草和看不清的风，一如古代时分。蒙古人看到的是寂静。人在寂静里面看到了什么？这真是难以回答的问题。寂静，当云彩也不流动的时刻，牛群和羊群不知在哪个山坳里吃草。看不到河流的奔走，看不到孤单的鹰在太高的天上盘旋，草原上有什么？如果风来，贴地的野花会使劲躲闪，摆脱风的捕俘。风把草吹出浅绿带一些灰色的后背，这些后背像水里的鱼，一条挨一条钻向远处。如果没有风呢？草原是"寂静"的。当我再一次写下"寂静"这个词，有一些无奈。因为我们不知道寂静是什么，我们约略知道城市的拥挤，比如地铁和电梯里的拥挤，还有微信朋友圈里的拥挤，我们在心里放不下

"寂静"这个词，面对寂静就进入无智状态。寂静藏伏在班波若家的窗外，绵延数十里，草原虽无中心，却朝四面八方绵延。在它与天空接壤处，地平线仿佛在绿色中蠕动。蓝天在这里并不宽广，它像一块帘子挂在草地上空，帘子上一串串晾着白云。白云排列拥挤，索性从房子顶上穿过去。越过屋顶的白云在班波若的房后延伸。如果东边的云朵是小朵的云，像庙里大门上画的祥云，这一天的云朵就都是小朵的祥云。一朵与一朵之间有缝隙，露出天空帘子的蓝地子。如果这一天的云朵像火车一样绵延不绝，这一天天空上就都是这样的云。这种云反光强烈，边缘现出银色。好多银酒杯在天空干杯，酒晃出来化为雨水——神喝的酒被风梳理为丝线，到地面也没什么度数了。我们所看见的大地寂静无声，其实它正热闹呢。野蜂短小的翅膀在为花朵扇风，几乎所有的野蜂见到花都撅着屁股飞行，它们的脑袋像烧焦的火柴头一样发黑，叮着花念诵它们所记得的所有的咒语。其格秋亥、别日秋亥——这是蒙古语中小鸟的名字——从空中毫不犹豫地冲进草里，不知草里有哪一样它们喜欢的珍宝。你还会看到，其格秋亥、别日秋亥从草里笔直地飞上天，像有人用弹弓把它们射了出去。它们去了哪儿？雀鸟一天要飞多少里路？

那些蚂蚱从这株草跳到另一株草上，似乎大地被洪水淹没了，草是汪洋中的一条船。蚂蚱们架着像伤兵拐杖那样高高的长腿，腿在很高的地方折为两截。谁有这样的长腿，谁就会不由自主地跳高。蚂蚱一跳凌云，再跳凌云。它在空中俯瞰大地那一瞬，欣喜不可名状，草们原来这样渺小，野蜂如此渺小，蚯蚓更是不可名状。蚂蚱一瞬度过了多么豪迈的一生。这不过是泥土上小虫的世界，班波若从来不想这些事，他的目光像鹰一样盘旋，先是抓住远处那棵乌日勒（山丁子）树。他小的时候，这棵孤零零的乌日勒只有拇指粗，现在长到了车辕木粗细，还是孤零零的。太阳从没有山峦阻挡的东边的地平线上冒头时，乌日勒树拖着长长的尾巴，像骑马的人的披风拖到了地上，天知道它怎么活过了六十多年。如果干旱，乌日勒树到哪里找水？谁都知道它不会迈开脚步去山南的乌力吉木伦河找水喝。雪如果下大了，从头一年的十二月到第二年的四月都不融化，乌日勒树包裹在冰雪里，它还能活。四、五月份，天气暖一下冷一下，大雪上面结成冰壳子，乌日勒树被这层冰裹着，有时候裹住半尺厚。谢天谢地，终于到了六月。六月是太阳说了算的月份，除了石头和土，万物都在生长。乌日勒树长出椭圆形的小叶子，新长的枝条黄褐色，慢慢变成红色。乌日勒树的叶子虽然稀，但它有好看的白花。谁也不知道这些白花是怎么想的，后来慢慢变成浅红，有一些变得艳红，你要充当多少种花呢？当然乌日勒花有的白到底，像装酒的白瓷瓶那样白，像被牛奶泡过的花。乌日勒树到秋天要结山丁子果，牧民说到这里要咽一下唾沫。山丁子果黄色或红色（咽唾沫），酸哪！真是酸（咽唾沫），解酒。

"嘉！"村支书贺西格说。"嘉"是蒙古语的表示恭敬的发语词。我们已经喝了很长时间的茶，到牧民家里，进屋就说事不仅唐突,而且不礼貌。说话时没有一个发语词也不礼貌,牧民们认为只有小偷才急到连发语词都不说的状态。那么,"嘉!"贺西格说道,"鲍尔吉巴格西帖,乌力格尔黑勒且!"这句话是事由,也是村干部领我到这里来的缘由,翻译过来是"请把故事告诉鲍尔吉老师吧"。

"亚门日,乌力格尔?"班波若疑惑。(什么故事?)

"达不思驮间涅的沃其日。"(运盐的事情。)

"亚门日,达不思乃沃其日?"(什么样的盐的事情?)

"噶林沃其日。"贺西格说。(火的事情。)

"噢——"班波若眉开眼笑,"噶拉乃沃其日,嘉,嘉。"(噢——火的事情,是的,是的。)

他们一起笑着,眼神里表示那都是遥远的事情。班波若用左手食指沾一下舌头上的唾沫,按在右手背细小的伤口上,说:"必,噶林督休。"(我,是火的弟弟啊。)

"提默,提默,"大家附和,"塔包勒噶林督。"(是这样,是这样,您是火的弟弟。)

我觉出火的弟弟是一个尊称。关于火的故事从这里开始。

"必宝勒噶林督,"班波若说,"我是火的弟弟。"

班波若是孤儿,他的父母在鼠疫中丧生。班波若当时只有一岁,住在巴林右旗姥姥家,否则也会在这场疫病中失去生命。那是一九四七年冬天,班波若的父母去乌兰浩特看亲戚,当地鼠疫盛行。"盛行"的含义是说:这场疫病在人类完全没有察觉的情况下出现在这个角落。如果哪家早上房顶没冒炊烟，进屋看，一家人横躺竖卧全死在炕上，像中了毒气一样。老百姓不知这是什么病，有人吃着饭，突然吐血，死了。有人走着路，倒地死去。但死于鼠疫的人一定接触过其他感染鼠疫病的患者。班波若的父母行路口渴，到路边人家找水喝，不过几分钟时间就感染了鼠疫，他父亲坐在路边死去，他母亲被苏联防疫部队的军人抓进车里，肯定也是死了，有人说这部分感染者被烧死了。班波若长到两岁的时候，他姥姥去世，不是鼠疫，姥姥被洪水冲走了。那时，人像树叶一样，在风中飘着飘着就没了。班波若小的时候站在山脚下看树叶被风吹散，无形的风在盛大的秋天把叶子从树上摘下，送到四面八方。树叶被河水漂走，烂到泥里。树叶子什么时候能回到枝头相聚？这是永无可能的事情。树叶子有来生吗？它们的前生是什么？是树叶子？而来生也是树叶子吗？有好多蒙古歌写孤儿的悲苦，说母爱是人的童年不可或缺的巨大财富，孤儿偏偏没有这笔财富。孤儿眼里看到的大山边上有一座小山跟随，草原上的大树边上有一棵小树。在他眼里万事万物都有母亲，唯独孤儿没有。下雪了，大山披着厚厚的白毡，小山也披着同样的白毡。山和山在毡子底下手拉着手。孤儿呢？

> 你是哪里飘来的露水？
> 风把你带到什么地方？
> 露水的身体是一滴泪水，
> 太阳出来，你就飞走了。

蒙古人最心疼世上的孤儿。他们不允许孤儿到井边打水，不允许他在夜晚放牧。他们看到跟在母马后面吃草的小马驹，看到在母羊身边玩耍的小羊羔，会说"霍日嗨"（可怜般的可爱）。班波若从小就看出世界的孤独。人间有舅舅就有舅母，有叔叔就有婶子，可自己无父也无母。在村里，他并没有父亲和母亲的亲属，他的叔叔大爷、舅舅姨娘都在遥远的通辽，都在那场鼠疫里丧生了。鼠疫是班波若后来才听到的事情，他不怎么相信父母之殁跟老鼠有关。老鼠——在黄土里打洞的贼头贼脑的东西会把人弄死？它们会施妖法吗？如果老鼠不会施妖法，怎么能让行走中的壮汉一头栽倒死去呢？怎么会让两个碰酒盅喝酒的男人第二天死去呢？那时候，老鼠藏在哪里？它在做什么？是在灶坑前做手势或眨眼吗？

班波若从小会做饭，会缝衣。他比别人更懂食物的珍贵。村里的人来到他低矮的小房子里，从裤兜里掏出米——一把米，两把米，黄金的小米在乌黑的锅底滚动，可以做一顿粥。人们用喝茶的小茶缸送他十多个酸涩的山杏。山杏引发的口水咽进肚子里让胃里更饿。人们送给他一口袋榆树叶，那是一只装四胡的细长口袋。他吃过野兔肉、黄羊肉，吃过土，吃过被雨水泡软的窗框，吃过被丢弃的马笼头。小时候，他每天想，云彩能不能吃呢？如果云可吃，怎么能够把云弄下来呢？他给别人放牛羊，村里七八个人指着自己家的母牛和母羊说，它们明年下了牛犊（羊羔）就送给你。第二年，那些牛羊产犊产羔,成了班波若的财产,但他太小,放不了这些牛羊,还由原来的主人替他放牧。一度,他成了村里牛羊最多的人之一,但这些牛羊在合作社运动中全被充公了,他依旧是孤儿。只是,他放羊或者干其他活计回家时,家里的炕上也许是锅里放着米和干粮,不知是谁放的,不是一个人放的米和干粮。在牧区,没有孤儿会饿死,除非这个村的人全饿死了。

班波若像一棵山丁子树那样拧着劲儿长大了,脸上带着凝固的表情,好像是春天的冻土。春天,地里虽然已经有草芽膨胀,但地面上覆盖沙土和枯枝。十二岁那年,骑着一匹雪青马的阿穆尔来到他的家。阿穆尔一进门,他宽阔的肩背就把门外的星光都挡住了。当然班波若的门很小,房子也很小。阿穆尔说"咱们不如到外面谈吧"。班波若用木碗盛上刚煮好的玉米粥,跟他走出去。阿穆尔把双手放在马鞍子上,隔着马对他说:"你去拉盐吧。到锡林郭勒的额吉淖尔湖,要走一个月。"班波若回答了,他手里端的粥碗的热气如魔法一般飘上去,像夜空里有一个东西在吸这些白汽,白汽没等飘一尺高已经融化在夜色里。雪白的星星趴在跟阿穆尔肩膀成一条直线的夜空上,他的脑袋挡住了七八颗星星。他问:"拉盐?怎么拉回来?"阿穆尔说:"用牛车。"班波若说:"好。"阿穆尔说:"你明天哪儿也不要去,等在家里。"

阿穆尔所说的"明天"其实就是几个小时之后,在后半夜三点的时候,有人拍班波若的窗子,这是拉盐的人。班波若爬起来,没穿衣服,因为他从来都是穿着衣服睡觉。蓝裤子是哈萨大婶给的，提前在膝盖部位补上双层的黑条绒补丁，屁股上是更大的方形的条绒补丁。他的外衣是一件红秋衣，被汗沤出好多网眼，颜色变成在汤里煮过的红萝卜的色泽。他跑出去，门也没有关。他还在梦里，梦里面他骑一匹马被沙子陷进了，他抓起马鬃提马但没作用。做这些事都不需要关门，也不需要开门。

巴拉珠、博迪、扎格米、仁钦，还有索跃乐，他们全站在牛车边上，像一堵被雨水淋湿的黑黑的土墙。仁钦递给他一件棉袄，班波若穿得跟他们一样厚了。然后他坐在仁钦的牛车里，这是打头的车，有柳条编的车篷，车里还有棉褥子。仁钦这辆车后面拴着十多辆牛车，这是他天亮才看到的。车的形状看不清，牛的角像弯弓一样在夜色里留下剪影而已。木制的勒勒车在草地上行走，没有任何声音。仁钦的车后面即使拴一千辆车也没人知道。

这是六月。六月的草原如同一个少女，它的一年就是一生。六月的鲜草好像是姑娘们前额和颈上的头发，蓬勃而柔软。在六月，河流在夜里白亮地流过去，甚至映出月亮勾勒出的白云的轮廓。夜河装载着云影巡游，夜空该有多么清朗。土地从五月开始膨胀，到六月，泥土已经厚实了很多。土像人的肉一样，会长，也会枯瘠。它们在冬日的暮年全都瘦了。汉诗称"山穷水尽"，或者"山寒水瘦"，这都是得道的话语。水最瘦莫过于初冬，水还是那么多，但膘都没了，失去油光和润气。六月土多，如少女的丰腴，胖不厌人。这时节一切都在生长啊，生长。连小石子都从土里钻出来凑热闹。每一株草都往肥阔里生长，叶叶不败。河水挤满河床，喧哗放浪。你看河床的表情如相亲一般，等着坍塌，等着跟水奔赴远方。好东西都在远方，远方如果没有你要找的东西，那一定在更远的远方。六月的河水丰满而且轻盈，河里的水草如大辫子一样梳起来。白色、黑色、褐色的石子在河底像点心一样摆起来。腥味来了，这是六月的河水的身体的气味，是生殖与养育的气味。人的鼻子觉得它腥，而土地水鸟闻出了甜美。水鸟们，你们像被猎枪击中一样栽进河里，不知在什么时候又飞上天空，喙里多半叼着一条匕首式的短鱼。班波若坐在仁钦的牛车里，他的脊背对着仁钦的脊背，面向后面的牛车。仁钦的牛车是头车，双牛索引，蒙古语叫"手的牛"。后面车辆的牛笼头拴在前车的后厢板上，一辆接一辆。班波若撒尿的时候数过，一共十一辆。"手的牛"后面一牛一车。车队遇到沙丘拐弯，班波若才看到这队牛车的长度，黑黑的剪影贴着地皮行走。高的牛和矮的车看上去很奇怪。迈着大步缓慢行走的牛，犄角拢成圆形，背景是欲白未白的天空。班波若想，这太像做梦了。除了牛脖子上的铜铃声，没有其他声音，六个人都没有声音。天空上的金星越来越大，且亮，仿佛代替月亮为牛车照清道路。其实不用，天从四周的地平线白了，像一支画笔在地球和天空之间画出了界限，黑夜自此时逃离。蹲在浅白沙地上的芨芨草露出了轮廓。起得太早的鸟儿匆匆忙忙飞过头顶，飞很低。这是班波若没来过的地方，灰绿色贴地生长的植物盖不住沙子。沙子被风雕刻成矮的悬崖,或一个个坑,如颓圮的古代城墙。

仁钦停车,后面的牛车都停下来,像沙漠上一具松松垮垮的龙的骨骼。大伙把牛卸下来。仁钦把四五头牛的缰绳放进班波若手里,抬胳膊指五百米外长着一棵松树的沙丘说,那个后面有水。天亮了,芨芨草上的露珠闪着机灵的光芒,蜥蜴爬两步停下,仿佛等着人去踩。班波若不会去踩蜥蜴,就像他不去打燕子,不捉蚂蚱一样。这条蜥蜴或这只燕子如果是母亲,它死了,它的孩子就成了孤儿。可是,仁钦怎么知道独树的沙漠后面有水呢?仁钦是拉盐的队伍的首领,叫"火的哥哥"。他掌管走路的路线和驻留的地方。这是了不起的本事,黑夜里或骄阳照射的白天,牛车走在茫茫的草原上,唯有仁钦认识路,而且,他知道哪里有水,供人和牛饮用。在后面的日子里,班波若发现仁钦的智慧来自大自然,你看他小小的,被皱纹包裹的眼睛会观察到许多东西。那个生长着一棵孤独的亚西勒(鼠李)树的沙丘后面,有小鸟盘旋飞翔,这必定是水源地。也许,仁钦并不认识前往锡林郭勒的额吉淖尔的路,是"手的牛"的双牛认识路,这也没什么奇怪。在一个月的旅程中,仁钦并没有驱使双牛朝那个方向进发,仁钦在唱歌、睡觉、喝酒、自言自语,他一直坐在牛屁股后面,他哪里认识路?可是牛是怎么认识的路呢?虽然牛夫过额吉淖尔,但风把沙丘挪移了,季节变化了,牛为什么走不错路呢?或许牛在夜晚是按照星辰定位行走的。可是白天呢?草原上几乎看不到山,并没有参照物。有人说牛是看着脚下的草行路的,从巴林右旗到额吉淖尔，五百多公里的路程，草的种类依照土质与纬度发生变化，几百种不同的草长到路边，一直延伸到盐湖额吉淖尔。牛懂这个吗？人吃牛肉的时候没吃出牛懂这个，还是仁钦懂。傍晚宿营，仁钦会嘟嘟囔囔跟牛说话，他跟一头歪角的黑牛与白鼻子的红牛所说的话都不一样，吃也不一样。班波若凑上前听过几次都听不清且听不懂。这些话一定跟行路有关，仁钦把行走路线提前告诉了牛。但仁钦的声音这么小，牛能听清吗？有一次，班波若听懂了仁钦的话，他声音很大："不要生病，不要拉肚子，不要想家，不要想牛犊子。"歪角黑牛出人意料地摇了摇头。当时它身边并没有苍蝇，它为什么摇头呢？

沙丘的峰顶像用刀割出一个半月形的浑圆，怀抱清水，水里站着一人高的红柳和比它矮的青草。牛们晃着尾巴冲下去，把沙子踩坍，露出深黄的湿沙子。一头牛竟摔倒了，肋部着地滑下去。但你不必赞美它，这头牛很惶恐，它不懂得游戏。索跃乐、巴拉珠把其他牛牵了过来。班波若仰望这些站在白金色的沙丘顶上的人和牛，觉得天真是蓝。虽然蓝天在早晨并不深厚，但更纯净。博迪拿两只羊皮口袋拎水，拎回牛车，倒进那只一人抱不过来的用柳树树根凿成的桶里。中午天热了，要往勒勒车的木轴上浇水，要不轴就裂了。饮水的牛像用嘴巴摸鱼，好多土色脊背的小鱼正在岸边摆尾游弋，不知有没有被牛饮进胃里。水鸟被牛惊起，心有不甘，在上空飞来飞去。这是它们的家。除了这片小小的湖泊，鸟们哪儿也去不了。班波若不明白，沙子吸水那么快，怎么能托起一座湖呢？别人说湖底下的地里是更大的湖,像大茶壶一样。这片湖只是壶嘴的一点点水,只要沙子在,水永远也不会干涸。鸟一定知道这个道理,要不然它们为什么不飞走呢?

饮完牛,班波若他们几个人牵着牛回到牛车边上,仁钦把饭已经做好了。他在沙子上挖个坑,用车上自带的三块石头当锅撑子,煮了一锅小米肉粥。石头对于远行的车队是珍贵的东西。空旷的草原上,有的地方有石头,有的地方方圆几十里也找不到一块石头,路过的牧人把石头捡走堆在敖包上了。他们说石头怕孤单,石头尤其怕在黑夜里孤单。夜空上的星星不也是石头吗?但离遗弃在草原上的石头太远。老人说:"你看打石头的人叫石匠,他们用凿子和大锤把石头砸成块,石头死活也不愿意离开自己的家庭。"小米粥熬得又黏又烂,仁钦往粥里放了野葱和奶油。呼噜呼噜,他们六个人端着碗,眼睛盯着碗里的粥,嘴上发出呼噜呼噜的声音,像吹奏一种乐器。喝粥者下唇兜在碗沿下,上唇吸气,粥在强大的气流下被筷子拨进嘴里并变凉,他们的前额齐齐冒出汗珠。牛在不远处吃草,牛的上下唇如小孩的手指一样灵活,把草拨进嘴里。"嘉。"仁钦最先吃完粥。他用舌头把碗里的米粒舔干净,再把碗在膝盖的裤子上旋转。是的,碗已经很干净了。他们不愿到河里洗碗,不是懒,而是禁忌。蒙古人尊崇河流泉水,保持水源清洁是他们不变的信仰之一。蒙古人不可以在河流泉水里濯洗衣物,尤其不能将污秽之物投入河里,此状按成吉思汗大律当以死罪处置。如果洗东西,要端盆子把水从河里舀出来在岸上洗,脏水泼在地上而不能倒入河里。这里面没什么迷信，而是成吉思汗的意志。游牧民族或者叫游牧中的军队，水源洁净是他们的生命线。

"又吃过一顿饭，这是人这一生吃过的几万顿饭里的一顿，它们从锅里碗里进了肚子里。世上的东西就这么运来运去。人从饭里得到了能力，而饭的能力是粮食的叶子从阳光里得到的，肉的能力是牛从草里得到的，草又从阳光里得到能力，一切都来自长生天。"仁钦说着把碗举过头顶，"嘉！嘉！"他用手抖这个碗，碗壁米粒大小的图案是半透明的，图案边上画着蓝色的缠枝莲花。班波若想象天神正端着米口袋往他的碗里倒米。天神左手把米口袋捏一个小嘴，右手抬高米袋子，米像湍急的流水跳进仁钦的碗里，但装不满他的碗，因为他的手在抖。抖是求乞之意，而且他嘴里说："佛爷给的！佛爷给的！"班波若小时候听什么人讲过这样的故事，说世上最珍贵的莫过于装不满的碗。人有了这样的碗自然就成富翁，他会穿上一身破烂衣服，把碗扣在裤带里，去四方求乞。到了行善的大户人家，主人赏赐他一碗米，但倒进他的碗里只是浅浅的碗底。嗯？嘉！嘉！哪能给人这么一点米，主人脸上不好看，接着往碗里倒米，川流不息，直到太阳西下。班波若小时候被这个故事迷住了，更确切地说是被主人川流不息往乞丐碗里倒米的画面迷住了。这有多美呀！难怪有的国王、大臣、刺客都当过乞丐，而乞丐脸上常常带着难以捉摸的表情，这表情并不是饿的，是因为有碗扣在肚脐上。（班波若向我讲述往事时，展开了他的记忆力和对生活的感受力,他记得童年的天气、人说话的样子,还记得自己当年的心理活动。这样的感受力和叙述方式得益于他小时候听过的民间艺人吟唱的《格萨尔王》的故事,架构了他脑子里的想象力的空间,包括了声音、气味、色彩。他当年的心理活动即是对他所叙述的往事的复调式的插叙,或歌唱中的和声。我甚至想,他为什么不是一个作家呢?)

"嘉!"仁钦说,"咱们火的队伍就这么结成了,六个人,十一架牛车,去额吉淖尔把盐拉回来。一天走三个包查,每个包查相距十到十五公里,要走一个多月。白天热,牛不爱走,咱们凌晨三点钟起来上路。我是火的哥哥,再选一个火的弟弟。班波若和索跃乐,你们两个属相是什么?""蛇!"他俩一起说出来。"蛇,"仁钦说,"你们两个把裤腰带抽出来,比一下长短。"班波若从腰上抽出来的裤带是一根由衣服的碎布联结成的绳子,系了许多疙瘩。索跃乐的裤带是一根光洁的麻绳。他们比,班波若的裤带短一截。"嘉,"仁钦说,"班波若,你的裤带短,你就是火的弟弟。"

"火的弟弟"直译是"火焰的弟弟",专指拉盐的队伍里的第二负责人,由年龄最小的人担任。他是火的队伍里最劳碌的人。车队赶到了一个包查,休息的时候,火的弟弟要把牛从车上卸下来,饮水牧草。火的弟弟要为大伙做饭,记账目。他担任的是"塔西拉嘎"的角色,类似于母亲的角色,正如火的哥哥担任着父亲的角色。为什么让年龄最小的人承担这么劳碌的角色呢?老祖宗是这么传下来的。成吉思汗当年的期望是什么?他要把家庭和战斗小队里年龄最小的人锤炼成最有能力的人?或许是这样。至少在火的队伍里,当年当过火的弟弟的人都因为这一角色而自豪过。

班波若听到仁钦的任命,心兴奋得咚咚跳,他听说过火的弟弟,没想到在这一个早晨得到了这个职位。他看到巴拉珠、博迪、扎格米射过来的目光里含着信任。仁钦抚摸着班波若后脑勺的头发,慈爱地对他笑。班波若好想站起来大喊:我是火的弟弟!而他如果站起来,会比平时高很多。他真的站了起来,假装提提裤子,体验自己瞬间长高的身体。青草在坑坑洼洼的地势里现出深绿和浅绿的颜色,里面有冰草、冷蒿和芨芨草,像色调不均匀的毯子,它的尽头是一线青山,被雾包了一半。从这一刻起,"嘎林督"(火的弟弟)成了班波若的新名字。也是从这一刻,他变成手脚勤快的像母亲一样的人。他用沙子把火熄灭,挖深深的坑把灰烬埋起来,蒙古人认为灰烬会让大地长疮。他把架锅的石头和锅收起来,给十一头牛备好挽套。干这些活计,他一溜小跑,像牧羊犬那样迈着碎步跑。

火的弟弟班波若坐在车队的最后一架牛车上,这是林丹的牛车,拉这架车的红牛肋骨瘦得像柳编的大筐,它的犄角外移,如螃蟹的大螯。在牛车上,时间成了世上最沉重的东西,它走得特别慢,好像时间需要石盘压榨一下,从磨盘的石槽里榨成汁,缓缓淌在牛车的轮子上,浸在草地里。那时候草长得好,没有禁牧,也没有草围栏,草只按着自己的意思长。班波若说,他们七月份从额吉淖尔回来,勒勒车的大木轮子不知碾压了多少野生的浆果,轮子变成了紫红色,回到家里三个月都不褪色,那是努粒的颜色。去额吉淖尔没有路,那时候没听说世上还有公路,"一"字的地平线在远方,你可以赶车去任何地方。好像任何远方的尽头都藏着命运,当然是不同的命运。命运用绳索挽成套,准备套住路过的人去经历它们设定的遭遇。拉车的牛与其说行走,不如说在左右摇摆,牛的钟表是短短的摆来摆去的尾巴。人坐在这样的尾巴后面,觉得路途何其远,时间绝不会超过牛尾摆动的频率。这样的旅途研磨的不是时间,而是人的性子。人对生命的体悟是从慢而不是快中来,打坐就人的感受而言,不就是一种慢吗?总有一天,人能穿过一层层固化的外壳,听到内心钟表的嘀嗒声,那时候,你还能听到自己血流的声音,此时你已经归你自己管了。蒙古人从小就经历着时间的打磨,他们不爱说话,他们在沉默的时候,眼神和表情分明在与内心对话,但没有人知道他们在跟谁或什么对话,不知道对话的内容。他们在荒原里的表情肃穆刚毅,这是与自然对话的表情,他们跟人对话的时候,那一种微笑好像已猜出来你要说什么。或者说,他们认为人无论说什么都是微末的,并不比大自然的风声更有价值。他们认为"理"是由大自然制定而非人类制定,人类如果用太多语言阐述自己的"理"完全不必要。而语言——蒙古人认为——的妙处是说笑话,是讥讽,是赞颂祖先的恩德,是滔滔不绝地讲述马的毛色、行走速度,是唱歌的时候充当歌词。歌词是民歌里的骨头。说它是骨头不等于它多重要,肉和筋长在骨头上才重要,它是旋律和唱法。蒙古人听长调，如醉如痴地吃掉了歌里的肉和筋，把骨头白白净净地摆在碗的边上。蒙古人节省话语，从古到今，他们省下了无数话。按成吉思汗大律，撒谎的人按其撒谎的后果可处死罪。蒙古人不撒谎是因为他们不敢撒谎，时间长了就成了集体人格范型。这个民族在古代是军事种族，信息的准确性决定着他们的集体生死。撒谎？怎么能撒谎呢？在北亚，大自然的残酷性多于它的仁慈，关于天气，关于迁徙，关于牲畜的信息决定着他们的命运。蒙古人小心翼翼地生活在诚实里，他们没有可以欺骗的对象。你不能去欺骗山，不能欺骗河流和青草。你唯一可以欺骗的是生耳朵的同胞，却因此失去信用。在茫茫草原上，失去信用意味着得不到任何人的帮助，这是一条死路。话语在草叶上生长，随着云的影子移动；话语像河里的浪花，刚形成就被水冲走了。

　　拉盐的车队走在下嫁巴林王的清代固伦公主出资修建的巴林桥上。班波若第一次看到天下的大河——西拉木伦河。河水像黄色的大朵的云从东边奔涌而来，如此宽阔的河床仍然装不下这么多波涛。班波若惊呆了，他想不出大地上竟然有这么多水。这些水如此急速流走，仍然余下同样多的水在流，连浪的形状都相似。这些水如果不是从天上掉下来的水，又是哪里来的呢？这些水扭转、挣脱、抢夺，啸声传出几十里之外。这是干什么呢？如此洪流冲泻而下，大地上哪儿能装得下呢？牛车随着前面的牛车走过巴林桥时，班波若不禁胆战心惊，他不敢坐在车上，觉得这座石桥随时会被河水冲垮，人坐在车里，连怎么垮的都不知道。他下了车，双脚感到石桥的颤动，石桥仿佛加上他行走的震动会垮得更快一些。他又回到车上，闭着眼睛等着桥垮时的轰隆声传来。眼睛有眼皮就是好，可以不看不敢看的东西。他睁开眼睛，是因为感觉屁股底下的牛车的轮子又走在柔软的草地上了。是的，车队过了桥，而且桥没垮。班波若回头看，西拉木伦河依然呼啸奔涌。水，我们喝的水，雨后在酒盅大的坑里静卧的水，在锅里煮粥的水，悲伤时从眼睛里流出来的水，水竟会汇成如此强大的河，班波若永远也忘不了这个经历。西拉木伦——黄色的河，只有它才配得上这么悲伤的名字。

少年人如果投身大自然，栉风沐雨，他的生命会像野草一样蓬勃，像树一样顽强，心灵像马一样自由。大自然包含的不仅仅是美，所谓美是人在心里编织的感受，即人的感受。暴雨美吗？在胡沁塔拉草原，班波若和他的伙伴，经受了一天一夜的暴雨的洗礼。对了，暴雨的事情也是水的事情，西拉木伦河流过的水只能是从天上降下来的洪流，一天一夜的暴雨足以灌满一百里的河床。雨降下来，草原的路变得泥泞，牛停下脚步，垂首不动，雨滴组成笔直的白花花的墙，砌成无数个墙面，把人和物囚禁起来。班波若睁开眼睛，地面全是雨水激起的水泡泡。水越积越多，水泡越来越大。他和伙伴们前后推动或搬抬陷进泥沼里的牛车。当这场雨连续下了七八个小时之后，你感觉来到了地狱。班波若真的觉得这就是地狱，他仿佛听人说过，地狱里除了火，还有汪洋。是"手的牛"领错了路,把车队领到地狱里了吗?当时他没敢问这里是不是地狱,不吉利。蒙古人忌讳说晦气的话。

雨水是上天的恩赐。这个时刻,也许只有他们六个人和十一头牛不需要水,其他万物都把水当成了滋养,石头被雨水冲刷得如同玉石。河床蓄满了水,像谷仓里装满了粮食。大地松开了裤带,把水藏在人类看不到的地河里面,沙漠也趁机蓄满了水。水从班波若的头发落下,他的头发一直在滴水,身上吸满雨水的棉袄比铁皮还沉重。他脚上穿的手缝的蒙古布靴里面灌满水,脚趾被由于雨水浸泡而变硬的靴头磨坏了,疼得钻心。他们走着,用手牵着伫立不动的牛的笼头,强迫它走。因为看不到天上的星辰,仁钦找不到避雨的地方,草原原本无处避雨。他们浑浑噩噩走了七八个小时,停下来休息。车队里只有仁钦的车有篷,但他的车厢灌满了水。索跃乐干脆趴在地下睡觉了,肚子挨地,头枕着一堆草。班波若双臂趴在牛背上睡着了。其他人是怎么睡的,谁也不知道。班波若醒过来是因为闪电,白光落地,好像天空为大地栽了一棵弯曲的树。之后,天空栽下无数棵闪白光的树,雷声大作,天已经完全黑了。班波若不明白,雨已经下了一天,还需要重新打雷吗?在闪电照亮四野的瞬间,班波若见到雨柱依然湍急如幕。他觉得雨可能就这么一直下了,没人说雨不可以这样一直下,这是天的事情,人间管不着。班波若害怕闪电的白光,他觉得它可以摄走人的灵魂。他趴在牛车底下,身子下面全是水,双手可以感觉出雨水变成小河从指缝流过。他用手摸泥、摸草、摸车轮的铁钉子。他听到满世界全是哗哗的雨水声，想起西拉木伦河的波涛。雨大到这种程度，好处是随便撒尿，身体甚至不需要动一下，大腿根被尿液温暖了一小会儿。后半夜，他爬出去找仁钦，看他正靠在勒勒车的轮子上打盹。班波若问雨什么时间停。仁钦说："你觉着眉毛可以遮住雨水，眼睛能睁开的时候，雨就快停了。"之后，星星也就要出来了。雨停了也没什么用。仁钦说："我的烟草，这一个月的烟草全被淋湿了，我现在用回忆代替吸烟，但没什么作用。"班波若拖着沉重的靴子回到自己的牛车，学着仁钦的样子靠在车轮上，想象眉毛是否能遮住雨水。雨更大了，像有人用瓢舀水泼在他身上，吸气甚至可以把雨水吸进鼻孔里。他睁眼看，天空根本没星星，或者说头顶根本没有天空。这个黑夜里，人好像浮在海上伸出手，到处是海水。雨水落在一切地方，继而下淌。大地要有多大的胸怀才能接纳这些水？大地用水填平所有低洼之处，然后呢？大地在等待积水一寸寸上升，变成海吗？班波若觉得水已泡到了他的后脑勺，沿着他的肩膀、胳膊、大腿做了一个篮子，自己正躺在篮子里。这样躺着也很舒服，牛车替他挡住下落的雨水，积水减轻了衣服的重量。他梦见自己变成了鸭子，诧异：他变成鸭子之后，他们还认得他吗？一只鸭子怎么可以赶着牛车去额吉淖尔拉盐呢？他环顾周身，肩膀和胸脯上长着结结实实的羽毛，一根贴着一根，闪着黑绿色的、褐色的光。班波若在梦中恍然大悟，原来鸭子就是这么来的，它们本是人，被雨淋成了鸭子。班波若想把这个发现告诉别人，同时想说，如果他看到身边有其他鸭子，必定是仁钦、巴拉珠、博迪、索跃乐。想到仁钦已经当了这么多年的人，再当几年就结束了，却半道变成了鸭子，班波若不禁悲伤起来，悲伤里包括牛车也没有主人了。在草原上，牛们拉着车漫游，却没有主人。这是最悲伤的事情，下雨前应该把它们卸下来。班波若在梦中哭起来，觉得自己发出"呷、呷"的声音。班波若，当年他在胡沁塔拉草原的夜里哭醒过好几场，最后一次哭醒时，周围一点声音都没有，静得让人心慌。雨停了？雨还会停吗？班波若从牛车底下爬出来，他身边的水发出牛粪味，他抬头看到天上布满了星星。

在班波若心中，那是最美丽的星空，他至今说起来脸上仍然充满向往——星星如白色的果实，挂在看不清树杈的巨大的夜空的树上，原来夜空是一片果树林。星星躲在隐形的树干和树叶后面。此时的夜空多么干净，像一个大玻璃罩子，前方即遥遥，后方即邈邈，左右均此。班波若像一位科学家那样准确地感受到，人们只住在这颗名叫地球的小行星上跟其他星辰远远相望。他觉得自己的心胸开阔起来，他忽然悟出人类和地球的渺小，心胸一下子开阔了，就像蚂蚁有机会登上山顶瞭望山下旷野，一定也有这样的感受。大地如此寂静，班波若看到夜空在头顶上蕴藏着最深的蓝，仿佛那里是海底，蓝在眼睛的正前方处变薄了，连接天际的地平线有一线微茫的白光。牛还像雕像一样伫立，不知是睡是醒，它们已经一天一夜没吃草了。凑到近处看，勒勒车的轮子已被积水淹没两寸深，如同下沉。

再看，索跃乐和巴拉珠光着腚在拧衣服的水，在黑夜里，这两个人的后背和腿还很白呢。班波若太羡慕他们了，这么好的事情，自己怎么没想到呢？他开始脱衣服，用腿把裤子踢掉。风吹在他的脊背和脖子上，真舒服。班波若开始跑，听脚下积水啪叽啪叽的声音，多好。动物们就是这样，让风吹过裸体，夜不会把这些秘密告诉别人。回头看，索跃乐和巴拉珠在一处水洼洗衣服，他也找了一个水洼洗自己的衣服，把衣服放水里，用脚踩了踩而已。天色白起来，或者说他们的身体白起来，索跃乐和班波若年龄小，胳膊像两根细木棍在肩膀上垂下来。巴拉珠二十多岁了，他身上肌肉起伏，看上去就有力量。

穿上衣服。走了。仁钦走过来，手里拿着牛皮绳子，他的衣服像夜一样黑，闪着光亮，脖子露出白颜色，牛车朝未知的前方漫行。雨停了之后，青草发出悦人的气味。草在大口呼吸，仿佛融合着星星的光芒。在牛车的摇摆中，大地如同是一口黑锅，锅盖被一点点掀开，白茫茫的光从四周透射过来，而锅盖酝酿为云层，愈来愈薄。老牛的耳朵和角显露出来，一墩一墩的芨芨草像农区收割好立在地头的谷子把。更多的光到达草原，草地上积水的水洼如无数个镜子反射天光。俄而，天边的锅沿染上红晕，仿佛有火从红晕后面烧掉了妨碍天亮的积云，更多的光漫入大地。班波若看到草地换上了成千上万的金红的镜子。这些水洼里如同浇入了铁水，燃烧由红转白。天哪，大自然是这么神奇，它不说一句话，却办这么壮观的大事。这个天，眼下天边的云层卷了又卷，红霞开始如马群那样列阵而出。而它昨夜与昨天正下混沌的大雨,不知它从哪儿弄来的如此巨大的雨水,如同不知它从哪儿弄来的像锦缎一般的云霞,一匹一匹在东方晾晒。

他们走近了一座山坡,山头在很远处,看似平缓,但脚下走每一步都费力,草原上常常有这样的山。停下了,火的哥哥仁钦摆手,他说要祭拜,不能无声无息地走过去,那不像样子。仁钦掏出一个锡酒壶,捡一块石子放地上,往石子上倒了一点点酒。倒多了他舍不得。巴拉珠转来转去,从牛车的毡子底下找到一块包蜡纸的糖果放地上。每个人都要把身上的好东西掏出来,献给这座山的山神,但班波若、博迪、索跃乐和扎格米身上都没有好东西。"你们去捡点石头过来。"他们走很远才找到一点小石头,但扎格米找到了一块半紫的鸡血石。它被雨浇得露出了真容。那时候,草原上或能见到冻石或鸡血石,蒙古人不捡。有一种传说:捡了旷野上的鸡血石,将见不到临终的爷爷奶奶。这样的传说无非是劝谕牧民别对大自然启动偷窃心,让自然的石头待在它自己的家里。他们跪下,仁钦口诵赞词,大意是:"山啊,你是好看的、富有的、长寿的山,你拥有来自四海的财宝。山啊,我们是拉盐的队伍,赶着牛车去额吉淖尔。路过你这里,我们下跪,乞求你允许我们从山坡上走过去,并保佑我们顺利,我们以你之名一定会走到额吉淖尔拉上盐并顺利地回到我们的故乡。我们把我们的礼物奉献给你,你一定会高兴接受我们的跪拜和礼物,你仍然这么好看、富有和长寿,你是充满神通的了不起的山。"他们咚咚咚磕头,而后过了这个山坡。班波若走在车队最后，他看见车队逶迤而上，似乎从山的右侧胳膊爬上去了，山神在山头或山头的云里微笑。那时候，班波若得知自然界确乎有神灵存在，他经过西拉木伦河与遭遇胡沁塔拉的大雨也感知了这一点。人不能因为你的眼睛看不到就否认别样的存在。

他们登上了山坡，班波若回头往山下一看，觉得自己的心胸瞬间变得像河床那么大，可以跑过马群。山下并没有什么，但有土地美妙的起伏，长满青草的丘陵用柔美的曲线穿插呼应，像歌声一样抬高又降下去。月光从脚下一直往远处延伸。月光快速爬过山坡，穿越包括灌木的露出地面的石砾丛，穿过低矮的山杏树林，到远处，到云朵和山峦混合一体的地平线上，用不了咳嗽一下的时光。要是走的话，不知要走上几天。他才知道，拉盐的人有多幸福。幸福是一块砖，寒冷是一块砖，热粥是一块砖，暴雨是一块砖，日出和从山顶下望草原都是一块块砖，旅途把这些砖放在拉盐的人的背上，让他们悲喜交织地行走。上年纪的牧人，比如四十多岁的仁钦、三十多岁的扎格米都没有流露过悲喜，他们觉得这不过是生活，顺应就是了。在他们的脑海里，从来没有"顽强、英勇、克服"这些话，蒙古语古老的词汇里也没有这些夸饰的词，蒙古人的相关词汇是"忍受、顺应、努力"，如此而已，人做的一切在上天看来实在算不了什么，你如果拿放大镜看地上行走的蚂蚁，会觉得它是一个穿戴铠甲、气势汹汹的武士。可是，谁拿放大镜观察过蚂蚁，谁把蚂蚁当作过武士呢？

太阳升起来,阳光是一簇簇滚烫的小金针,扎进脸和手上,才八九点钟,蒙古高原的阳光已经强烈得让人睁不开眼睛。山下的草地像一块块完好铺开的地毯,是新地毯,没有一点旧痕迹。班波若回头看,吃惊地发现仁钦露出雪白的屁股,他把裤子摊在灌木上晾晒,接着脱下上衣躺在地上伸手展腿晒太阳,他的身体难以置信的白,像糊上去一层白纸,而胳膊和脚却黑得如同烧焦了。其他人也模仿仁钦,衣装尽去,晒太阳。班波若觉得此举很诱人,但不敢脱衣服。他差不多尽了最大的努力与自己的羞耻心作斗争,迅速脱下衣服,但趴在地上还是要保留一些羞耻感,晒晒屁股就可以了,主要是为了晒衣服。大人们并不看班波若瘦弱的裸体,他们竟然睡着了,打起呼噜。班波若缓缓转过身,让太阳晒晒肚子。他觉得太阳又升高了一截,脑袋里冒出一个和伽利略、哥白尼一样的念头,他觉得大地在运转,而太阳也在转。班波若悄悄站起来,看他们五个人裸体躺着,他想象这五个人死去了,被人剥光了衣服。过一会儿,鹰就来啄他们的肉。班波若问过村里的老人,如果羊倌在荒野里睡着了,鹰会不会下来啄他的肉。老人说,不会,鹰耐心地在天上飞,在远处的山崖上坐着观察,确信他真的死去了,才会啄他的肉。班波若问,如果羊倌一动不动,老鹰怎么知道他没死呢。老人说,在老鹰和所有动物眼里,活人身上有一层光包着,人死了,光就没有了。

半个多月过去,班波若觉得生活应该就是这样子——天没亮赶着牛车行走,看太阳升起并落下,看月亮圆了又变成月牙。他们去一个名叫额吉淖尔的地方，谁也不知道这个地方在哪里，但仁钦和双牛知道，班波若的筋骨硬实了，腿和胳膊都比过去有力量。每走一个包查，牛车休息，他要喂牛，做饭，打水，其他人吸烟谈天。他的任务包括捡干柴，把干柴用羊皮包好以免淋雨。夜里宿营，仁钦给他唱民歌，讲民歌里的道理。他唱一首民歌，歌词唱道："说起来山呀，小山在大山的怀抱里。我走在无尽的草原上，想起了如果母亲在前方，我就拿膝盖当脚，跪着走过去叩拜。"仁钦说，人在世上，但凡有一口气，就要感恩自己的母亲。世界这么广阔，这个星星啊，大地啊，没有生命是看不到的。是母亲把你领到了这个世界上，让你看到了这些。母亲给了你眼睛、耳朵、四肢和嘴，这是多大的恩德啊。没有母亲给的嘴，你怎么能吃到饭菜的香甜呢？仁钦说："你的父母没了，只是他们身体没了，灵魂还在呢。你感谢和想念他们，他们会高兴得掉眼泪呢。"班波若觉得夜空上浮现出父母的脸，这时候，有流星划过，想想没错，流星就是父母的眼泪。仁钦唱："成吉思汗的八匹骏马，会飞的蹄子让青草发芽，积雪融化。用山川做骨肉的白马，用河流当血液的白马，驮着成吉思汗走遍天下。"仁钦说蒙古人是来自四面八方的人，原来各有各的信仰，有信星辰的，有信鹿的，还有信狐狸的，他们因为成吉思汗的统领变成了"蒙古"，变成信仰长生天的人，成吉思汗成了所有蒙古人共同的祖先。除了父母，人活着第二个不能忘记的人是成吉思汗。尊崇与怀念他，蒙古人会永远吉利。仁钦说"青，给思，汗纳"（成吉思汗的东部蒙古语发音,其他地区还有"金格思合汗""金给思汗"等发音。"纳"字有口型,不发音)的时候,他抬起头,仰望天上的北斗星。北斗星排列成一个勺子,是要舀起大地的海水吗?还是把天水浇灌给大地?没人知道天神的意志。仁钦说:"北斗星上住着神灵。"他说,神灵总要有一个住的地方,在那里睡觉、喝茶。班波若问北斗星上住多少神灵。"几万个总是有的,"仁钦说,"有时候神灵出门了,上面的神灵就少了。"班波若问:"神出门去了哪里?"仁钦惊讶地说:"这还用说吗?神灵到我们这里,帮助河水化冻,让小虫子醒过来,让大花朵打开花瓣,把小鸟从南方撵到北方。神灵让风从东边吹到西边,从西边吹回东边,花粉都有了去处。让风吹到北边,吹到南面,吹到西南和东南。神有好多事情做,神让花椒的种子辣嘴,花椒树就不生虫子。让杏变甜,让山杏变苦,每一件事都不能弄错。我知道你会说神灵干不过来这么多的事情,所以我说天上有好多神灵,山有山神,水有水神,小虫、草和云彩都有各自的神,明白了吗?"

北斗七星如同浮在海上的雪白的岛屿,那里清凉,风吹过星辰的白银大地,所有的酒都在酒杯里微微颤抖。那里的树叶子大得可以遮住一座房子。神在房子里透过琥珀的墙壁向下界观望,水或河流像鸟一样飞起来,化成雾也不难。这是仁钦对北斗星的描述。他说星辰上的火苗是绿色的,像树叶一样。班波若对这句话的印象特别深。"成吉思汗也住在北斗星上吗?"班波若问。"是的,"仁钦说,"黄金家族的可汗都住在北斗星上，他们骑着白马在星星上的群山巡行，头盔的金顶子是星星里的星星。"是的，班波若努力往星星上看，想看清可汗和可汗的白马，还有金顶子。他从小就听过老人告诫，夜里到外面撒尿，不可以对着北方，因为北方的星星上住着神。

"好多人，"仁钦说，"在寻找成吉思汗的陵墓，改命（"革命"音译，指国民革命军）在找，亚贲（日本）在找，罗刹（俄国）在找。他们糊涂，成吉思汗是一个战略家，一辈子打仗，怎么会让别人找到他的陵墓呢？"班波若问："那么他真实的陵墓在哪儿？"仁钦惊讶地睁大眼睛，他手里烟锅的红火炭比星星更亮。"成吉思汗没有陵墓啊，可汗告诉别人，他死后埋在草原的黄土里，用马群踏过，第二年长出青草，大地就恢复了原貌。"班波若问："谁也不知道他的遗体埋在哪儿吗？"仁钦压低声音（在空寂无人的草原上，没必要压低声音）："当然有人知道。当年，他们把成吉思汗的遗体埋在草原的黄土下面，用一万匹战马踏过。他手下的人在埋葬圣主的地方当着母驼的面杀了一只驼羔，母驼被绑在装满石头的大车上。第二年，母驼还会来这里找幼驼羔，一边流泪，一边嗅驼羔的血。这就是成吉思汗的埋葬地。"班波若问："知道这个事的人多吗？"仁钦："不多。"班波若："现在有人知道吗？"仁钦："有。"班波若："他们会对外面说吗？"仁钦："不会，绝对不会。"班波若："这个地方在哪儿？是鄂尔多斯吗？"仁钦："蒙古人不应该问这个问题。"班波若："你说过，成吉思汗住在北斗七星上。"仁钦："是的，他住在星星上面。"

没在牧区生活的人会觉得草原之夜美妙而浪漫，事实上，草原之夜很糟糕。美丽的星月遥不可及，可及的是蚊虫叮咬。这是拉盐人难以忍受的痛苦之一。它们永远在叮人，永远在嗡嗡。没有蚊帐，没有防蚊油，当人被叮得麻木了，皮肤表面全是包的时候，这件事就不是事了。班波若害怕的不是蚊子，而是狼。他们走到西乌珠穆沁旗的时候遇到了狼。狼出现后，不是人，而是牛哞哞叫起来。这时，他们发现狼的草黄色的身影在草丛里闪过，离牛车不远不近，在车队左侧、右侧和后面跟随。班波若吓坏了，他从最后面的牛车跑到仁钦的牛车上。仁钦悠闲地说："没事，狼不吃蒙古人。"班波若身上发抖，狼饿了，还分什么人吗？牛车跑也跑不快，只好这么磨磨蹭蹭地走，草丛中露出狼的耳尖嘴脸。他们走过这片开阔地，进入一个狭长的山谷时，狼驻足不前。班波若回头看，一群狼坐在他们走过的地方看他们，如送行。"狼在干什么？"班波若问。"狼在看我们。"仁钦说。"可是，"班波若问，"狼为什么不来吃我们？"仁钦说："狼不吃蒙古人。""狼，"仁钦告诉班波若，"是最聪明的动物，谁是谁，它们心里清楚。再说，人肉不好吃，因为人什么都吃，脏，味道不好。"班波若问："它们不吃，怎么知道味道不好？""嗨，"仁钦乐了，"味早就传出来了，几里地之外，狼就闻到人的味道了。它们过来看看，看人走路，看牛拉车，狼看这些就像看杂技一样，它们觉得人是很滑稽的东西，穿着衣服，套着牛拉车，还抽烟，还打喷嚏，真是滑稽。你不觉得人滑稽吗？"班波若不觉得人有什么滑稽，既然他这么问，就觉得人滑稽，站着撒尿也滑稽。仁钦哈哈大笑。后来，仁钦把班波若这句话告诉了很多人，很多人都哈哈大笑——站着撒尿，多滑稽。

山啊，水啊，像云彩一样飘过去，天上一日一月轮流陪伴。额吉淖尔还没到，问仁钦还有多远。仁钦说谁知道，说到的那天就到了。在到达额吉淖尔之前，他们来到了博格达山脚下。博格达山是圣山，是祭奠成吉思汗的山。蒙古高原上——包括蒙古国、中国新疆与俄国境内，有许多以博格达（宝格达）命名的山，在蒙古人心目中均有神圣的地位。这一座博格达山不算高耸，但平坦的草原上出现这样一座山让人敬畏，它像一位大可汗伸展双臂放在椅子扶手上，静默地注视着草原。仁钦、扎格米、博迪、索跃乐、巴拉珠不知哪一会儿换上了新衣服（蒙古袍，他们竟带着蒙古袍？），仁钦和扎格米戴上旧的毡礼帽。他们像变戏法一样拿出了糖块、奶豆腐，这在当时是多么奢侈的食品。他们把食品放在蓝绸子的哈达上，朝山上的敖包走过去。石头垒的敖包上系着风马旗，在风中急速飘抖。班波若从未在这片草原上见过一块石头，垒敖包的石头是从哪儿来的呢？仁钦、巴拉珠、扎格米他们手捧哈达把礼物敬奉在敖包的石块上，把哈达系在拴风马旗的绳子上。班波若不仅穿着旧衣服，手里也没有礼物。巴拉珠把地上一块石子给班波若，说："这就是礼物，心意是一样的。山神知道你是小孩。"班波若把小石子塞进敖包的石头缝里，跟大人一样下跪。巴拉珠念诵祝赞词："庄严漂亮的敖包矗立在了不起的博格达山上，飞鹰是你的信使,走兽是你的仆人。你的恩泽广被大地,草木因你而繁茂,我们献上礼物,请收下,并请神灵保佑我们的草地按时返青,保佑万物安稳地生活。风调雨顺,天下吉祥。呼来!呼来!('呼来'是祝词结束语,意如:如此,来吧,此愿已成。)"班波若抬头看,蓝天如系在绳子上的蓝哈达那么蓝,衬着白色的石块,极为神圣。他觉得身上的血涌上心口窝又分流到四肢,敖包真有摄人的力量。

班波若对我说,牧区每一个敖包里面都埋着这个地方生长的五谷,有这个地方的土壤和所有河流的水,还有金银器。"它是神灵与凡人沟通的处所。女人不可以祭拜敖包,可是,"班波若说,"多年以来,人们在唱一首名叫《敖包相会》的歌,真是荒唐而且不吉利,蒙古男女怎么能在敖包边上约会?汉人男女能在寺院里约会吗?这是谁写的歌词,怎么能写这样的歌呢?"

祭过敖包,仁钦拿起一块奶豆腐,掰一角给班波若,说:"祭过神的奶豆腐是天赐的食物,吃吧,吃了长福气。"大家都欢喜地吃"天赐的食物",每人只吃一点点,多的留给敖包神。班波若对仁钦说:"我可以拿两块糖吗?回去给我父母上坟。"仁钦说:"当然可以,这是多好的主意啊。"

他们接着走,遇到过同样的暴雨,遇到四处找水却找不到的困境。全由木头构成的勒勒车坏了,木匠仁钦却在草原上找不到树,他派班波若去找树。当班波若找到树,砍下来往回背时却迷了路,在沙漠里昏睡,是巴拉珠找到了他。他们遭遇过冰雹的袭击，人躲在车下，一头牛竟被砸昏过去。他们遇到几千条蛇迁移，蛇像河流一样横在草原上爬行，他们为此等候了一个多小时。他们还遇到了洪水和山体滑坡，除了星星没有下凡袭击他们，这支拉盐的队伍经受了大自然发的所有的脾气。其中最可怕的是洪水。洪水跟河流当然不是一回事，它虽然是水，但来得毫无征兆，像马群一样快。洪水来了，人往哪里跑？平坦的大草原，人能跑到哪里呢？就算人跑得脱，牛车怎么跑得脱呢？那一回是下雨天，雨不大，说蒙蒙细雨也可以，他们刚刚走进了一条峡谷，从这边看，峡谷对面的天像锅底一样黑。仁钦突然示意停止行进，他趴在地上倾听，像狗一样嗅空气的气味，说："快退回去，洪水来了。"仁钦拼命赶牛快走，他像疯了一样。哪里会有洪水？大家笑了，觉得仁钦中了邪。仁钦大发雷霆，挥拳顿足，众人急忙按仁钦的意思退出峡谷，把牛车赶上一个高坡。班波若听到轰隆隆的呼啸声，少顷，巨大的浪涛从峡谷冲决而出，浪里卷着整根的榆树，浪头离地有三四尺高。此时，车队如果还在峡谷里行进，会被洪水冲到岩石上摔得粉碎。众人脸色都变了，像傻子一样看仁钦。仁钦闭着眼睛，手捻玛尼珠诵经。也就是说，当山这面下蒙蒙细雨的时候，山那边已是暴雨如倾，变为山洪冲决而下。班波若说，这场洪水像巨人喝醉了的呕吐物一样，来得快，走得也快。天很快晴了，冲入山下的洪水已不知去向，草原上只是多了几百个温柔的眼波烁烁的水泡子而已。空气变得清新，峡谷传来鸟鸣，像什么都没发生过一样。火的队伍默默地从峡谷走过去，谁都不说话，但谁都知道，他们现在走的曾经是一条死亡之路。可是，石头缝里伸出雏菊的紫色的花瓣，它太柔软了，洪水冲不走它。雏菊得意地在风中摇晃，好像在躲闪野蜂的捕捉。

七月十四或者十五，班波若说，他们终于到了额吉淖尔。是的，在他们走了二十六天之后，额吉淖尔盐湖出现在他们眼前。那天是多云天气，一排排银色的云朵像受到挤压一样从灰色的云层中绽放出来，额吉淖尔也是灰色的，它沉静地铺展在草原上，远远地看上去，它的水流凝重，没有常见的浪花。这是蒙古人用额吉（母亲）命名的一座湖，淖尔的意思是湖。湖水里有盐，盐是跟血、跟命有关联的物质，而蕴藏盐的湖却在北方的正北方向，这些盐里藏着命，让牧民如此艰难地把这些盐粒运回家。如果这座湖不叫额吉淖尔，又叫什么呢？湖边上扎着好多蒙古包，牧民从哲里木，从呼伦贝尔，从昭乌达来到这里拉盐。蒙古包边上停着许多勒勒车，也可以说停着望不到边的勒勒车。拉盐的小队伍有十几辆车，大队伍有上百辆车。夜晚，蒙古包前篝火燃烧，烤肉的香味遍及四野。倒映在盐湖里的星星的影子模模糊糊，好像被盐糊住了光亮。那么多篝火在湖边错落燃烧，像一支举着火把的队伍巡行。到达额吉淖尔的蒙古人备感幸运。额吉淖尔，这是多么深情的名字，这么多人进入母亲的怀抱。他们需要饮酒欢娱，需要畅谈。平日里沉默的蒙古人在此交流各地的雨水的情形、马的情形和草的情形，共同赞诵祖先的恩德，让他们遇到了盐，他们可以随便装载多少盐运回故乡。歌声随便在哪一个蒙古包里响起，锡林郭勒的长调如草地上的河水一样弯弯曲曲，巴尔虎民歌有森林气息。人们围着盐欢乐，这是人类最纯朴的欢乐。他们到达的第二天，天蓝得晃眼睛，蓝其实是刺激视力的色彩，而盐——白花花地堆在岸边，比蓝天更晃眼睛。牧人说，额吉淖尔的盐一直在生长，这些雪白的棱柱抱在一起，形成簇状，真像是长出来的东西。他们用特殊的铁镐刨盐，把盐搬上车，两天时间装满了十一个牛车。当然，在刨盐装车之前，他们跪拜了额吉淖尔，把从当地商贩那里买来的酒和新鲜的牛奶、红糖献给了母亲湖。当车队从额吉淖尔启程往回走时，班波若回头看这座湖时，他觉得自己长大了。

"长大了。"班波若说。他想过——一个人长大了，是什么长大了？是他经历的苦难多了，忍受的能力强了。大自然和对于祖先的信仰让班波若有了勇气。在牧区，没有勇气的人是可悲的，是被大自然淘汰的对象。不止牧区，在任何地方，没有勇气的人所拥有的只能是沮丧。在回来的路上，好像是在路过温都尔宝力格的时候，班波若回忆说，他跟索跃乐打了一架，他们两人的脑袋都打破了。打架的原因跟饮牛有关，索跃乐跟他争执，之后用盛饭的木勺子砸在他额头上，出了血。班波若用一大块盐把索跃乐鼻子打出了血。他们打架的时候，仁钦这些人在一边观看，脸上没有表情。还有两个人牵牛吃草去了。我问："大人们为什么不劝阻呢？"班波若笑了："两个孩子打架嘛，没有是非。蒙古人相信每个人自身的各种经历都是教育的源泉,包括打架的经历。我们两人打呀,骂呀,总会停下来,会哭,会在心里想这件事,找出头绪来。如果有人劝架才是不公平,仇恨不通过筋疲力尽的搏斗是不会消散的。看我们停下来,仁钦找来一大泡牛屎,敷在我和索跃乐的伤口上,真是舒服,热乎乎的,止痛又清爽。"

拉盐的队伍回到家乡沃森花的时候,用了二十三天,修车耽误了一天。车队越过北面的山坡到梁顶时,望着山下就是家乡的村子,班波若高兴得流下眼泪。连他自己都不知道,他竟然这么想念家乡。沃森花的草原正是野花盛开的季节,野花从山坡开下去,一直开到房舍边上。村里的房子小而矮,房子边上的拴马桩和勒勒车被雨浇成黑色。房顶冒着似有还无的青烟,那是人家烧茶呢。班波若想到捧起家里的茶碗有多么美,沃森花的水煮出的奶茶最好喝。木碗的花纹跟双手的掌纹相遇,是朋友相遇。班波若觉得自己肚子里的话突然多起来,有好多话要跟村里的人述说,分享他的经历。仁钦说停车吧。他让大伙坐成一个圆圈儿,说:"火的队伍看到自己村子的影子时,要开一个会。按照祖先立下的规矩,我们进村之前,要忘掉这一次所有的不愉快、恐惧和烦恼。打过架的人,要忘掉仇恨。"在他的示意下,索跃乐走过来紧紧地抱住了班波若。班波若觉得心里真的有一个地方融化了。仁钦说:"这一次去额吉淖尔,火的弟弟班波若是管账的,你把账目说一下。"班波若把谁欠谁多少钱说了一遍。仁钦说:"回到家,我们要把欠别人的钱如数还给对方。"他说:"按规矩,我们每个人都要送给班波若一些钱，火的弟弟喂牛、做饭，干活最辛苦。"他们纷纷伸出手，上面放着一元钱、两元钱，仁钦送他五元钱，索跃乐送他五角钱。这在当时是很多钱。

开完会，他们赶车进了村里，卸盐，各家人背着袋子装盐等自不必细说。火的哥哥仁钦领着火的弟弟班波若去牧民家喝了好几天大酒。

歇了两天，班波若去山上为父母扫墓。他兜里揣着两块糖，这是天赐的食物，他从得到的报酬里面拿出一角钱去供销社打了二两白酒，装进一个绿色的瓶子里，带到山上。沃森花草原南面的名字叫希腊哈达山的南坡上，是班波若父母的安寝之地，坟墓下面长满了乌日勒树，地面上开着拳头大的白芍药花。芍药开花的时候，别的花都不开，它的花期一共七八天，谢了之后，小黄花、小红花、小蓝花才小心翼翼地开放。班波若剥去浸蜡的糖纸，把糖放在坟头，说："你们吃吧，这是神吃过的糖。"他把酒倒进土里，土里冒出刺鼻的红薯干酒的气味。他说："爸爸妈妈，我去了额吉淖尔，我当上了火的弟弟，你们看我长大吧。"往下还有很多话，却说不出来了。他慢慢走下山，他觉得自己身上，包括四肢和胸膛里灌满了大约可以翻译成神的意志的气概，用他自己的话说，祖先住进了他的身体里。这是他迈步踩在大地上，用手摸一下乌日勒树的树叶都能感受到的，抬头看见天空的白云时，觉得那是祖先的马队正缓缓走过天庭。

蒙古民歌八首

《诺恩吉雅》

蒙古女人的名字多如繁星,人们偏偏记住了"诺恩吉雅"。这几个字像玉兰花瓣,漂在老哈河上。这个名字芳香地漂过来,芳香地漂远。也许有一天,诺恩吉雅的名声会超过老哈河。河会断流,会改名,但没人能改诺恩吉雅的名字,就像没人能改这首歌。

这是一首姑娘出嫁,想念故乡的民歌。多少年来,男人唱这首歌,女人唱这首歌,跟出不出嫁没什么关系了。《诺恩吉雅》跟诺恩吉雅的父亲德木楚克道尔吉是奈曼王爷的弟弟无关,与诺恩吉雅嫁给东乌珠穆沁王爷的长子包德毕力格也无关。这首歌是敖汉民歌抑或奈曼民歌都不重要,重要的是人们在歌中听到"老哈河水长又长,岸边的骏马拖着缰。美丽的姑娘诺恩吉雅,出嫁到遥远的地方"。是的,这首歌的主题不是河,不是马,甚至不是诺恩吉雅,而是远方。远方对蒙古人来说是他们祖先去过的地方，是祖先让他们去的地方。远方没有路、砾石和沼泽等待着每一个冒犯它们的人，暴雨和骄阳是远方的筵席，铅灰色的浓云封闭了地平线。蒙古人和蒙古马没有家，远方才是他们的家。这首歌的旋律摇曳，像灯花一样摇曳，有如诉说家史。游牧民族的家史没刻在山崖上，山崖是被他们远远甩到后面的石头。他们的家史在歌里。歌声记录的并非哪一个人的家史与谱系，它是民族史。歌声记录山的名字、河流的名字，还有比历史事实更重要的民族的集体情感，譬如遥远，譬如悲伤，譬如对父母的爱，譬如马。许多人因此在《诺恩吉雅》这首歌里找到了回忆的出发点，这是讲述亲人与往昔的口气，是由目光描绘的有关故乡的图画。谁都知道这首歌悲伤，但情愿接受它的悲伤并把自己的悲伤加入。就像世上有一个湖，人把脚浸入湖水里会感到悲伤。许多人情愿站在湖里，体味悲伤。如今草场被侵占，羊群的毛绒里落满煤灰，草原和"草原"这两个字正在风干，它最终要去的地方只能是辞典。歌声让人愈加悲伤。

诺恩吉雅坐着牛车从敖汉旗老家嫁到了东乌珠穆沁草原，就像风把一颗草籽从河的南岸吹到北岸。没人看见草籽在天空飞，也没人知道草籽在北岸生根发芽，长成一株什么样子的草。它只是草原上无数草中的一株。诺恩吉雅万万没想到人们世世代代歌颂她，唱她的名字和她的故乡。这是怎么了？这首歌一共有三十六段歌词，以河水、大雁、花朵比兴，回环往复。最后一句是一样的——"诺恩吉雅出嫁到遥远的地方"。

有人说，这是一位给诺恩吉雅家放马的马倌创作的歌，他暗恋着诺恩吉雅。恋人远嫁，忧思无尽，以这首歌疗伤。马倌的故事只是诺恩吉雅传说之一种。无论马倌的恋情也好，诺恩吉雅思乡也好，歌里面有什么东西让我们反反复复歌唱呢？其中一定有一种可以叫作现代性或民族性的东西藏在旋律里。它像一株不起眼的草药，受伤的动物在荒野里找到它，咀嚼它，让创伤愈合。我们唱这首歌，是我们心里缺这首歌。唱的时候我们用耳朵捕捉到一个东西，把它补在心里的窟窿上。它是什么呢？第一段歌词"老哈河水长又长……"，第二段歌词"海青河水长又长……"。我在歌词里找不到这个东西，也不知道旋律的哪一部分可以打心灵的补丁，但我的心知道，唱一遍，心里的凹地便平复了，注满了泉水，因为这首《诺恩吉雅》。

蒙古当年强大过。它过于强大，它的后代们倾心于歌咏弱而美的歌，如女儿出嫁。被风吹到河流对岸的草籽，一定不是随随便便长在什么地方，它要去找属于自己的土地。正像许多蒙古男人在唱《诺恩吉雅》的时候会流下眼泪，他们被神明打动。在流泪的背后，他身上的血液渐渐沸腾了，因为远方，因为蒙古语说出的"岸"，或者还有一些化学性的因素，那就说不清楚了。

《小黄马》

听完哈扎布唱的《小黄马》，思绪还在往前跑。如果说余音绕梁，此音约为古琴或昆曲，旋律音韵团在屋子里，环环缠绕，如新沏的茶叶漂在水上。《小黄马》不绕梁，它被哈扎布送到广阔无边的草原上，听歌的人跟着小黄马回不来了。小黄马一边吃草一边走，伫立在远处，如苍茫中的一座低矮的塑像。《小黄马》把听歌人的思绪带到它吃草的那个地方。马低头吃草，鬃发流泻而下，覆盖在烟叶色的宽大修长的颈子上。它的马蹄淹没在尖尖的草里，身上血管凸起的筋肉弹动。如果马尾不摇，马则如一幅剪影，那么安静地置放在草原上，仿佛变成了一棵树。吃不完的草在它脚下铺到天边，天边的云脚和草色模糊一片。草随地势起伏变成浅绿、深绿甚至锡白色。黑鹰俯冲下来捉自己的影子。

　　哈扎布用他的长调让我们看到了这一切。他还没说小黄马蹄子旁边有花瓣弯曲的蓝色马兰花。河流簇拥着云的倒影远游，被溯流而上的野鸭子冲散。这些画面只是哈扎布歌声中的一部分。往东看有这样的场景，往西看还有另外的场景。哈扎布的《小黄马》是一个观光隧道，我们坐在他歌声的木轮勒勒车里看见了夏季的锡林郭勒草原的风景，东乌珠穆沁和西乌珠穆沁尽收眼底。

　　哈扎布的歌声停止了，人的思绪还在草原上漫游。如同那匹边吃草边走的小黄马，它也不知自己走了多远。哈扎布的歌声停下来时，我常常想，此刻哈扎布在那头干吗呢？他也许在录音棚里擦汗，喝一口水。他脚踩着厚厚的羊毛地毯，面前是一支立式麦克风。对面玻璃窗里坐着戴耳机的录音师。他的歌声停止了，听他歌唱的全体人员不知所措。我在美好的歌声停止之际也会不知所措，不知接下来该怎样。录音的人呆呆地看着哈扎布，不知说什么好。语言与歌声是无法对话的。除非你唱着说，但你没有哈扎布唱的那么好。

更多时候，我觉得哈扎布坐在他的故乡——锡林郭勒盟阿巴嘎旗达布希勒图苏木的草地上唱这首《小黄马》。他还唱《四季》《老雁》等古老的民歌。牧区的早上，不光青草有香味，露水也有像白桦树一样的香味。白云在天边已经站好队。前面的云藏在地平线的杨树林里，后面的云还在山后等待。百灵鸟先于哈扎布展开歌喉，羊群从圈里走向草场。草原那么宽广，但羊还是迈着小脚，挤在一起走，咩声此起彼伏。哈扎布在自己家的毡房前唱起《小黄马》。一瞬间，草原比已往更广阔。羊群、云朵甚至大片的草场都搭上了哈扎布歌声的飞毯，向远处飞升。牧区的早晨，奶茶在锅里滚沸之后，大地把白雾散开，这时候仍然少一样东西使这里不像牧区，那一样东西正是哈扎布的歌声。哈扎布的长调从牧人的喉咙里，现在从手机里唱出来之后，牧区的一切才齐全。

《小黄马》唱了什么，竟如此神奇？它没唱金戈铁马，也没唱高山大川，只唱了牧马人眼里一匹小黄马是怎样的可爱。这是一首很小很小的歌，歌者把它放在无限的时间和空间里歌唱，带动了四面回声。哈扎布唱小黄马近乎赞美自己的恋人，他的眼里空无一物，只有这匹马。除了长调，我不知哪种音乐样式以膜拜并欢喜的情感赞美一只动物。哈扎布在唱马的时候，唱出了蒙古人全部的生活。他的歌声真正称得起响遏行云，真假声并举，明亮与喑哑并存。哈扎布独自创造出一种节奏型，疾徐开合全由他一人说了算。听这首《小黄马》如同观云层变幻，一拨云追赶着另一拨云。云头在天空站立，继之瓦解为平川。光线从云间刺入，俄而浓云闭合。哈扎布声可裂帛，可穿云裂石，可让河水倒流。世上所有的歌声都随着旋律与节律向前走，哈扎布的歌声却有另一番景观，像花瓣在枝头摊开手掌，像小鸟绕着松树飞，像云朵在天空欲进又退。他用他的嗓子给我们搭了一座浮桥，让我们看到了他所看到的东西。在《小黄马》里，不只有马，还有马吃草的草场，有更远处的山峦与河流。好的歌曲，旋律的感染力一定大于歌词，演唱的感染力要远远超过旋律。

　　蒙古民族为什么要诞生一个哈扎布呢？他用歌声深刻细微地为我们描绘了蒙古，然后他远去了。这位高寿辞世的老人临终前几年说："每当想到死，我心里就很高兴，像一个骑着马兴高采烈幽会情人的喇嘛。"哈扎布走了，我们还在他的歌声里转圈儿，像蜜蜂钻进一座琥珀穹顶的宫殿里飞不出来，不知道哈扎布到底要告诉我们什么。他唱的每一个音符都像绸带在山坡上飘飞。唱着唱着，他走了。我看到牧区于苍茫中伫立的马，特别是黄马的时候，觉得它们在想念哈扎布。草原空旷，让人、马、房子甚至山都显出孤单，《小黄马》的歌声停止后，让人更加孤单。

《达那巴拉》

西方的音乐和诗歌里面有一类体裁叫"悲歌",如赖内·马利亚·里尔克的《杜伊诺哀歌》、吉他曲《悲伤的西班牙》。他们所称的悲歌并不是哭哭啼啼,实为真挚恳切,不一定涉及丧乱。悲是人类最坚定的情感之一。在佛陀看来,世事无常,悲意正在四处弥漫。人生里面,最悲莫过生别离,两个人活生生地、水灵灵地分开,他们心里却知道这已是永诀。

《达那巴拉》是一首悲歌,平静的旋律和歌词里隐藏着巨大的悲伤。艺术感动人的方法有许多种,其中一种是用平静揭示悲伤。科尔沁的民歌长于叙事,《达那巴拉》也是这样。歌中说名叫达那巴拉的男子(丈夫)动身当兵,与女人(妻子)金香话别。俩人难舍难分,以榆树柏树作兴,以莺歌鸟儿为喻,说出别离的大苦,结尾虽有一个虚拟的重逢,但谁都能听得出他们从此天各一方。

旧时代的男儿当兵有几个完身还乡?马革裹尸常常是他们的归宿。军阀杀来杀去,流的是士兵的血,而无论哪一方的士兵,在糊里糊涂地拼杀之后,常常糊里糊涂地战死沙场。打仗的士兵,是处在人生最好时期的青年。他们人生的任务原本是孝养、种地、放牧、传种,一直活到老,战争扯断了他们生命的钟表,与家人从此阴阳两隔。赴死男儿生别离,最难割舍是妻子。他们分开,相当于看到把一件件绫罗绸缎拿出来扔进火堆里烧掉，美好之物化为灰烬，不仅痛，还有无奈。两口子在一起过日子，是平民的愿望，而战事像风一般坚定吹来，不顾及百姓的愿望不愿望。悲从此处生，悲歌也由此唱起。

"榆树啊柏树，假如真的烂掉根啊，剪子翅的莺歌鸟儿，要坐到哪里歌唱？稀罕过思量过的达那巴拉哥哥，今天投军要去远方。啊哈嗨，〔我今后要〕看着谁的面庞度时光？"

这一段歌词是我的直译，是这首男女声对唱歌曲里面女主人公金香的歌词。我十分赞赏歌词直译，其中有细微的刻画与感受。金香诀别亲人有一肚子话要说，说不出来就哭，这是女人本色。但艺术不是哭术，它要由远至近、由物及人抒发情怀。金香自比莺歌鸟儿，她说烂了根的榆树柏树自然要倾倒，小鸟儿要坐到哪里唱歌呢，显见她心目中的达那巴拉是一棵枝叶繁茂的大树，她不过是树上歌唱的小鸟。歌词有四处惹人怜惜：金香自比莺歌鸟儿，给鸟儿赋以动态——剪子翅，玲珑可爱。君不见，飞来飞去堂上燕，不都是剪剪而飞吗？小鸟翅膀一张一合，被金香称为剪子翅，民歌多可爱。对树上的小鸟，金香说它坐着唱歌。鸟在枝上从来站着，它的短腿和尾巴让它坐不了。但说"坐"更显安逸，像过日子一样，宽大的榆树柏树就是一个家。达那巴拉在金香眼里是什么样子呢？"英俊""伟岸"这些词是现代文人形容男人的皮相之语。我们不知达那巴拉是什么样子，金香只说这是一个她"稀罕过，思量过"的人。那么，两人的亲昵就不必说了，比莺歌鸟儿与榆树柏树的关系还要好。"稀罕"在东北话里有情人亲昵之意。蒙古语的"三森"是思量，是回味，也表亲昵。就是这样一个哥哥却投军了，金香说，以后她眼睛看着谁的面庞度过时光呢？此句是歌中最为沉痛之语。夫妻过日子，过的是什么？过的正是对方的脸，看这张面庞渐渐到老。白头到老，说的不止头发，是看着对方的面庞自然而然变老。一个人如果在家中看不到伴侣的脸，她有什么？什么都没有。

金香唱的四句歌词，解释起来却要啰唆儿百字，实在是民歌信息量太大。它字里行间有许多意味让人品读不尽。语言是一个民族生存的根基，一个民族的语言有多生动，他们的文化就有多鲜活。

《达那巴拉》唱的第二段歌词是对金香的回应："榆树呀柏树，假如真的烂了根啊，剪子翅的莺歌鸟儿要到山里去唱歌。你亲亲的达那巴拉哥哥，今天动身去当兵，啊哈嗬。明年开春三月里，告个假回家来看望你。"明年开春，达那巴拉能回来吗？不知道。但歌就要这样唱，谁忍心让这么好的女人心里不抱有希望？有希望的莺歌鸟儿会一直把歌儿唱下去。

《牧歌》

蒙古民歌进入世界殿堂的旋律有多少，我没有详细地统计，能够确定指认的一首是《牧歌》。

《牧歌》被改编为小提琴独奏曲，这是一个标志。它意味着这是一段可以用西方音乐语言叙述的记忆，这个旋律（也可以叫素材）注定是一块宝玉，被小提琴的乐曲琢磨成欧洲民族能够体味的音乐雕塑。《牧歌》里一定蕴含着巨大的内容。

我们在指认它的内容之前，先感受到它的旋律极为简单。那是贝多芬与舒伯特式的简单。贝多芬的《月光奏鸣曲》如果用数学表述，它不是微积分与代数，是两位的加减法，有着以孩子的手搭出一个积木般的简单。《牧歌》的旋律只有四个乐句，第一乐句是一个梯式的单纯的上行；第二乐句差不多是对第一乐句的重复，但上行变为平缓的行进；第三乐句陡然下行，显示长调常见的结构方式；第四乐句仅仅回应了第三乐句的呼唤，然后结束了。

它竟然这么简单，如儿歌一般纯洁，旋律的创造者像儿童一样无所顾忌。这四个乐句可以分成两句问答，一、三乐句是问，二、四乐句是答。而所谓"答"，也没有歌曲常见的对位或发展。第二和第四乐句的"答"是轻轻的。而在其他歌曲里，答句恰恰是重的，而且是延伸地行进。这里的答句仅仅是对第一、三乐句的回声——像山谷的回声一样，渐弱渐远。

它不像一首歌曲，而像一个人的梦幻所见，像还没成形的雾。可是，谁说晨雾不美呢？夏季的晨雾如沁出绿色的白玉，像仙女下凡之前的铺垫。然而晨雾并不具备具象，音乐术语叫没有旋律性，但我们都目睹了晨雾并被它营造的氛围所迷惑。《牧歌》就是这样，它不遵从歌曲作为曲法的法则。法则是宝贵的，这是千百年来经验的结晶，但极少数天才作品却在法则之外诞生。莫扎特和贝多芬都是法则的产物，当然他们也有作品脱离法则横空出世。如果让一位作曲家分析《牧歌》,他摸不到这首曲子的门道在哪里;可以感受它的魅力,却发现不了它的技巧支撑。它的第四乐句完全不呼应第一乐句,这几乎是不可想象的。但就这样了,唱不唱随你,真是没办法。《牧歌》不仅简单,而且随意,仿佛当年唱这首歌的牧民对这四个乐句也许有别样的安排,这完全可能。这首歌,不过是有一天有一位蒙古牧民在草原上唱歌,被记谱者安波听到了。安波在后来出版的《东蒙民歌》这本小册上诚实地注明,这是一首民歌,自己是"收集者"。不像一些骗子,把自己说成是曲作者。

简单是大作品的特征之一,用流行的话叫至简,意思一样。然而,大凡音乐都不简单,简单不了,要起承转合,要按照旋律的动机去发展,不复杂不成其为曲子。然而大作品仍然简单,这不是作曲者自信不自信的问题。我们根本找不到民歌的作曲者,我们只知道最初唱(创作)这首《牧歌》的是一个蒙古人而已。这个人唱歌的时候有可能在忧伤,也可能在欣快,更多的可能在无所事事。他唱出之后,将其打磨完善,再唱,唱好多次。如果——这很重要——这首歌很好听,其情感对演唱人很重要的话,就有更多的人传唱。这些人指的是几代人,边演唱边加工修改,完全没有顾虑。东乌珠穆沁的民歌传唱到克什克腾旗完全有可能变了风貌,但是,所有的传唱者(加工者)都会趋向于把它唱得简单,使之容易流传,而情感愈发突出,却不会考虑作曲法。

这首歌在简单的旋律里包含的巨大的内容在哪里呢?从小

提琴独奏和无伴奏合唱中可以听到的是：这首歌唱的是辽阔。前两个乐句如天上的流云，一朵追逐着另一朵飘向远方；后两个乐句描绘地上的情景，碧绿的草原与天空对应，天空铺展到哪里，草原就延伸到哪里。所以在第二、三乐句之间会感受到一些断裂，因为第二乐句在追随第一乐句，是它的回声，在说天之辽远。而第三乐句是关于土地的起句，跟唱天空的情感不一样。这首歌唱出了辽阔，也唱出了丰饶，这是说广度。它的深度在于唱出蒙古人崇敬天地、热爱草原的宁静的心。

《四海》

这是一首酒歌。

酒，是蒙古民族乃至北亚民族生活中的大物品。他们的民歌中离不开祝酒与赞美酒的曲目，当然祝酒和赞美酒也可以融合在一首歌里。从《四海》里面听得出蒙古人手端酒杯眉开眼笑的样子，他们常常唱"金杯呀，银杯呀"，事实上没几个人见过金杯，我活这么大岁数也没见过金杯。他们情愿把最美好的东西依附于酒，因为酒以其美好实在应该躺在同样美好的黄金的杯子里，继而，进入心情美好的喝酒人的粉红肉质的胃肠里。

虽然《成吉思汗大扎撒》里规定蒙古人不得过量饮酒。在古代，蒙古人是战斗种族，白天或黑夜随时可能遇到敌方的袭击或去袭击敌方。酒，作为麻痹人类中枢神经的物品会让饮用者愚蠢起来。当年成吉思汗饮用了来自西域的蒸馏酒（白酒）后曾感叹世上竟有如此让人心怡又夺人神志的液体，故下谕"我的子孙不得过量饮酒"。但是（历史历来被"但是"所改变）世上既然有酒，而北亚又是那么的冷，蒙古人仍然会喝上一点点酒。能喝七百五十毫升白酒的人，一顿喝五百毫升不算过量吧？况且他们早已不战斗，夏夜里偷袭他们的是蚊子而非塔塔尔人的骑兵。冬天的敌人是风雪。哦，说到风雪了，蒙古高原的风雪比战争更严酷。最寒冷的日子，譬如在零下四十摄氏度的气温下，风与雪一并而至，那里见不到长城以北悠然而至的雪花。七八级的风和雪搅到一起，如上帝之鞭抽打大地。公路上的汽车不幸抛锚了，不足十分钟，雪已经把车埋起来，很可怕。牧民赶羊、赶牛、赶马回家，看不清一米之外的物体，但仍然要把羊群、牛群、马群赶回家。牧业生产是一项十分残酷的工作。不要把话说远了，回到酒里面。这时候，身处严寒的牧民从怀里掏出一个焐得热乎乎的锡制扁酒瓶，拧开盖，自嘴倾倒液体若干，咽下入肚。此液体大部分成分是水，但是其中含有溶解于水中的乙醇，俗称酒，蒙古人谓之"阿日黑"或"哈日阿日黑"（黑酒）。呜，这个东西（酒）喝下去之后，唉，它对人的体温调节系统和主管情感的神经系统产生了奇妙的影响。或问：是什么让一个人没当上佐领、章京、札萨克依然喜笑颜开？是什么让亲人朋友在他眼里熠熠发光？是什么让牧人在风雪里放牧淡定自如并把这种生活持续下去？是"哈日阿日黑"。对此，酒即使起不到根本作用也起主要作用。

酒有神明啊,连汉朝的人都说"何以解忧?唯有杜康"。杜康不是肚糠,是杜大工匠发明的未蒸馏的米酒,比"哈日阿日黑"度数低,多饮亦醉。

于是他们赞美酒。

《四海》这首歌唱道"像西海的水一样清澈,像葡萄叶子一样柔嫩,由于缘分坐在一起的朋友们啊,我在歌声中举起了酒杯(献上这样的美酒,请你们饮用)"。

蒙古人喜欢海(达莱),他们把大湖或美好的水域或甚深智慧都称之为海,如元大都的北海、南海、中海叫海而不叫湖。歌中的"西海"是一个虚拟的水域,那里水质清澈,酿酒甘甜无比。像古代的蒙古人没机会遇见海洋一样,我以为他们也未必见过葡萄,但蒙古人像喜欢海一样喜欢葡萄,有一个蒙古部落就叫"葡萄"(乌珠穆沁)。他们来自蒙古国境内的葡萄山。

这首歌把美好的海水和葡萄化为酒的前身,这是酒之神奇的缘由。歌中的第二、三、四段的歌词还有"像东海的水一样晶莹""像南海的水一样纯净""像北海的水一样透明",以及"像芭蕉叶子一样清香""像檀香叶子一样芬芳""像月桂叶子一样细腻",都是他们没见过的海水和树叶子,用来形容酒。他们劝朋友们把这样的酒喝下去。喝下去就等于喝下了四海与嘉木的气质。喝呀,喝!

《四海》是一首节奏鲜明的短调民歌。内蒙古广播合唱团用四个声部(女高音、女中音、男高音、男中音)合唱的《四海》非常好。气息在星光照耀的夏夜冲荡,但不像喝酒,而如青年男女骑着走马去草原深处幽会。星星注视着他们,草叶唰唰响,河水唱歌。男高和女高、男中与女中,成双成对隐没在草海里,歌声消失,酒香传到天际。

《乌尤黛》

旋律真是个奇妙的东西。有的旋律适合人声演唱,有的旋律适合乐器演奏。如果一段旋律兼有两种特性——喜欢唱它并演奏它,这一定是一段让人回味不已的好旋律,如《圣母颂》,如哈萨克民歌《燕子》。《乌尤黛》也是这样的好作品。

我尝试以作曲法的原理分析这首民歌。分析它旋律的发展动机,分析它的织体与对位,结论是分析不了。它是天成之作,圆满无憾,不具备供人分析的马脚。玉能分析吗?珊瑚能分析吗?如果你能分析玉,你就能仿制玉,但那是不可能的。你能制玉,上帝做什么呢?即使一段旋律,你仍然可以把它看成是一个圆润的、散发光泽的苹果。苹果身上没有供你钻进去探查的洞,苹果也不附带苹果说明书,但你照样吃出它的香甜同时没办法洞悉它为什么香甜。《乌尤黛》就是一个芳香的苹果,它有多香甜,就有多悲伤。民歌就是这样,情歌更是这样。它把人用语言说三天三夜还没说清楚的相思之苦用四个乐句就表达清楚了。清楚什么?听者从中听到了一个被爱情折磨得奄奄一息的人的悲苦与甜蜜。相思跟坐牢不一样,黄连搅入蜂蜜里，同时尝到苦与甜，而坐牢只有苦。当然，相思与坐牢也有相似处，他们都被关进一个屋子里走不出来。囚徒住在石屋里，门上着锁。相思者像蚕一样被自己密密麻麻的思念困住了，没有锁也出不来。

"想念你呀受不了，啊嗨咿，乌尤黛啊嗨。半夜起来把白马刷了一遍。想念你呀受不了，啊嗨咿，乌尤黛啊嗨。半夜起来把青马刷了一遍……"

这是《乌尤黛》的第一和第二段歌词，是一个在爱情中恍惚困顿的男人心底的呼喊。然而他的呼喊不狂躁，只有深情。他在单相思，他所念者并非他在远方的妻子或未婚妻，我们只知道他在思念这个名叫乌尤黛的蒙古女人。而乌尤黛在哪里，长什么样子，多大年龄，爱不爱他，我们一概不知。从歌声中猜度，可能乌尤黛也不知道有这么个人在想念她。单相思，在艺术作品中可以结出美丽的果实。单相思者并没有尝到爱情的蜜汁，也丝毫没有赢得这场爱情的把握，却坚定地以全部心血建造乌有的天梯。其纯洁（没办法不纯洁）与痴愚可以制造美的艺术品。在他那里，爱的全部原材料不是洞房，也不是顾盼与香吻，他心里只是她的容貌和她的身影，甚至只有一个名字——乌尤黛。这个名字的三个音节构成并推动着他的爱。因此，乌尤黛这个名字在这首歌里回环反复。他唱这首歌的全部动机只在让"乌尤黛"从口唇中间反复出现。

"想念你呀受不了"，受不了比睡不着更痛苦。一个人被架在燃烧的火堆上能受得了吗？但他是很安静的人，半夜起来把白马刷了一遍。半夜里能做什么？只能刷刷马。马是蒙古人的伴侣和朋友。白马一定洞悉主人的痛楚，它以温良的、长睫毛的眼睛注视着主人的脸和脸上的泪。说到这里，听歌的人或许不解，他这么想她，为什么不表白？为什么不去找她？这是讲逻辑，而爱情是不讲逻辑的。我们知道这个半夜刷马的人深爱乌尤黛，却不知他长什么样子，多大年龄以及财务状况。他只有爱和马，其他我们一概不知。人世间，爱情号称美好，但比其他事务更注重功利，想爱很难。相思者刷完马稍得安稳，又一波相思袭来，他只好起身刷另一匹青马。这个男人有两匹马，时不时刷一遍，都在半夜。

我们要谈谈这首歌的旋律啦，虽然用文字描述旋律十分笨拙。此歌起首即进入高音区域，然后递减，又上升，再减，结尾乐句以低八度音符结束。低八度的尾音在等待上升音符的召唤，因此第二段歌声顺理成章地浮现，如同歌唱者起伏的心绪或者叫呼吸。气呼出去，自然要吸进来。那个高高在上的高音音符正是乌尤黛，她美丽不可企及。这四个乐句的连接玲珑婉转，如同有轴，像巴赫的曲风。

这首歌以其深情委婉得到琴家的喜欢，许多马头琴演奏家喜欢演奏《乌尤黛》，听上去更加深情。更深情的还有第二段歌词"如果我是一只蝴蝶呀，落在你的衣领子上天天看着你。可惜我不是蝴蝶呀，眼巴巴看着你走远……"

多么绝望，多么美！

《达古拉》

达古拉是蒙古语当中的动词,也是名词。动词意谓"领着",名词是人名。名叫达古拉的人一定是一位女孩子,父母让她再领来一个弟弟。由此,牧区也有"胡达古拉"这样的女孩名字,与汉语人名中的"招弟"仿佛。

民歌《达古拉》是一首男人唱的忧伤的情歌,达古拉是歌唱者心中的恋人。她带给思念者的并无甜蜜,只有忧伤。

歌中唱道:"东北面的天际涌起了乌云,是不是要下雨?〔我的〕心里七上八下,是不是又要跟达古拉分离?"

我在巴林右旗的索布日嘎采访时,听一位牧民讲巴林人的方位凶吉。他说东北方向不好哇,说着就唱起了《达古拉》:"东北面的天际涌起了乌云……"我闻言不禁哈哈大笑。

由乌云猜到下雨,继而想到了分手,渗透着恋爱者失恋的苦。世上最苦的不是黄连,也不是黄檗,这些姓黄的草药都比不上失去恋人更苦。失恋是精神疾病之一种。得病的人从失去恋人进入被遗弃的强烈的孤独之中,做不了自己的主了。医学表述约为:患者承担判断力的大脑额叶停摆,他不能对哪怕是细小的事物做二选一的决断,这是很痛苦的病况。他爱的人离他而去,却占据了他情感与注意力的中心位置(焦点),使他无力与外界有效交换信息。换言之,他被强迫思念一个人,做无用功,但无力改变现状。抑郁症不正是这样吗?是的,抑郁症的诸多病状中有此一种。患者还会把他周围发生的一切事情与中心事件(失恋)联系起来,陷入更深的迷惑。

因此,这首歌听上去充满了忧伤。然而,这并不是失恋的人或抑郁症患者的专有歌曲,对科尔沁人来说,这是家乡的歌曲。歌中的情绪恰好适用远离家乡的人思念家乡。科尔沁那么多的土地被张作霖的黑衣军抢占,蒙古人被赶到沙漠腹地。开鲁、奈曼、康平、霍林河两岸当年不都是丰美的草原吗?最后变成耕地。科尔沁人能不悲伤吗?有人笑话科尔沁人的蒙古语方言太土,掺杂汉语太多,然而他们的土地情结更深重,他们唱的《嘎达梅林》有极大的苦难的感受。每家分到一万亩草场的呼伦贝尔牧人知道吗?当你的一万亩草场最后变成五十亩只能种玉米的耕地时,牲畜不能养了,草原没有了,你的歌里还有辽阔的意境吗?

歌的第二段唱道:"西北边的天际涌起了乌云,是不是又要下雨了?我的心里翻腾不安,是不是要和达古拉分离?"这一段歌词与第一段相仿,只是乌云从东北转到了西北,风向变了。但他断定,不管哪边天际起了乌云,达古拉都会离开自己。

B调的副歌是这样的:"雏鸡若是飞走了,草丛从此空空的。好姑娘达古拉若是出嫁呀,〔我的〕心里从此空空的。"歌词中的真理(如果有真理的话)一般都在副歌里,"空空的"说出了失恋人的失助、委屈与无处诉说。心理学证明,失恋者体验到的实为恐惧——恐惧失去,对恐惧发生恐惧,以及恐惧自己承担不了这份恐惧。这番话说得有些生硬，但只能这么说了。就情感而言，只有纯真的人才会遭这份罪，流氓们生发不了这样的感受。世上一些独特的痛苦是专为忠于爱情的人所准备的，事情就是这样，没办法，而前仆后继的失恋人仍然可以排到东北及西北面的天际。劝他们回头并没有道理，向他们的纯真致敬好像也不对。我们庆幸我们没失恋吧，像平原上的人庆幸不会遇到攀登珠穆朗玛峰的危险。

《达古拉》的旋律非常好，简单而强劲。用"强劲"形容旋律不是笔误，是说这首歌的主旋律可以生成一首交响曲的主导动机。德沃夏克、柴可夫斯基、斯美塔那的交响曲都有一段支撑性的〔强劲的〕来自民歌的主导动机，民歌和民族情感成全了作曲家的大作品。蒙古民族不缺歌手，然而缺少优秀的作曲家。我听过的以蒙古民歌旋律为作品内核的交响曲有《嘎达梅林》（辛沪光作曲）、《森吉德玛》（贺绿汀作曲），他们是汉族老大哥和老大姐，蒙古族作曲家还在成长中或在他们父母的孕育中。

我们等待从草原深处的蒙古包降生的婴儿长大成为大作曲家，把我们的民歌变成让人类共同享有的交响乐曲。

《东泉》

远看，晨雾中的山林好像是从牛奶里长出的青苗，牛奶几乎淹没了这些绿色，让树木显出矮小。晨雾散了（说散也不对，雾在阳光和晨风里渐渐稀薄了），树木高大耸立，露出森林世界的规模。岩石上结着一如远古遗留的苔藓，松树的树皮浑似裹着被雨水淋湿的皮革的铠甲。更薄的雾气从枝叶缝隙斜入的光线里升腾，不知从哪个方向传来清脆的鹿铃。

这是敖鲁古雅夏季的清晨，养鹿人开始了童话般的一天。把这样的生活称为"童话"有一点矫饰，山林民族的劳役摆脱不了苦和累。然而他们纯洁，在山林里生活的民族如同依靠树与泉水生活的飞鸟和马鹿，没有对大自然的信任是活不下去的。信任是爱，是把谋略限制到最低程度，让生命依赖大自然的智慧。这样的人纯洁，信任并依赖大自然的人大都纯洁。他们的生活场景和心境与都市人群相比，近于童话，虽然"童话"里包含着大自然残酷的洗礼。

被大自然锤打并塑造过的人有自己的一套心智和语言，他们心里装的好东西都不可用金钱衡量，比如月亮与泉水。他们信任并依赖月亮、泉水、露珠、青草和山峰，他们觉得人生的意义和终极目标都可以在大自然当中显现。除此之外，他们不需要其他目标。这样的人纯洁，他们的眼睛仿佛被泉水洗过，会用爱的目光看待自然和人。当下，人用爱的目光看人不太容易，用爱的目光看待爱情都有困难。

用爱的目光看待爱，是美的源头，也是纯洁的源头。

我听了《东泉》之后，生发出这些感想。其其格玛演唱的这首歌曲把我强行带进大兴安岭，走进鄂温克人生活的森林中。其其格玛唱得多么美，然而这些美像月光在流淌的河水上躲躲闪闪，看得见却看不清。美和我们捉迷藏，它一会儿在天上，一会儿在泉边。或许还在树林的风里，在夜间活动的小动物的眼睛里。歌中唱道：

> 哎呀，看那天上光明的月亮，
> 照在了东泉边上猎人的身上吧。
> 我侧耳听到远处清脆的鹿铃声，
> 是不是心上人走在回家的路上呢？
> 让我的想念变成哗哗的泉水，
> 随着你的身影静静地流淌。

这是一位女孩子思念情人的歌。爱情就是这样，有情人由花想到风，想到把花香送到情人鼻孔，看到月就想这一片月色刚好照在情人身上。月光普照万物，但姑娘唯独想到它照在自己情人的身上，唯有他配得上这样的皎洁。她的情人是猎人，鄂温克的男人个个是猎人。猎人在哪里？姑娘把他放在最美的地方——东泉。月光下，最美的地方不是草地与山冈，是泉水边。不要问猎人半夜在泉边做什么，美的人自然要到美的地方去，这是心的需要也是歌的需要。姑娘把猎人放到泉边，然后怎么办呢？好的歌诗从来都是动静相宜。月亮、猎人和泉像雕塑一样静谧。姑娘接着唱道，她"侧耳听到远处清脆的鹿铃声"。动起来了，在如霜的月色下，鹿群和它们的主人从林中走过来，这是另一幅动感的美景。都市人连鹿都见不到，更不要说看到鹿从月色下的树林走过来。歌曲并非要唱这番美景，而是鹿铃引发了她的心跳——是不是心上人走在回家的路上呢？这怎么办呢？谁有什么好办法吗？歌词后两句写的比我们想象的都要好：姑娘想变成泉水，随着猎人哥哥和鹿群，伴着他们的身影流淌。

被这样的歌打动，与其说歌词意境美，不如说这个民族的心灵美。这是被大自然千淘万洗过的心灵，如人类的童年，稚嫩纯真。

《东泉》的旋律优美静谧。用"静谧"形容旋律似乎词不达意，但除了静谧，找不到其他词语再现这首歌对月色和泉水的描绘，还是静谧。如果歌声能唱出大自然的静谧该有多好，比那些嘈杂的、雄壮的歌更合天理。静在物理学里是个相对概念，指声音对人耳的影响。静谧的美学内涵是什么呢？它包含真，静里没有虚假，所有虚假都在动中。静的美学还包含了纯洁。纯洁是真的伴生物。其其格玛的歌唱里收纳了月光、森林和泉水，还有像安徒生童话里的猎人，他随着鹿铃行走在月色里，身旁是静静的从未停歇的流淌着的泉水。

一棵树

草原上树少。树像草原上的牧羊人一样,矮矮地、孤零零地站在草地上。西有夕阳,树把影子拉得很长,愈显孤独。假如树也要和树说话的话——草原的树如牧羊人一样是一个终身默哑者,伴随它的只有影子,黄昏里拉得长长的影子,如炭精条在白卡纸上重重涂的一道黑线。

在草原上走,看到远方有一棵树,会觉得树正朝这边张望。它矮矮的身躯上穿一件绿雨衣,朝这边望。人会冒一个念头,跑过去,跑到树身边摸一摸这棵树。走到了,它和别的树并没什么不一样,还是树。可是这棵树会笑——如果你善于辨识树的笑容的话——树干的皱纹贴紧你的手掌,树叶在风中微抖。如果树叶可以发出歌声,那就是呼麦。

树在车窗外面和车里的人遥遥对望,不知走多远才见到下一棵树。黑夜里,树更孤单,有狼趴它脚下做伴也是好的。草原的星星漫无边际,根本不按星座排列,好像什么人把桶里的星星碰撒就不管了。星星从坚硬的夜色里钻出来,看大地发生过什么事情。但它什么也看不到,漆黑的夜色里,草在安眠,海拉尔河、额尔古纳河静悄悄地流淌。星星更看不到草原上的小树。小树若要长到让星星看得见,要过许多年。

我从海拉尔赴额尔古纳,停车,看到路边长着一棵树。树上系着蓝哈达。树只到人的肩膀高,哈达系在它脖子的位置。感谢那个给树系哈达的人,仿佛他代表了许多人的心意。这棵路边小树,好像是树林派来迎接来客的代表,但它太容易被忽略,系上蓝哈达就抢眼了。

蓝哈达在树的颈子上哗哗抖动,树显得骄傲,哈达在它身上系住了无限心意。车开动,我回头看,那棵树由于系上像天一样蓝的绸缎哈达,一点也不显得孤单了。

云的事

云是另外一回事，人看了一辈子云，最终不知所云。我小时候的大人见了什么东西要先摸一摸、尝一尝，比如布匹、盐和酒。云怎么摸？虽然人人都想撕一片云擦汗或擦桌子，云太远，捞不着。人坐飞机进入云层里，舷窗外有密密的白雾，此乃云也，是最近距离的接触，但还是隔着一层玻璃。云和咱们有隔阂呀，它是天上的东西。

我过去说，云在天边，而天边的人也说云在天边，它到底在哪儿呢？假如大地上的天空如一个圆玻璃鱼缸，云都在鱼缸边上堆着呢，鱼缸当中是大地，地上有微尘的山峦与更微尘的人。

在呼伦贝尔的鱼缸，下面是草原，四周环绕云朵。呼伦贝尔之云比外地的云幽默。我看到一朵大云的形状似一个扎嘴的口袋，口袋嘴斜着撒落一溜儿小云花，假装它装的是银币。我觉得，呼伦贝尔之云的年代过得比咱们慢，像大兴安岭的松树生长得那么慢。用口袋装银币还是 20 世纪初叶的事情呢，刚刚修中东铁路。呼伦贝尔的云还有炕,"一"字形的条云,两端有两朵云,老头老太太坐炕上喝酒。这里是牧业地区,最多的是骆驼云,看得出它们的跋涉感,好像是从莫力达瓦或扎兰屯来的白骆驼,这么走也没见瘦。但草原上的骆驼刚褪完毛,瘦得像毛驴一样,虽然比毛驴个大,却像毛驴一样灰。这些在吃草的骆驼不比白云更像骆驼,我站在骆驼边上抬头看骆驼样的云。

  飞机到海拉尔上空,我从舷窗看到地上有大大小小的黑湖。刚下过雨,草原存水积成湖啦。飞机下降,湖竟移动。啊?再看,黑的湖原来是云朵投射在草原的阴影。早先以为云在天边,不知它大小,这回知道了。大云面积有乡镇大,小云也有村子大,使草地变得黝黑。这么大的云影对地上的人来说,只不过像蛇一样从身边的草地滑过而已,可见缓慢的云在天上飞得多么快。

野芍药的领地

每年 6 月 16 日至 18 日,是呼伦贝尔野芍药的开花日,一周凋落。在公路上开车走,左右的草原上全都是野芍药花。每棵三五朵花,纯白色,不串其他色。野芍药开大劲了,茶碗那么大的花瓣向后仰,像"我不活了"。

草原的风吹过来,人还是原样,而草做出蛇形的舞蹈。草的叶子被风刮出正反面,深浅两色,"一阴一阳谓之道"。叶子组成 S 形的图案,消失在远处,好像草底下遁过无数土行孙。在草的舞蹈里,野芍药花别有姿态,那么大的白花随风俯仰,如同草地上坐着许多无形的人(神人)喝酒。他们手执花盅和白瓷碗在风里晃着,酒洒出来,干杯,干杯。趴着看,草里成千上万的白瓷碗在干杯,神不愧为神,拿花朵干杯,喝一个礼拜。

我用照相机拍一朵野芍药的特写。拍好了看照片,一朵大芍药,黄芯环绕花蕊,如欧盟旗帜的星星。再看,背景的草地里裹挟着模糊的羊群,羊在两尺高的草里奔跑,好像身后狼来了。我抬头看，哪有羊啊？遍地是野芍药花，看照片却像羊。我慢慢趴下看，远处的"羊群"是那些无边无际的芍药花。

草地里为什么没有别的花呢？牧民说，野芍药性格厉害，它开花，别的花不敢开。花在我们眼里是花，在花的眼睛里，它们是野兽。

开遍一切地方的野芍药一定是花里的霸王。这帮野兽天天唱歌跳舞，狂欢七天啊，狂欢七天。

蒙古高原礼赞

河水流进骏马的血管

祖先给河流赋予吉祥的名字，读起来回声遥远：乌力吉木伦河、通拉嘎河、乃仁河、额尔古纳河、查干木伦河、昆都仑河、白音高勒——这是吉祥的河，清澈的河，细的河，突然拐过来的河，白色的河，横过来的河，富足的河——河流灌满了福气，奔流在蒙古高原。说起河的名字就重复着祖先的愿望和这片土地当年的样貌。

傍晚，奔马像鹰群一样飞到河边饮水，河岸像栽种了一排杂色的树林。河水流过牛羊的嘴巴，水里混合了草的汁液。

河流里，如蛋壳一样洁白的卵石和头发一样的水草眷恋水，水带不走它们，像流云带不走牧羊人。

河之不息如长调不息，缓慢地、留恋地流过草原。草原如此之美，河流舍不得流向天际。它像长调那样尽量延长音符，折折叠叠，给草原留下盘肠的痕迹。

平静流淌的额尔古纳河奉献了黄金家族,历史由这条河而改变。额尔古纳河比人们想象的更平静,如生育伟人的母亲那样安详。

河水流进草的根须,流进骏马和牧民的血管里,流过牛羊清洁的胃,跨越千山万壑,像一个网,包裹着蓝色的蒙古高原。

歌声:泉水如花瓣一层层盛开

像孩子一样跳出地面,透明的花瓣一层层开放,泉水来了。

山顶的泉水比山顶还高,山脚的泉水比月亮还亮,泉水来了。

泉水遇见今年的青草,抱住山丹花的腰。泉水倾听大河的喧哗,十里之外,浪涛奔跑。

树林传来泉水的响声,像蝴蝶扇动空气。泉水来了。

泉水的名字叫富裕,叫金子,叫长高(蒙古语中泉水的名字)。泉水的溪流这样稚嫩,比站在山顶俯瞰江河还要细小。泉水来了。

泉水来了,泉水咕嘟咕嘟、咕嘟咕嘟冒出地面。泉水去见鹿群、野黄羊群和小鸟。牛羊肥壮,人畜安好。

一条条哈达献给你,煮好的肉食献给你,请泉水收下我们的心意。

群山注视着草原

草原的山峦缓缓上升,展开父亲的怀抱,注视着草原。

有蒙古人和山的地方必有一座名叫"博格达"(宝格达)的山。它是天派下来的山,人们视如圣山。所有的博格达山只是一座山,如可汗,遥遥地俯瞰着草原。蒙古人的民歌唱到博格达山,会变得空灵,思绪渐渐遥远,好像他们的匐匍和沉默的思念。

蒙古高原的山上没有财宝,矿藏也不是财宝,山是神住的地方。草木长成神的衣衫,动物是神的子孙和伙伴。奔跑的鹿和小兔在为山神跳舞,神冠上的树叶子被风吹起,化为小鸟。蒙古黄榆从峡谷排列而下,是山的卫兵。神在哪里?神就是祖先的遗训,珍惜大自然,一草一木都是宝。

站在高高的兴安岭,山下只有云和树。秋天来了,落叶松把群山铺满黄金。入夜,山的翅膀合拢一体,大地黑暗,星星布满山顶的穹庐。它威严的头顶悬挂尊贵的北斗七星。大雪覆盖的罕山上,鹰的影子多么寂静。

歌声:两棵树在露水里走路

大山领着小山,走在茫茫的地平线,小山睡在大山胸前,一起度过了多少年。

黄铜色的大草原，大树领着小树，在余晖里影子变成了一条。

羊羔思念山坡的花朵，却不愿离开母羊身边。马驹想看河岸的青草，却不愿离开母马的视线。

父母老了，他们的恩德在儿女心里长成了花园。父母走不动了，眼泪动不动挂在腮边。

抬头看见两座山，看见两棵树在露水里走路，看见羊羔和马驹蹦跳，儿女躺在父母的臂弯。

草原是牧民的家园

草原在夏季鲜花盛开，秋日百草肃杀，冬天风雪肆虐。它是它自己，大自然的严峻让人望而生畏，但牧人要承受这一切，这是造物主不可违犯的意志。忍受与顺应是蒙古人的品格之一。

草原不是长满草的广阔地域，它永远不是可耕地，不是矿石之上的覆盖物，它是牧业生产的基础与蒙古人生存的家园，它不为攫取者而生存。

草原是一个谜，没有人知道它无穷变化的理由。草原不过是地表薄薄一层长草的土，它脆弱到不可挖掘。然而大规模的采矿早已开始，从卫星地图看，开矿和开垦造成草原的毁伤。工业化无节制地使用地下水，造成草原荒漠化，与过度放牧并无关系。在呼伦贝尔，在锡林郭勒，羊群不再洁白，它们身上披挂黑色的煤灰。

如今对草原的诗意描绘已如讥讽,当下唱《美丽的草原我的家》令人茫然。草原消失之后,蒙古文化会像青草一样被连根拔除。不止草原,无论在何处,对大自然的毁伤都是对文化的毁伤,把人变成没有文化的同质化的生物,与工业快餐饲养场里的肉食鸡没有两样。

草原若不受到保护,会风干成一个陌生的词,藏身于词典与图片里,歌声就此喑哑。

歌声:万物比你想象的更柔软

拉盐的人啊,把你们支铁锅的三块石头拿走,扔向四面八方,烧过的石头要休息。

石头为你们忍受火焰的灼烤,煮熟了奶茶羊肉,石头要休息。

万物的身体比你想象的柔软。它们像水一样活泼,像旱獭皮毛那么光滑。你看不到石头和沙子的血肉,但它们有血肉。你看不到树和土壤的伤口,它们的痛苦深如峡谷。

唱歌的人啊,你告诉别人:石头在休息,云在天上护卫它。河水在休息,花在岸上护卫它。

民歌的节奏在母亲面前慢下来

蒙古族血液的源头是骆驼一般的母亲,她们像树一样沉默。

民歌唱到母亲,节奏会慢下来,像老母亲的脚步那样慢,像叩拜苍天那样慢。蒙古人在童年看到了羊羔跪乳,看到牛犊跟随母牛吃草,学会歌唱母亲的歌。没有母亲的形象就没有蒙古文化。

母亲是大地,柔软的、长满青草的、泥泞的、布满车辙和马蹄印记的黑色潮湿的大地。母亲对儿子、对羊羔和牛犊有一样的爱,她脸上的慈祥一如大自然的慈祥。

歌声:诺恩吉雅的歌声比海青河水更长

你的悲伤比老哈河水还长,出嫁的诺恩吉雅,什么时候才能回到家乡?坐牛车要走上三个多月,青青的牧草渐渐萎黄。

你路过九条没名字的河流,都比不上老哈河水清亮。河边的大雁飞回南方。诺恩吉雅,你回家的时候,已经认不出父母的模样。

海青河的岸边,海青鹰翅膀下有睡觉的小鹰。海日苏树的阴凉底下,海骝马为什么低头彷徨?

美丽的姑娘诺恩吉雅,为什么要出嫁到远方?远方没有比父母更亲的人，你思乡的歌声比海青河水更长。

榆树在榆树叶里眺望你，河水在宽河床里默念你。诺恩吉雅，你带走了云彩的温柔、花朵的颜色，你连影子都没留给家乡。

老哈河水长又长，流走了你的芳香。海青河水长又长，流走了你的目光。茫茫草原像大海一样宽阔，你睡在哪一座毡房？诺恩吉雅，你再也没有回过家乡，没见到自己的爹娘。

云影缓缓覆盖河流

牧民的目光离不开成吉思汗，看到他的画像，榆木一样粗糙的脸上会自然地露出笑意，露出向往。在牧区，所有蒙古人的房子里都挂着成吉思汗的画像。成吉思汗，他们说起这个名字就说出了自己的思念，这个名字的音节和语境刚好符合他们的心意。如果蒙古语当中没有"成吉思汗"这个词，牧民仿佛少了筋骨，感到孤单。成吉思汗是祖先，是神祇，是从苍天之上注视而来的目光，是所有白马的主人，仅仅他的名字就可以安抚人心，他代表着一切吉祥。

蒙古长调里，能听出一种颂扬。配得上如此追念的，只有成吉思汗。蒙古人把他视如神，更视如血肉相连的家人。蒙古人用长调颂扬心中的怀想——成吉思汗心爱的白马，他的黄金训辞，像云影缓缓覆盖河流，簇拥着走向天边。晨雾散了，山脚的白马抬头谛听。河水满了，像端坐着一般的黑天鹅在水里嬉玩。

蒙古人觉得成吉思汗离开的时间并不久,他们自豪地说起成吉思汗的陵园、他妻子的家乡、他弟弟的封地。蒙古人认为成吉思汗属于所有蒙古人,他们像树叶一样长在名为成吉思汗的这棵大树上面,树叶黄了又青,但大树一直在他们心里生长。

歌声:北方的天空是站立的大海

北方一直位于正北,草尖能够住下天神。
北方的天空是站立的大海,重叠的山峦是琉璃的天门。
九层云彩的莲台海水环绕,菊花的浪头白马飞奔。
北方的夜空灯火千里,马车穿过宝石的星辰。
神的指缝洒下雨水,手里酒杯波涛滚滚。

神灵坐在敖包的正位

人们肃穆地围拢敖包,脚下的夜色四处流淌。他们在夜里穿戴华丽,马的鼻息划破了潮湿的空气。敖包降临了所有的神灵——从树上、从泉水里、从火里、从岩石上、从毡房里、从摇篮上、从马鞍上、从佛像里、从金器和银器里,吉祥聚集。
呼来——呼来——
神灵熟悉夜色里的每一条河流和每一株草,知道鸟身上羽毛的花纹。神灵稳稳地坐在敖包的正位。敖包里面装着各个村子的泥土、各条河流里的水，装着五谷，装着金银珠宝。石块是敖包的铠甲。呼来——呼来——

敖包长宣读祭文："愿长生天保佑大地丰饶，保佑人畜平安，保佑河水清洁，保佑山在山的位置上巍峨矗立，保佑鲜花年年盛开，保佑说蒙古语的儿童和老人心中安稳，保佑燕子年年回到牧民家里筑窝，保佑所有人孝敬自己的长辈，保佑蒙古歌声像云彩一样川流不息，保佑蒙古文化不受到歪曲和损坏，保佑大自然完好如初。呼来——呼来——

"愿长生天保佑山上的草木生命力旺盛，保佑泉水高出地面，保佑牲畜生产顺利。保佑我们像岩石一样诚实，像河水一样纯洁。呼来——呼来——

"黄油、炒米、点心、酒和哈达——请神灵收下我们的礼物，我们跪下领受神灵赐福。呼来——呼来——"

山川肃穆，敖包神圣，天色从最远处一点点变亮。

歌声：火苗有数不清的脚在舞蹈

你从哪里跑到柴上？火的脚爪碰碰撞撞。

看啊，数不清火有多少只脚。火的肩膀在抖动，火的腰身像蛇摆晃。

火在攀升，火在找什么？火手掌与夜色相握，人们看不到火的面庞。

火在火里端详人们，瞳孔里有两片火光，脸膛熟了。

跳舞的人回到童年，像陀螺转起圆圈。火苗高过肩头，火星跳进黑夜，再无踪影。

喝茶的时候火在茶里，烤火的时候火在血里。火的家在锅里，在牛粪饼里。火种住在明亮的星辰里。

五种颜色的绸缎捆住羊的胸脯肉，献给火神，酒和黄油献给火神。平日里沉默的诗歌，今天念给火神。请接受我们的心意。

黑夜里的大地，火的钻石在闪。沉默的火啊，你什么时候为我们唱一首歌？

马把蒙古人变成雄鹰

因为马，蒙古人成为世界上第一个打通欧亚连接的民族。没有马就没有世界史记载的蒙古帝国。马是蒙古人的翅膀，鼓动了他们的雄心，让他们放眼世界。马带着他们穿越蒙古高原，穿过喀尔巴阡山，穿过富庶的欧洲平原，穿过中亚与西亚的崇山峻岭。他们从经过的地域吮取到新鲜的文化养分，壮大筋骨。马不仅是蒙古人的工具，还是他们的心灵朋友，就像他们的视线里要有草原一样，草原上有了马，他们心里才安详。马的身躯与草原谐和，它的鬃发与风中的草叶一并摇摆。牧人说马认得自家的毡房，认得炊烟，认得主人的气味，而主人也能看懂坐骑的眼神。蒙古人相信马与人心心相印。

蒙古马矮小坚韧,吃苦耐劳。马在风雪里,在暴雨骄阳下,忠诚于主人。蒙古文学从史诗到民歌,一直在赞颂马。蒙古语有繁多的词形容马的毛色、脾气、行走与奔跑的状态。这个民族的词语如此倚重马,马是他们文化的根基之一。

马改变了蒙古人对于时间和空间的认知,马改变了他们对速度的理解。马勇敢而安静,是人类驯化动物最成功的案例。马在奔跑与静立时都呈现雕塑的美感。所谓一座山又一座山不过在马蹄嘚嘚中消逝。海一样的草原上,有马就有岸。月色下,蒙古包前拴着的马如玉石一样洁白,马的背后河水流淌,星斗满天。

蒙古语里,马和好运是同一个词根。

歌声:炊烟在毡房顶上等我

小兔子,你打一个滚能有多远?如果我是兔子,要打多少滚才回到东蒙古的家。

小兔子,你打一个滚能有多远?如果我是兔子,要打多少滚才回到西蒙古的家。

小兔子,你打一个滚能有多远?如果我是兔子,要打多少滚才回到南蒙古的家。

小兔子,你打一个滚能有多远?如果我是兔子,要打多少滚才回到北蒙古的家。

炊烟站在毡房顶上等我,松树站在山峰顶上等我,马鞍在白马的背上等我,新娘在嫁衣的丝线里等我。

小兔子,你打一个滚有多远?我才擦了擦眼睛,你已经没了踪影。

长生天安详

古代的游牧民族无所谓村庄故里,也没有宗庙祠堂。他们的宗庙在辽阔的天空,大地无处不可成为家园。他们眼里没有欧亚的界限,没有种族的界限,只有四季、草场和远方。蒙古人在世代迁徙中,最深的领悟来自大自然,他们称之为长生天。

所谓蒙古是无数部落的集合,多种文化聚合成的以长生天为信仰的游牧文化,其核心是尊重并匍匐在大自然的脚下卑微地生长。豪迈、细腻、坚韧与敬畏天地是蒙古人的集体文化特征。历经所有的磨砺,长生天让蒙古人的思想纯朴,让他们懂得节制与尊重是立身之本,古老而又天真。

歌声:吉利到了

佛灯爆出灯花,吉利到了,长生天安详。

狂飙一般的马群不知从哪儿跑过来,不知跑到了哪里,长生天安详。

莫尔格勒河拐了无数的弯,如竖写的蒙古文字,长生天安详。

毡房里降生的孩子开口会说蒙古语,长生天安详。

母驼用奶水哺育驼羔,牧草按季节返青,长生天安详。

蒙古人的眼睛从火里看到火神,在泉水里看到水神,长生天安详。

流水似的走马

草原上像房子那么厚的晨雾被旭日阳光晒薄之后，露出了马群，这是在夏营盘的草地上过夜的马。大片的马在山坡上伫立不动，等待白雾如冰块一样融化，露出马尖尖的双耳，宽大的脖颈和平直的皮毛闪亮的腰背，它们仿佛是云端的神兽。当大片的雾干干净净地撤走之后，山坡上的群马沐浴着太阳洒向大地上的属于马的阳光。天空下面是和天空一样辽阔的草原，山冈穿上草的编织衣而显出柔和的线条。河流像在水面上扯了一面蓝旗，波浪哆哆嗦嗦。更远处，蒙古黄榆像信使一样孤独行走。在这样的天地里，你会觉得马是天地的主人，甚至比人更像这里的主人。

假如站在山坡上，你看到白云不动，山峰不动，河流似乎也没流动。马群动了，马群从草原飞驰而过，大地震动。这时候把"狂飙""铁蹄""洪水"或"践踏"这些词用到飞奔的马群身上都合适。我不知它们为什么而跑，它们生来就需要跑。马从来没用过人的思维考虑从这里到那里，它们只知道自由。

马群掠过，仿佛掠过一层叠着另一层的城墙，这些飞驰的城墙鬃发飘扬。马蹄抬起落下，泥土飞溅。棕色、红色、黑色的城墙飞驰而去，剩下的草地空寂，天空因为过于湛蓝而下坠。马的汗味被风吹远了，吹到秋天的宽敞且肥胖的河面上。

草原上，牧民的房子显得孤零零的。如果房后的天空堆积着层层叠叠的云朵，房子就更加孤单。幸好，牧民的房前立着拴马桩，一匹或两匹马拴在上面。马低着头，尾巴梢扫来扫去。这样的场景比房顶的炊烟更显出生机。路过的人看到拴马桩边的马就知道房子里的主人已经煮好奶茶和羊肉，他们不会拒绝与任何一个陌生人分享食物和茶。你只要说一说你家乡那边的雨水和草的情况。马在拴马桩边上安静地伫立，双耳如同谛听，像音乐家那样。音乐家谛听的时候，表情在远方，马也是这样。

可是，海日苏台的外亚沁（驯马师）奔布说，草原上到处是铁丝围栏，马没地方跑了。往哪儿跑？奔布看窗外，窗外的草原已经禁牧多年，各家各户的草场都用围栏封着，偌大的草原竟然没有马的立足之地。况且，牧民骑摩托车放牧，大部分人不骑马了。广阔的草原没有马群奔驰，没有牛群和羊群的踩踏，草场退化了，草类品种急剧减少。

奔布是一位驯马师。蒙古语所说的"外亚沁"直译是拴〔马〕者，即把马调教成为走马的驯马师。外亚沁在牧区备受尊敬。在牧区匠人里面，驯马师面对的不是房子、木材或皮革，而是有灵性的马。驯马师把人类的灵性灌注到马的步法里，他们比别人更爱马并懂马。在蒙古国，驯马师有自己的节日，这也是国家的节日。庆典开始时，拴马桩上拴一排马，升国旗。通常，蒙古国大呼拉尔（议会）主席担任全国拴马联盟主席。说起马，奔布的眼睛里带着欣喜与赞叹，他的情感世界里仿佛只有马。奔布说，母马会在十二月生下马驹，马驹生出来就会站立，它摇摇晃晃地站着，过个五六分钟开始行走。小马驹吃母马的奶要吃一年。一年后，小马被儿马（公种马）从母马身边踢开，从此独立生活。奔布说着话会停下来，好像等待马群从他脑海里跑过。他领我们到房后的马厩里，两匹高大俊美的马拴在杨树上。奔布花六万元钱买的这匹带亚麻色鬃毛的枣红马专事比赛。枣红马的眼睛看上去真是聪明，像两大块水晶一般洁净无尘。它用温柔的眼神看着我们，仿佛听到了奔布在屋里赞美它的话——它在乡和旗里得过两场比赛的第一名。它轻轻地抬起蹄子，放下，简直如行礼一般。另一匹黑马不安地挪动，躲闪着陌生人。奔布说，易受惊吓的马都是可以驯成走马的好马。他说，马分跑马、走马、颠马。从两岁开始，驯马师就能看出它们的前途（奔布对马使用了"前途"这个词）。

好马骨骼细，耳朵尖，鬃毛少，尾巴短，蹄子小，身体结实。好走马是驯出来的。驯马师会在草原深处找到一个特别安静的地方驯走马。他们把驯马当成一项至尊的事业来完成。喂多少料，喂多少水，每个驯马师心里都有自己的神秘规划。马吃了春天的草，长水膘，有肉，没有劲；吃了秋天的草，身上才长油膘。驯马师眼里不光有马,还有草。他们会识别几十种甚至上百种草。如同一个药师,他们知道哪种草对马的膂力好、皮毛好、筋好、蹄子好。驯马师简直把自己的心都交给了马,人和马的世界完全融合了。驯马师说,给走马饮的水不能太热,也不能凉。所谓凉热,都由驯马师的感受来确定,他的温度感就是它的温度感,难分彼此。蒙古语把走马叫作"蛟若",那是走(而不是奔跑)得稳稳的,骑者手里端一碗清水也不会洒出来的坐骑。蛟若走起来左右侧的前后肢一顺撇,如火车的车轮。走马虽然在走,但它的速度并不慢,且平稳,一天走上一百到一百五十公里不算事儿。走马走过来,蒙古人觉得这就是艺术品走过来了。走马的四个蹄子轻巧翻盏,充满力量的脖颈微微前倾。它行走的节奏与在皮下蠕动的肌肉群交织成舞蹈式的画面。走马知道自己是"蛟若",这足以让它一生骄傲,头颅如公鸡一般高高昂起。它知道它的步伐是有节制的艺术表演,不能出错,更不能由着自己性子来。走马之优胜不光在于身态稳健,还在于它具备强大的耐力。蒙古人尤为赞赏走马稳定的心性,或者说忍受力。马的天性并非按走马的节奏走,这是驯马师的意志,以至变成了它的技能。它每一步都按着走马的节奏走,心里不能起急而跑上几步,如此走上一生。这些路数,类似于人类禅修中的"戒"。禅修者常说"以戒为师",他们认为没有戒就没有自由,如说走马。"蛟若"这个词在蒙古语里的语气里包含着称赞,是人对动物的称赞。最好的走马,蒙古语谓之"蛟若聂蛟若",直译为"走马中的走马",

这是至高的赞赏。已故的伟大的蒙古民歌手哈扎布唱过的那首《蛟若聂蛟若》，蒙古人家喻户晓。他们在说"蛟若聂蛟若"时，眼神纷纷带着景仰。人虽然是人，也可以景仰马，马身上有着人类远不能及的某些能力与品格。走马在速度和稳定之间的平衡力、决不放纵的治心能力，比大多数人强多了，它们只是不说人言人语也不写散文，它们也不需要说这种歧义百出的语言来混生活。哈扎布另一首民歌唱道："小黄马啊，哎依咿耶，哎啊，小黄马咿耶，你那巧妙的步伐，啊嘿啊咿耶，让人陶醉，啊咿耶。年轻的姑娘啊，哎咿耶，哎啊，年轻的姑娘咿耶，你那倔强的性格，啊嘿啊咿耶，让人啊哈嘿咿耶心碎，啊咿耶。"这是人类唱的歌，啊哈嘿咿耶。蛟若没唱过歌，所谓"车辚辚，马萧萧"在说马的嘶鸣。马倌说，马嘶乃是呼唤同伴，此马呼而彼马应。打响鼻，是马跟人打招呼。马倌的坐骑大多是一匹好走马。下大雪，人找不到路了，马知道路。夏季，马倌在牧场上睡一觉，醒来找不到马群了，他的坐骑带着他找到马群。马和骑手知道彼此的汗味。骑手说，马知道人的心事，会分担人的悲戚忧伤。你难过的时候，马走得很轻很轻，好像不敢踩到一棵草。你高兴的时候，马也会走得兴高采烈。有这样一匹马，人就知足了。

　　牧民管走花步的走马叫"乌仁蛟若"，天赋高的走马叫"乌日嘎蛟若"，步幅大、步频慢的走马叫"童门蛟若"（骆驼走马）。他们管最好的走马叫"沃日宋木蛟若"——流水似的走马，它的蹄子像河面上细碎的波浪，它皮毛反射的阳光像河面回映的光斑。骑在这样的走马上，就像坐在飞毯上，不管地面是否坎坷，好走马走得像在云彩里。

可是，马能活多大年龄呢？驯马师说，马能活上二十多年，白马寿命最长，能活上三十年。马也有出头之日，在赛马比赛中获得第一名的马有可能被封为"达日罕"。"达日罕"在蒙古语里有"上端的、不可触碰的、被禁止的、神圣的"等含义。被封了"达日罕"的马（也有牛或狗）终生不被使役，死后主人会把它的遗体抬到山顶上，头朝着太阳升起的方向，脖子上系着五彩的绸子（在牧区，五彩绸子是佛爷的衣服，装束神圣），至此，马享受到无上的荣光。

然而，这只是传说，是牧民们期望的马的归宿。事实上，马是怎么死的呢？在牧区，我看到装载牛羊的大货车从公路上开过，心里常常很悲哀。大货车的铁笼子分成层，里面像装货一样塞满羊，远看像拉着满满的羊毛。羊被拉着离开了它们的故乡，或者说离开了它们活过的地方，它们被拉到屠宰厂，变成羊肉。"屠宰"这两个字，看上去就让人心惊肉跳。如果不是这样呢？草原上到处是羊和牛。然而，马跟羊不一样，没有人吃马肉，何况马跟人的感情这么深。马的归宿到底是怎样的呢？

驯马师、马倌和牧民们不愿意听到我提这个问题，他们回避这个提问，或者干脆拉下脸，很不高兴。这是怎么回事？我听说马是有人养老的。驯马师奔布脸转向窗外，我从玻璃上看出他脸上有泪痕的反光。作为哺乳动物的马，老了之后跟人老了一样，生出很多退行性疾病，谁去照顾它们？马老到牙齿脱落的程度，吃不动草，也吃不动料了，喂它们什么？能眼看着它们活活饿死吗？后来怎么办了？他们起身走出屋子，屋里只剩下我一个人。那天晚上，镇干部嘎拉僧悄悄告诉我："马老了之后，卖给外地人了，外地人开车来收马。"我问："外地人收马干什么？"他们收购不能赛跑也不能拉车的老马做什么？嘎拉僧像没听到我这个提问，不予回答。后来我想明白了，外地人把老马拉到屠宰厂变成马肉了，又叫商品。这么一想，我感到很气恼，这些赞美马的歌曲和赞词竟这么虚伪，马也没摆脱跟牛羊一样的命运。有一天我放下了这个恼人的心事——如果不是这样，又能怎样呢？尽管马倌们说起这个事心情很沉重，但负担马的养老任务，对他们来说更沉重，难道不是这样吗？马啊，聪明的、通人性的马啊，原谅他们吧，包括原谅他们唱过赞美马的歌，那是老祖宗留下的民歌，他们不过是为吃上一口饭而奔波的牧民。

胡四台的道路泥土芳香

今年夏天,我外甥阿如汗买了车,要带我父母回老家游历。阿如汗对我爸说出这个计划,准备接受姥爷的盛大表扬,我爸没言语,看窗外的柳树。第二天和第三天,阿如汗向我爸热情地重复这个计划,我爸沉默着,在屋里走走站站,想事。

我知道,我爸的返乡之旅在心里已经启程。

我老家在通辽市科左后旗朝鲁吐镇胡四台村,我爸十七岁当兵离开那里,之后的思念就从未停歇。他认为人的良知就在于爱故乡。春天到了,他在窗前注视良久,说:"我老家的柳树也是这么绿的。"原来,他看柳树是回忆老家。人老之后得到许多特权,之一是说话不需要倾听对象和前后铺垫。下雪天,我爸盘腿坐床上,手拿报纸笑了,说:"兔子倒霉了,傻半鸡也完蛋了。"

我妈问兔子怎么了。我爸兴高采烈地讲述他在老家雪天抓兔子和傻半鸡的故事。我妈不满:"你看《参考消息》说兔子倒霉,我以为国际出事了呢?"

我在房间艾灸，我爸从外边进来问："这是什么味？跟我老家的艾蒿味一样，好像到了夏天。"我爸在屋里转来转去。我妈问："干啥呢？"我爸说："闻这个味呢。"说着，坐沙发上晃着身子唱起歌来。我爸在家唱歌是太平常的事情，无人惊奇。他唱《达古拉》《诺恩吉雅》《万丽花》，歌名是蒙古姑娘的名字，是爱情歌曲。科尔沁人世世代代唱这些歌，不为搞对象，在唱故乡。

科左后旗离赤峰不远，坐火车要换大客，不方便。自驾游就方便了，只有四小时车程。我对阿如汗的计划给予充分肯定，夸到他脸上乐出花。之后我帮妈准备回老家的礼物，红茶呀，酒，等等，并给予阿如汗必要的经费保障。

这是今年八月十日左右的事情。我本想从赤峰跟他们一起回胡四台，但有事去了南方。八月十六日，我在深圳接到电话，邀我去通辽参加一个会。我的事刚好办完了，飞通辽。飞机在通辽机场降落后，我的内心地图跟我爸一样展开在胡四台的沙漠、晒蔫的杨树叶子和白岩石一样露出草地的羊群上。我心头也冒出蒙古歌的旋律——《金珠尔玛》《云良》《维胡隋玲》，这些由蒙古女人名字命名的歌曲把人带进一座亲情隧道，歌声委婉、摇曳、悲伤，像火堆背后的夜空挂满了祖先的脸庞，静默的蒙古面孔排列到远方。

通辽的会是蒙古文学改稿班，作者是来自内蒙古、新疆和青海等地的蒙古族作家。十八日上午，我们去大青沟景区采风，进入科左后旗境内。我爸我妈这天早上从赤峰出发，我觉得他们到了,离这儿不远。我想直奔胡四台,但会没散,不好意思请假。中午吃饭,几位当地干部作陪。坐在我身边的一位五十多岁,浓眉大眼。他落座问我:"家哪的?"

我说:"就在科左后旗。"

"哪个镇?"

"朝鲁吐。"

"哪个村?"

"胡四台东村。"

"家里还有啥人?"

我说出堂兄和嫂子的名字。

他侧身端详我,露出笑容,说:"你长得太像你哥了。我叫布仁吉日格勒,在朝鲁吐镇当过镇委书记,现在是旗民族宗教局长。你想回家看看不?"

我说:"想啊,刚才还想呢。"

他问:"啥时候去?"

我说:"吃完饭就去呗。"

他哈哈大笑,说:"一会儿坐我车走。我认识你哥,把你送到家门口。"

上了车,我感到幸运,世上真有这么巧的事。如果我座位不挨着布仁吉日格勒,就没这好事。他简直是上帝派来送我还乡的人,我几乎想问他上帝好吗,上帝最近在忙啥。车窗外,白茫茫的沙带和灰绿的治沙植物如大地衣衫的条纹,和我老家的风景一样。

要到家了。我爸这会儿应该坐在堂兄家里说话呢。我想象他正用手掌抹去长着老年斑的脸上的热泪。他流泪的时候拉直嘴角,使劲吞咽流进嗓子里的泪水,眼球血红。他回忆我曾祖母努恩吉亚、我爷爷彭申苏瓦、我大伯布和德力格尔的时候常如此。沙梁上洁白的晒得滚烫的沙子招呼他回到童年,羊粪、酸奶和玉米粥混合的气味就是天堂的味道。"我老家呀,没比的,太美了!"这句话我爸说了几十年,至少我听他说了五十多年。他说胡四台的道路都有奶香。在老家,我爸看见白马,会想起他的战马——沙日拉篾绕(蒙古语:带点杂花的白马)——它和他一起参加过开国大典阅兵式,他身在内蒙古骑兵二师白马团。故乡的马从草地抬起头,缓缓转过头,鬃发遮挡的眼睛温和明亮。我爸会抱住马脖子,他最熟悉马的汗味。

　　公路边的房子在我看来一模一样。汽车嗖嗖开着,也不知往哪儿开呢。我堂兄是普通牧民,司机知道他家在哪儿吗?我正想着,车拐进一个院子停下。我爸、我妈和我姐他们正从阿如汗的白车上下来,被晒得黝黑的人围着,有我哥、我姐和一帮满地乱跑的孩崽子。当我出现在他们的视线里,全体人的话语和动作都冻结了,表情凝固。半转身和手里拿东西的人静止在刚才的动作。我爸正往头上戴草编礼帽,穿红跨栏背心的堂兄朝克巴特尔大张着嘴,堂姐阿拉它举起双手摸着脸颊。我不知咋办,眼泪先于话语落在沙土地上。朝克巴特尔第一个醒悟,大喊:"原野!"他紧紧抱住我,堂嫂和堂姐从两边抓住我的胳膊。我爸我妈复活表情,顿时喜笑颜开,说:"哎呀,你从哪儿来的？咋回事啊？"我的到来如同精心炒作，我姐塔娜笑得前仰后合。她觉得太滑稽了，我突兀而来抱着朝克巴特尔哭，堂兄把眼泪抹进雪白的鬓发里。"你俩像周星驰电影里的人。"塔娜说。哥嫂越发对我刮目相看，嫂子灯笼假装捏捏我胳膊，看我是人还是神。

原来，我外甥开车迷路，晚到了，他们刚刚进院。冥冥中这一番安排让我们肃然起敬。我爸说："这不是一般的巧合啊。"说话进屋，上炕喝茶吃奶豆腐。我忽然想起把布仁局长给忘了，同行的还有朝鲁吐镇的书记和镇长，他们给堂兄带来了礼物。我把他们请上桌，一起喝茶。牧区干部朴实，没挑礼。

我爸回家了，他今年八十六岁，离乡将近七十年。中间回来多次。他眼前是公路、釉面砖的房屋和农用车，黑绿的玉米叶子在风中翻卷，远处有一溜树林的梢头。我说这和他小时候不一样了。我爸说一样。我不知道什么一样。我爸沉默了，他不再激烈地讲述往昔。他老了，他手扶窗台长久地向外看——这是老年人瞭望世界的独有姿态。窗外有阳光下晃眼的沙漠和停在天边飞不动的云。七十年前，他从这里投身军旅，这辈子历经劫难，九死一生，支撑他活下来的能量来自民族和故乡。三十年前，我爸创立了一个民间非营利机构——昭乌达译书社，集合同道收集整理十二卷几百万字的蒙古文学典籍译成汉文出版，是历史首创，他本人因此获得内蒙古文学艺术突出贡献奖金质奖章。对我爸而言，文化不是一个民族的花边，而是它的筋骨血肉，它们是土地和呐喊，是奔流的大河与马的目光。我爸觉得蒙古族所有的诗歌、赞颂词、音乐与史诗都在描绘他那个小小的胡四台村。"没比的，太美了！"这个地方恒久如一，永远都"一样"。堂兄为我爸请来一位谈伴，是他岳父，也是我爸小时候的朋友猫儒，他和我爸同岁。那几天，他俩头朝里躺在炕上唠嗑，面颊枕在自己手掌，唠到吃饭坐起来，然后又躺下唠。猫儒耳聋，我奇怪他怎么能听到我爸的声音呢。

傍晚，我们看草原上的落日，看朝克巴特尔赶着羊群回家，看天上星星亮如敷一层薄冰。中午高温的胡四台，入夜凉意深重。我们回屋，听到我爸和猫儒在黑暗里谈话，声音像蝴蝶在夜里扇动翅膀寻找落脚的灌木。他们说马有多少种颜色和名称，说野浆果的滋味，说庙会。我爸说攻打长春的时候士兵的尸体垛成了工事，猫儒说苏联人在通辽把鼠疫患者装进麻袋里拉走。他们不开灯，小声说话，好像怕历史重演。过一会儿，我爸唱起歌——估计他们说到了一首歌，猫儒跟着唱，但他音不准，抢拍。我不知道，此刻世界上哪个地方还有两位八十六岁的老人躺在枕头上轻声唱故乡的歌曲，唱《小黄马》《嘎达梅林》，像他们小时候在河边唱过的一样。

我爸想出去走走，但走不动了。他在院子里散步，用手指肚摸摸桃形的豆角叶子，摸摸开裂的马鞍的鞍桥，进屋，用胳膊支着窗台远眺。阿如汗诧异，无比健谈的姥爷咋不说话了？他不懂，他老了就懂了——人的语言在心爱的事物面前会谦卑地收拢翅膀。我爸心里有一幅胡四台的画,他画了八十多年还在画,添加他想象中的野花和飞鸟,加上一群长得古里古怪,他的重孙子辈的孩子们的面孔,还有马……他要一直画下去。

没有年纪的小河

　　人的记忆宛如一座湖，湖水澄明，空无一物，水下面却有水中世界的一切，丰富庞杂。

　　我舅舅昭日格图的房子旁有一条小河。小时候，我去他家，三天之后才发现这条河。他的土房子由草泥垒成。一锹挖下去，方块的草泥就成了垒房的坯。泥里夹杂半尺长的草根，像葱根一样雪白密集。他们把在河边挖的草泥搬到木制的牛车上，草泥上还长着两三寸高的青草，像方头方脑的绿头发。泥坯沉重、坚固，里面有草根交织，永远不会松散。牧民把草泥拉回来，选好一个地方垒房子。阳光照在他们黑红的胳膊上，胳膊薄薄的皮里有肉瓜灵活地蹿动，像煮熟的牛小腿的腱子肉，由此我想到了酱油。他们忙上忙下搬运胶皮似的草泥垒墙，有人站墙上拎着鹅卵石的坠吊线。"肉瓜们"忙碌半天时间，垒成房框子。牧民们砍几棵杨树架在房框上当梁，梁上铺红柳的苦笆，糊上泥，房子就盖好了。垒墙时我希望看到把长草的一面朝外。他们却不这样办，草面朝上。房子矗起后，泥块上带着铁锹的挖痕,那是钢铁切开泥土留下的光滑痕迹,比用泥抹子抹得紧实。泥块与泥块之间露出一层青草,像绿油漆在黑泥上画的粗线。

　　说这个,是因为我最近又回到那里——巴林右旗白音尔登苏木。我舅舅搬到了城里住,乡下还有草场。那间土房子还没有坍,它像老人一样个头矮了一些,不知是前墙矮了还是后墙矮了。我量身高比年轻时矮了一厘米,医生说是脊椎间隙磨薄了。土房子上画绿格子的青草早没了,不是枯黄,是没了,我离开那里已经四十多年了。房子拆掉了窗户,露出黑洞,屋里装工具。它成了一幅黑白照片,衬着灰绿的草原、紫红色的摩托车和似转非转的风力发电机的乳白色风扇。然而房后的小河还在那里,哪儿也没去,没褪色成为黑白照片。小时候,我和我姐姐塔娜到达白音尔登是一个上午,大舅昭日格图和过继给别人家的二舅江格尔正在旧房子边上搭建刚才说的新房子。江格尔驾驭着全村唯一的胶皮轱辘马车,他时刻用手摩挲竹枝鞭杆上的皮鞭红缨。红缨比玉米穗子更红,像适合松鼠穿的短裙子。新房子还没垒,他们用手指在空气里比画,像瘸子那样拖着一条腿在草地上画线,这都是造屋所需要的动作。旧房子后面有齐腰高的柳条,我们不知道它是河边才长的柳条。我们喜欢从旧屋子水缸旁边一口气跑到对面的沙丘顶上,大概一百米。地势升高,草的绿毯子铺到沙丘前不够用了,露出沙丘的白色肩膀。在沙丘顶上,我们闭紧眼睛,团身往下滚。本想滚回旧房子的水缸边上,睁眼看,房子还在远处,像牛皮纸糊的盒子。

塔娜、我，还有昭日格图舅舅的女儿查干叁丹、宝若叁丹一起玩捉迷藏。宝若叁丹穿一件刚能穿进去的绿绸子小褂，短襟在风里飘，跑到哪里都会被人找到。查干叁丹故意让她趴在鲜红的倭瓜或金黄的玉米堆边上。宝若叁丹三岁，黑得像一块烙铁。我们藏来藏去，藏遍了所有可以藏身的地方——鸡窝后面、羊圈里、筐里、红躺柜底下，盖单子躺被垛上面假装是叠好的被子。塔娜在房后的柳条里发出尖叫："啊！"我们以为塔娜被狼叼走了，跑过去看，塔娜掉进小河里，她拎着白底红花的裙摆，一边擦眼泪一边笑。草原上的柳条当中竟然藏着一条河，它满足于自己的小与安静，悄无声息地流淌。

我敬佩塔娜，是她发现了这条河。她凉鞋陷进泥里，回头找出来，用拎凉鞋的手擦眼泪，吓着了。查干叁丹和宝若叁丹也向塔娜放射敬佩目光，塔娜藏猫猫还敢藏在河里，厉害。这条河一米宽，半尺深，河底的淤泥刚刚吞没脚脖子。河水澄清后，露出与这条河相配的火柴棍式的小鱼。河水好像没流，但草在水里倒向一边，如风中的长发。小河两岸（一米宽的河也有岸）的红柳条在风中交集，挡住河的身影，天上的云彩在柳叶的缝隙里露出窟窿的白，成了棉花套子。我们摘下野花丢进河里，看它们漂多远。塔娜捉到一条鱼，鱼像馅饼一样扁圆。鱼被塔娜捧着，尾巴轻轻拍打她的手心。昭日格图舅舅说，这个河呢，下了雨，水这么多。不下雨，水也这么多。

多年之后，我又见到了这条河，它一点都没老。河还是一米多宽，红柳条在风中交集，河里窜动火柴棍式的土色的小鱼，草在水里漂向西边。河不会老吗？河流原来没有年纪。昭日格图舅舅比他父亲当年还要老，哮喘病让他浑身上下都发出"咝咝"声。当年他一身肉瓜，手持套马杆和烈马厮拼，像鹰一般。我觉得这条小河的记忆储存在我的大脑深处一个冰冻的罐子里，见到小河，记忆的罐子解冻，化成水。这只是一条河的记忆，不知有多少往事在脑子里还没有解冻，冻就冻着吧。

风滚草

小时候，我在牧区第一次见到牛、羊、马和狗。之前，我在城里只见过猫和猪，见得最多的是人，学校里全都是人。在牧区见到家畜，心里很紧张。我的亲戚反复解释马、牛、羊都不吃人也不咬人，但我要慢慢分辨它们谁是谁。马并不会见我抬头喊一声——"我是马"，羊也不会。观其行而无须听其言。马的鬃毛如围巾一样从脖颈垂下，它载着人飞奔。马群跑过来，蹄声震天动地。羊低着头走路，它们的眼里只有草，羊群移动时分不出个头，如一堆羊毛向前铺展。狗孤零零地站在门口或草地上，如果狗群飞奔或缓慢移动都不可接受。我当时想，狗孤零零地站在羊群边上就是为了让人分清它是狗。小孩子分辨物种的方法还依赖声音。牧区的人说蒙古语，唱蒙古歌，兹证明他们是人类之蒙古人。马嘶如笑，似一种不诚恳却响亮的笑声。羊的叫声卑下，象声词是"咩"，尾音拖得很长。咩？里面好像没意义。却颤抖，有如恐惧。狗叫从无延长音，以音乐术语表述。狗的每一个叫声后面都有休止符，汪！斩钉截铁,汪汪!狗叫狂妄,故而容易染上狂犬病。羊的叫声那么可怜,怎么可能染上狂羊病呢?牛有角,这是它最容易识别的地方。牛的沉重的身躯和喘息都证明它不吃人。小孩子判断一样动物,先考量它会不会咬与吃自己,人在陌生的环境首先要获得的并非食物与水,而是安全感。我那时四五岁,大约用三天时间搞清了家畜的分类,对马、牛、羊的印象比较好,它们无事便吃草,不干别的事。我一直问狼在哪里,让他们给我指认狼。他们大笑,说没有狼啊。他们说没狼,并不等于没有狼。狼一定待在山里,或在一棵树的后面站着,我不能放松警惕。牧区没有驴。其他的东西不值一提,我家亲戚养的几只鸭子,每天摇摆着去屋后的河沟里洄水。我虽第一次见到什么鸭子,但一点不怕它。我甚至想踢它。亲戚说不能踢啊,鸭子身体里装的全都是鸭蛋。它在身体里装满鸭蛋才下河洄水吗?不用管它,鸭子不咬人。

  我熟悉了动物之后,开始熟悉人。我大舅昭日格图三角眼,脸上的咬肌咬出棱角。大姑姥姥红兰长得像太平洋岛屿的红种人,高眉骨,上腭突出。她怎么能像太平洋岛屿的人呢?大姑姥爷如婴儿一般蜷缩在炕上自言自语,赞美人然后赞美猫、天气和窗台。他的下嘴唇因为常年迎接酒盅而下垂很长。牧区就是这些事,人、家畜、草原、沙漠、云和房了。然而有一天我被一样东西吓到。它动摇了我对人类和动物的分类,产生新的恐惧——这是对没有腿、没有头的怪兽的恐惧。

  那是秋天。岁月静好,五畜兴旺。傍晚,秋草金黄倒伏、夕阳从移动的铅色浓云中一阵阵射出光线,如探照灯在海面搜寻水雷。这时,一只怪兽不知从什么地方跑出来在草原疾驰,也可说跑得脚不沾地,进入河边的红柳处不见踪影。它身后尚有四或五个同类,同样疾驰,到河边同样不见踪影。我吓坏了,没见过这种动物,它们比马和狗跑得都快,比狗大一些,身上好像长黄毛。我回家跟亲戚说此事,他们竟困惑。这让我气愤,他们在这生活了几十年,竟不知那是什么野兽吗?他们说,这是什么呢,到河边消失了。他们说没有这样东西呀。我继续气愤,恨不能让怪兽咬死他们。我二舅江格尔说:"咱们现在上河边找怪兽。"我不敢去。他说没关系,把我抱上马,一起去了河边。河水幽暗,水的倒影映照着黑色的草木和紫色的天光。江格尔放声大笑,用鞭子指着被红柳挡在河边的一个个枯干的草球说:"就这个?"我下马看,这个草球有车辖辘那么大,无根。江格尔用脚踢一个草球,踢到高处。草球见了风,嗖地蹿向远方。天已经黑了,它的行踪只留一道黑影。这在晚上挺吓人。

那些天,我在草原上看到许多草球(它叫风滚草,又叫扎不楞)在风中疾驰。白天看,扎不楞显得很愚蠢。一个无脑无脚的草团在旷野里瞎跑,完全不着调,粤语叫无厘头。它们跑跑,停停,看不出快乐还是不快乐。假如一棵小老树挡住了它的去路,它只好等着变风向,等更迅疾的风解救它。它情愿越跑越远,把草籽撒到各个盟,除了河水,谁也挡不住它的去路。

风滚草

草木终生走不出一步，风滚草却像疯了一样，跑向天涯海角。它身体很轻，扎得很圆，白天看上去如飞驰的豹子。有一天，我在山上看风滚草赛跑，风当然很强劲，我的衣服被吹得像旗帜一样响。七八个风滚草从山坳蹿出来，沿直线、斜线飞驰，像围猎一只兔子。后来我真看到有一只黄色的兔子在风滚草之间躲闪飞跑。好在风滚草没灵魂，它们不抓兔子，往西、北及各个方向跑出去。那只兔子在石头后面喘息，它吓够呛。

黑蜜蜂

　　黑蜜蜂无牵无挂，孤独地飞在山野的灌木上方。一只肚子细长的黑蜜蜂在岩石的壁画前飞旋，白音乌拉山上有许多壁画——古代人用手指头在石上画的图形符号。我觉得像是古埃及人来蒙古高原旅游画的。黑蜜蜂盯着壁画看，壁画上有一人牵着骆驼走的侧影，白颜料画在坚果色的黑石上。黑蜜蜂上下鉴赏，垂下肚子欲蜇白骆驼。"古代骆驼你也蜇啊？"我说它。黑蜜蜂抻直四片翅膀，像飞机那样飞走。

　　草原上有许多黑蜜蜂，长翅膀的那种大黑蚂蚁不算在内。盛夏时节，草地散发呛人的香味，仿佛每一株草与野花都发情了。它们呼喊，气味是它们的双脚，跑遍天涯找对象。花开到泛滥时节，人在草原上行走没法下脚，都是花，踩到哪朵也不好。花开成堆，分不清花瓣生在哪株花上。野蜂飞过来，如里姆斯基-科萨科夫在乐曲里描写的——嗡、嗡，不是鸣叫，是传来的小风扇的旋转声。黑蜜蜂比黄蜜蜂手脚笨，在花朵上盘桓的时间长。我俯身看，把头低到花的高度朝远方看——花海有多么辽阔，简直望不到边啊，这就是蜜蜂的视域。蒙古人不吃蜜，像他们不吃鱼，不吃马肉狗肉，不吃植物的根一样。没有禁忌，他们只吃自己那一份，不泛吃。野蜜蜂的蜜够自己吃了，还可以给花吃一些。蜜蜂是花的使者，它们穿着大马裤的腿在花蕊里横蹚，像赤脚踩葡萄的波尔多酿酒工人。晚上睡觉，蜜蜂的六足很香，它闻来闻去，沉醉睡去。蜜蜂是用脚吃饭的人，跟田径运动员和拉黄包车的人一样。

草原的晨风让女人的头巾向后飘扬，像漂在流水里。轧过青草的勒勒车，木轮子变为绿色。勒勒车高高的轮子兜着窄小的车厢，赶车的人躺在里面睡觉，任凭驾车的老牛随便走，随便拉屎撒尿。黑蜜蜂落在赶车人的衣服上，用爪子搓他的衣领，随勒勒车去远行夏营地。月亮照白了夏营地的大河，河水反射颤颤的白光。半夜解手，河水白得更加耀眼，月亮像洋铁皮一样焊在水面。那时候，分不清星星和萤火虫有什么区别，除非萤火虫扑到脸上。星星在远处，到了远处，它躲到更远处。虫鸣在后半夜止歇，大地传来一缕籁音，仿佛是什么声的回声，却无源头。这也许是星星和星星对话的余音，传到地面已是多少年前的事啦，语言变化，根本听不懂。等咱们搞明白星星或外星人的话，他们传过来的声音又变了。

黑蜜蜂是昆虫界的高加索人，它们身子矫健，在山地谋生。高加索人的黑胡子、黑鬈发活脱是山鹰的变种，黑眼睛里藏着另外一个世界的事情。他们彪悍地做一切事情，从擦皮靴到骑马，都像一只鹰。黑蜜蜂并非被人涂了墨汁，也不是蜜蜂界的非裔人,它们是黑蝴蝶的姻亲、蜜蜂里的山鹰。蜂子们,不必有黑黄相间的华丽肚子,不必以金色的绒毛装饰手足。孤单的黑蜜蜂不需要这些,它们在山野里闲逛,酿的蜜是蜜里的黑钻石。

一位哈萨克阿肯唱道:

黑蜜蜂落在我的袖子上,袖子绣了一朵花。
黑蜜蜂落在我的领子上,领子绣了一朵花。
黑蜜蜂落在我的手指上,手指留下一滴蜜。
我吮吸这一滴黑蜜,娶来了白白的姑娘。

晨光在草原的石头缝里寻找黑蜜蜂,人们在它睡觉的地方往往能找到白玉或墨玉。黑蜜蜂站在矢车菊上与风对峙。它金属般的鸣声来自银子般的翅膀。图瓦人说,黑蜜蜂的翅膀纹路里写着梵文诗篇,和《江格尔》里唱的一样。

大地吹过锦缎的风

被故乡风景淹没

这些天,我常在梦中与故乡景物相逢。才入睡,一大片风景汹涌而至,遂惊醒。索性不睡了,在枕边怀想冲入我脑海的场景:鄂伦春林区人家的松木栅栏上留着被雨水冲刷过的粉笔字,卖蘑菇;黄河流入巴彦淖尔总干渠里依然是一条大河;呼和浩特大召寺三个小喇嘛用蓝哈达擦拭金灿灿的酥油灯铜碗;蒙古百灵在乌兰察布草原干燥的风里翻飞啼鸣。

九月份,我从东到西穿越了故乡七个盟市,行车两千多公里,到达了原来只在地图上看到的地方,感叹辽阔北疆,大美内蒙古。

野鸽子站在屋脊检阅我们

临行前,我媳妇说:"如果你路过乌兰敖都,去看看我们家住过的老房子，村东第一家。"四十五年前，我岳父带领一家人下放于此，这里是毛泽东批示过的全国第一个牧业合作社。

翁牛特旗乌兰敖都嘎查（村）地处八百里沙海。我媳妇小时候上学要走十几里沙漠，晚上放学回家看见流沙把后房身吞没了，她索性登沙丘上房顶玩一会儿再回屋。二〇〇八年，我们俩探访乌兰敖都，印象深的不是沙漠，而是下车的一个场景：车停下，我媳妇走向路边一位戴解放帽、衣服挂着箱子底压的衣褶的蒙古族妇女。她走近站住脚，身体在颤抖。过几秒，她们俩同时喊出对方的名字："陈虹！""来小！"扑过去紧抱，一并放声大哭。哭声毕，她们羞涩地、笑嘻嘻地打量对方。她和来小是少年的朋友，三十多年前一起在沙丘上驰骋。但来小那时当上劳动模范了，十九岁上北京出席过"九大"，是牧民代表。我岳父当时担任过公社书记。我们尊重地看她俩哭与笑，羡慕她们感情充沛而且节奏统一。来小拉着我媳妇的手儿从村东走到村西，我媳妇表情茫然，嘴里说："不一样了，全都不一样了。"说了二十多遍。我提示她换换词，她根本听不进去。乌兰敖都已经不是沙海里的几间破房子，它绿树成行，草场青翠。

这回我看到的乌兰敖都，如同城里的小区。村里蓝顶白墙的大瓦房前后成排，院子砌红砖花墙。原来的石头水井和大柳树的地方开辟成彩砖铺地的文化广场，村巷覆盖水泥路面，路边花池子摇曳着半人高的格桑花。牧民脸上带着适合用油画表现的浑穆的气质。他们看上去不那么紧张疲惫了，神色安适。过去媒体常说到农牧民收入提高多少，如果加上一项村庄美化，就会在他们脸上看到安适的神色。安适是人心深处的表情。一群白胸脯黑翅膀的野鸽子从树荫飞出，站立屋脊。它们互相打量，好像检查谁站得不齐，然后瞪着滴溜溜的眼睛检阅我们。村东头走过来几位蒙古族妇女，整洁的街道衬出她们衣裙艳丽。我忽悟城里人穿衣漂亮的原因之一也是有街道、树木、楼宇作背景。人穿的是衣服，穿的也是环境。

我去村东看老房子，女主人出来迎接我。她叫巴里香，面庞像镶嵌着花生仁和葡萄干的黑麦面包，眼睛、嘴或许连脖子都在笑。她虽然笑，手里却拎着一个房本。我说："我不是来要房子的，我岳父是政府人，没有宅基地。"巴里香放心了，领我走进她家院子。她家原来的危房翻建成五间大瓦房，大玻璃窗堪比教室。我拍完照片，送她一个大字：好！

村庄像被街灯包裹的橘子

童年读过郭沫若的《天上的街市》——"远远的街灯明了，好像闪着无数的明星。天上的明星现了，好像点着无数的街灯。"这首诗一直留在我脑海里，我尤喜爱街灯在暮色里明亮的一瞬，仿佛暮色睡去，街灯猛地醒来。夜晚进入一座城市，见到了延伸到远方的街灯才觉得进了城。

我这回去过的村庄，广而言之内蒙古现今完成"十个全覆盖"的八千多个行政村，都架设了太阳能街灯。村庄里亮起街灯，是说它挣脱了夜色的捆绑，跟着光明一起奔跑。我们来到扎鲁特旗北部的图布信嘎查（村）时，雨停了，躲在草叶里的水珠在夕阳里大胆地发光，这个村是蒙古四胡说书大师琶杰的故乡。村里的街巷按交叉小径规划，白杨树掩映着牧民们的屋舍，低矮的院墙外边砌着花池，花朵成了保护院墙的彩衣卫兵。说话间街灯亮了，这些灯低头观看路边的大丽花，还有牧户各家"羊"字变形的镂空黄门。站在公路上回望，村子像被街灯包裹的玲珑的橘子，卧在起伏的山地草原上，牧民们正在橘子里喝酒看电视呢。雨后的扎鲁特之夜，草地黑了。从这边看过去，山坳之间却有一片扇形的天空亮着，中间一段小而圆的彩虹，让人赞叹。

在开鲁县王家店村，我见到一位老太太在街灯下推着婴儿车走，不禁一愣。过去尘土飞扬的北方村庄里没见过谁推着婴儿车走，农民不是买不起婴儿车，也不是没婴儿，村庄坑坑洼洼，雨后泥泞，婴儿车往哪儿推呢？鄂伦春自治旗一位村主任说："我们这地方没媳妇行，没靴子不行。"他在说笑话，也说人急眼了，路比媳妇还重要。如今村巷硬化，农村牧区终于完成了一件大事，老百姓都高兴。在巴林左旗一个村子，一帮妇女坐在水泥路面上聊天，东北叫唠嗑。我问："咋坐这儿啦？"她们说："这儿多干净啊，唠嗑还能守家望院。"她们由稀罕自个儿的家，发展到稀罕整个村庄。

内蒙古自治区有一万一千五百多个行政村，现今已有八千多个行政村完成了街巷硬化，安全饮用水，危房改造，设立卫生室、文化图书室与超市，学校幼儿园修缮，社保低保、通电及广播电视信号的全覆盖。城乡差距正在一点点缩小，农民在自己村庄的文化广场上跳舞，在卫生室看病，在文化室读书打牌，在路灯下溜达，他们的笑容在说城乡之间并没有不可逾越的鸿沟，时代推着他们走出了一大步。科右中旗一位牧民把我领到他家水缸前，拧开水龙头说："我家的自来水二十四小时不间断啊，这是一百多米深的地下水。"他盯着我，看我是否像他一样惊奇。我知道，如果我不惊奇，就对他过去吃辘辘摇上来的苦井水不同情。然而我的惊奇何止于路灯与自来水，内蒙古大地从东到西，运输砂石料的载重汽车在公路上川流不息，数不清的人在村庄里弯腰砌砖、抹灰、栽树、打井，秋风把奖章般的黄叶吹到他们的身旁。

吹麦子的风吹过我的胸膛

在呼伦贝尔，我见到了像草原一样辽阔的麦地。麦子铺展到天边时，你觉得它们正越过地平线，翻滚到地球的另一面。如楼房般高大的联合收割机停在麦地尽头，竟只有甲虫大小，一共两台。这是在额尔古纳市的上库力。如果我是这里的乡镇书记，我会天天到麦地视察，敞开衣襟，抖腰，让吹过麦子的风吹在我的胸膛上，吹上一个月，身上比面包还香。我们走过莫力达瓦达斡尔族自治旗。莫力达瓦是达斡尔语，意谓"只有骑马才能越过的山冈"。而我们开车也越过了兴安岭,到达鄂伦春自治旗。兴安,满语里的意思是"小山丘",蒙古语的意思是"大石头",汉语引申为"兴盛安康"。兴安这个地名跟神木、福鼎、仙游一样,都是中国好地名。林区行车,视野里满是松树和白桦树。采蘑菇的人九月份已经穿上了羽绒服,挎着小筐唆唆走。他们脚踩着落叶松金黄的松针找蘑菇,松鼠爬上树顶为他们放哨。看车窗外的樟子松看久了,觉得它们是密密叠叠的城墙,而巍峨的深绿城堡还在更远的远方。车开了几个小时,松树从两旁跑过却永远跑不完。你感觉自己出了幻觉,觉得这像是电脑游戏。然而它们全是松树,斑驳笔直,这里是莽莽苍苍的大兴安岭。

在拉布大林镇的宾馆大堂,我见到两个人在聊天。年轻人:"哎呀!大哥,昨晚喝了多少?"中年人伸出一根手指。年轻人:"一杯?"中年人摇头。年轻人:"一壶?"中年人接着摇头。年轻人:"一瓶?"中年人还摇头,手指屹立不动。年轻人惊讶:"大哥,你到底喝多少啊?"中年人开口,镇定地说:"一直喝。"

我想起了我堂兄朝克巴特尔。这次去科左后旗的胡四台嘎查(村),我们一起在村里餐馆吃饭。朝克巴特尔和堂嫂灯笼、堂姐阿拉它和堂姐夫满特嘎四人并排坐一起,全用右手握着白酒杯,宁静地看我们。我们——我和我同行的朋友提酒时,他们四人一律把右手的白酒一饮而尽,手接着放桌子上,手里的玻璃杯再次倒满白酒。他们不言语,对酒也没反应。我后来明白,他们在用看牛羊的眼神看我们,无需说话。朝克巴特尔每天步行五十里放三十只羊,满特嘎每天骑马八十里放二十头牛。在草原上,他们自个儿跟自个儿喝酒,没咋跟别人喝过酒,也不会在酒桌上跟人说话。然而酒就是话,酒钻进他们的肚子里跟他们窃窃私语。喝到后面,他们四人全都喜笑颜开,酒把他们逗乐了。

晚上,我和朝克巴特尔睡一铺炕。他光着上身坐着,瞪着兔子般的红眼睛问我:"政府咋啦?"没等我回答,他接着说:"政府给我们村铺路打井、翻建危房,全旗和全通辽市都这么弄了。政府咋啦?他们以后会不会向我们收钱呢?"我说:"不会。全内蒙古都这么弄呢,咋收钱?"朝克巴特尔警惕地想了半天,慢慢地咧嘴乐了,倒头睡去。

张娜莎和李丽达

秋天的额尔古纳河透出青绿的琉璃色,波浪同时拍打着中国和俄罗斯的土地。两岸长着一模一样的草木,天上的云彩不分国界地飘荡。坐船游河,见到俄罗斯岸边有一个舞台,十几位俄罗斯姑娘正跳热舞,但没观众,台前是滚滚的河水。观众在哪儿呢?在中国这边。此岸有更大的舞台,矗立巨幅LED屏幕,中国游客从屏幕上欣赏河对岸俄罗斯姑娘的《红莓花儿开》,演员和观众不办签证就完成了两国民间艺术交流。如果你愿意,看大屏幕的同时也可以远眺对岸的姑娘,但她们身影显得太小，而且孤单。这样的演出是中国人的主意，对岸的舞台也是中国人搭的。中国人不仅聪明，而且会逗乐。

　　恩和民族乡弥漫着俄罗斯风情，街上有原木搭建的列巴（俄罗斯面包）房、尖顶阁楼的旅馆，这里是边境线。我们在村里见到两位华俄后裔，她们六十多岁，身份证名字叫张娜莎和李丽达，她俩是好朋友，常在一起唱歌和用扑克牌算命。应我们请求，她俩合唱了一首俄罗斯民歌，歌词大意是：有一个小伙子，戴着遮阳帽，从远处来到我们这个地方。他身上散发着汗味，皮鞋的鞋带没有系上。我们唱歌跳舞玩到第二天早晨，他走了，早已把我遗忘。可我想念他没系好的鞋带和戴遮阳帽的模样。老姐妹俩唱起歌，唱到第二小节，脸上浮现恋爱才有的表情，好像干涸的池塘里注满了荡漾的水。这么快？我咋不能呢？她们的歌声里有甜蜜也有忧愁，我不禁愤愤然。俄罗斯小伙子你知道吗？姑娘都老了，还在为你的遮阳帽和鞋带歌唱呢，以后你把鞋带系上好不好？歌声止，张娜莎和李丽达回到现实也就是衰老中，用略带山东腔的汉语说："唱得不好。"我真不希望她们的表情从恋爱中回到现实，唱歌的时候她们美，眼里有着恋人的目光，可以抚平一切皱纹。一旦说出"唱得不好"，一切都结束了。

　　我说："张大姐，李大姐，你们的歌声打动了我。没人用歌声想念钱，但人人都愿意歌唱爱情。我遗憾见到你们之前没买一顶遮阳帽，也没把皮鞋的鞋带散开。"

　　张娜莎和李丽达仰面大笑，她们用拳头捶我肩膀，李丽达踮起脚尖亲吻了我的面颊,我向她俩一一回赠了亲吻,也在面颊。她们领取国营农场的退休金,平时采野生蓝莓熬酱,吃自己烤的面包,唱唱歌,用扑克牌算一算那个戴遮阳帽的兔崽子还能不能回来。

乌梁素海的海子

乌梁素海的蒙古语含义为"红柳湖",水域面积二百九十平方公里,湿地面积三百七十平方公里,好大。这座湖通过蒸腾作用每年向大气补水三亿立方米。如果没有乌梁素海,乌拉山与狼山之间会因为缺少水源涵养而形成新的沙尘暴发源地。

我们开船进湖,船工把湖叫大海小海。小海长着无边的蒲苇,把水面分割成大大小小的水域,其中有行船的巷道。大海子则一望无际,说这是太湖也有人信。船在苇子的城墙下边走,苇子里似乎藏着无数座隐秘村庄。枯干的苇子漂在大海子上,远看似一片黄色的陆地,上面白点密布,近看全是鸟。白鹭的飞行最为优雅,它不紧不慢,白翎如扇,收紧笔直的像设备一样的细腿,好像这里不是巴彦淖尔,而是巴黎。几百只白鹭在蓝天盘旋时,天上如有祥瑞气象。比白鹭小的白鸟是鸬鹚,在水面上拖泥带水的黑鸟是䴉䴉,当地人管它们叫红眼。船工说,鸟妈妈正带着小鸟训练呢。小鸟出徒后,随妈妈飞到鄱阳湖过冬。天空蓝得正好,配上苍鹭和白鹭的身影也正好,让远处呆呆的云朵羡慕。乌梁素海的鸟儿真多,好像比苇子还多。我在湖上转了两个小时,尽抬头看鸟了,记不起湖的模样。鸟多的时候,在我们头顶编成一个网,从空中抛起来,然后被一只无形的手收到了东边或西边,所有的小鸟变成了小点,最后没了。拜拜!咱们鄱阳湖见。乌梁素海,你为什么不叫鸟海呢?我特想告诉各地的小鸟,夏天你们飞到乌拉特前旗吧(不是后旗),海子特大,鱼多的是,还有苇子,快去吧!我们上岸,开车走了四五里地,见到一只细长的白鸬鹚像暖瓶似的蹲在草地上,司机说:"这家伙吃鱼吃恶心了,上这儿吃草籽养养生。"

秋风至,公路两旁高大的白杨树黄绿相间。逆光的黄叶越发稀疏,遮不住从树林里飞过的喜鹊的身影。白杨树下,玉米如一片等待渡河的人群。它们叶片纷披繁复,像手里拿着数不清的东西。白金色泽的玉米站满大地,干透的叶子夺走了所有的秋声。

像天一样美丽的地

在我的心目中,阿拉善盟有金黄的曲线柔美的沙丘,有泉水和绿洲,有高大隐忍的骆驼,还有来自新疆的卫拉特蒙古族人。我进入阿拉善,第一眼看到的是贺兰山,它有说不出的雄峻,如奔马腾空而来,远方则是它卷起的烟尘。

有人说,贺兰山和阿拉善同音,属于十三世纪蒙古语的发音,意谓"骏马"。而当地的蒙古族人认为,阿拉善是古老的突厥语，意谓"像天一样美丽的地"。

"像天一样美丽的地"——我一直揣摩这句话的意味。什么样的地像天一样美丽？那是阿拉善。它的沙漠如天空一般辽远，有骆驼，有湖泊与绿洲，像天空上有云朵的岛屿和星星月亮。阿拉善有一个"斑点湖"，又叫月亮湖。我问过，得知湖名的来历。月光下，几十个水泡子在沙漠里闪烁，用蒙古语说，就是"斑斑点点的湖"。星星在夜空上不也斑斑点点吗？这就是"像天一样美丽的地"。我们穿越腾格里沙漠，到达通古淖尔。脚下的沙子颗粒金黄，用手往里掏两下，摸到了湿乎乎的沙子，沙丘的高处和低处都是这样。沙漠里面藏着水，这是沙漠留给自己的水。没这些水，它早被刮跑或晒成戈壁了。牧民陶都告诉我，外人看上去一模一样的沙丘都有自己的名字。他用手指给我看："那是骆驼妈妈山，那是骆驼孩子山。"这些童话般的山名，从祖辈流传至今。陶都的房子四周起伏着一样的沙漠，这里仿佛没有时代，好像也没有时间。我问他为什么不搬进城里住。他说他进城走不了路。陶都从小在柔软的沙子上走惯了，进城走路脚疼。他说喜欢沙子，我问沙子哪样好。他说："沙子嘛，就是好！"午饭时间，一伙越野客来到陶都开的牧家乐吃饭。他们的喧哗和消费给陶都带来了时代。

阳光如金蛇一般爬上曼德拉山

我们凌晨三点钟出发，去看曼德拉山的日出。月亮照在起伏的沙丘上,仿佛是白茫茫的大海。抵达曼德拉山下,晨曦正好照在黝黑的山体上,远看金红。阳光在巴丹吉林沙漠上行走,如金蛇一般爬上曼德拉山,整座山越来越亮,如同上升。我忽然明白曼德拉在蒙古语中"升起来"的含义,所状正是此景。

曼德拉山岩画是世界岩画宝库之一,四千多幅岩画上磨刻着人类狩猎、舞蹈和动物的图案。小鹿和山羊们拥挤蹦跳,头顶上有星辰甚至有一条河。先人作这些画的时候,心里有着儿童般的喜悦。这些画的作者属于党项、鲜卑、匈奴、突厥、西夏和蒙古,跟他们比,我们的心显得苍老了。想到这儿,眼泪不期然流下。陪同的朋友说:"席慕蓉看到这里也哭了。"我只好笑着回答:"我不是为了模仿她才流泪的,我的泪水跑出来是想摸摸这些画。"

站在山冈远眺,柔美起伏的沙漠笼着一层晨曦的金黄纱巾。它们仿佛是海,等待着白帆的船只驶过。而远处那些白云,像即将进入港口的船,正缓缓朝这边飘过来。

珊瑚

珊瑚的红不通向桃花的渡口，不偏心于牡丹。对我来说，走进珊瑚的红里，会走进蒙古高原，就像红茶的红通往科尔沁。

珊瑚那种说不出来的红让人喜欢，人喜欢它说不出来的色阶。说它浅红吧，它比谁浅？不是比胭脂浅，跟胭脂没关系。当然也不能说比红浅，它就是红。它是珊瑚的浅红。鲜红的珊瑚属于深红。深不深不是跟红比，比不出来的，这是深水的深，从这一边看不到那一边的深。珊瑚之深红如一滴血的深与红，纯净的血深不见底，血的红在红里面最为纯正。

珊瑚坐在白银的摇篮里变成一枚戒指。人的手指开发了一朵有银子的花。植物的花朵美固美，可惜花朵上没镶白银的边款。我觉得生活里面的白银太少了，我觉得白银不是金属，它是硬朗的花，应该开遍我们的手足衣衫。银扣子多美，它缀在衣服上。银泡钉多美，钉在马鞍上。银戒指戴在人手上，手被赋予沉静的美。半夜醒来，我曾经想银子现在干啥呢，戒指、手镯、包银边的木碗，它们干啥呢。不必点灯，我已猜出银子在黑夜里微笑，在手指、手腕或者喝茶的木碗上露出乡村儿童的微笑。银子根本不睡觉，它们精力充沛，日夜睁眼待着，白而亮。

银子跟谁最好？不用问，银子跟珊瑚最好。不知是谁最早把银子和珊瑚交集一体，这个人了不起，懂得造物的秘密。我老家的汉人管珊瑚叫"山虎子"，挺亲昵。我觉得珊瑚可能真是山虎子。矿物质里面也分飞禽走兽。绿松石像小翠鸟，琥珀像猞猁，孔雀石就是孔雀，而珊瑚竟然是虎，是这样吗？有可能。它是一只红虎，像一团火苗在石头里蹿跑，它的前额有"王"字，尾巴也很厉害，"啪！啪！"树干被扫断。只是，所有矿物的走兽飞禽在岩石被开采、粉碎、提炼之时中了定身法，动不了了。这没什么奇怪，人经过此生进入彼岸后也动不了了。变成了什么，我说不清楚。

珊瑚见到了银子情投意合，如果它们不合，人把戒指戴在手上怎么能吉祥呢？我看到白银镶嵌的珊瑚戒指，觉得它们俩正用人耳听不到的波长唱蒙古歌呢。珊瑚（女）唱道："赶上流水似的马群呀，脸上照着初升的阳光，日轮花随风飘来芳香。羊群在远处涌动，像浮云抱住了山梁。多美呀，这就是我的家乡。"白银（男）唱第二段："清清的河水那么明亮，像银带子飘向远方。想念我的达古拉啊，她的情谊比流水还长。草原上所有心灵手巧的姑娘，没一个比她更强。"

白银唱的"达古拉"正是珊瑚。达古拉是女孩名字，意思是"领着",暗指领来一个弟弟。牧区的珊瑚有许多蒙古名字——达古拉、山丹、纳仁花等等。白银也有蒙古名字——孟根巴雅尔、恩克哈达等等。这首歌叫《山的褐色的影子》。在绿的没有边际的草原上,山的影子像山的褐色的披风。一座连一座的山蹲在天边,像准备起飞的鹰。

白银包住了手指,如河水包住了草原。银子想包住草原的一切,怕美好的一切在某一天消失。银子包住老汉的烟袋锅,银簪包住女人的头发,银碗包住飘荡蓝火苗的酒水。银子最想包住并抱住的东西是珊瑚。银子无数次问珊瑚她从哪里来的。珊瑚不答话,说出来,银子也不懂珊瑚的方言。

珊瑚的话语属于大海语系,大约属于青藏高原语族,蒙古高原语支。鄂尔多斯人把"浑"读作"昆",这是十三世纪的读音。珊瑚保留的单词比这更早,它们把"西伯利亚"读作"鲜卑利亚",把"额尔古纳"读为"多尔衮"。珊瑚的语言华丽典雅,像树上的山丁子。

珊瑚是一个湖,比鹰的眼睛还要小,湖水结成了冻,在白银里打坐。珊瑚像飞来的红甲虫,落在女人的头发上,编成串,把女人的脸庞变成了一个珠宝箱。珊瑚是不是远古的蜂蜜结成的化石?世上有红蜜吗?火山爆发之后,蜜化为红色也未可知。珊瑚是谁的眼睛?鸟的眼睛黄色,人与鱼的眼睛黑色,杨树的眼睛灰色,铜的眼睛绿里带黑。珊瑚是地下黑石和黑水的眼睛,能过滤掉天空的蓝色,看得懂远古的壁画,它是山的眼睛。我每次看一眼手上的戒指,珊瑚就跟我笑一下。我戴着它走在风里，伸手把它摊在雨水下，让珊瑚在白雪里待一会儿，戴着它走到山顶上迎接风。珊瑚不增加也不减少红，珊瑚在白银里享尽富贵荣华，越来越爱笑。

荞麦面

科尔沁人幽默诙谐,创造了很多辛辣喜乐的民歌——《万丽花》《高小姐》《维胡隋玲》。他们身材结实、宽大。在通辽的火车站和汽车站等车的蒙古人,仿佛是一家人,至少有血缘关系。他们有相貌气质上的近似性,看得出却说不出。科尔沁的男人适合被画成肖像画。他们的表情在缄默中包含变化的丰富感。男人的鼻梁直,嘴的线条鲜明,有黄眼睛和灰眼睛的人,他们爱吃荞麦面。

科尔沁人不对他人奴颜婢膝。给他们天大的好处,他们也不愿意谄媚对方。追求自由的人讨厌谄媚。谄媚里面有一半是欺骗,另一半是失去了自由。科尔沁人爱吃荞麦面。

科尔沁人走在白茫茫的沙坨子上,晒热的沙子可以治疗风湿病。沙坨子凹处的泉水甘甜怡口,那是小鸟和牛羊的水源地。张作霖的兵士抢占了好草场和好耕地,把科尔沁人赶进沙漠里。所有在沙漠里长大的人全都骁勇善战。他们喝了沙漠里的水,吃了沙漠上生长的庄稼,变得倔强。僧格林沁和嘎达梅林都是科尔沁人,他们永不屈服。科尔沁人身上的血比别人流得快,容易冲动,科尔沁人爱吃荞麦面。

荞麦面做的猫耳朵汤何等美味。我写下"猫耳朵汤"这四个字时耳边已经传来轰隆隆的声响,似奔雷,如泄洪,那是科尔沁人手端大碗吃猫耳朵汤发出的音效。大碗放在嘴边,右手用筷子往嘴里扒拉面汤,像用石块堵住河岸决堤的缺口——轰隆隆,一碗下肚,第二碗接着轰隆作响。他们咀嚼吗?肚子比嘴更需要猫耳朵汤,口腔不应该挥霍太多的时光。一般说来,人吃美味都采用吞法,细嚼就没什么味道了。你看猫吃鱼、鹰吃兔子、鱼吃虾都不嚼,科尔沁人吃荞麦面猫耳朵汤也可能不嚼。反正我不嚼,猫耳朵汤进我嘴里如武生在戏台上翻跟头,三两下顺光滑的食道进入胃囊,它们回家了。

我祖籍在科尔沁的科左后旗,出生地和生活地点在内蒙古和辽宁的城市。随年龄增长,越来越多地显示科尔沁人的个性。海水退潮之后,沙滩上的贝壳才历历在目。科尔沁人的性格好与不好,让别人去说吧。我们只说荞麦面。我越发爱吃荞麦面,如同越发爱喝红茶。我觉得自己像那位到法国小镇参加马拉松比赛的日本选手,他跑啊跑,跑到一个地方停住了脚。他觉得这个地方十分适意,就不走了。这是四十多年前的事情,人们现在也不知道那位日本选手身在何处,只知他跑到一片树林停住脚,走进去再也没出来,忘记了比赛以及一切。有人说他是怪人,我觉得说他是怪人的人才是怪怪的人。他跑了一辈子就是为了找到那片树林。即使这片树林不在法国也要钻进去不出来。对我来说,这片美好的树林就是荞麦面和红茶,组合成科尔沁的血肉。

荞麦面你好吗?我看到灰色的(也有发红发黑的)荞麦面,觉得幸福就在身边。平时吃饭,有什么吃什么,果腹可也。但每次看到大碗里的荞麦面汤,心里不禁浮起许多赞颂词,福气太大、洪福齐天。遇到贤达之士,他们谈到世界局势,谈股市、高铁、小说、书法之时,我每每想把话题转到荞麦面上。我跟他们谈猫耳朵汤和拉拉汤。猫耳朵汤前面已谈过,现在说一说拉拉汤。此汤与北京人士说的疙瘩汤是一回事,食材是荞麦面。疙瘩汤由于有了荞麦面而熠熠生辉。科尔沁人称疙瘩汤为拉拉汤。水沸,把和好的稀面转圈儿下进锅,便有了一片盛世风光。汤里可以随便放什么蔬菜,科尔沁人喜欢放一些肥羊尾、奶油。我只放菜,西红柿、生菜、黄瓜片都不错,卧俩荷包蛋也行。盛进碗里,轰隆隆的响声震耳欲聋(指自己的耳朵)。上帝给世界造了那么多东西,不独山峦海洋,还有香蕉榴梿这些奇怪的美味。上帝没忘记造出荞麦,这是多大的恩惠啊。上帝造荞麦的同时造出了红茶,玉米面"杰日玛"(炒面),太够意思了。上帝啊上帝,你谁都没有忘记,心里始终装着人民。

月夜,荞麦地里的白花为大地绣了一件纱衣,月光照过来抢这份功劳。白昼里,蜜蜂飞到荞麦花上采蜜,如同给白花钉上一枚枚金黄的纽扣。我站在荞麦地边上会想起猫耳朵汤和拉拉汤,这里是它们的祖籍。荞麦施展了怎样的魔法才结出了荞麦？这个秘密没人告诉咱们，荞麦花不说月亮不说，锅也不说。科尔沁人不管吃多少羊肉，垫底的还是荞麦面拉拉汤。他们唱着情歌，喝着烫嘴的红茶，抽着旱烟。他们血液里的肝糖来自玉米面和荞麦面。

大雁在天空的道路

　　大雁不乱飞,如果你的记忆和观察力足够好,会看到大雁在天空沿着一条道路飞行。仿佛这条路的两旁栽满了高高的树木,大雁准确地从树木中间穿过而不会碰到枝叶,天空的道路会转弯,大雁也随之转弯,这条路的宽度刚好是雁阵的宽度,大雁们不疏落也不拥挤地从上面飞过。

　　大雁飞过后,我们看它们飞过的天空一无所有。这说明我们的视力有很大的局限性,眼睛还没有进化到看见所有事物的程度,暗物质只是人类想见还没见到的物质之一。但人见到眼前的一切已经够了,这些已经足够人类应付了。在大雁的眼里,天空上的河流湍急流淌,天上长着人类看不见的庄稼与花卉,这些植物不需要土,它们的根扎在云彩上。天上的花卉见到哪个地方好,就飘下来待一夏天。我听新疆的人说,他们看见一片山坡上长着好看的、不知名的花,第二年就见不到了。这事很简单,这是从云彩上飘下来的花,第二年去了别的地方,比如去了伊朗,但我没告诉这个新疆人。

大雁飞过时，我多希望它飞慢一点，让我看清它笔直排列的橘红脚蹼和翅膀上精致的羽毛，好像它偷着藏起了许多十八世纪西方作家的笔。大雁排成倒"V"字从我头顶飞过，仿佛是一艘看不见的潜水艇激起的浪花，然而头顶掠过的是大雁白白的躯干和黑褐色的翅膀。它的翅膀伸得那么宽，好像去抱一捆抱不动的干草。好笑的是它双翅边缘的羽毛向上挑起来，如乐队指挥伸出食指指示哪一件乐器节奏快了一拍。雁阵飞走后，天空寂寥，也没有传来大雁才听得到的波浪和树叶的喧哗声。雁阵飞得那么远，阵形仍然不变，仿佛地面站满了检查它们队形的检察官。大雁快变成黑点时，云彩跑过来模仿它们飞行，但没有队形，也没有橘红脚蹼和向上挑起的翅羽。云彩不过是浑浑噩噩的群众，它们从众，自己并不知飘向哪里。云彩还喜欢乱串门，这一片云无由地钻进另一朵云中。妇人絮棉被常常揪一朵棉花絮在这里，揪一片絮在哪里，絮在棉花薄的地方，仿佛是揪云彩。

　　在河岸行走的大雁比鹅还笨。它们的双脚站立还勉强，走路如同陷入淤泥里。你想不到这么笨的大雁飞起来那么好看。那双笨拙的、橘红色的双脚终于可以不走了，像两支笔插在笔架里。飞行的大雁，伸出长长的脖子，仿佛等待有人给它们挂上不止一枚勋章。大雁知道，世界不是走的，而是飞的。没有谁能走遍全世界，却可以飞到。大雁在飞行中看见丑恶的拿着猎枪的人变得渺小，它看到蔚蓝的湖水向身后退移，比退潮还快。在大雁眼里，山峰并不高耸，如披着袈裟的僧侣在地上匍甸。细细的小河巧妙地绕开山峰,找到了山坡上的花朵。

大雁永远在队伍当中。六只大雁一起飞行,十二只大雁一起飞行。大雁从来不像麻雀那样偷偷摸摸地独自飞行。夜里雁群睡觉,老雁站岗。在天上飞翔,老雁用叫声招呼同类。雁的家族,一定和和睦睦。蒙古人把鸿雁亲昵地称为鸿嘎鲁,视如亲戚。鸿雁守信,每年某月某日来到某地,从不爽约。蒙古人看到走路歪歪扭扭的鸿雁又来了,带来了小鸿雁。它们在天空排成雁阵,仿佛是礼兵的分列式。蒙古人看到这些鸿雁喜笑颜开。

为写这篇小文,我打开百度寻找大雁的照片。看到它们可爱的充满礼仪感的样子后,又看到了百度百科的第二篇文章:"大雁的吃法。红烧大雁……"这让人沮丧极了。我在沈阳航空博物馆附近看到一家饭馆挂的招牌即是"炖大雁"。鲁迅假狂人之口,说几千年的中国历史每一页都写着吃人。人的历史何止于吃人,还吃可以吃得进嘴里的有肉的一切生物。人的祖先在饥馑年代可能都吃过人。这种基因多多少少总要遗传下来。在法治时代,吃人不可,便吃雁、吃猫、吃狗、吃蛇,吃其化学成分为蛋白质的血肉之物,而不管那些动物是否友善与可爱。达尔文说人类是进化而来的,我见到一些人之后立刻怀疑这个学说,人是进化来的吗?好多人并没进化过,一直是野兽。他们是怎样逃脱了进化又衣冠楚楚领到人的身份证的呢?用我老家的话说:"他妈妈怎么生出这么个玩意儿呢?"

山与树林的合唱

"山在歌唱,只是人没有听到。"我记不起这是一句诗还是一句歌词,也记不起这是别人说过的话抑或我脑子里冒出的念头。且把话如失物招领一样放在这里,我想说的是我相信这句话。

在牧区,山峦裹着蓝色的毯子,趴在天边。它们做什么呢?一定在小声唱歌。裹着毯子的人,唱歌的声音一般都不大。山在那边一定看见了河流。草原的河流曲曲弯弯,像在塌裂的河床里流淌。在任何光线中,它们都白而亮,像割裂绿草的白色闪电,又像马鞍上的银链子。群山的合唱是低频振动,河水为此浮起波纹。山比人更早通晓和声的唱法,歌的层次如山的层次。山坡上的灌木带、白桦林带和蒙古栎带是不同的声部。人听到的是树叶哗啦啦的声响,这个不算,顶多算伴唱。人听到山和树林的合唱吗?如《出埃及记》那样的肃穆。群山合唱,越矮的山峰声音越尖,跟人一样。树林是乐队的弦乐。我听《霍夫曼的故事》里的船歌,小提琴齐奏也有非凡的歌唱性。树林的齐奏不齐，也没法绝对地齐，除非是用电子合成器贴上去的音。不齐才好听，树林的伴奏如几百把弓子整齐地拉过去，每把琴的乐音会快一点或慢一点，混杂的声音如夜空里参差不齐的树梢围在月亮的脖子上。有句成语叫"山呼海啸"，发明这个成语的人是懂音乐的，并通天籁。山的歌声近于呼，古人称"吁"。呼吸的"呼"，呼麦的"呼"，广板并慢板，有曼陀瓦尼乐队的无限的延长音，然而无词，音乐术语叫吟唱。其实所有歌的歌词都是狗尾续貂，是包糖块的玻璃糖纸，是废话。山在夜里歌唱，星星下垂，聚集在地平线，它们是听众。山的歌声的波长不被人耳所解码，山早就看出人是聋子，羊倌赶羊上山下山，没表情，证明他从来没听到山的歌声。

流云停驻，人不明白流云为什么会停下来。云听到了山的歌声，在牧区，朝起的云都挤在天边，如小学生排队，它们在听山的歌唱。歌者不光有山，樟子松是女高音，落叶松是男高音，山洞是男低音，白桦树是次女高音。这是说独唱的乐章，合唱时它们全体加入合唱。

白雾飘过来时，山唱的是情歌。白雾在歌声中滑落在山的脚下。白雾让山的嗓音有一点沙哑，迈克尔·波顿唱情歌也很沙哑。太亮的嗓子唱不出情歌的诚恳。心中无苦，不适合在山野里歌唱。山在恋谁？流云、大江，还是天上的星星？这个事在没弄清楚之前不可乱说。人的听力与山的波长对不上，听不清它和它们的恋爱与失恋。那些古老的岩画在说这个事吗？不像。

山不是文工团员,没有新歌的时候,它习惯于沉默,但四季的每一个季节山都要唱一唱,在春天歌声会多一些。山的歌声传过来,鸟儿在天空盘旋,田鼠钻出洞来谛听。唱到低音部分,山石子震落,轱辘到山脚下。如果河水绕着山流,必是此山歌声优美,河水舍不得一下子流走,山为此多唱了好多的歌。

最好的树被上天领走了

大兴安岭的林地里见不到土,土被落下的树叶不知覆盖了多少年。土珍贵,被树和草藏在了脚底下。土是树和草的母亲,是冬眠小虫的庇护地,是河流的围墙、万物的故乡。松树在蓝天下晾晒松针的翅膀,仿佛飞了很久,飞累了。青草和花朵在松软的树叶上面下棋,成缕的光线斜射过来,照在它们的棋盘上。鸟儿在树叶间自问自答,如同背诵一篇荒疏的课文。忘词的时候,鸟儿拍拍翅膀,飞向另一棵树。

养蜂人、采蘑菇和养鹿的人在林里待久了,不自觉地模仿树的表情。树的表情是倾听的表情,不像人那样喜怒分明,那样挤眉弄眼。树一生都像倾听一个故事,听小虫在草叶里翻身,听地下的河流从哪里拐弯,听松果落地翻滚。养蜂人的眉毛像前额长出的草,养鹿人双眼明亮,采蘑菇的人手指轻得像树叶。他们如果站在树边照相,和树的表情一样——沉默、谦卑、自尊,树把他们视为同类。

大兴安岭的树里隐藏着英雄,它们是被雷电劈焦的树。在冠盖青翠的树林里，雷击木无枝无叶，黝黑兀立。此树瞬间化为此状，好像在往天上看。天上蔚蓝宁静，是一道白云川流的河床。

我替它惋惜。当地人说，这是好事，最好的树被上天领走了，被雷劈的树都是树里的精灵。见到雷击木，当地人的表情肃然，仿佛树是替他们死去的。

我摸这棵树，开始有点不敢摸，仿佛乌黑的树身都是伤口。

一棵松树在一个火球里完结一生，比遭受电锯杀伐好，比被肢解为板材也要好。它的千万根松针被火球摄走精魄。在雨中起火，又被雨水浇灭，或许这是诸树求之不得的宿命。藏人想到天葬不惊恐，反为死后有了清洁的归宿而觉轻松。其他民族的人不这么想，而且连想都不敢想。生死观是文化的核心，使一个民族有异于另一个民族。

当地人送我一个雷击木做的护身符，两寸长，一寸宽。此木一面焦黑一面白，烙铁在白茬处烙上吉祥如意的蒙古文。我摸这块木头，心想这是不是在摸一位高僧的舍利呀。它还是木头，而它的精神随雷声升天了。被雷劈的木头，在此世一无所怕，既避邪，又吉利。蒙古人所说的吉利，与汉人所称避邪，意思同一。

最坚韧、最抗打击、最像石头的植物是树。树身的扭曲，是它抗争的证据。树身不管怎样虬曲，它散开的枝叶都从容祥和。树歪了，但树冠不歪。一棵从石缝长出的树付出了比其他树更多的力量。树没有机会选择生长地，它只专注于生长。看老树，火烧虫啃是它们的必修课，每一棵都是伤痕累累。风或鸟儿把树籽从远方带到此地发芽，孤独是树的宿命。树的枝叶摸不到夜的深处，风要把树带走。披头散发的树与风争了一辈子，换来一身骨头。看树叶的样子，即知树的心里在微笑。活到这个境界，万事皆可一笑。况且，小鸟飞到树上做窝，鸟儿在树叶里谈恋爱，让树高兴地沙沙响。更小的粉虫子在树皮上爬，把树当成了山。

我闻一闻这块木头，没松香味，也没有焦煳味。这块木头——这只是我想的——身上藏着雷电，或者说雷神在此，秽物远离。牧民认为雷击木是来自天上的东西，他们把雷击木放在家里，威慑猛兽毒虫。大凡森林野兽，都怕雷电。这块木头一定用特殊的气味或波长喻示雷电来过，人不知，毒虫却知，绕道远飚。

坐车走过大兴安岭，间或看到一棵雷击木，它周围的树依然翠绿。树啊，莽莽苍苍布满山岭。树并不认识它周围的树，但如同兄弟姐妹。这棵雷劈过的树仍站在它们中间，无枝无叶，一身骨头，为众树避邪，它是开过明亮火花的吉祥木。

走到哪里都认得出火的模样

我记不起小时候第一次见到火是什么感受,小孩子见到什么都抓一下,如我爸说:"蒙古人的手里长着眼睛。"但火不可抓,人一生也抓不到火,最后却被火抓走了。

火是一朵花。这朵花颤抖、试探,包裹一圈儿火芒。西班牙诗人阿莱克桑德雷说:"所有的火都带有激情,唯有光芒孤独。"夜里,光芒为火镶一层边,像雾,像麦芒。光芒和火中间有一层空隙,仿佛把火苗安排到一个玻璃罩里。这是说火苗——油灯和火柴上的火苗。火苗是火的孩子吗?它弱小,但与大火同样明亮,穿着同样的衣衫。

火穿着一模一样的衣衫,由红、黄、蓝、白四块布幔缝制。在阳光下,火的衣衫被剥走,它成了透明人。火除了衣衫,没有其他家产,它的身体长在衣衫里。在斯图加特的索里图山边上的熊湖岸上,在南西伯利亚的安吉拉河边,我见到与故乡一模一样的火。

火在夜里笑,微笑或大笑取决于风势。人盯着火看一会儿，感到其实它想跑，被什么东西拽住了脚。火的脚跟绑在木柴上，绑在煤和油里，不然早跑了。火盼望像鸟一样高飞，在松针上跳跃，听松树暴跳如雷。火倾出身子，缩回来，柔软之极，它比花草和水更像舞蹈演员。火像一朵莲花，这用斧子劈不开的花，如同斧子劈不开一滴水。火和水包住斧子又放开斧子。它是色，又是空。火是实体，却没有重量，用秤估算不出火的重量。火像荆棘，满身有刺。火像锦缎一样光滑细腻。我摸不到火，却感到了它的光滑，火的皮毛比狐狸更光滑。皮毛从火的颈子流泻，由红色变为金红，转为空心的蓝。火的蓝比天的蔚蓝更浅一些，屁股坐在一个白盅里。自然这是火的白盅。在光里面，红与蓝常常相邻，由金黄连接，黄昏的天空也是如此。

火苗的形状如一滴水，这滴水从地面向天空生长。火苗的苗跟植物的苗一样往上方延伸，但火苗更像一滴水。这滴水遇到外物散开包抄，像莲花打开叶片。火的顶如莲花的顶，点染一点红。

火睡觉的时候并没有熄灭，炭才是它的梦乡，多少火苗在炭里相拥而眠。在薄薄的灰烬里，火已睡熟。"剥"的一声，是火的梦话。火在炭里多么安静，像婴儿那样恬然。它拱起圆圆的脊背如熟睡的猫。风走过，炭火的火星惊起，跳进夜色里再也回不来了。

在黄泥铁桶的小炉子里，火倾听小米粥的歌声。粥的歌声跟打呼噜差不多，咕嘟咕嘟，吹起一些泡儿又吹破一些泡儿。

火沉湎于这些歌声,它闻到粮食的香气塞满四周每一个缝隙。火奇怪,它在铁锅下面奔跑。为什么传来粥的歌声?铁锅是世上神物,遇火每每发出不同的奇香——黍米之香、菜蔬之香……起初,火以为铁是香的,后来得知锅里有米,米香即是大地之香。

火是蒙着眼睛奔跑的精灵。火看不到任何东西。它见到木柴时,烟挡住了它的视线。它见了黑夜,夜退到远方。火焰的光芒隔离了火的视线。火在阳光下睁不开眼睛,火在枯枝上爬行,火在草绳上模仿一条蛇。

不烧的时候,火待在哪里?这个疑问与火苗去了哪里一样令人困惑。不能说火藏在木头和煤里,它同样藏在布、干草甚至塑料里。铁和石头撞击迸出火星,火什么时候钻进铁和石头里了?在凸透镜的照射下,火从纸里跑了出来。是的,火藏在一切地方,是火柴、打火机、铁和阳光让它跑出来,它在那个地方沉睡久了,被火唤醒,急急忙忙跑出来。火在煤的身体里睡了多久?至少睡了几亿年。火从阳光的梯子爬进树里,树在地里化成煤最后变回来,成了火。

可是,火熄灭之后又去了哪里?

黑夜里,火张望,扭捏,奔跑。火哪儿也没去,最后却失去了踪影。夜和枯枝上找不到火的身影,连枯枝也被火拐走了。火所去的地方,人看不到。世界或许分成许多层,人的眼睛只看到其中一层,如同声波的一段频率。在人的眼皮底下,人看不到的东西太多了。人看不到身边的鬼神,看不到自然的征象，看不到光之外的其他颜色。人眼是如此简单，结膜、角膜、虹膜，加上视网膜，怎能看清周围的一切？

火只有一个模样，火不分外国火与中国火。火有金红的面容，有白与蓝的脸谱。火把自己的脚拴在风上。风到达的地方，火也到达。火把干树枝烧得像铁丝一样红，它的躯体或者叫能量凌空而去，化为碳的另一种形式。

如果用火讨论万物，万物的本质都是碳，而且万物都不会消失，不生不灭，只在火里变换了一种形式。它们在人眼中消失了，在大自然的循环中却没消失，也消失不了，永久循环。

火让白雪变成冰凌的酥片，化为水。火让水在壶里跳跃，无数小气泡化为大气泡，变成旋涡。火藏在酒里，穿着蓝色的衣服。火穿红衣从炭里走出来。如果想到人的周围藏着火，有一点吓人。但火是如此沉静，它只待在它待的地方，打骂都不出来，只有火才能把火引出来。火毁灭过万顷森林，竟安静地藏在一张纸里沉睡。火……

落叶吹进门口的鞋子

蒙古栎树的叶子变成鹅黄色。它们的叶子都长在高高的树尖上,叶片宽大,风吹来,叶子翻滚得比别的树叶子更迅疾。大哈日巴尔山的南坡长满蒙古栎树,山脚围一圈儿樟子松,好像是栎树的卫士。往阿阑河对岸看过去,大哈日巴尔山好像是一只卧睡中的老虎,头尾金黄。细看,它金黄的皮毛间有一群又一群的黑鸟起落。

这是图瓦国南部接近蒙古国的地方,我来到住在这里的哈萨克歌手艾尔肯的家中,听他唱歌。艾尔肯说他们这一支族人在西伯利亚已经居住了两百多年,歌曲的旋律和住在中亚的哈萨克人不一样。我听出来了,节奏接近于蒙古长调,还有布里亚特人的萨满音乐的味道。

阳光从西面的萨彦岭射过来,艾尔肯的毡包的门前如同撒了一层金屑,波斯菊的影子尽情拉长,好像它进不来毡房,要派影子进来。毡包里铺着来自阿拉木图的红地毯,松木餐桌上摆满奶食品和野生水果。艾尔肯弹冬不拉唱歌时,大约一分钟看一下他老婆然萨的脸。然萨仿佛有预感，在艾尔肯目光投来的一瞬用眼睛迎接一下，脸略微红一下。每唱一首歌，艾尔肯要看然萨四五次，仿佛不看就唱不下去或记不住词。然萨每次都没让艾尔肯落空，用眼睛把歌词和旋律递过去。艾尔肯和然萨像两个儿童，或者说生活在戈壁滩上的两只兔子。他们彼此相爱，但他们更爱大哈日巴尔山。他们以崇拜的口气谈论松树、驯鹿、芍药花、露水和风。他们相信世上有妖怪，相信把盐抹在靴子上会使鼠尾草死掉。这不是儿童吗？在图瓦和布里亚特，我见过许多这样单纯幼稚的人。

天快晚了，艾尔肯和然萨要去山下找羊，我和他们一块去。在毡包外，我看到我脱在外面的黑皮鞋里塞满了鹅黄色如丝绸一样的树叶子。我问这是怎么回事。艾尔肯得意地看毡包附近的蒙古栎树，说风把落叶装到了我的鞋里，它们想到中国去。他们俩穿高腰靴子，里面没刮进落叶。蒙古栎树的黄叶子在树上抖动，像一群金鱼逆着激流游动。薄薄的云朵围着大哈日巴尔山旋转，从这棵树的树叶里钻出来，钻进另一棵树。天空的蓝色和黄叶子摆在一起，仿佛是水彩画家还没画完的画，白云冲进来阻挡黄与蓝的色彩对比。

艾尔肯和然萨往山下走。然萨肩上披一块深绿色的雨布，艾尔肯腰上扎着白色的外套。他们戴着哈萨克人的毡帽和绣花帽。我觉得这使这两个人更像儿童。中国人不怎么戴帽子或乱戴帽，哈萨克人的帽子已是他们身体的一部分。他们恭谨地戴着自己民族的帽子，帽子下是他们纯朴可爱的笑脸。哈萨克人的帽子好像还是歌声的一部分，是草原、雪山和河水的一部分，是艾尔肯和然萨头顶的花朵和树冠。我们往山下走，树的队伍里又增加了白桦树和落叶松。明亮的毫无声息的溪水在林间流过。溪水把落叶分开，露出水下黑黑的泥土。壁虎般的松鼠从松树上垂直而下或垂直而上，仿佛在搬运自己硕大的尾巴却不知把尾巴放在哪里好。山下有一片开阔的草场，高高的金黄色的秋草尚未倒伏，十几只羊在草里缓缓游动。羊群后面跟着一个七八岁的哈萨克小女孩，她戴着紫红色的帽子，上面插一根洁白的羽毛。她是艾尔肯和然萨的女儿。女孩朝我们招手，她跑过来，红色的坎肩和白裙子在金色的草浪里跳动。艾尔肯和然萨与女儿拥抱，如久别重逢，估计他们的分别只有一下午。但他们都是儿童，儿童比成人更重视亲情并相信神话。外国神话里的人见面先拥抱，中国神话里的人见面先打一架比一比武艺。

我们往回走，羊群走在我们的队伍前面。羊群挑有石头的路走，因为它们是山羊。这些山羊如果没有胡子和犄角，就是一群猴子。它们极为灵巧，人还没看清，它们已从石壁的边缘爬上去。我觉得它们如果会采药，早都是富翁了。山羊比绵羊的表情肃穆，有些儿童书把山羊画成学究，它们看上去确实有一些书卷气，至少有会计的气质。回到毡包，山羊排队进了羊圈。毡包前放了好几双鞋，中国产的绿色农田鞋。艾尔肯说："我把鞋摆在这里，让落叶钻进去过冬，明年春天穿鞋的时候，脚上有香味。"

风里有什么

世上有好多事情弄不清,最弄不清者一为风,二为云。人遇到风。呼——来了,呼——走了。啥来了,啥走了?不知道。感受过,但一辈子没见过此物。"风"这个词也是听别人说的。对风,我们是盲人,就像我们在爱情里是盲人。男人只见过女人,谁见过爱情?

树林里,栎树的小圆叶子微微摇动,是风来了吗?人还没感受到风,树叶却已经招手了。走上山冈,传来巨大的风声,树叶像潮水一样喧哗。一棵树身上不知有多少叶子,而每一片叶子都在动并发出声音。风穿越绿叶的隧道,而人却没觉得有什么风。细听,听不出林中的风声从何而来。树叶和树枝只是在抖晃俯仰,竟发出深沉的低音。在主旋律"呜——"结束之后,才是树叶子"唰啦啦"的后伴音。说!"呜——"是谁的声音?

盲人如果来到呼伦贝尔游历,他大脑收获的图景跟明眼人会完全不同,大不同。他看不到雨后的草原在深蓝城堡般的云层下透出的新绿；看不到像刷了石灰粉一样的白桦树互相斜倚，宛如等人来合影；看不到莫尔格勒河如盘肠一般，一里地弯十个弯，陡立的河床上长满了青草。

盲旅人看不到这些，他被呼伦贝尔的风抱在怀里，风拉住他的手旅行。风是另一位盲人，它用一种叫作"风"的手势识别盲旅人的脸，摸他的眼睛、鼻子、脖子和头发。草原的风打扫他浑身上下，衣裤簌簌作响。盲人听到，季风弹拨落叶松的松针，声音似蜂蜜的丝。风捧不起河流的水，却把水的腥气塞进人的鼻子里。风里有什么？大兴安岭南麓和北麓的气味不一样，盲人的脑部地图定位着白桦林的清甜气味、奔跑结束的马群的臊汗味、被露水打倒的青草的气味，还有风。风并没有风味，风里只有远方的味。风里混合着高山岩石的苔藓味，低洼地带的泉水、动物粪便和草原上不同的野花的气味。风大度地、悠然地把各处的气味带到各处，又把各处的气味带到其他各处。对野生动物来说，这些气味是博物馆，气味里有所有动物的表情，还有花和河流的心意。风里的气味是野生动物的生存依据。

小鸟身上有什么味吗？不知道，它们笔直地飞进蒙古栎树林，不知道给树林带去了什么气味。去呼伦贝尔旅游的人可能忘记了，小鸟始终在他们头顶飞翔鸣唱。我提醒自己，每到一个新地方，先听听有没有鸟鸣。事实上，每一个地方都有小鸟的歌唱，除非下雨或刮大风。我听到这些歌唱，满自负，以为别人没听到。他们盯着草原上的野花，笨拙地迈进，忘了鸟鸣。我闭眼倾听鸟的歌唱,它们的歌声光溜溜的,音节或长或短,歌词不相同。别人告诉我,大部分是云雀和百灵的歌声。然而看不到这些鸟儿,草原上没有树,它们在我头顶什么地方唱呢?只好说,呼伦贝尔有数不清的鸟,边唱边飞,我听到了它们路过时的那一段音频。

我认识的猎人日薄西山

我见到猎人端德苏荣时，他坐在自家炕头用棉被围绕而成的大圈椅里。被子叠成细条，垛成马蹄形状，露出红的、绿的绸缎的被面。端德苏荣坐在里面，戴一副水晶石的平光茶色眼镜，手搭在被子的扶手上，像一位土造的土耳其苏丹。这情景着实滑稽，但端德苏荣病痛的面容已经事先警告来客：不可以发笑，这是生活的本来面相之一。"端德"是蒙古语"中间、居中"之意；苏荣是"占领者、守护者"之意。给他起名的人大约读过《老子》，老子曰："多言数穷，不如守中。"

"哟哟！"这是蒙古语中表达肉体痛苦的语气词，端德苏荣口出此语时，皱纹齐聚眼窝。他对陪我前来的乡民政助理大叶喜说："死了多好，我为什么还不死呢？"

大叶喜阻止他："这样说不好，越说越死不了呢。"

端德苏荣闭着眼睛想大叶喜说的话，终于笑出来："哈哈哈，你好像是在帮我。"

大叶喜的话里有活脱脱的幽默，比一只剥了皮的兔子还光溜。但我没敢笑，一个外人，没资格随随便便地加入别人亲密的幽默谈笑里。笑也需要亲密关系。

端德苏荣突然从棉圈椅里挺起身，手指着大叶喜说："政府不是啥都有吗？有没有原子弹，对着我发射一下，死得快点。"

大叶喜说："上次你领修羊圈的补助就是因为说晚了，才没领上。原子弹的事也是这样，让东村的人消费了。等下回旗里拨过来，给你留一个大的。"

端德苏荣仿佛听不到大叶喜说的话，自语："我的心分裂了，原来是一个，现在变成了四五个，互相不透气。心很硬，不软乎了，煮都煮不烂。"

大叶喜："煮你的心是浪费柴火，还是在你肚子里待着吧。我给你介绍一位客人（双手指向我），他想了解一下猎人的事，你是猎人嘛。"

我补充："请您讲讲赛罕汗乌拉里面动物的事情。"赛罕是蒙古语，"好的、好看的"之意。汗乌拉意为"山的可汗"，即"皇帝山、君山"之意，统译罕山。这条山脉在端德苏荣家的东北方向。我不喜欢猎人，对杀戮的事情也没兴趣，只是想通过猎人听到罕山动物的故事。

端德苏荣很惊讶，他摘下茶色眼镜看我。被一个猎人观看并不是愉快的经历，他用看狼、看狐狸粪便、看鸟尾巴的眼神看你——尽管你脸上并没有这些东西，觉得脸被浑水洗了一遍。他说："罕山里住着神，你相信吗？"

"我当然相信，"我告诉猎人，"罕山的主子（与神同义）是骑白马的神。"

"对喽。"他把目光收回来，像收回一把绳子，"罕山是神的山，花啊，草啊，树啊都是山神的子女，乌鸦是山神的奴才。"

"乌鸦是奴才？"

"对喽，奴才不是不好听的话，意思是仆人。不是谁都能当奴才。奴才要聪明、勤奋。乌鸦天天呱呱地忙来忙去，乌鸦是铁的。"

"乌鸦怎么会是铁的？它不是肉的吗？"

"乌鸦的性质是铁。人和万物都可以分成金银铜铁锡。黄金家族的人是金的，重信用，不背叛。云彩就是锡的，老是在熔化。泉水是银的，哗啦哗啦，泉水的响声不是跟银子的声音一样吗？这是命理。乌鸦是一块黑铁。"

"罕山里有鹿吗？"我问。

"什么？"

"褒羔，骚羔。"我回答。这是蒙古语公鹿和母鹿的称谓。

"哎，当然有，褒羔骚羔。神住的山里怎么能没有鹿？"端德苏荣出人意料地从炕上起身下地，两个巴掌放在头顶，"褒羔。"他挺直腰身回头看，抿着嘴，"骚羔。"

"你抿着嘴在做什么？"大叶喜问。

"叼灵芝草啊，母鹿见到灵芝草后就叼在嘴里，给公鹿留着。"

"你打过鹿吗？"大叶喜问。

"晦气，倒霉兆头，呸！呸！"端德苏荣往地下吐唾沫，"我怎么会打鹿？从来没有。鹿是多好的东西啊！"

好看的、群山的君主罕山里面有数不完的动物，它们都是可罕山的臣民。这里面排第一的动物是"褒羔骚羔"——鹿，人类词语中的"动物"谓之于鹿显出轻慢，那么换一个什么词呢？谓之人物不贴切，谓之尤物亦不贴切。对待鹿，语言太贫乏了。好看的罕山上，石头一层一层长得好看，石头上长出的山丁子树开白花，长黄枝条，结红果。春天，白桦树长出的嫩叶好像一团团飞来的绿雾，追逐在山坡上合唱的白衣歌手。这里是鹿的世界，如果你是猎人或采药的人，一定见过鹿站在高高的山崖上眺望远方，竖着两只像黄泥巴捏的耳朵。鹿身体匀称，人类当中只有舞蹈演员有这么匀称的身材。这样的身材由奔跑而来吗？不一定，野猪终日里奔跑，并未匀称。鹿的灵魂里只有一个字：美。这样的灵魂让鹿灵巧、善良、自怜、易惊、飞驰——美而美。公鹿站在山崖之上，玲珑盘绕的带斑点的角架在头顶，犹如一棵花树。是花树，公鹿从开满杏花、桃花的树下经过，它知道它顶着更好看的角树。鹿的角，像是放大多倍的树叶的经脉，神秘的花纹里带着自然界的秘密。

公鹿和母鹿有黑水晶一样的眼睛，那要喝多清澈的泉水，才有这么亮的眼睛。用这样的眼睛看世界，世界的每一片角落都该是漂亮的。贴着地皮生长的老鹳草，叶子只有牛的眼睫毛那么长，却开着比小米粒还小的花，这可能吗？它哪里来的开花的力量？老鹳草还是个婴儿却要结籽当母亲了。鹿走过的地方，野猪和狼都走不过去。鹿贴着悬崖边上穿行，那里生长的黄芩和川贝才有真正的药效。你知道鹿为什么这么轻盈又这么强壮了吧？对筋好的草、对关节好的草、对眼睛好的草、对蹄子好的草都长在悬崖上。人哪怕只吃过一棵，走路也不像现在这样沉重了，喝一两酒就醉，很丢脸。罕山峭壁上立着石头片片，鹿踩着这些石片走，远看像挂在了峭壁上。它身上的皮毛没有损伤，你见到过一头伤痕累累的鹿吗？没有。鹿的身上没有土，没有枯草叶子这些乱七八糟的东西。它爱清洁，它时时在舔舐身上的毛。鹿的衣服比所有动物的衣服都好看，老虎衣服除外，孔雀的衣服也除外，它的衣服比电视台主持人的衣服好看一百倍。鹿身上的花是白花，模模糊糊的，像披了一身的贵丽丝花（杏花），这是古代仙人衣服上才有的花。天要亮的时候，赛罕汗乌拉如同皇帝升上大殿，峡谷里的蒙古栎树从白雾里为皇帝挺举伞盖，小鸟在山的前胸横着飞过来飞过去，画着弧线，像皇帝胸前挂的宝珠。小鸟随便歌唱，像开了锅一样。太阳把第一片阳光照射在山峰的前额上，像盖章一样，接着把第二片第三片挨着第一片阳光照射在可汗山的耳朵上、面颊上、肚子上，照射在山的左臂和右臂上。山的石头红了，被阳光盖过章的石头好像玛瑙一样熟透了。这时候褒羔骚羔就在罕山的肩膀上站着呢，公鹿母鹿知道最早射到山上的阳光包含的福气最大。它们并排站着，接受阳光的祝福，山坡的树，颜色各种各样，摇晃拥挤，争抢阳光的祝福。从山顶看下去，美得像唐卡一样……

"这时候你用枪对准了褒羔骚羔。"大叶喜说。

端德苏荣双臂下垂,正在模仿双鹿站在山顶的姿态,叙述他所看到的美好情景,却被坏人大叶喜打断了。"咳,你怎么总是说晦气的话,是盼望我马上死吗?"端德苏荣抬起手,指着大叶喜说。

"死是你自己盼望的事。那个时候,你手里的猎枪不对着鹿,放在什么地方?"

端德苏荣说:"猎枪背在屁股后面,我两只手拿的都是黄芩。"

大叶喜说:"鹿最美的时候是在泉边,我比你这个猎人还懂这个。歌里是这么唱的。"

> 菩提叶子包拢在手里的,
> 是博格达山上的圣泉。
> 鹿群连蹦带跳要去的地方,
> 是博格达山上的清泉。

月亮圆了,满月微微向地面倾斜过来,好像后面有人推着它,让它照亮罕山所有的泉眼。噢,那得耗费多少月亮的光,罕山有九十九个泉眼,还不止。月光透过山丁子树、杏树和桦树的叶子洒在泉水上。泉水——你知道,蒙古人给泉水起了好多尊贵的名字:温都尔泉——往高长的泉水;阿拉腾泉——金子的泉；查干泉——表面意思是白泉，内里意思是吉利的泉水。泉水怎么能没有名字呢？这么好的东西一定要有好名字，有的地方连泉水都没名字，只有人有名字，这些人好像还没有进化过来。泉水确实是往高长，高出地面一寸高，像拳头那么大的花开出了透明的花瓣。那个花瓣，一层一层浮上来就没了，开新的花瓣，一点声音都没有。你听到的泉水声是流到外边变成溪水，像小孩子捉迷藏躲在一个地方嘀嘀咕咕的声音。那是它们流出来了，跟石头说话，问好的意思，跟树根啦，跟鱼说的话。嘀嘀咕咕，就这个意思。泉水为什么冒出来呢？它是怎么想的？蒙古人祭祀泉水，就因为它的心地仁慈，它要浇灌大地。它的想法是：天上的雨水要是不够怎么办呢？泉水藏在地下，它怎么知道雨水够还是不够，牛羊有没有水喝？它先出来看一下，看到了月亮，看到了鹿和灵芝草，看到好看的罕山就不回去了。

　　鹿排着队来了，它们三三两两，队形分散，好像随时可以往四处跑。它听到泉水跑出来跟石子、野花说话的声音。月夜里，这声音传得很远。鹿走一会儿，站下来谛听，向四面张望。它黑色湿润的鼻子像被雨淋过的木炭。月光照在蒙古栎树马蹄那么大的叶子上，然后从叶子上跳下来，跳到鹿的脊背上，在鹿背短簇的毛上铺一层白霜，它皮毛上的白花斑更白了。鹿在谛听中分辨出泉水从哪一座山坳里流出来，它从泉水的气味里就辨出这些水流过了哪些树。杏树的苦味、山丁子树的涩味，还有栎树的甜味都不一样。泉水经过，不一样的石子也带走了不一样的味,而且罕山阳面的石子和阴面的石子的气味不一样。水对鹿来说,就像空气对人一样。它尝一下山里流下的溪水,就知道谁在上游喝过水——野猪、狍子、兔子,它们气味不一样,它们掩饰不了这些气味,这是山神的意志。月夜的树林里悄悄走过一群鹿,好像是仙女下凡,它们欲进又止,迟迟疑疑,树叶在风里摆动,像给前方做暗号。公鹿头顶着一大架花鹿角,像顶着假山一样,这么豪华沉重的东西由它保管。哎呀!公鹿从来都不轻松。

鹿只喝泉水,它顺河水、溪水找到山里泉水的源头,这是最干净的水。鹿只有看见泉水像透明的花瓣一层层冒出来,它才慢慢啜饮,像人喝酒一样,小口小口喝,把泉水里的味道一点一点喝出来。你看,鹿喝水都这么讲究,它该是多么干净的生灵。水和食物决定一个生灵的本性,喝泉水的鹿,吃干净草的鹿会去咬死牛羊吗?你看人喝的都是什么水?开矿的人、开采石油天然气的人把地下水抽干了,多少泉水枯竭了,现在罕山还剩几处泉水?人多狠啊,与人为敌不算还以天地为敌。这好好的世界怎么突然蹦出人类呢?

"他自己是人,还说人不好呢。"端德苏荣仰卧在炕上的棉被圈椅里,瞅着天花板说,"看你的手,肥得像五根香肠,你脖子上的肉割下来可以称五斤,什么脖了?"

大叶喜说到以天地为敌的人类时,伸出的五指不禁颤抖,此时收回手摸了摸自己肉浪起伏的脖子。

端德苏荣继续翻白眼:"鹿根本不像你说的那个样子,好像是乌兰牧骑的演员。它是鹿,褒羔!骚羔!"端德苏荣坐起身,岔开左右手的五指立在头顶。

……鹿多么骄傲。在公鹿心里,这一副美丽的鹿角是为母鹿而生的。它每一次生茸换角,全身都要换一遍血,这痛苦,但它心甘情愿为母鹿这样做。在清晨的山冈上,你看到公鹿和母鹿站在那里,脚下的露珠闪闪发光。它们精巧的小蹄子下面有野花,有香味冲鼻子的覆盆子。鹿真是奇怪的动物,它跑那么快,却从来不踩一棵花。懂得动物足迹的猎人都知道,没有哪一棵花是被鹿踩碎的。鹿的良心最好。公鹿和母鹿,它们俩一辈子都在恋爱,老是在一起,互相端详。法律说一个男的和一个女的,可以结婚,又可以离婚,让民政助理说一下就行了。鹿根本不需要民政助理,这是侮辱鹿。鹿只会结婚,决不离婚,就像鸟只会飞,不会爬一样。公鹿回头看母鹿的样子让人心都化了;母鹿看公鹿的样子,好像公鹿是一个神。它们在奔跑的时候,身影穿过树林,鹿头和美丽的花角在模糊的灌木丛飞行。在山顶和山谷,地面的碎石锋利得似刀子,但鹿什么事情都没有,好像在地毯上跑过去一样。它们跑累了,站下休息,公鹿和母鹿离四五步远,互相凝视。这时候,如果光线从树枝缝隙射在它们身上,鹿身上的花斑更加驳杂,但毛茸茸的内耳的毛和胸脯还是洁白的。实话说,鹿的眼神有些痴,如同聪明人的痴——温顺、信任,还有过度沉溺的爱情。这样的眼神就显得痴,好像定住睛了,又像回想往事。如果在秋天,罕山落叶松黄黄的松针铺满了山坡,像一个特别有钱的人在山坡晒金子一样。密密麻麻的松针落地,盖住头一年被雨水和冰雪侵蚀变红的旧松针。金黄的新松针香得像空气里结了冰。看不见的香气好像庙里的燃香一样缭绕,只是看不见而已。鹿群不知什么时候来到了这里,伸长脖子闻这些松针,好像在读地上的一本书。它用黑色的小蹄子翻这些书页。可是,你知道吗?那些外地人开养鹿场,把鹿圈到屋子里喂草,给公鹿打激素。把公鹿绑到柱子上割它的茸,放它的血。这些人的心多黑啊!

端德苏荣慢慢回到炕上,仰卧在棉圈椅里:"说这些话有什么用处,心脏像有一根绳子拽着,钝痛。"

"公鹿,"大叶喜说,"最稀罕自己的角。"

"……春天,鹿发情的时候,母鹿从天知道什么地方找来灵芝草,灵芝草和树上结的灵芝不是一样东西。灵芝草可以治疗外伤,催情(好在只有母鹿而不是人类鼠类知道这个功效)。母鹿找到灵芝草自己舍不得吃,送给公鹿。采药的人经常看到大犄角的公鹿嘴边衔着一株草,不吃也不丢掉。人们传说:公鹿衔着灵芝草可以三个月不吃不喝,与母鹿恩爱。春天的公鹿身上的花斑越发白净,瞳孔越发黑亮,矫健飞腾。你见过鹿群跑吧?"我说没见过。"哎呀,人一定要看一下鹿群飞跑才好。一群鹿,当然是越多越好。它们跑着跑着跳起来,好像踩到弹簧上,像跳越一个大坑。一群鹿跑过去,就像一幅壁画飞过去。快得很,前蹄和后蹄像要拉成一条线。拴马的人都知道,鹿的脚腕子细,它的关节又小又玲珑,这都是快的象征。公鹿还有一个特长,它会在湖水边上照镜子——低下头,看自己的角,摇一摇角,看角的侧面。很可笑,是不是?可是,一点风也吹不过来的时候,湖面比镜子好看,大嘛。湖里面有树的倒影、云的倒影,公鹿走过来,晃着头照照镜子。哈哈哈!湖水更好看了。公鹿用嘴唇碰一碰湖水,碰出圆圈的波纹。过一会儿,公鹿再用嘴碰一下水,波纹再出现,犄角变成了好几个,像碎了,慢慢复原。你看看,这个生灵会游戏呢。鹿的歌是这样唱的:

> 你的嘴里含着蜜,
> 你的茸角结着霜。
> 头上长树的公鹿啊,
> 哪里是你的家乡?
> 你的脚步打着鼓点,
> 你的眼睛有宝石的光。
> 小心翼翼的公鹿啊,
> 死后鹿茸往哪里放?
>
> 攒了一辈子的珍宝,
> 摆在头顶让别人看到了怎么办?
> 熬了一辈子的精血,
> 结在茸里让别人知道了怎么办?

公鹿这辈子最放心不下的就是自己的角和自己的茸,它吃草警觉、睡觉警觉都是因为这个茸。如果有人来抓它，或者野猪要吃它的肉，实在躲不过去的时候，公鹿头撞到石头上，把茸角撞碎。当然它自己也活不成了，它的精血全在茸角里。很奇怪的是，山上的猎人、采药的人、放羊的人，很少见到自然死亡的公鹿，有人说他见到了，可是头上没有角，整个的角都不在头上，但鹿的头上有疤痕。还有人说：'悬崖上的松树的树枝上挂着鹿角，鹿是怎么把它弄上去的？'还有人说：'在山洞里见过鹿角，这是谁运过去的呢？'是山神。不是山神把鹿角送到松树和山洞里，是公鹿临死前把茸和角献给了山神。哎呀，鹿多懂事！人吃了鹿的茸没用；狼吃了也没用；砸碎了埋在树下边的土里，对树也没用。这个东西只对公鹿有用。鹿跑那么快，听力和视力那么好，就是因为鹿茸的滋养，它把鹿身上的血过滤一遍，杂质都没了。人吃这个干什么？你不是鹿，你妈也不是鹿，你家祖孙三代连一只鹿都没有，吃了作孽呢。满洲人到了北京吃鹿身上的东西，吃来吃去江山都没了，后来的皇帝一个比一个难看，触逆天意了。有的外地人杀鹿吃肉，煮熟的鹿肉捞出锅，油就凝了。外地人吃了身体偏瘫，走路像模仿黑熊，可怜啊。"

"东乌珠穆沁的歌是这样唱的，说鹿——"大叶喜站起身，双手像端一个盘子似的放在胸前，手随歌声慢慢上升，速度约为每秒一厘米。这是长调。

　　从神的毯子上走过来的，

从檀香树里面走过来的,
从石头的花纹里走过来的,
鹿啊,褒羔骚羔。
你头上顶着灯盏,
你口里含着瑞草,
你仰望夜空,
星斗飞散,
鹿啊,褒羔骚羔。

曲曲弯弯的溪水,
从山的袖子上流下来。
曲曲弯弯的犄角,
从树枝后面探出来。
呦——呦——
鹿的鸣叫多么哀怨。

　　鹿是会跳舞的生灵。春天,是四月吧,月亮满得不能再满了,再满就洒了。鹿的身体像种子发了芽。月光下面,它们在泉水边有树的地方幽会,母鹿围着公鹿跳舞。它把前边的蹄子抬起来,转圈,头歪向一边,真像跳舞一样,公鹿的舞蹈是蹦高,跳起来,落地,跳起来,落地,像雕塑活了。鹿啊,一辈子像演员一样,打扮得漂漂亮亮,为了让洪格尔(蒙古语"情人"之意,互称或他称)看到。既然你时时刻刻在情人身边,就不能胡闹。喝酒啊，打老婆都是人干的事。鹿喜欢站在山冈上呢。春的夜，风把花香一下子吹到山顶上，没越过山顶，堆积在山谷里。公鹿站在山冈上，山坡上各种颜色的花都被月光照得像白花，像鹿身上的花斑一样。鹿就那么站着，让花香灌满肚子，月光从它身上流下，流到石头上。公鹿的边上趴着母鹿。你为什么不去问一问画家，他们为什么不画一画月夜在山冈上站着和趴着的鹿呢？鹿在山杏树林里跑，你看到没有？山杏开花的时候，有一股药味，鹿爱闻这股味。公鹿和母鹿在开满山杏花的树林里跑，哒咯哒咯哒咯哒咯，一直跑过去。公鹿的大角架隐没在杏花里，那才是好看，不过，动的东西画家是画不出来的。奇怪的是，鹿跑完了，还是安静的，不像狗跑完了呼哧哈哧出粗气，舌头掉出来像肠子一样。

"什么呼哧哈哧，那不是狗，是你。"端德苏荣往上撸了撸袖子，说，"我的猎犬胡日勒岱不管跑多快，从来没有呼哧哈哧过。胡日勒岱追野兔的时候，像箭一样笔直地射出去，黑的箭。绿草的草尖上嗖嗖飞过它那两只尖尖的耳朵。一会儿，胡日勒岱把兔子叼回来了，兔子软得像面条一样。它把兔子丢到你脚底下，仰视你，两个前爪软放胸前，从来没喘过。"

大叶喜咧着大嘴乐，好像他就是叼回软软的兔子的胡日勒岱。他说："哎，我的狗布日古德专门找我。我到牧民家去喝酒，这么大的草原，东一家，西一家，互相离得远呢。我老婆看我不回来，就对布日古德说：'大叶喜又去谁家喝酒了？找回来！'布日古德早就等着这个命令，它最想显示这个能耐。

我老婆下了命令后，布日古德嗖地蹿出屋，在夜里的草原嗖嗖跑，它知道我在谁家喝酒。这个事是很怪的，我连襟青巴图在山南面的乌兰扎德嘎村子，我同学毕力格泰在镇子上，我妹夫乌思仍贵在河那边的林场里，宁布家里、胡特荣嘎家里、小桑布家里，都是我常喝酒的人家。布日古德直接就跑到我喝酒的人家，钻到桌子底子，咬我的裤脚。只要我一低头，大伙都知道布日古德被我老婆派过来了，全都哈哈大笑。我只好回家了，我骑摩托车，布日古德还是跑。问题是：它是怎么知道我在哪个人家里喝酒呢？这是怎么回事呢？这几年我一直想这件事。你问它，它也回答不了你。我分析接电话的时候，比如胡特荣嘎来电话的时候，我对电话说：'胡特荣嘎，你好吗？'这个话让狗听到了，就锁定我在胡特荣嘎家喝酒。哎呀，狗比我都聪明。"

说到狗，我想起几天前到吉布吐村看赛马。吉布吐是蒙古语"箭头"的意思。古代，这个地方为成吉思汗铸箭吗？我看远处从土丘里隆起的红色的岩石。草原上常见到这样的地貌：柔润长满青草的丘陵上，长出一排城垛一样的岩石，像肉里的筋一样。这些石头钻出地面，走几十米或几百米又钻进地里了。吉布吐也许是这里的人的姓氏，也许，当年成吉思汗形容巴林的好马跑得快，说马像箭头一样。说这个词的时候，语速短促——吉布，吐字有口型，并不发出声来。"吉布——吉布——"声音从我嘴里嗖嗖飞出，落在正下着小雨的深绿色的草场上。这里今天要举办村那达慕的赛马比赛，此刻早上五点半左右,小雨下得非常细腻。我闭上眼睛,伸手接雨丝,手心似乎感受不到雨,只有一点点凉。我很想有一面镜子,看雨在镜面上积累,但没镜子也没玻璃。我从采访本上撕下一张白纸来接雨。纸在雨丝里慢慢收缩,但看不到雨痕。雨,这么温柔细腻,那就是说,天上的云以极大的耐心把雨梳成细丝,每一滴雨都分成几百根丝条,这么做是为了什么呢?马——村里参加比赛的马坐着带篷的卡车到达这里,牧民让马保存体力。马很不情愿地从卡车的跳板上走下来,穿着橘黄或者天蓝的鲜艳的马雨衣。马雨衣遮住了马的脖子、前胸和后背,马像一个宠物。马的挺拔严肃与鲜艳的雨衣很不搭调。我笑了半天,马们互相并不笑。它们焦急地抬蹄子,它们知道要比赛了。吉布吐村今天的赛马会只有五六匹马参加比赛,如今牧区的马越来越少了,摩托车取代了马。骑手们站在那里,不说话,像在等什么。看不到谁在组织这场比赛。我看到一只小黑狗异常兴奋地在人与马之间跳踉作耍,它一定知道马要奔跑比赛了。它比参加体育比赛的人兴奋得多,它几乎不能控制自己,用斜视的目光扫过每一个人的脸,刨地,把粉舌头甩到嘴巴的左边和右边。它用目光询问:为什么不比赛?为什么?小黑狗狂奔几步,站住,再狂奔。用人类形容人类的话讲:它心里有一团火。火怎么钻到了它的心里,谁也不清楚。海带色的云彩越来越低,远处的山峰仿佛高了一些。为什么不奔跑呢?小黑狗刨地,龇牙吠叫,像一只黑鹰那样蹿出十几米远,站下回头看。这些蒙古人和马,你们为什么不奔跑?马们似乎没看到小黑狗的失态表演，马可能觉得小黑狗是一只精神病狗。马，无论做什么都有一副亲赴神殿的表情，肃穆安然。骑手们仿佛在无声中得到命令，走向自己的马，取下马雨衣，骑身上马。但没人说什么啊，他们一定做了一个我看不到的暗号。一个魁梧的像搬着自己腿走路的人把项圈套进小黑狗脖子，把它拴在摩托车的前轮上。有人低声喊了一声。六七匹马飞奔而去，小黑狗绝望大叫，高高地蹦起，落地，再蹦起。原来，它准备跟马一起赛跑。小黑狗看着奔马越来越小的身影，前爪交替在草地上挠，仿佛马跑远都是它快速抓挠的结果。马没影了，我有点失望。作为赛马的观赏者，马像吉布吐——箭头一样消失了，骑手和马像毛线一样纠缠成一团，在远处谁也看不到的地方奔跑。我们这七八个观众像山杏树一样伫立在旷野里，草原就是这样，不能像坐在香港跑马场看台上的观众那样纵览全局。

"来了！"有人说。我问："在哪里？"这个人用脚点点地，意思是感到了大地的震动。大地这么大，这么结实，蒙古人用脚就听到了远方的马蹄声。我用双脚凝神感受，无。再用手按在大地上"听"——如太极推手之谓"听劲"，没感受。这时西北方向的草原上冒出一点点人马的头，马来了。我想起河南周口博物馆有一口元代铜缸，说是蒙古哨兵谛听远处马蹄声的工具。马奔跑之际到底有多大的力量呢？马蹄踏在大地上，会远远地、远远地传过来。元代的蒙古哨兵从铜缸里听出远方马队来袭，他听到的实为声波——马蹄引发的大地震动的声波，我身边的牧人用脚捕捉的也是声波。西北草场上冒头的马群很快拉成了一条线，赛马前后连贯。因为下雨，草地上并无烟尘。我看好的那匹脖颈修长、头颅高昂的栗色洋马跑第三，跑前面的那匹黑马（蒙古人称岗根哈日）四腿像筷子一样直直地散开，肚子要贴到地面上。骑手们无一人"骑"马。他们弓着腰，屁股高出鞍座半尺，双腿夹着马肚子驭马奔跑，如持枪士兵攻占一座山包一样。双腿夹马肚子的功夫，寻常人并不具备，除非他是蛙泳运动员。这是人类大腿内侧叫作缝匠肌、大收肌、耻骨肌等肌的力量。蛙泳运动员借它们产生强大的夹水力量，骑手靠它们驭马。说话间，马们兜了个大圈子又在前方消失，跑第二圈。

  小黑狗被拴在摩托车前轮上，主人看穿了它的心思——与马竞赛。牧区的狗虽然个矮，却特别喜欢与马一起驰骋。或许它们崇拜马，崇拜马的鞍子、笼头和旗帜般的尾巴，与马共跑就成了马，这是狗的想法。小黑狗真后悔自己长了个脖子，被项圈拴在摩托车上。它用力挣脱，似乎把脑袋揪掉就可以参加赛马了。小黑狗看马从自己眼前掠过，连声大叫，我疑心它在骂主人坏蛋。马消失了，蹄音从大地渐渐传来，马又从西北草场露头，一匹红色的海骝马跑在前面，骑手白色的垒球帽的帽檐扣在脑后。他右手拎一根半尺左右的绳子当马鞭，绳子像电扇那样在他手上不停地转，并不抽在马身上。他的马，像一面在风中打开的旗一样冲过来。红马的黑鬃如旗帜的绺子。这匹马和它身后的黄马还有第一圈领先的栗色马组成第一方阵，后面的马离它们很远，如同迷路了，谁知道？阳光从云层照射下来,如舞台的追光那样罩在这三匹马和它们奔跑的深绿的草地上。这时候,赛马临近终点,红马身上凸起的肌肉在布满汗水和雨水的闪亮的皮毛里蠕动,好像它身体里钻进了蛇或老鼠。红马撞线了——两个牧人拉一根短短的两三米长的红绳兜在红马的前胸——它第一。骑手翻下马背,牵着马,给它落汗。黄马、栗色马和后来的马都到了终点,其实,它们的时间相差只有十几秒或几十秒。那个如同搬着腿走路的摔跤手似的人,把小黑狗从摩托车前轮解下来,松开它的项圈。小黑狗终于盼到了这一刻,它沿着马跑的路线冲出去,那么认真,那么快,只是太渺小了,几乎埋没在草丛里。这些人在讨论赛马的事,主要谈马的状态。我遥望空寂的西北草场,不一会儿,小黑狗冒头了,尽管大地深处并没传来它蹄子震动的声波。小黑狗兜的圈子似乎没马大,它直直地跑向了这边,站脚愣一下,开始跑第二圈。没人关注小黑狗的赛马模仿秀,它终于不能忍受人们的蔑视,掉头跑了回来。它跟随跑第一名的红马一起慢条斯理地落汗。

　　我把在吉布吐看到的小黑狗的故事讲给端德苏荣和大叶喜听,以为他们会大笑。他们不以为意,说这不算什么,不值得说。仿佛小黑狗的举止轻浮,它完全没有资格模仿神圣的赛马。我说这不是很幽默吗?但我在蒙古语里找不到"幽默"这个词,用了一个接近的词——滑稽。他们认为小黑狗这么做连滑稽也够不上。蒙古语里的"滑稽"借用的即是汉语的"滑稽"的读音,但属于褒义词。大叶喜说,他岳父吉日格朗的狗别日久海（麻雀）才滑稽。吉日格朗去亲戚家串门的时候，必须由"麻雀"叼着他的灰礼帽。吉日格朗骑马或骑摩托，一走十几里，"麻雀"叼着灰礼帽飞驰。如果不让它叼礼帽，它要在马或摩托车前面阻拦。"太滑稽了。"大叶喜说。动物跟人一样，在虚无中透过分工找出自己的价值。

端德苏荣说他小时候养过一只狗，叫影子。端德苏荣到山谷里采覆盆子，装满一个细长的袋子放在影子背上，让它驮回家。这个细长的布袋子是专门为"影子"缝制的，像褡裢一样放它背上。但"影子"不会像人一样稳稳当当地走路。覆盆子放它背上，它就要跑，跑一段，口袋被颠下来，"影子"一动不动，等着端德苏荣把口袋重新放在它背上。"太滑稽了。"端德苏荣说。

"这个不算滑稽，我给你讲一个纯粹滑稽的事情。"大叶喜说，"有两个人上乌丹做买卖，一胖一瘦。一路上，胖子总是在打喷嚏，让瘦子特别羡慕。打喷嚏就证明家里的媳妇在念叨他呢。瘦子问：'你刚离开家，媳妇就念叨啦？'胖子回答：'嗨，她那个人就是这样子，没办法。'瘦子暗中妒忌，一直等啊等喷嚏，走到乌丹，走了五十多里路也没来喷嚏。从乌丹回到家，瘦子把媳妇骂了一通，说：'人家胖子刚出村口就打喷嚏，打了一路，媳妇一直在念叨他，我一个喷嚏都没打，一点面子都没有。'瘦子媳妇哭哭啼啼回到娘家，如此这般说了一遍。娘家妈说：'这有何难？你把他擦汗的手帕抹点鼻烟末就好了。'瘦子媳妇回到家，把手帕抹上鼻烟末塞进丈夫的口袋里。这个瘦子和胖子又去乌丹做买卖,过河,走一座独木桥。瘦子脸上有汗,拿出手帕擦汗,接连打起了喷嚏。人打喷嚏都要闭眼睛,结果瘦子掉进了河里。回到家,瘦子又把媳妇骂了一通:'你早不念叨晚不念叨,为什么在我过桥的时候念叨,害得我掉进了河里。'真是滑稽。"

端德苏荣说:"我这里还有更滑稽的事呢!东乌珠穆沁旗的干部下乡扶贫,去了一个牧民家里。这个牧民名字叫白音满都拉(意谓富裕得无比圆满),家里穷得什么都没有。干部说:'哎呀,你叫这样的名字,怎么能穷成这个样子呢?富裕圆满,结果什么都没有。'白音满都拉说:'你不能这样说啊,昨天早上,前面村子有一个名字叫纳森达莱(寿命像大海一样宽广无尽)的人突然死了。'干部听了他的话,气得鼻子喷粗气。哎呀,多滑稽。"

端德苏荣说:"狗是负责忠诚的,它不负责滑稽。我,"端德苏荣指自己:"打猎的时候从来不带狗。要是追兔子的话才带上猎犬,其他动猎枪的时候根本不带狗。在山上,狗和狼跟狐狸、野猪什么的混在一起,在草里一闪过去了,谁知道是不是自己的狗。枪一响,后悔都来不及。我打猎的时候,早上三点钟偷着起来,一点声音都没有。有时候不走门,从后窗户爬出去,怕狗跟我上山。可是,世界上的事怎么会瞒得狗?它是那么认真。我偷偷地爬上罕山的山顶上,狗已经坐在山顶的石头上摇尾巴呢!我出门的时候,它假装睡觉,然后,它抄近路上山跟我会合了。既然这样,我就不打猎了,在山上转一转,捡石头往敖包上添一添，喝点山泉水就下山了。野猪和狍子在亚西勒（鼠李树）的树丛里悄悄地看我们：这个猎人为什么一弹不发下了山？"

说话时，他们两人往窗外看。牧区的人听力敏锐，他们听到了我根本无察觉的声音，有人来了。过了一会儿，院门口停下一辆捷达轿车，一位脖颈深红，穿灰色长袖衬衫的老年人下了车，拎一盒点心，串门来了。端德苏荣和大叶喜出门迎接，互相祝福，请他进了屋。

这位来客六十多岁，名叫阿拉坦仓。他坐在炕沿上，和大叶喜、端德苏荣交换了香烟，谈到了雨水、牲畜膘情和庄稼的长势，这是所有牧民见面必谈的亘古不变的话题，也是客套。阿拉坦仓目光转向我："这是谁？"大叶喜回答："上级介绍来的要了解动物的人。"阿拉坦仓颇为惊奇："上级还派人了解动物吗？动物已经快绝迹了啊。"我说："我对这些事比较好奇。"

阿拉坦仓看着我，他一定当过猎人，眼睛有动物般的纯净与警觉。一个人看另一个人，几秒钟就够了。他盯着我观察了一分多钟，好像发现了很多东西，但没告诉我是一些什么东西。

"汉人吗？"他问。

"我是蒙古人。"

"家在哪里？"

"后面的旗（科左后旗）。"

"再以前？"

"从阜新蒙古贞地方迁过来,再以前来自呼伦贝尔,再再以前来自哈拉哈(蒙古国)。"

他点点头:"你的远祖应该在贝加尔湖那边生活过。"

端德苏荣说:"阿拉坦仓知道老虎的事情呢。"

"老虎的事情,"阿拉坦仓说,"是我爷爷告诉我的,他是昂沁(猎人)。"

我打开本子,准备记录阿拉坦仓的故事。

"他在做什么?"阿拉坦仓指着我。

"记录。"我说。

"你要把这些记在纸上,回去给上级念吗?"

"不给他们念,写文章。"我说。

"他是作家。"大叶喜说。

"哎呀,"阿拉坦仓感叹,"我说了一辈子的话,才有人记录,以前说的都白说了,老虎不是动物,它通神灵。一只体重四百斤的公虎,可以咬着四百斤的公野猪的脖颈越过五米宽的山涧,它的咬肌有多么大的力量。老虎一口就可以咬断野猪的腿,人的腿更不在话下,但老虎瞧不起人,不吃人。人身上的臭味让老虎受不了,而且,它不吃穿衣服的东西。老虎不知道人在衣服里包着什么东西,它疑心很重,还有,动物都老老实实地用四条腿走路,蚂蚱和螳螂用六条腿走路。人用两条腿走路,太滑稽了。熊和马也会用后面的两条腿走路,只走几步就把前腿放下来。人,哎呀呀,可以用后腿走几十里路,前腿一直不放下,还会像猴一样抱着东西走。这个样子,老虎很厌恶，不庄重。动物其实比人庄重得多，鸟类彼此彬彬有礼，动物交配也分季节。它们在太阳初升和落山的时候都是温顺的，人根本不管这个。"

"人的事情归旗里管，你说老虎的事吧。"大叶喜说。

"月亮圆的时候，老虎站在山冈上长啸，声音能传五十多里远。夜里行走的动物听到虎啸，全都站立，不会动了，保持原来的样子，像冻了一样，过一会儿才复苏。我爷爷说，有两个猎人晚上走路，听到虎啸，一个蹿到了树上，另一个屎尿拉了一裤子。在所有动物里，人的屎尿是最难闻的。动物在几里外就会闻到人粪便的臭气，早早吓跑了。老虎讨厌人，离人很远，但是它知道人是下夹子、下钢丝套打动物的人。浩尔基山的两个猎户用钢丝套勒死过一只虎崽子。虎妈妈亲眼看见自己的孩子越挣扎勒得越紧，活活勒死了，心里多难受。母老虎在幼崽尸体边上等了一个星期。两个猎户上山把钢丝套解开，背上幼仔，准备下山剥皮卖钱。老虎一巴掌上去把猎户脑袋打碎了。猎户的躯体晃了晃才倒下，脑袋没了。另一个猎户要跑，脑袋也被老虎一巴掌打没了。它们不会咬你，不是所有动物都咬人。人的血腥味太重，好多动物躲都躲不过来，不可能咬人。人太脏。只有低级的动物，像狼、疯狗之类才咬人。一般的动物，根本咽不下人肉。再说，人除了脊背和屁股上有一点好肉，剩下的地方都是脂肪，没什么吃头。"

"人的事归旗里管。"大叶喜说。

"嗨，虎的事多了。新中国刚成立的时候，乌兰达坝一个猎人没看清楚，以为老虎是一只豹子，用猎枪把老虎打死了。全旗的老百姓都很气愤，老虎是兽王，你把兽的大王打死了，山神也不让啊。这个猎人躺在现在乡政府的广场上，他身上铺一张狼皮。人们走过来，拿鞭子打这个人，打在狼皮上，惩罚他打死老虎犯下的罪行。蒙古人都知道不能用鞭子抽人，也不能用鞭子指人。但这个猎人打死了老虎，就要受惩罚。他身上盖一张狼皮，鞭子抽在狼皮上。他在广场上躺了一天，身上挨了一百多鞭子。鞭子打得也不重，但是人被鞭打，已经是非常重的惩罚了，最深的罪孽才要受这样的侮辱。后来，这个猎人搬走了，搬到呼伦贝尔那一边。"

"虎是多么清洁的动物啊。"端德苏荣说，"虎不吃乱七八糟的东西。各种动物的肉味不一样，就像人吃黄连蜂蜜不一样。小时候我生吃两只蜜蜂，没甜味，但蜜就甜。"

"冒咬绕（晦气啊）。"大叶喜合掌放在额头上，"你是什么人啊，连蜜蜂都吃。这两只蜜蜂这么笨，怎么没把你蜇成哑巴呢？"

"老虎不是太饿的话，它只吃野猪的肉。"端德苏荣把拇指支在嘴角，"野猪多么凶猛啊，力量大，什么都不怕。夏天，野猪天天到松树上蹭痒，把松油蹭在身上，一层又一层，子弹都打不透。老虎只吃凶猛的动物，它决不会吃温顺的羊啊、牛啊，那就不是虎了。可是，老虎也没有猎枪，怎么能战胜野猪呢？野猪是不可战胜的，它的獠牙像刀一样锋利，一下就把狼的肚子豁开，肠子流一地。老虎不可能咬住野猪的咽喉，只能一口咬住它的后颈。野猪那么厚的后颈，老虎一口咬下去，咬断它的动脉血管，直到它不动了。老虎只吃野猪的脖颈肉和后臀尖肉，吃光这些好肉就喝水去了。它吃野猪肉的时候，边上围好几层动物。老虎吃饱走了，狼冲上来吃它的内脏，然后走了。狐狸、獾吃剩下的碎肉，然后走了。这时候鹰从天上飞下来，吃野猪肋条上的肉。然后是老鼠、蚂蚁吃人眼都看不见的肉。大自然就是这样，什么都有用，什么都不会浪费。老虎吃饱了之后，要喝很多的水。它要喝上游流下来的没有一点邪味的水，然后睡觉去了，睡半个月的觉。老虎不贮存食物，它吃剩的野猪，其他动物随便吃，它不管。兽中之王嘛。"

阿拉坦仓用巴掌抹一把脸，说："动物都喜欢老虎，它给大伙带来了美味的野猪肉。要不然，像狐狸这样、獾子这样的小动物，怎么能吃上这么好吃的肉？肉丝粗，耐嚼，味道还好吃。像蚂蚁这样的昆虫吃上野猪肉更是幸运。最高兴是谁？不用你们猜，告诉你们吧，是喜鹊。喜鹊这种鸟最聪明。它从风向里听出了动物的运动——老虎吃野猪肉的时候，引起了动物的运动，喜鹊知道大宴会到了。它在空中看一下，就找到了中心位置——动物们正安静地坐在岩石下面——老虎把野猪叼到岩石上吃肉——观看老虎吃肉，喜鹊高兴地叽叽喳喳，到地上抢肉吃。喜鹊知道老虎不会理睬它的抢劫行为。喜鹊从来都是连偷带抢。老虎吃饱之后走了，喜鹊会跟狼啊，狐狸争夺野猪肉。直到秃鹫到来，喜鹊才吓得飞走，再也不敢来了。秃鹫的爪子可以把兔子脑袋抓得粉碎，可以用翅膀劈断一棵碗口粗的杨树。喜鹊像棉花一样，根本不敢惹秃鹫。喜鹊这家伙，谁家宰羊，它在几十里地之外就知道了，在这家的拴马桩上大叫，抢掠在外面的羊下水。这个家伙是二流子，又是偷东西，又是哇哇大叫，性格不好。"

"下雨了。"端德苏荣望着窗外说，"说着说着就下雨了。"他的声音像诵经一样富于韵律。雨滴被南风刮在玻璃上，窗外立刻变得模模糊糊，雨滴里夹杂着雹子，粗暴地砸在玻璃上，叮当响。过一会儿，风向变了。窗外现出整齐的草原的绿色、远处深黄的沙漠和更远处淡淡的青色的山峦。这些风景全都横着呈现出来，像叠得平整的缎子。端德苏荣说："这样的雨和雹子是什么意思呢？老天想说什么呢？阿拉坦仓，请你过来摸摸我的心脏还跳不跳。"

阿拉坦仓走过来，把食指和中指按在端德苏荣的颈动脉上，说："你的血像洪水一样到处冲撞，这就是心脏的力量。"说着，他把手放在大叶喜的胸膛上，说："你看，大叶喜的心早就不跳了，他的心在休息。"

端德苏荣说："雷声像石头滚下山，雨水是来接什么人吧？我是个猎人，杀过兔子、野鸡、野猪和狍子。在老天爷的账簿上，我杀生的罪已经多得记不下了。他们不愿意记了，召我上路。这是没办法的事，虽然我也干过好事，但老天爷记没记在簿子上，我就不知道了。"

"你把你干的好事，用微信发给老天爷嘛。"大叶喜说。

窗外雨停了，半截彩虹升在蓝灰色的浓云前方。端德苏荣说:"大叶喜,你准备一下在我出殡那天说点什么,最好念一首诗,然后带一瓶好酒,跟大伙喝一顿。"

大叶喜高兴地挤挤眼睛:"一瓶酒不够,要带两瓶好酒。"

我分不清他们谁在开玩笑,谁在讲真心话,我们离开了端德苏荣的家。已经大半天了,主人要休息。

第二天,我接到大叶喜电话,说端德苏荣让我们去,有猞猁的事要说。早上七点钟,我们赶到端德苏荣家里,进院时,我看见端德苏荣胳膊肘撑着屋里的窗台正向外瞭望。进了屋,端德苏荣伸手跟我握了握,他的手像秋天的玉米叶子一样松弛无力,但他头顶稀疏的头发带着水渍的木梳印记。阿拉坦仓也在这里,还有一位我没见过的人,他们说他叫章巴,也当过猎人。

喝着茶,谈过了雨水、庄稼的长势,端德苏荣说:"你那天说你想知道猞猁的事。你说的猞猁是什么?"

他们没找到"猞猁"这个词的蒙古语对应词,我说猞猁这个词在汉语里也是外来语。北方汉族一般管它叫山猫。蒙古语没有"山猫"这个词。他们问是须儿吗。我说不是,须儿是珊瑚。是须日布斯吗。我说须日布斯是筋。猞猁,猞猁,猞猁,他们三人加上大叶喜一共四人,向上翻着白眼,用手摸下巴的胡子,在想我所说的猞猁是什么。

我只好用手和表情演示,猞猁和猫长得相像,但身体长一倍,它的眼神冷酷凶狠。我在鄂温克旗博物馆和莫力达瓦旗博物馆都见过猞猁的标本。它身上有斑点但不是豹,它的爪子像刀一样锋利。噢,阿拉坦仓身体后仰,表明想起来了。猞猁耳朵尖有一撮毛,像手捻的胡子尖一样。噢,端德苏荣身体后仰,表示知道知道。猞猁尾巴比猫长,但他不是狗。章巴说:"噢,你说的是色日。"他用蒙古语快速把他说的色日的爪子、牙齿、个头说了一遍。他们四人后仰:"噢,噢,色日。"

我之所以想打听一下猞猁的事情,是因为这种动物连同这个如同波斯语一般的词几近消失了。猞猁,这个词的读音像一个人把很烫的肥肉吸进嘴里发出的声音——猞猁。猞猁的眼睛里发出远在万年之前的冰川时代的目光,这样的角膜、结膜与虹膜完全是冰冷的,没有一丝情感。所谓凝神的"凝"字在这样的眼睛里才能有效体现。这样的眼睛所透露的心境多么静谧——蚂蚁行走、露水翻身的声响都在它耳畔。其他食肉猛兽的爪子是尖钩,而猞猁的四爪是二十把锋利的刀刃外加尖钩。一般的猎犬遇到猞猁即被敲响了丧钟。猞猁前肢抱住猎犬,双后肢一蹬,立刻把猎犬剖肚开膛。猞猁善爬树,善观察地形,善隐蔽自己。大多猛兽,如熊、豹、狼见到猞猁俱逃之夭夭。但这种动物基本上绝迹了,上帝造猞猁的时候,赋予它过多的机警、凶猛、敏捷与残酷,上帝同时还造了人。人又造了猎枪,使包括猞猁在内的一批名为动物的生灵绝迹了。

"猞猁,"端德苏荣说,"不吃别的动物的肉,只喝它们的血。"我突然发现端德苏荣的眼睛像动物的眼睛,他灰绿色的瞳孔里的花纹像石头里的花纹,也像木头的纹理,仿佛他眼睛是大自然的一部分。他前面的门牙只剩下两颗,这使他的嘴像猎人装铁枪砂的皮口袋的嘴，边沿的皮子向外翻着，而且薄。他说，猞猁认识各种动物的脚印，它会在兔子惯走的路上等兔子。它趴在石头后面，前爪捉进两棵茂盛的草挡住自己，等待兔子。其实动物都是猎人，是摔跤手和武术家，猞猁把兔子的和自己的搏击奔跑的速度、角度和距离计算得特别精确。如果兔子或者狐狸出现在猞猁周边的十米距离内，跑都不用跑就完了。猞猁后肢蹬地蹿出去，前肢点一下地，第三步就捕在猎物身上。如果狐狸跑得快，猞猁前爪嗖地把狐狸皮都剥下来。但它不吃肉，肉有什么营养？像人这种每天拉一大堆屎的生物才吃肉，老虎和猞猁这样的高级生物粪便很小很结实，消化好。猞猁咬断兔子的颈动脉，这是个技术活噢，比医生还技术。兔子全身的血也就一斤，羊的血四斤不到。动脉断了，血嗖地喷出去，一会儿就没了。不会喝血的动物，一滴血也喝不到。猞猁捏着兔子脖子，让血喷进自己嘴里，热乎的血进了它肚子。兔子就像撒气的皮球一样倒在那里，猞猁根本不吃它的肉，獾子、野猪过来吃。

"猞猁身上有兜呢。"阿拉坦仓说，"猞猁最怕人发现它。它那么聪明，它知道世界上最可怕的不是毒蛇，也不是雷电，是人。它知道人仅仅为了它身上的一张皮就会开枪打死它，下套子勒死它。动物都是饿了的时候才吃别的动物，人不是这样。人有大米白面，有炒米黄油，有几百只羊随便吃，可是还要上山打死动物。要它们的肉，要它们的皮毛，要它们的茸角。哎呀，我是个人我没办法，我要是动物我天天骂人，骂这帮穿衣服的坏东西。你们这么坏，你们还会哭，你们有良心吗？哭什么？人还会笑，这么坏的东西还在笑，真是吓死人哪。夏天山上长树叶的时候，猞猁敢出来，有隐蔽。冬天下雪了，什么动物都留下脚印，猞猁怎么办？它真是聪明，猞猁等待大动物出来觅食之后，踩着大动物的脚印出来找吃的东西。你看它多聪明。"阿拉坦仓四肢并用，模仿猞猁在大动物的脚印窝里行走。"可是猎人都知道，"阿拉坦仓说，"猞猁发现猎物了，比如鹌鹑出现了，它就从大动物的脚印窝里跳出去抓鹌鹑。吃了鹌鹑，猞猁就躲在树上，等大动物走过来，再踩着它的脚印窝回到洞里。"

猞猁像是个人，可是比人还敏捷。一般的猎人根本不敢打猞猁。如果你一枪打不中它，你就没命了，它一爪子先把你的脸和眼睛抓下来，然后开膛。会打猞猁的猎人这么打：先扎一个草人，有胳膊，穿衣服，再给草人戴个大叶喜那样的礼帽。找到猞猁，把草人立好，把猎枪从草人腋下支出去，瞄准了，开枪。那时候猎枪都是打火药霰弹，一团火噗地从枪口冒出去。猞猁多厉害，在枪开火的同时扑向草人，把草人抓稀碎，当然猞猁也被霰弹打死了。它跟你同归于尽。猎人开完枪立刻躲起来了。猞猁多敏捷，这么快的反应，比人强多了，神经反应力超强，最后也被人害死了。

章巴说："猞猁傻，它脑子达不到人的程度。猎人想用枪打猞猁是不可能的，你根本不知道它藏在哪里。带着猎犬去围猎猞猁，四五条猎犬站在远处叫，根本不敢到猞猁身边。到底谁厉害，动物心里最明白了。除非下夹子夹住猞猁，否则根本摸不到它，连毛都摸不到。可是，夹子夹住猞猁后，起夹子的时候，一般的人起不了。它从夹子里出来的时候——虽然它的腿已经被夹子夹断了——呼地冲过去，把人抓死，这个时候，明白的猎人要拎一根棍子，用棍子打猞猁。猞猁被夹在夹子上跑不掉，可是会躲棍子。棍子落地的一瞬间，它躲开，东一下西一下地躲。猎人把棍子扔掉，猞猁还是盯着那个棍子看，怕棍子站起来打它。猞猁嘛，还不是人，它以为棍子是活物。猎人趁猞猁愣神的工夫，一刀捅死它。要不然，根本近不到它身边。"

"我用刀杀过猞猁，跟章巴说的一样。把猞猁夹在夹子上，用棍子打，然后捅死。老天爷，我怎么这么坏，我今天说都说不出来的事，当年是怎样干的？人只能死一回，像我这样的人，死十回都应该。你们看着吧，我死了之后，还要去阎王爷那里死九次。老天爷，我怎么会成一个猎人呢？杀过黄羊，杀过熊，杀过狼和豹子。兔子，那简直像割草一样。有时候，天上突然打雷，轰隆轰隆，咔——我明白这是劈我来了，赶快把柜子里那件好衣服穿上，到门口等着雷劈。雷咔地劈下来，劈到很远的草地上。那里什么也没有，你劈它做什么？是不是我换了好看的衣服，老天爷就认不出我来了？"端德苏荣说。

大叶喜说："雷来到的时候，你要穿上打猎的衣服，拿着猎枪站在野地里，老天爷才认识。"

"可是，猎枪早就被没收了。"端德苏荣躺在炕上喘粗气，说,"要是有个开关,咔嗒一下,我就结束生命多好。"

"买开关也要花钱呢,还是自己咽气吧。"大叶喜逗他。

后面几天,我去采访一位接生婆。在蒙古语里,"沃登格"这个词有这些含义:接生婆、地母、女性巫师。我沉湎于语文的诗意里,接生、巫师不是有很多接近的地方吗?创造语文的先祖,把多少心意融化在词里。述说这些词,如同进入先祖的心绪里。人与祖先的联系,与其说血脉,不如说语言。血脉是什么?A 型血、B 型血……还有什么?血清、血小板、高密度脂蛋白、胆固醇、甘油三酯。这些化学成分能告诉你什么?而语言——我说的是没被污染的民间语言,会告诉你几百年前和几千年前的祖先的心意。这是一段插叙,我说的是——那一天我在沃登格独贵玛的家里喝茶采访,接到大叶喜的电话。

"我明天领你上山看看,好不好?"

我说:"好,明天是啥日子?"

"六月十九,好日子。"

"好。"

第二天,我们按约定,早上五点钟开车出发,到达罕山的山麓。草原的晨风传来香甜的气味,不知道这是青草抑或是白桦树的香味,也可能是大片的野花的花香,我们的车开进罕山山麓的浑腾河谷,这里有洪水一般泛滥的金莲花。这些在风中摇摇晃晃的花朵,仿佛是从火车站下站的旅客,拥挤在河谷。它们引领遥望,它们守秩序。当这一片河谷开满金莲花后,几乎令人绝望,这么大的河谷都成它的领地了。在乳白色的晨雾里，金莲花仿佛做集体祈祷，它们喇叭式的花瓣还没完全开放，空气中弥漫着略带苦味的香气。金莲花，又叫金疙瘩，今天在这里开得密不透风，开三十多天就谢了。这么多花，装车都得装十汽车，怎么能说没就没呢？

"端德苏荣，"大叶喜说，"昨天晚上走了，去找那些野猪、兔子、黄羊、狍子和猞猁去了。但不是被雷劈死的，他半夜起来喝水，摔了一跤，躺在地上，就走了。"

猎人走了，这个消息让我感到很突然。

"他早安排好自己的后事了，用白布裹着身体，今天早上拉到了悬崖下面一块岩石上。他说那里什么野兽都有，他想让所有野兽吃一口他的肉，还上债，这是他的心愿。我拉你去那里，看看他的遗体，我估计被动物吃一半了，秃鹫食量很大。"

"不要去了，停车。"我说。我们下车，地面开始凸露岩石，没有花朵，有一些山榆树和山丁子树。大叶喜手指的那片地方还在山的高处，现在还被白雾包裹着。端德苏荣，在罕山上转了一辈子，现在回到了山里。我觉得动物们都知道他回到了山上，它们并不怨恨他。他也是一只动物，现在安眠于此。他身旁环坐着猞猁、兔子、野猪、黄羊和狍子，也许有夏尔其格秋亥（黄鸟）、呼和其格秋亥（蓝鸟）在他头顶飞翔。

后记：在热水遇见诗人安谧

一九七九年，我从赤峰师范学校（中专）毕业参加工作，在昭乌达人民广播电台汉编部从事农牧新闻的编采工作。这项体面的工作是我爸以落实政策的名义请盟里领导安排的，俗称"走后门"。我爸在"文革"中受过残酷的迫害，盟政府领导才吉尔乎、结实和盟广播局领导高连元同情他的遭遇，让我成为新闻记者。广播电台的编辑们多为"文革"前最后一届大学生，比我年长十到十五岁。他们毕业于内蒙古大学生物系、历史系或内蒙古师范大学中文系。还有山东大学中文系、河南大学中文系、中国人民大学新闻系和中国医科大学的毕业生。我是中专生，写稿子经常出现错别字。以往我一直按我的理解写这些字，原来在他们眼里还有另一套标准，即《新华字典》的标准。他们把我写的错字一一纠正过来，也有鄙夷。我没感觉到自卑，而觉庆幸。仅他们天南海北的闲聊，就让我大开眼界。尽管写新闻稿有错别字，我仍偷偷抱有文学理想。

那时我没发表过文学作品，如果非给自己加一个和文学相

后记：在热水遇见诗人安谧

关的标签，只好说我有文学理想。除了理想，我在知青点写过两首七律和一首十六字令，朱继新和陈希国用彩色粉笔抄在走廊的黑板上发表。入职广播电台后，我写过简讯和消息，还没达到采写通讯的地步。一九七七年，我考入赤峰师范学校，读过一些文学书。

他们说，文学之路起步于黑板报的人，要攻克的第一座高山是《昭乌达报·青纱》文艺副刊，这比上黑板报难一万倍。在《青纱》发稿后，可以奢望在昭乌达盟文化局代管（文联还没成立）的文学期刊《百柳》上发作品，不光诗歌散文，还可发表小说。如果（进一步如果）在《百柳》上刊发过作品，可把作品投到副省级城市包头的文学期刊《鹿鸣》和呼和浩特的文学期刊《山丹》上，如发表，这人差不多快成作家了。直到某一天（这一天不同寻常），他的作品登在内蒙古自治区最高的文学殿堂《草原》上，至此功成名就，也许满头白发了。

一九八〇年初春，我记不清从哪里听到一个消息，说内蒙古文联的《草原》杂志社要在宁城县的热水镇开办文学笔会。我回家跟我爸说了这件事，请他走后门让我也参加一下。我特别想认识作家们，盼望能见到他们的面孔，听他们说话，见到他们走道的样子、吃饭的样子和写字的样子。我爸请求王栋允许我参加这个笔会。我爸当时在昭乌达报社蒙编部当编辑，王栋是作家，著有短篇小说集《查干河在欢笑》。他是昭乌达报汉编部政文组组长，同时兼任盟内文学活动的领导者，负责承办这次笔会。

王栋委婉坚定地告诉我爸:"为参加这次笔会,各盟市竞争激烈,盟里好多作者想参加都没办法,你家孩子肯定去不上。"我爸对王栋说:"嗨,都一样!我孩子想参加就让他参加吧!"

四十年过去了,每当想起我爸说的这句话我就想笑。"嗨,都一样!"什么都一样?怎么会一样呢?我爸没说,但都一样。王栋坚决地拒绝了我爸的请求,我爸坚决地请他开后门。如是这样,王栋拒绝两三次,我爸请求四五次,我终于参加了热水镇文学笔会。

我坐火车到达宁城,与全盟各旗县出席笔会的作家一路同行。他们比我年长十来岁,谈笑风生,我一句话都插不上。那时我二十一岁,不会谈笑风生。到了热水镇,入住一家宾馆,这是昭乌达盟银行系统的培训机构,也是热水镇唯一的一座三层楼房。热水之名盖因当地出温泉。

宾馆里住着两种人,一是十七八岁的小姑娘,约有五六十人,成群结队,嘻嘻哈哈,挤满走廊和餐厅。她们是参加培训的银行新员工。另外是自治区各地参加笔会的作家们,十几个人。他们三四十岁,也有人五十多岁。见到作家,我本想如章回小说所说"纳头便拜",但没人向我介绍这些作家,不知道谁是谁,只好远远地望着他们惆怅。

我和本盟诗人鲍喜章、王燃、石犁住在一个房间。鲍喜章笔名德·巴雅尔,昭乌达报汉编部《青纱》副刊主编,他是不会说蒙古语的翁牛特旗西部蒙古人,相貌俊逸,行走轻捷。王燃在团盟委工作，大脸阔嘴，带着沉静的微笑。石犁面黑，说话有点儿大舌头，每天望窗外唱三四遍《喀秋莎》。他们刚进入房间就转入诗歌创作，令我惊讶。一人在地上往来踱步，口诵新作的诗，诵毕，其他人疾速评判，毫不留情。说累了，他们互相调侃，被调侃的对象一般是石犁。

我惊讶于诗歌原来是这样创作出来的，他们都能背诵自己的诗，不止一首。他们仔细安排每一个词、每一个字，这些诗像拆开后盖的手表，各种齿轮一起动，技术相当复杂。

说到这里，我要介绍一下《草原》杂志社的编辑，他们备受出席笔会的作家们的景仰。

《草原》主编、作家照日格巴图，也是这次笔会的领导者。他风度翩翩，汉语说得很好，音色浏亮。他出版过骑兵题材的长篇小说。小说组长是汪浙成，南方人，北京大学毕业，身材高大。他和夫人温小钰共同创作的小说在国内反响很大。小说组编辑有丁茂，小说家。他讲的后山话像用刻刀雕刻硬木工艺品，执拗婉曲，但我一句都听不懂。另一位小说编辑是上海人，名韦魁元（韦苇），他是我的短篇小说《向心力》的责任编辑。诗歌组的组长是诗人安谧，又名安米，山东省阳信县商店镇人，出版过多部叙事长诗和诗集。安谧的目光像一直在看着远方，又像沉浸在自己心里。鲍喜章、王燃、石犁私下对安谧十分敬重，也有点畏惧。他对稿子要求高。

笔会开始后，人们三三两两地分成好几堆。人总是要扎堆的，不在这个堆就在那个堆。我也想扎堆，但不认识别人，扎不进去。作家们把自己写的稿子呈送编辑审读,编辑拍板留用或退作者修改,空气比较紧张,人们不怎么说笑了。我两手空空。笔会开到第三天,或许我跟诗人住在一起,或许有不能破解的机缘,我忽然写起诗来,写了七八首,一气呵成。我把这些诗抄在几张白纸上,准备改十遍。人说每改一遍就进步一下,那么改十遍会进步很多。但我实在改不下去,不知道怎么改,眼盯着诗句,竟一个字也改不了。最后,我壮着胆子把诗交到安谧的手上。安谧拿过诗,看了一眼,放在桌子上,什么也没有说。他从橘色烟盒拿出一支青城牌没过滤嘴的香烟,点燃,吸起来,吸完也没说话。

吃过晚饭,作家和编辑们照例到招待所后面的干河套散步。安谧找到我,他身旁还有包钢的诗人纪征民。我见安谧的眼神里流露慈爱。他看我看了许久,如果他再看一会儿,我估计会转身跑掉。安谧说:"你的诗写得好。"没想到他会这样说,真不敢相信自己的耳朵。我想请他再说一遍,但没敢。安谧说:"你写的是真诚与自由,写得好。"这回听清楚了,但还是不敢相信自己的耳朵。耳朵里就跟打雷似的,脑袋震得嗡嗡响。纪征民看出我的心思,说:"安老师赞赏你的诗写得好。"我出汗,用手背和袖子擦脖子的汗、额头的汗、两鬓的汗,双手忙不过来。纪征民说:"你很幸运,这种幸运不是人人都有的。"我因为太激动了,什么也说不出来。我应该说"是的是的,谢谢谢谢,谢谢安老师,谢谢纪老师,我一定好好努力",但我的嘴像吃了哑巴药,说不出话来。

那是三月份，冬天还没过去。但我的棉袄很快就湿了，衬衣沾在后脊梁上。纪征民说："你怎么出这么多汗？"他对安谧老师说："你看原野头发梢上挂着大颗的汗珠。"他又问我："你怎么啦？"我无言以对，只擦汗。纪老师说："你有手绢吗？"这时候我终于说了一句话"没有"。安谧把他的手绢掏出来递给我，我又说了第二句话"不用"。我们从小到大都用袖子擦汗，不用手绢。往下我不知道该咋办，安老师看我的目光好像从我的脸膛进入我的内心，并从我内心走到我生活的场景，再从生活场景走到很远的地方。纪老师说："你回招待所擦擦汗吧，休息一下。"我如释重负，跑回招待所。回到房间，刚好他们三人都不在。当时我想朗诵，大声朗诵，又想跳舞。我觉得更能表达我感情的是翻跟头，或者站在床头棉被上往地下跳；或者到河套拣树杈子点一堆篝火。

这些激动人心的情绪渐渐消失了，汗也停了，此刻我理智地想到一个问题：我的诗歌能在《草原》上发表吗？我反复回忆安谧、纪征民说的话，他们每一个字都没提到发表还是不发表。写得这么好，还不能发表吗？或者他们在好言安慰我，离发表还很远？我焦虑起来，想跑到安老师身边问这个问题，但没敢。

掌灯时分，鲍喜章、王燃、石犁回屋来，他们说谁的作品被《草原》留用，谁的被枪毙，谁的在修改。他们不再那么活泼，埋头打磨自己的作品。我没敢跟他们说安谧对我作品的褒奖，他们不会相信的，我不过是和他们同房间的一个小孩而已,他们忘记了我的存在。

　　第二天早上,我盼望看到安老师的身影。我吃过早餐,见安谧和纪征民走入餐厅,他们坐在桌边吃馒头,喝小米粥,手剥煮鸡蛋。我心想他为什么不告诉我作品能不能发表呢。我坐在餐厅的角落里,看他们边吃饭边说话,时而哈哈大笑。纪老师是很能说笑话的人,他个子比安谧略高一点,鞍山人,灰白的头发从额前倔强地探出来,梳不回去。

　　他俩吃完饭,离桌走到走廊。我尾随其后,跑到安谧身边,说:"我的诗能发表吗?"可能说太快,安老师没听懂,他站住脚看我,我又说一遍:"我的诗能发表吗?"安谧显出困惑。纪征民大笑,说:"原野问他的诗能在《草原》上发表吗?"安谧笑了,说:"你这组诗都能在《草原》上发表,头题位置。"我多么希望安谧老师把这番话再说一遍或者两遍三遍,说十遍都是好的。与其说是高兴,不如说是想大哭一场,但这不是什么悲痛的事情,不能哭。哭这种东西从来都是比笑更强烈的情感表达。我觉得应该独自享受一下。我跑下楼梯,一直跑到干河套,从干河套跑上山坡,站在山坡向四外眺望,再从山坡跑下来。那一刻,热水的风光在我眼前完全不一样了,那座楼房,河套两边的榆树,天空飞翔的小鸟都充满生机,富有灵魂,让我至今难忘。

　　从第二天开始,我获得与安谧一起在鹅卵石堆积的干河套散步的资格。纪征民走在安谧左侧,我走在他右侧,平行地一起往前走。不消说,我激动着,以致踉踉跄跄。我把对文学的所有疑问，一股脑向安谧提了出来。安谧慢悠悠地走路，耐心解答我的提问，但我一句也没记住，我提过哪些问题我也记不住。我觉得脑子里有一个类似三百六十伏工业用电的电流嗡嗡作响，就是我们在木头电线杆子边上听到的那种声音，打通了任督二脉，全身巡行。其实和安谧散步不必提问题，但在那个时代，提问显得好学上进，其实是麻烦别人。没有生活的磨炼，别人提供的答案对你来说都不是答案。我身上的汗出了一气儿后，心里安稳下来。体育生理学说人出汗的时长在八分钟左右停止，我在澡堂子测试过，确实是八分钟左右。我偷偷地观察安谧。我想用"深深"二字形容他的目光，他"深深"地注视着山峦、村庄和树。在我看来，三月份的宁城大地一片荒凉，没什么好看。但是你顺着安谧的目光看过去会发现好多生机，或者叫诗意。比如他停下来，面对天空流露赞赏。我疑惑他怎么会对空气微笑呢。我看过去，远处有一个黑点，细看是一只小鸟在逆风飞行。这只鸟像逆流而游的鱼，几乎停留在空中，急速扑扇翅膀。我哪里知道天空还有一只小鸟在做这样的功课。后来，我从安谧的诗里读到很多关于自由，关于不屈服的诗句，这件事可为他的诗作注脚。我们路过村庄，一只小猫沿墙根儿偷偷摸摸地跑进院外的柴火垛里，安谧驻足看那个柴火垛。我刚刚开始作诗，不知道诗人看柴火垛应该用多长时间。我陪同看，被雨水浇得发白的玉米秸秆的缝隙里露出小猫的半只脸，白额黑腮。小猫警惕地看我们，而安谧对着小猫笑。那时候我隐隐约约明白一个道理：诗歌不在人的脑子里，也不在词语里,它藏在生活中,你一定瞪大眼睛把生活的方方面面察看仔细。诗歌貌似词语但不是词语,它是生长在大地上的鲜活的美。几年前读到诗人特朗斯特罗姆一段话,说语言其实对诗歌有很大的伤害,他说要逃离语言,此时我又想起了安谧。

我们住的招待所,每至傍晚,银行系统的姑娘们会下来做游戏。姑娘们一旦多起来,比如超过三个人,就出现叽叽喳喳的声音,好像一把吉他、一支单簧管和一支小提琴在演奏乐曲,安静而喧哗。这些姑娘在楼前组成一个三四十人的圆阵。她们一律伸出双臂,手腕交叉一体,仰面天空。这是做什么呢?她们在防止一只排球落到地上。排球被不同的手臂托起,再托起,球无论落到哪里都有手臂把它托起,伴随呐喊,总之不能让排球落地。而姑娘们的手臂如同彩色袖子的车轮辐条,手腕露出白皙的皮肤。

安谧远远望着这些姑娘。那时我觉得看一个女孩子不应该超过三秒钟,最多四秒。所以安谧看这些打排球的女孩子时,我在看自己的脚尖儿,我不好意思陪他一起看姑娘们。我从侧面看安谧的脸,他脸上露出的笑容,跟看小鸟,看天空的白云,看墙角的小猫是一样的,在赞叹生活无时无刻不在流淌的美。我觉得安谧很勇敢,我告诫自己也要做一个勇敢的人。

不算安谧和纪征民,笔会上还有两人对我友善。一位是乌兰察布盟的蒙古族作家甫澜涛,他管我叫小原野。他说甫澜涛这个名字是蒙古语而非汉语,"澜涛"是"榔头"的音译。他给我讲察哈尔部落英勇善战的历史。甫澜涛戴眼镜,留两撇威风的胡子,三十多岁。他性格沉默,跟我说这么多话,我已经偏得了。还有一位叫李尧。熟悉澳大利亚文学的人大多知道李尧这个名字。他是英美文学翻译家,前额宽阔,留背头,气质洋气,穿一件中式带襻扣的罩衫,也是三十岁左右。我记得我们俩晚上常在培训中心三楼的会议室里聊天。他改稿子,我假装创作,房顶的日光灯发出嗡嗡的交流声。李尧改累了跟我说话,他说正在翻译美国女作家欧茨的短篇小说。他说这是一篇现代派小说,采用意识流的手法,翻译起来很困难。他开始讲这个小说的开头,我接他的话头往下讲,一直把这篇小说讲完,约一万多字。他极为惊讶,我记得他脸好像有些白了,他问我怎么会知道这篇小说。我说我读过这篇小说。他说:"这篇小说在美国《纽约客》杂志发表不到两个月,你懂英文吗?"我说不懂英文。我哪里懂英文?懂英文的中专毕业生在全世界都不多见,英国除外。但我特别高兴有人问我这个问题——"你懂英文吗?"我告诉李尧我在广播电台资料室读过欧茨这篇小说。他感到失望,他的小说还没译完,别人的译文已经发表了。他问什么杂志。我说《外国文学》。他又问我怎么记得这么真切呢。我说我不知道。

顺便说,我年轻时记忆力比较好。好到什么程度呢?我读过一篇作品,可以把它背诵下来,错不了几个字。看一部电影能记住所有台词。我的大脑好像能把眼睛看过的文章复印下来,能记得哪句话在第几页第几行。我对李尧背诵欧茨这篇小说，措辞、语气、人物对话详细入微，李尧越显惊愕我越锐不可当。他说"你怎么能……"，说了一遍又说"你怎么能……"。然后他掏手绢擦汗，我愉快地走出会议室，带着我的大脑复印机的功能。

我那时记忆力很好，不光文章过目成诵，听一首西洋乐曲也能记住各乐器在不同声部演奏的旋律。后来我有意掩饰这种能力，这是记忆，而不是创造，而且得罪人。我背下一篇文章——如李泽厚、刘再复的最新发表的文章（其实没背，读的时候自动拷贝进入脑海屏幕）——向别人转述，却引起别人的气愤，好像你是有语言播放功能的复印机。后来我不搞这一套了，再后来，此异能消失，用进废退真是不假。现在背一首古诗须用很长时间，有时还想不起别人的名字——"哎，你是小谁来？"显得浑朴自然。在音乐上，我现在还有很好的听力，这也属于记忆力范畴。比如一段乐曲由弦乐齐奏进入木管与铜管齐奏，中间一支单簧管停了两小节，我立刻能听出来。笔会之后，李尧在他主编的《敕勒川》杂志上发表了我的中篇小说，由这篇作品我结识一位新朋友——在乌兰察布盟清水河县插队的北京知青马小刚，通过马小刚结识干面胡同9号红日的路毅和王志杰等，不过这是后话了。

我在热水笔会创作的短篇小说《向心力》和组诗《假如雨滴停留在空中》先后在《草原》杂志一九八一年二期、三期发表。我在刊物的目录页找到自己名字的那一瞬间，如电流贯穿全身。我小时候随父母在"五七"干校生活时，听大人董贵山说,人摸到电,身上的虱子最先被电死。我在《草原》连续发表诗歌小说,电流滚滚,足以把我身上的虱子电死好几个来回,而且几年之内不招虱子了。

作品发表后,如安谧所说:你会陷入痛苦。是的,我陷入长时间的苦闷,不知道下一步怎么走。初学写作者常遇到这种情况:歪打正着,不具备可持续发展能力。

回到赤峰,我时常给安谧写信并接到他的回信,他的每一封信我都读上十遍二十遍不止。他说你写作所感受的痛苦是你领受的丰美的果实,你慢慢就知道痛苦对于成功的滋养作用。他说最值得坚持的并不是创作本身,而是用真善美的文学眼光体察人生。他说比发表作品更重要的是懂得美,找到美。他说最好的诗人听得见大地的呼吸,那里有森林、河流和民众的心声。他说善于发现美的眼睛同时能发现民众的苦难并视同自己的苦难。他说最高级的美学风格是质朴,但好多作家穷毕生之力也难以企及。他说要永远站在民众这一边,他们是沉默并生长万物的大地,有时是岩浆。安谧告诉我,值得终生阅读的一本书是惠特曼的《草叶集》。

按照安谧老师说的,我把《草叶集》读了好多遍,力图学到作诗的技艺。事实上,我没能力接受这么波澜壮阔的意象洪流,也读不大懂这些波涛汹涌的词语背后的深意。过了好多年,或许过了十几年二十几年之后,我把杜甫的诗和惠特曼《草叶集》穿插阅读的时候,才明白安谧老师希望我能够读懂惠特曼背后的雄浑与广大,懂得野生力量的美好,信奉民主和自由是不可抗拒的潮流。在上世纪八十年代，安谧说过的话足以让人醍醐灌顶。

安谧比较沉默，但他言说起来很流畅，只是他常常沉浸在自己的世界里，没时间说话。他更多时候在说外国的诗歌思潮，高度推崇外国现代派诗歌的技艺。他说起欧洲拉美的诗人如数家珍，对佩索阿、洛尔迦、希梅内斯、米斯特拉尔、聂鲁达、里尔克、策兰、米沃什、阿赫玛托娃、帕斯捷尔纳克——作出精当的评析。他对苏联国歌词作者米哈尔科夫的诗作嗤之以鼻——"各民族意志，建立的苏联，统一而强大，万年万万年"。安谧认为，高超的艺术性是诗歌的头等大事，而所谓艺术应该是开放性体系，在艺术方面没有什么可以或者不可以。安谧喜欢说到美，他认为美是人间最难捕捉也是最值得捕捉的东西。那些美藏在小孩子的笑脸上，藏在云彩里、露珠里，藏在马的瞳孔里，却转瞬即逝。我把安谧老师所说的话归结一起，得出了一个结论：一个人毕其一生发现美并把它化为文学作品，这一生都没白过。这个结论和人们熟知的建功立业的抱负不大一样。但我相信安谧老师是对的，追寻美可能一事无成，也可能一生无成，但值得。这种值得就如同浮现在安谧表情上的那种欢喜，这就是一切。这样的一生即使卑微也比趋炎附势而显赫更愉快，诚实的一生是最好的一生。一九八〇年，安谧的思想和美学理念早早走在其他人的前面，至少超过别人二十年。有些人自谓高明，他们与安谧相比，无异于抔土与高山之别。

后面几年，我没写出什么东西。但我知道，安谧对我的指导可以变成石料木材，能垒一座房子，这座房子就是人们所说的世界观。人住在这样的房子里可以像惠特曼笔下的草叶一样自由地生活。安谧说：去到达美，要穿过苦难，穿过无人的荒原，以自己为伴并与自己为敌，孤独前进。从美到达美就像从一处森林到达另一处森林，从一处荒地到达另一处荒地。你并没有占领什么，也没多出来什么，你还是一个像惠特曼那样的赤脚的南方棉田的农夫，但你的心灵由此澄澈。安谧说，到那个时候，诗歌自然而然就成了。

事实上，安谧老师就是这样的人。粗粗一看他像个农民，但他脸上有非常丰富的表情，他对于周围的一切体察入微。他笑容慈蔼，目光里又有儿童的光亮。有人说安谧刚直不阿，他与人接触却很体谅对方。他穿衣吃饭朴素，但他诗的追求十分华贵。他的诗句里有最值钱的璎珞珍珠，那是他辛辛苦苦从诗的深海淘洗出来的宝贝。安谧不在意别人理不理解，他如李白一般我行我素。向远方瞭望的时候，他的心在诗里，他一直在心里默默作诗，尽管我们不知道那是什么样的诗。

热水笔会后，我去呼市拜访过安谧老师。那时候他还没生病，见到我很高兴，设家宴招待。他为主，我为客，就我们两人。安谧夫人柴老师准备干盛的饭菜，有火锅，以及享有盛名的赤峰陈曲。按照我们赤峰的习俗，请客一般会找来好多陪客的人，既把来客请了，也把其他人捎带请了，比较经济。但安谧老师只宴请我一人，他是出身内蒙古骑兵的赫赫有名的大诗人，我不过是一个中专生。我们俩坐在他家里边吃边喝。记得我说，我已经会气功了，会发功，立掌对虚空推两下。安谧笑了，没言语。他的女儿安心像小猫一样在屋里走来走去。用顽皮的眼光瞟我们。

后来安谧生病了，一提起这个，我就不想往下写了，心情沉重。安谧老师在病床上躺了好多年，偏瘫失语。他生病时正值他思想和艺术进入最为厚重丰盈的阶段，却不能写诗了。他的一生好像都为此刻的诗歌创作而准备着，但失声。这对他来说有多么痛苦。安老师住院后，我从沈阳到呼市探望过他两次。他高兴，但每次都会流泪。这让我心里很矛盾，怕情绪起伏对他的病情产生不好的影响。但还是想去亲眼看看他，摸摸他的手，看一看他在病床上的样子。我到沈阳之后，给安谧老师写过几首诗，当时他躺在病床上，由他的家人给他念。有一次我收到了安谧的回信，写在一张 A4 的复印纸上面，他写道——"原野我想你"，这几个字写满了一张纸。圆珠笔的笔迹弯弯曲曲，不知费了多大的力量，用了多长时间才把这几个字写出来。看到这张纸，我不禁大哭一场。还有一次我去呼市看他，我知道他脑子很清楚，想知道他对一些事情的结论。我问安谧老师，"五四"以来新诗谁写的好。他说了一个词，我听不懂。他家里人为我翻译说"昌耀"。我说还有别人吗。他摇摇头。我举了一位浙江籍诗人的名字，他摇头。我又举了一位山东籍诗人的名字，他摇头并表示不满。我问他："你的诗写得好吗？"安谧说不好，这回我听清了他说的话。说着，他的眼泪拉成长条从眼角流下来。慢慢地流，慢慢地流。我知道他内心的痛苦。他的诗艺已经修炼到很高境界，可惜没有机会写了。即使如此，安谧的诗拿到今天看也是好诗。这样说并非安谧当年提携过我。安谧不喜欢拉帮结伙这一套。他认为美是真理，拉圈子则是无聊。安谧写东乌珠穆沁那些诗写得多好啊！时间过了这么多年，今天读起来仍然好，无论是诗意，还是音韵。安谧写了六部长篇叙事诗、四部歌剧、十一部诗集，我最喜欢他的诗集《手拉手》和《通天树》，经常拿出来读。

安谧喜欢蒙古族文化，他喜欢东乌珠穆沁草原的牧人和那里的河流与鲜花。他认为东乌珠穆沁是人间圣境。他喜欢蒙古族诗人其木德道尔吉，常常跟我说到他。

有时候我遇到别人提问：在内蒙古谁的诗写得好啊？这个问题不大好回答，你一答就得罪了一片人。即使是这样，我也会把我的感受告诉这些朋友：内蒙古文学七十年，用汉文创作的诗人，安谧写得好。一九七六年十月，打倒"四人帮"刚刚几天，安谧在呼和浩特的广场上朗读他的诗《目光是一种物质吗？》，得到在场几千人雷鸣般的掌声。安谧是专业作家，在"文革"中受到屈辱，被派到一个商店卖菜。即使这样的遭遇，也没改变安谧对国家必将走向民主富强之路的期待，没有改变他博爱丰美的精神世界。安谧逝世已经十三年，他的诗仍然根植于内蒙古乃至中国最好的诗林之中。

我的老师是安谧，是的，虽然我现在不写诗，但我没有停止过对诗歌的学习。读诗是我生活中必要的功课，我更喜欢读西方诗人的诗。读得越多，越能认识到安谧的宽阔睿智。在散文创作中，我以能写出诗意为荣，尽管这很困难，但这是我写作的理由之一。有时候我写出一篇好作品，心里想：安谧老师看到该怎样评价呢？是的，他不评价，看到喜欢的作品，他满意地微笑，长时间地注视你。这就是莫大的褒奖。

诗是什么？我至今说不清楚，但它肯定不仅仅是分行的文字。它是在生活任何地方都可以找到的金矿石，包括在苦难和荒诞中，也包括在幸福和欢乐里。大自然、动物和孩子身上有更多的诗意。我感谢安谧老师为我奠定了好的美学观念。我也感谢自己按着安谧老师指引的路径一直往前走，没犹疑。我觉得在老师的目光下，投机取巧的东西，不诚实的东西，以文学为工具的想法都不值一提。

我走上文学之路已有四十年，庆幸一开始就遇到了安谧老师，感谢作家王栋和我父亲，他们让我前往热水遇到了诗人安谧。想起安谧，如同阿古拉泰诗中说的，如"仰望一朵白云越飞越高"。

二〇二〇年七月